El cadáver arrepentido

J. M. Guelbenzu

El cadáver arrepentido

ALFAGUARA

© 2007, J. M. Guelbenzu
© De esta edición:
2007, Santillana Ediciones Generales, S. L.
Torrelaguna, 60. 28043 Madrid
Teléfono 91 744 90 60
Telefax 91 744 92 24
www.alfaguara.com

ISBN: 978-84-204-7079-5
Depósito legal: M. 49.427-2006
Impreso en España - Printed in Spain

Diseño:
Proyecto de Enric Satué

© Cubierta:
Paso de Zebra

La cosa comenzó, como todos los crímenes,
con un cadáver.

ELLERY QUEEN

Tiempo pasado

Marcos Fombona dejó por un momento la azadilla en el suelo y levantó la vista hacia las voces. Al otro lado del jardín en el que se hallaba trabajando, más allá de las construcciones que albergaban la oficina, la bodega y las plantas de envasado y almacén, frente a la última de éstas, que era la planta de filtrado y depósito, los trabajadores que se dedicaban a la explanación de las tierras donde se asentarían el pabellón y su terraza circundante —una terraza abierta al valle que se extendía hasta la línea del horizonte, al pie de la finca— se encontraban agrupados y armando un considerable alboroto.

Eran las doce del mediodía y quizá el sol cenital del mes de Junio, que venía siendo excepcionalmente caluroso desde el solsticio, afectaba a los hombres. En la dura campiña toledana, bajo un cielo azul tan luminoso que parecía embeber el frescor que reclamaba en vano la tierra, no era extraño que de vez en cuando, debido al efecto de la calorera, se produjeran discusiones, a veces muy elevadas de tono, por un quítame allá esas pajas. Al final se resolvían sin mayores consecuencias, puesto que no eran sino maneras de desahogo, una brusca necesidad que una vez expulsada de dentro se disipaba sin dejar huella. Eso pensó Marcos Fombona que sucedía y volvió a su ocupación de eliminar malas hierbas del parterre en el que se hallaba pacientemente acuclillado.

Desde la primavera anterior había decidido dedicar un terreno de un cuarto de hectárea que quedaba al extremo de la casa y corría en paralelo a las bodegas a cultivar un jardín de forma alargada que, a modo de agradable invitación, encaminase al visitante al conjunto de pabellón y terraza que planeaba. Hasta entonces lo había tenido como terreno inculto, como un apéndice sin función aparente, pero una mañana se detuvo ante él, levantó la mirada, contempló allá lejos la magnitud y esplendor de la vista, desde donde se hallaba hasta la linde con el valle, y en apenas unos segundos vio claro todo lo que debería hacer. Decidió aprovechar los árboles existentes como sombra para determinadas especies y el resto lo diseñó de manera que recordase un jardín inglés, aunque teniendo en cuenta que debía poblarse de plantas autóctonas. Instaló un riego por goteo y la tierra tuvo buena respuesta; de momento no era más que un proyecto en marcha y, además, hasta ese mismo verano no pudo encontrar dinero para atacar el pabellón y la terraza; pero Marcos no era impaciente porque estaba familiarizado con el ritmo de la naturaleza y, por lo tanto, no tenía intención alguna de forzar el crecimiento de su jardín, que ya despuntaba, sino de dejar que aquélla, a su aire y conveniencia, lo convirtiese en su día en el que ahora disfrutaba imaginando. Era un hombre solitario y ésas eran sus aficiones.

El alboroto continuaba y Marcos volvió a distraerse de su trabajo. Trató de fijarse en el grupo para ver si adivinaba lo que sucedía, pues el clamor no tenía visos de apagarse. Por lo general, cualquier situación suscitada se desvanecía en el calor ambiente en unos minutos, pero esta vez parecía extenderse. Entrecerró los ojos para ver mejor. Los hombres se habían agrupado en torno a un mismo punto y hablaban y gesticulaban entre ellos. La excavadora descansaba en un lateral con su brazo articulado caído por delante como en desmayo, y también estaba abandonada la hormigonera. Distinguió al maestro de obras, que era el más recio de todos ellos, levantando los brazos como para alejar o acallar a los demás.

—En fin —murmuró—, si no tienen bastante con la solanera que cae hoy, peor para ellos.

El padre de Marcos era quien había plantado las vides cuando un desafortunado asunto de negocios le decidió a retirarse al campo. El caso es que le tomó amor al oficio de viticultor, en parte por influencia de un cuñado suyo, riojano y muy bien relacionado con el mundo de las bodegas de La Rioja logroñesa, y poco a poco fue decantándose hacia la producción de un vino de calidad cuando en Castilla se seguía trabajando la producción a granel para servirla a los bodegueros que realizaban las mezclas. En el proceso completo, de la vid a la botella, fue pionero y también lo fue al introducir la uva Cabernet en la zona. Marcos, que lo acompañaba siempre y se crió en la finca, llegado al fin del bachillerato fue enviado por su padre a estudiar Enología en la Universidad de Dijon, en el corazón de la Borgoña, con lo que su destino quedó sellado y a satisfacción para él. Aún recordaba con emoción el valor simbólico de su primera embotellada, la que le dio la sucesión formal aunque todavía le quedara tiempo por delante para ser efectivamente el sucesor, pues tuvo que descubrir hasta qué punto sus estudios necesitaban completarse con la experiencia de bodeguero de su padre. Fue el único de los hermanos que se dedicó a la viticultura, pero no heredó la finca sino que su madre se la cedió tácitamente para que la siguiera explotando. Las plantaciones eran Tempranillo y Cabernet, pero además Marcos, que no desdeñaba conseguir aclimatar algún día la Pinot Noir, recuerdo quizá imborrable de sus días borgoñones, había empezado a experimentar plantando un viñedo de Graciano, de rendimiento más complicado, pero que ya empezaba a apuntar muy buenos resultados aunque aún no fueran suficientes a su gusto y exigencia para decidirse a embotellar la primera añada.

De pronto, Marcos se percató de que estaba inundado de sudor. Confiando en la protección de la sombra de la imponente carrasca bajo la que trabajaba, no había medido su esfuerzo. Tenía la camisa empapada y pegada al cuerpo y se puso en pie para buscar alivio. Entonces, al dirigir la vista de nuevo al lejano grupo, vio cómo un par de hombres se destacaban del resto y venían hacia él haciendo señas ostentosas para reclamar su atención, así que dejó caer la azadilla, recogió las malas hierbas dispersas fruto de su labor, las echó al carretillo que tenía al borde mismo del sendero de tierra y decidió que por hoy ya había terminado.

Dirigió una mirada a la casa y luego a los viñedos que se extendían delante de ella y respiró hondo, con una especie de nerviosa satisfacción. Su hermano Alfredo, urbanita y cosmopolita, ligado a la banca y jefe nominal, aunque ya no efectivo a raíz de algunas disposiciones interesadas de capital, le repetía con frecuencia que su carácter habría hecho imposible toda forma de vida distinta de la que llevaba hoy en el mundo; y se lo decía con la complacencia de quien ha encajado a un miembro de la familia en el casillero adecuado para evitarse molestias. Marcos pensaba socarronamente que, en realidad, de quien debería ocuparse era de su otro hermano, Joaquín, que era lo que se dice, hablando mal y pronto, un perfecto tarambana y, como todo buen tarambana, tan simpático y seductor de gentes como incapaz de dar un palo al agua con un mínimo de continuidad. De pronto recordó que su madre los había citado a los cuatro (a su hermana Amelia también) para el próximo lunes en su casa de Madrid. Con toda seguridad se trataba de un nuevo problema de familia. Lo cierto era que, de un modo u otro, todos los hijos dependían de la madre y ninguno estaba contento aunque Alfredo, acostumbrado a ejercer de primogénito y gestor hasta que fue discretamente relegado en favor de un equipo asesor y administrador profesional, era quien más lo acusaba. Pero él, Marcos, también tenía graves problemas económicos.

En Septiembre, para la vendimia, Marcos esperaba tener listos el pabellón y la terraza y haber dado un empujón suficiente al jardín de cara a la boda, segunda boda, de su hermana Amelia, porque, al final, la finca era la elegida como marco de la celebración, por la iglesia familiar adosada a la casa y por la finca en sí.

Los dos hombres venían rodeando la alambrada con la que Marcos protegía su jardín de los conejos y se dirigió hacia ellos por uno de los caminos de tierra, que moría frente a las puertas de la oficina aneja al almacén. Trataba de adivinar qué peregrino asunto los tenía tan excitados pues, a medida que se acercaban pudo advertir, no sin cierta inquietud, que no parecía cosa de poca importancia, no de esos acontecimientos inhabituales en un lugar pequeño que dan pie a alarmas tan aparatosas como exageradas, sino que podía tratarse de un asunto mayor, un corrimiento de tierras en la obra o algo semejante, por lo que apretó el paso.

—Corra usted, don Marcos —dijeron atropellándose los dos hombres—, que dice el maestro que acuda sin perder un minuto.

—Pues ¿qué es lo que pasa? —preguntó él—. ¿Algo grave? ¿Un accidente?

—Peor que eso, don Marcos. Vaya, vaya usted que nosotros lo seguimos.

—Pero ¿no pueden decirme nada?

—Es mejor que usted mismo lo vea.

Marcos echó a andar a paso vivo maldiciendo a los dos hombres mientras una aprensión se le subía al pecho sin poderlo evitar. ¿Qué era lo que no podían decirle? ¿Acaso se venía abajo la idea de levantar el pabellón?

—No quiero ni pensarlo —murmuró.

El maestro de obras ya llegaba a su encuentro.

—Don Marcos, que les he mandado parar por lo que se ha descubierto.

—¿Y qué es lo que se ha descubierto?

—Pues no lo va a creer usted.

—¿Han dado con roca?

—No, señor, mucho más jodido. Es un muerto.

—¿Un qué? —exclamó Marcos atónito.

—Un cadáver, don Marcos —dijo resollando—. Pero venga usted, venga conmigo. Ya le digo que no lo va usted a creer. No queremos tocar nada hasta que venga el Juez porque es una cosa extraordinaria —y añadió, sinceramente impresionado—: Extraordinaria por demás.

—¡Es la guerra!

Hélène Giraud levantó la vista de su plato, cruzó los cubiertos sobre él, dirigió una mirada interrogante al autor de la exclamación y en seguida rompió a reír.

—Amigos, les digo a ustedes que esto es la guerra —insistió el hombre.

—Pero Gonzalo —Hélène habló con suave convicción—, siempre estás poniéndote en lo peor. ¿Cómo puedes decir eso con tanta seguridad?

La cena tenía lugar en una villa de Biarritz propiedad de la familia Giraud en la noche del 28 de Junio de 1914. Esa misma tarde, poco después del mediodía, Gavrilo Princip, un hombre armado y entrenado por nacionalistas serbios, había disparado contra el archiduque Francisco Fernando y su esposa, matando a ambos. La información llegó a la villa cuando los invitados se encontraban tomando un aperitivo en el jardín mientras disfrutaban de la agradable temperatura nocturna propia del verano recién estrenado. Desde el primer momento, la noticia se adueñó de todas las conversaciones que, poco a poco, fueron confluyendo en una sola al sentarse a la mesa. El ambiente era de consternación, sorpresa y una cierta frivolidad. Solamente Gonzalo Villacruz y Monsieur Giraud mostraban una preocupación que chocaba con el ambiente relajado en que, pese a lo impactante de la noticia, se desarrollaba la reunión. De entre los comensales, destacaba por su locuacidad y verborrea Cirilo Villacruz, hermano menor de Gonzalo, pero nacido en Cuba y esposo de Hélène. De intento o por pura ligereza, lo cierto es que parecía dedicarse a abortar los esfuerzos que tanto Gonzalo como su cuñado hacían por llevar la conversación a las consecuencias del atentado; y por si fuera poco el desasosiego que ya de por sí manifestaba Gonzalo al verse interrumpido en un asunto que, a juzgar por su actitud, consideraba de la máxima prioridad, la propia Hélène daba la impresión de estar colaborando al boicot con una calculada ingenuidad.

—Amigos —Gonzalo volvió a la carga reclamando la atención de todos en un tono inequívocamente exigente y, cuando la obtuvo de nuevo de los presentes, insistió con un aire de afectada gravedad que a Hélène le sonó a dignidad ofendida—: Repito que estamos ante un hecho de nefastas consecuencias, mis queridos amigos, porque esto..., esto es la guerra.

—Exageras, Gonzalo, te encanta ser pesimista. No le hagáis caso —intervino Cirilo dirigiéndose a los demás—. Es una *pose*.

—Los austríacos —dijo Monsieur Giraud haciendo caso omiso de Cirilo Villacruz— no van a dudar en atribuir el crimen a Serbia. La relación entre Austria-Hungría y Serbia es muy tensa. La crisis de Bosnia no tiene salida para los austríacos sin un escarmiento a Serbia, que ha aumentado considerablemente su poder, algo intolerable. En fin, no estoy en desacuerdo con Gonzalo porque creo que la guerra es inevitable y no lo lamento, tal y como están las cosas.

—Es la guerra —insistió Gonzalo—. Austria arrastrará a Alemania, Rusia entrará en acción como aliada de los serbios, y los franceses, y también los británicos con ellos, y entonces... ¡Pum! ¡Adiós muy buenas! Toda Europa en pie de guerra. Una catástrofe.

Gonzalo Villacruz era un hombre de talante liberal y una cierta cultura, todo lo contrario de su hermano Cirilo, que era un vivalavirgen al que sólo le interesaban los caballos, las fiestas y las mujeres. A diferencia de Gonzalo, el primogénito de los Villacruz, una rancia familia castellana que se dedicaba al cuidado de sus fincas, Cirilo no tenía otros ingresos que los que constituían la renta que le dejara su abuela cubana, que era quien lo había mimado desde el principio, faltos de madre ambos hermanos. El padre, atento a preservar el patrimonio familiar, lo cual era norma irrevocable, había preferido ponerlo en manos de Gonzalo, de manera que Cirilo, para llevar el ritmo de vida que practicaba, tenía que acudir con creciente frecuencia al dinero de su mujer. Hélène Giraud, pese a su juventud, era una muchacha prematuramente desencantada del matrimonio y, a la vez, sometida a rachas de apasionamiento por su marido. La buena educación matizaba el desarreglo. Gonzalo, sabedor de la situación, hacía llegar también dinero a su hermano para cubrir las apariencias ante Monsieur Giraud, quien, desde luego, le hubiese antepuesto a Cirilo como cuñado; pero Hélène, siendo apenas una jovencita, había quedado prendada del pequeño y, siendo también caprichosa, casó con él sin atender a razones. Lo cierto es que en sociedad eran una pareja muy solicitada por la simpatía del uno y el encanto de la otra, pero Gonzalo, pesimista por naturaleza, dudaba del futuro de aquella relación. Además, no tenían hijos y él, soltero, tampoco, por lo que no dejaba de inquietarle el futuro de la familia. Sus esperanzas estaban puestas en un hipotético embarazo de Hélène.

—Pues cásate tú si tanto te importa la estirpe —terminaba diciéndole Cirilo cada vez que salía el tema a relucir.

Gonzalo, desconfiado y perfeccionista, se resistía.

—Antoine —dijo Hélène de pronto dirigiéndose a su hermano—, ¿no querrás decir que Francia va a entrar en guerra?

—Desgraciadamente, Hélène, como acabo de decir, temo que así sea. El conflicto parece inminente.

Hélène ahogó una exclamación y puso sus ojos en Gonzalo, en quien confiaba para los asuntos trascendentes. Éste entendió en seguida el mensaje de su cuñada y, apenas terminada la cena, mientras los invitados se dirigían al gran salón central de la casa, ambos se alejaron discretamente hacia un extremo de la rotonda que se abría al jardín. Cirilo los vio tomar asiento en un canapé iluminado tan sólo por las velas encendidas de un candelabro posado en una consola y encogiendo irónicamente sus hombros murmuró:

—Felices consejos de papaíto.

El consejo de Gonzalo fue que confiase en su administrador español, un tal Ruz, vinculado a la familia desde que el padre de éste pasó a administrar las propiedades de los Villacruz; era hombre de experiencia, sobrio, concienzudo y buen conocedor de los mercados no sólo españoles sino también europeos. Precisamente se hallaba en aquellos momentos en París resolviendo un complejo asunto de títulos franceses de la familia y, de regreso, debía pasar por Biarritz para rendir cuentas, por lo que le parecía un momento muy oportuno para aconsejar a Hélène sobre la protección de su fortuna. Y así fue como Rufino Ruz conoció a Hélène Giraud.

Rufino no tuvo duda alguna respecto a lo que debía hacerse con los títulos y el dinero de Hélène y le aconsejó que convirtiese todo en oro con la mayor urgencia, asunto del que él podía encargarse para ganar tiempo, y lo escondiera en lugar seguro. Y así, una noche, Gonzalo, Cirilo y el administrador abrieron un hoyo profundo en el jardín de la propia finca de Biarritz y enterraron el oro bien embalado en cajas. Al término de la operación, agotados, se dejaron caer en el suelo. La noche era lo suficientemente clara como para evitar trabajar a la luz de un farol o de linternas, pero la luz sí sería necesaria para dibujar el plano, por lo que Cirilo se ofreció a entrar en la casa y trazar allí, sobre una mesa, las coordenadas del lugar.

—El mapa del capitán Kidd —dijo con sorna cuando reapareció con él en la mano, seguido de Hélène.

Gonzalo se incorporó pesadamente, ayudado por el administrador.

—Yo ya no estoy para estos esfuerzos —protestó. Los cuatro entraron en la casa. Hélène había dispuesto un buffet de circunstancias y en el salón ya había muebles cubiertos con fundas, indicio de partida inmediata.

—Ésta es nuestra última cena particular —dijo Cirilo—. Ahora la pregunta es: ¿quién guarda el mapa?

—Lo guardará Hélène, naturalmente —dijo Gonzalo.

—Tu legendaria desconfianza —comentó despreocupadamente su hermano.

—Puedo mandar hacer copias mañana mismo —ofreció el administrador—. Con total discreción —dijo en seguida, al observar las miradas de los tres concentradas en él. En realidad su peligrosa oferta, peligrosa para él, como explicó excusándose, no tenía otro objeto que facilitar las cosas a Madame Villacruz.

—Creo que has hecho una nueva conquista —le susurró Cirilo al oído.

Europa pensaba que la guerra sería corta, al estilo de las del siglo anterior, y los contendientes se lanzaron alegremente a la lucha mientras las oficinas de reclutamiento se saturaban. Y la guerra comenzó al modo de las del último tercio del siglo XIX, con sus grandes maniobras y los héroes románticos a caballo. En realidad, y como dijo un historiador, fue una guerra que empezó al estilo de las del XIX y terminó al estilo siglo XX, que se consolidaría en la Segunda Guerra Mundial.

Al día siguiente, los cuatro salieron camino de España.

Durante este tiempo Cirilo y Hélène vivieron su aventura particular en Tánger, donde la familia Giraud tenía una casa y donde se consideraban a salvo. Cirilo viajaba de cuando en cuando a la península, incapaz de permanecer fijo en un sitio mucho tiempo. En realidad, corría en busca de aventuras amorosas y Hélène hacía ojos ciegos a las infidelidades de su marido que, por otra parte, tampoco éste se molestaba en esconder. La razón de su aparente calma —que era real excepto cuando Cirilo la ponía demasiado en evidencia— fue el encuentro casual en Tánger con un oficial francés allí destacado, en cuyos brazos se refugió apasionadamente del descuido de su marido. Luego, Hélène dio a luz a una niña al cumplirse un año de la contienda europea. Después, Cirilo fue espaciando cada vez más sus apariciones por Tánger y al cabo de un año dejó de visitar a su esposa. Ella tuvo noticias suyas por Gonzalo, pero ya a mediados de 1918 éste le comunicó que había perdido la pista de su hermano. Fue una desaparición misteriosa. Tan sólo una vez les llegó una vaga noticia de que se había alistado en la *Légion Étrangère,* lo que consideraron una fantasía de su informador, quien a su vez la había recibido de oídas.

Al término de la guerra, Hélène decidió volver a Francia cuanto antes tras los pasos de su amante. Deseaba reencontrarse con su hermano Antoine, su esposa y sus hijos y presentarles a la pequeña Elena. Además, tenía que desenterrar el oro. Y en cuanto a los pasos relativos a la recuperación de su situación financiera confiaba plenamente en Gonzalo Villacruz. Pero también lo necesitaba para otro asunto: no disponía del original del plano del tesoro, no lo encontró al salir de Tánger y no recordaba dónde pudo haberlo escondido, así que, ausente su marido, necesitaba a su cuñado para proceder a desenterrar el oro. Éste, siempre bien dispuesto, llamó al administrador Ruz para que los ayudase a localizar el escondite y Ruz acudió en cuanto le fue posible. A falta de plano, dos memorias recordarían mejor que una.

El edificio se encontraba en buenas condiciones y la finca, que durante la contienda quedó al cuidado del matrimonio que atendía habitualmente la casa, no había padecido abandono ni tampoco progreso. Hélène se instaló de paso en ella, al extremo de que ni siquiera desenfundó los muebles, un par de días antes de que llegaran los otros dos. Esos días tuvo una sensación insistente de provisionalidad. No durmió bien y el recuerdo del desaparecido Cirilo pareció deambular por la casa. Cuando llegaron Gonzalo y Rufino Ruz sintió alivio. Lo cierto era que en los dos últimos años la ausencia de Cirilo había ido convirtiéndose en olvido y, de pronto, la casa le devolvía su presencia y los amores vividos allí. Era una sensación inesperada la de comprender que, lejos de los brazos de su amante, echaba de menos a su marido.

Al atardecer del tercer día, los dos hombres y Hélène se reunieron en el jardín. Gonzalo estaba dudoso, pero el administrador pronto se situó sobre el terreno y señaló un punto en la tierra sin un titubeo y ambos empezaron a cavar. Echaban en falta a Cirilo, el más fuerte de los tres, y al caer la noche aún continuaban cavando. Hélène entraba y salía de la casa para cuidar de la niña, cada vez más impaciente, lo que producía ansiedad en los dos hombres.

Gonzalo Villacruz, que se había despojado de su camisa, clavó su pala en el montón de tierra removida que tenía a su espalda, sudoroso y agotado, y se dirigió al administrador:

—Escuche, Ruz, ¿está usted seguro de que éste era el lugar?

Rufino Ruz, con los pies hundidos en la zanja, levantó la vista hacia él y lo miró abatido.

—Yo juraría, señor Villacruz, que éste era el lugar. Me juego el cuello. Pero aquí no hay nada.

—Es posible que nos hayamos retranqueado unos metros —propuso Gonzalo.

—Es posible —admitió Ruz—, pero no lo creo.

—Esto es un disparate —murmuró Gonzalo con un deje de angustia en la voz.

—¿Qué es un disparate? —preguntó Hélène, que una vez más salía de la casa para seguir el curso de la excavación.

Hélène sufrió una crisis de histeria que la obligó a guardar cama por consejo médico. Gonzalo, estupefacto, se revolvía entre la incredulidad y la sospecha. Interrogó severamente al administrador respecto al lugar del enterramiento. ¿No podrían haberse equivocado al excavar? Al fin y al cabo habían transcurrido cuatro largos años y el natural descuido de la finca pudo haberlos despistado a la hora de fijar con exactitud el punto de enterramiento. El matrimonio encargado de mantener al mínimo la casa en ausencia de Hélène fue cuidadosamente investigado, se interrogó con absoluta discreción a los vecinos, se repasó con todo cuidado la aparición ocasional de cualquier trabajador (ya fuera fontanero, albañil, cartero...) que se hubiera acercado a la casa por cuestión de mantenimiento o servicios... Nada. Ni un rastro. Ni una anormalidad que hubiera llamado la atención. En vista de la situación, decidieron actuar a cara descubierta y contrataron a dos paleros para que ampliasen la búsqueda, que siguió durante tres días. Todo fue inútil. El oro se había esfumado y nadie que tuviese algún contacto o acceso casual a la finca mostraba el menor signo posterior de riqueza.

Aunque le costase reconocerlo, sólo dos candidatos se dibujaban claramente en el nefasto horizonte de la catástrofe: o el administrador o su hermano Cirilo. Del primero, dado su historial de servicios, no podía dudar sin que se derrumbara una confianza sustentada en la experiencia de muchos años, pero, aun así, lo investigó con la mayor discreción posible. En cuanto a su hermano, no quería ni considerarlo. Su desaparición se llenaba ahora de sospechas. El mundo de honor de Gonzalo Villacruz se venía abajo.

Hélène, desde que se repuso, no dudó un momento en atribuir el latrocinio a Cirilo. En realidad, ya a la mañana siguiente del horrible descubrimiento apenas salió de su dormitorio y, sin rastro alguno del ataque de llanto y nervios de la noche anterior, exigió la presencia de Cirilo a su cuñado o, de lo contrario, amenazó con informar inmediatamente a Monsieur Giraud, su hermano, de la situación.

—¡Y yo que le había echado de menos al volver aquí! —exclamaba con ira apenas contenida, una ira que principalmente la castigaba a ella. Gonzalo ya no sabía qué pensar.

Ahora, pues, la sola idea de que Cirilo se hubiera quedado con todo convertía a la encantadora joven en una fiera, lo que degradó también a Gonzalo, que así veía desmoronarse su vida y su concepto de familia conjuntamente. Hélène, cuando se serenaba, lo trataba con frialdad y eso le añadía una gran pesadumbre. Por si fuera poco, Cirilo seguía desaparecido. En Madrid no sabían nada de él. El administrador rondaba como un alma en pena, sin atreverse a alejarse ni a acercarse, temeroso de ser acusado por aquella mujer por la que, desde que la conoció, sentía una suprema debilidad. Ella se limitó a ignorarlo. Finalmente, Hélène no pudo más, abandonó la casa de Biarritz, se trasladó a París con su hija y allí informó a su hermano de cuanto había sucedido. Esto rompió definitivamente la relación entre los Giraud y los Villacruz. El desastre se había consumado.

Un mes más tarde, Cirilo reapareció. Se presentó en París, donde Hélène vivía poco menos que a expensas de su hermano, y fue directamente a verla. Lo que sucediera entre ellos es imposible de saber, pero lo cierto es que ella aceptó recibirlo. Cirilo se presentó con los bolsillos vacíos, imploró, juró que se hallaba en la ruina y que su hermano le negaba toda ayuda que no fuera la mínima para mantener el decoro del nombre familiar. Quién sabe con qué dotes de seducción y encanto personal se mostraría, el caso es que Hélène lo admitió en su casa, al menos temporalmente. ¿Significaba eso la exoneración de toda sospecha? ¿Estaba convencida de su inocencia? Desde luego, su actitud no parecía dejar lugar a dudas, como tampoco la falta de recursos económicos de quien todavía era su esposo. En todo caso, lo cierto es que unos días después de la llegada se produjo un suceso que acabaría resultando sumamente intrigante: ella hizo entrega a Cirilo de una carta sellada.

Una semana más tarde, los dos hermanos, Gonzalo y Cirilo, se encontraron en la costa francesa. El segundo se disponía a embarcar para Guadeloupe, en las Antillas. Era uno de esos días en los que el cielo gris parecía pegarse a los tejados de las casas y la humedad lo impregnaba todo, también el interior de la taberna donde acababan de almorzar.

—Lo único que me consuela en estos momentos —dijo Gonzalo tras pedir los cafés— es saber que ella te acepta de nuevo. No quiero saber dónde has estado hasta ahora ni lo que has hecho, pero quiero que me jures que tú no tocaste aquel oro.

—¿Acaso crees que me encontraría en la situación en que me encuentro si ese oro estuviera en mi poder? Mi querido hermano, eres un simple.

—Esa actitud es tan detestable como si lo hubieras robado, pero tengo que creerte.

—¿Robado? En todo caso ese dinero sería *nuestro,* de Hélène y mío; te recuerdo que seguimos unidos ante Dios y ante los hombres.

—Aborrezco tu cinismo —exclamó Gonzalo impotente—. Cambiemos de tema. ¿Cuándo piensas volver?

—En realidad sólo tengo que hacer un encargo. Hélène necesita una autorización complementaria de cierto oficial francés destinado en las colonias, a quien por lo visto entregó sus joyas por razones de seguridad para que las depositase en un banco de París.

—¿Y te envía a ti para conseguir esa autorización? ¿Qué oficial francés? —Gonzalo, desorientado, amontonó las preguntas.

—Soy su marido, hermano. ¿En quién iba a confiar más que en mí?

—¡Basta de impertinencias conmigo, Cirilo! Me parece sumamente extraño esto que me cuentas. No tenía noticias de ningún oficial francés.

—Querido mío, al parecer se trata de un *chevalier servant* de los años de Tánger, no me preguntes por algo por lo que yo no me he preguntado. Apenas cumpla mi misión estaré de vuelta. Esta carta —dijo sacando un sobre del bolsillo interior de su chaqueta— es la llave de toda la operación. Hélène necesita recuperar sus joyas porque su ridículo hermano la mantiene a sus expensas y, como es natural, ella lo soporta mal.

—¿Y te necesita a ti para hacerle llegar esa carta? ¿No puede enviarla por correo? —dijo Gonzalo, perplejo. ¿Acaso no sabía Cirilo que el oficial era o al menos había sido su amante? Por un momento se preguntó quién de los dos era más insensato, si Hélène o Cirilo.

—¿Tan mal te parece que confíe en mí? —comentó Cirilo—. Por favor...

Tres semanas después ocurrió la tragedia. Al parecer, pues la confusión sigue imperando, Cirilo se entrevistó con el oficial y es de suponer que hiciera entrega de la encomienda a su destinatario. La reacción de éste se desconoce, así como cualquier otro incidente habido entre ellos. Hasta donde se ha podido llegar a reconstruir el suceso no se encontró rastro de concesión alguna por parte del oficial respecto del encargo que llevaba Cirilo. Tampoco se encontró ninguna carta, llave o cualquier otro elemento que permitiera deducir que Cirilo cumplió con su cometido. Ella no quiso revelar nada acerca del contenido de la carta. En todo caso, hubo algo que llamó la atención de Gonzalo: el alivio que manifestó su cuñada al serle comunicado que no se halló rastro alguno de la carta. La desaparición de Cirilo fue, esta vez, definitiva y todas las pesquisas oficiales sobre su paradero resultaron vanas. El oficial se llevó el secreto a la tumba.

Y fue así porque murió violentamente. Su asistente contó después que dejó solos a los dos hombres y se retiró. No volvió a saber nada de ellos hasta que al cabo de un buen rato, alertado por el silencio, entró en el cuarto del oficial y lo encontró tendido sobre un gran charco de sangre. Lo habían atravesado con su propio sable.

Todo hace pensar que el autor material de la muerte fue Cirilo. ¿Cómo logró desarmar a su antagonista o hacerse con el sable para atravesarlo de parte a parte? La respuesta permanece en el misterio. Cirilo había practicado la esgrima, pero cabe suponer que su contrincante dominaba mejor ese arte y, sobre todo, era un militar avezado. La figura de Cirilo Villacruz se desvaneció en el Caribe antillano y nunca más se tuvo noticia suya. Cuando las investigaciones, tanto de la policía local de Basse-Terre como del ejército, se cerraron, sólo quedaron resueltos los aspectos externos del suceso, las circunstancias, el modus operandi, la cronología de los hechos, el informe forense..., pero el autor y los motivos permanecieron envueltos en la incertidumbre. Sólo Gonzalo Villacruz mantuvo durante algún tiempo la esperanza de que su hermano se encontrara vivo en algún lugar del continente americano.

Hélène Giraud regresó con su hija Elena a Biarritz, vendió la finca y adquirió una pequeña villa donde se refugió y se dedicó a cuidar, mimar y educar a su pequeña. Elena Villacruz creció entre caprichos y rabietas con el consentimiento de su madre; ésta mantenía una melancólica disposición de ánimo que sólo se aclaraba de año en año con la llegada de la primavera. Entonces su mejor carácter salía a la luz, tomaba las riendas de la casa, participaba en actos sociales y corregía con firmeza la indisciplina de su hija. Después, a medio verano, la melancolía comenzaba a hacer presa en ella y a las puertas de Septiembre se retiraba a su casa y enterraba su mundanidad. Así fueron pasando los años mientras Elena crecía y mostraba ya abiertamente su firmeza de carácter y una cierta dureza de corazón, producto quizá de la extraña vida que llevaba con su madre —hacia quien, sin embargo, desarrolló apenas tuvo edad suficiente un fuerte instinto de protección— y de la monotonía provinciana en que se veía obligada a desenvolverse. Las atenciones de Monsieur Giraud le procuraron algunas escapadas a París coincidiendo con sus vacaciones y allí, libre del peso de Hélène y de la vida monótona, disfrutaba fervorosamente de cuanto estímulo se ponía a su alcance. Poco a poco fue desarrollando una suerte de egoísmo que sólo afectaba parcialmente a su madre, por la que sentía adoración y por la que, en el fondo, seguía desoyendo las invitaciones de su tío a vivir con ellos y estudiar en la capital.

Sin embargo, un acontecimiento vino a cambiar las cosas. El administrador español, el tercero de los partícipes en el enterramiento del oro, que había logrado quedar fuera de sospecha, solía despachar con Hélène de tanto en tanto, coincidiendo siempre con sus viajes a San Sebastián por los asuntos de negocios de Gonzalo Villacruz. De hecho, tanto éste como el administrador volvieron a ser objeto de atención de la familia Giraud pues, descartado Cirilo por su mala situación, la duda los señalaba a ellos; sin embargo, ningún indicio de posesión del oro los delataba. En Madrid se daba por hecho entre los íntimos de la familia que Hélène acabaría casándose con Gonzalo, lo que ocasionaba tensiones y recelos con París; el asunto se dilataba, pero todo el mundo lo atribuía a la espera por la declaración oficial de viudedad.

En Madrid, del 13 al 14 de Abril de 1931 Gonzalo Villacruz no pegó ojo. Al día siguiente todas las informaciones que le llegaban eran, a más de incompletas, desesperanzadoras y confirmaban los peores augurios. Se estaba preparando la salida de Alfonso XIII, se hacían los últimos intentos de convocar unas Cortes Constituyentes, Romanones explicaba al Gobierno que era imposible resistir, miles de manifestantes recorrían la calle de Alcalá portando banderas republicanas. El pesimismo de Gonzalo Villacruz se hallaba en su punto álgido, pero sacó fuerzas de flaqueza y tomó la decisión de instalarse en Francia. La sombra de la Revolución rusa, que tanto le afectara desde que irrumpió en plena guerra mundial modificando la situación, pero, sobre todo, amenazando con una imagen de terror y desenfreno, le había vuelto radical y, al mismo tiempo, un tanto timorato. En aquellos momentos no quedaba mucho del hombre templado y curioso que había sido hasta entonces, interesado tanto en la Historia como en la Política.

Una vez en Francia, lo primero que hizo fue visitar a Hélène. Lo hizo acompañado por el administrador a sabiendas de que éste se encontraba en buenas relaciones con su cuñada y de que se ocupaba con interés y simpatía del modesto capital que ésta consiguiera salvar después de todos los desgraciados acontecimientos. Hélène lo recibió cariñosamente, lo que tuvo en él un efecto reparador. Su hija Elena Villacruz, que ya había cumplido dieciséis años, estudiaba en París y le pareció que, al preguntar por ella, Hélène se hacía la ofendida y desviaba la conversación. Se despidió cuando ya oscurecía y regresó solo porque el administrador se quedó a tratar algunos asuntos que, al parecer, estaban pendientes. No dejó de llamarle la atención este hecho.

Al final decidió dividir su vida entre San Sebastián y Bayonne. Un año después, todo su capital estaba fuera de España y él instalado provisionalmente en Bayonne. Y sólo entonces empezó a percatarse de algo que hasta entonces había pasado por alto. Ese algo era la presencia constante del administrador en Biarritz. Y aún más asombroso fue el descubrimiento de que donde estaba viviendo era nada menos que en la propia casa de Hélène Giraud. No sólo él; también su hijo, un joven con aspecto de poeta maldito y gesto asustadizo.

Si algo le faltaba a Gonzalo para que el mundo acabara por parecerle un lugar irreconocible y la vida un desatino, la confirmación de que el administrador Ruz y Hélène eran amantes obstruyó por completo su capacidad de comprensión. Por momentos empezó a creer que un hado fatal se cernía sobre él de manera implacable desde el comienzo del siglo. Si echaba la mirada atrás, lo único que veía era una especie de terrible negrura, de amenazante y devastadora tormenta que batía sobre su vida sin piedad ni reposo, desde la pérdida de Cuba hasta el horizonte republicano; una amenaza que se agitaba en su mente como las llamas de un fuego descontrolado agitan las sombras en una noche oscura. Espantado y solo, abandonó Bayonne y buscó reposo primero en Ginebra, luego en Lausanne, en una habitación de hotel, como si se tratara de un refugiado que lo ha perdido todo en cuanto a la satisfacción y el afecto y al que sólo le queda el consuelo de consumir lentamente su fortuna sin fuerzas ni deseos ni esperanza alguna.

Al salir al sol, fuera del abrigo de los árboles del jardín, Marcos sintió una masa de calor denso y sofocante que se le pegaba al cuerpo sin piedad. Caminaba en silencio junto al maestro de obras, incapaz de articular palabra bajo aquel fuego que inmovilizaba el aire. No se movía una hoja, una hierba. De repente, a través del calor, le llegó el recuerdo del día que inauguraron la piscina construida por su padre, una obra tan trabajosa como la del pabellón. Aquel día estaba toda la familia y Amelia trajo consigo a su amiga Mariana. Los tres tenían entonces dieciocho años. Marcos lo recordaba bien porque lo llamaba el verano de la desdicha. La desdicha tenía un nombre: Mariana de Marco. Al recordarla sintió aún la punzada de los celos. Enfundada en un maillot amarillo, él notaba cómo las miradas de sus dos hermanos mayores convergían en ella con un disimulo evidente. Mariana era mucho más coqueta que su hermana Amelia y mucho más viva, todo su cuerpo desprendía una carnalidad que a Marcos le resultaba casi doloroso contemplar. Ella estaba echada boca abajo, recién salida del agua, y Marcos, tumbado cerca, aproximándose poco a poco como si reptase al acecho, miraba las gotas de agua resbalando por sus muslos hacia la hierba, miraba sus nalgas apretadamente ceñidas por la fina tela del bañador, miraba las axilas depiladas, el suave vello de los brazos clareado por el sol, la curva de la espalda al descubierto. Marcos sudaba ahora copiosamente y se secó la frente con el pañuelo sin dejar de caminar. El sol caía a plomo. El sol acariciaba a Mariana; a ella no parecía molestarle sino al contrario, debía de sentirlo como una caricia. A Marcos, en cambio, lo abrumaba, confundiéndolo con su propia excitación. Sabía que aquella mañana llegarían Amelia y ella en el coche con Joaquín y ya estaba inquieto desde que se levantó para desayunar. También rondó el cuarto de las chicas, entre indeciso y audaz, donde las dos amigas se habían encerrado; esperaba a que salieran para acompañarlas, una espera excitante que lo tuvo yendo y viniendo. Se distrajo y ellas corrieron a la piscina, donde las encontró. Allí estaba, todo su cuerpo dibujado a la perfección por la tela del maillot, al descubierto.

Mariana no parecía tener en él más interés del que se muestra al hermano de una amiga, y por eso su simpatía le hería más profundamente. Fue Joaquín quien se sentó junto a ellas mientras él seguía observando. Las muchachas —pensó entonces— son tontas, sólo se sienten atraídas por los sinvergüenzas y los charlatanes. Marcos detestaba a su hermano Joaquín, cuya vida se iba en perseguir a las chicas y en salir de noche. Le resultaba intolerable que todas lo encontrasen encantador, tanto las frívolas como las más serias. Mariana era divertida, pero seria también, según creía él. En realidad era una chica de carácter y eso le gustaba y pensaba que precisamente su carácter le evitaría caer en brazos de moscones porque una cosa era el juego y otra lo que hay más allá del juego. Pero ahora, bajo el peso del sol, la deseaba por encima de cualquier otra consideración. Notaba los surcos que el sudor dejaba en su piel y eso lo excitaba aún más. De repente, Joaquín tiró de ella, la tomó en sus brazos al incorporarse y, mientras Mariana reía y pataleaba, se acercó hasta el borde de la piscina y la echó al agua. Lo que Marcos vio fue el modo en que ella apretaba sus brazos en torno al cuello de Joaquín mientras se agitaba y protestaba. Joaquín saltó con ella, desaparecieron de su vista y una cortina de agua se levantó en su lugar. Marcos se dio la vuelta, cruzó la casa por el comedor y la cocina, salió a la puerta de entrada y echó a andar. Afuera hacía aún más calor. Estaba descalzo y la tierra ardía. Se detuvo. Estaba empapado de sudor y sentía el cuerpo revuelto. Miró hacia arriba un segundo, hacia el sol cegador, y siguió avanzando junto al maestro de obras. Se preguntaba qué demonios estaba ocurriendo. Entonces pensó, volviendo a la realidad, que Mariana de Marco vendría invitada a la boda de su hermana. Tantos años después.

Elena Villacruz alcanzó la mayoría de edad en 1936. Para entonces la relación de su madre con el administrador era ya un declarado concubinato a la espera de una boda que nadie, salvo ellos dos, deseaba. El administrador había cubierto todas las deudas de Hélène y le concedía todos sus caprichos, que eran cada vez más extravagantes, y Elena se preguntaba de dónde procedía el dinero que él gastaba tan pródigamente en ella. Quizá hubiera debido aliarse con el hijo, pero lo despreciaba por pusilánime y porque sospechaba en él un carácter turbio y sinuoso; quizá hubiera debido consultar a su tío Gonzalo, pero apenas lo había tratado y casi todo lo que sabía acerca de él lo sabía por referencias; eso aparte de que se encontraba aislado del mundo en un lujoso hotel de Lausanne.

También en 1936 se produjo la sublevación militar que dio origen a la Guerra Civil española. En todo ese tiempo, Elena bajó a Biarritz en contadas ocasiones porque las figuras del administrador y su hijo se le habían hecho particularmente odiosas. Este hombre, por norma al servicio de terceros, de pronto era capaz de cubrir las deudas de su madre —una inconsciente que siempre confió en que algo la sacaría de sus apuros, pues para eso era ella quien era— y de proporcionarle una vida de comodidad y capricho en la que no florecía deseo que no fuera cumplido al punto. Pero además, así como el administrador adoptaba un aire de mundanidad impropio de su condición y de su educación, su timorato hijo, siempre a la sombra del padre, tenía el aspecto de un alma torturada por un secreto inconfesable o una cruz demasiado pesada sobre sus hombros. ¿Acaso sabía algo que se veía obligado a callar y que le estaba consumiendo? El joven, siempre solitario, poco afecto a la diversión, retraído con las mujeres, tangente con la religión hasta el escrúpulo, no podía ofrecer un aspecto menos seductor. La imagen del trío, refugiado en la villa de Biarritz propiedad de su madre, era para ella una dolorosa invitación a alejarse del que había sido el lugar favorito de su infancia.

Una parte de la familia Villacruz se encontraba en Zarauz cuando cayó Guipúzcoa y pronto el administrador cruzó la frontera para ponerse en contacto con ellos. En realidad los Villacruz se encontraban allí de veraneo cuando estalló la sublevación y ahora, a pesar de la escasez y de encontrarse lejos de su dinero, se felicitaban por su suerte. El administrador acudió en su ayuda y les proporcionó liquidez suficiente para salir de apuros mientras aguardaban el rumbo de unos acontecimientos que aún no aparecían definidos. El administrador, como reconocieron siempre, no dejó de ayudarlos en todo ese tiempo, adelantando de su bolsillo cantidades de dinero nada desdeñables a cuenta.

Elena los visitó y, aunque verificase el correcto comportamiento del administrador, ni por un momento dudó de la implicación de éste en el robo. Pero, además, un brote de maldad que tendría que haberle sorprendido a ella misma hizo que se cebara especialmente en el hijo. Quizá fuera por su aspecto de víctima propiciatoria, quizá porque buscara descargar en alguien más cercano a su edad, lo cierto es que en cuanto comenzó a acosarlo, el modo en que se retrajo la excitó. Y lo que empezó siendo una especie de maligna diversión acabó convirtiéndose en un tormento para el pobre joven, un tormento que, a medida que se manifestaba como tal, la convencía aún más a ella de que no era sino la portadora de un castigo que, si no les devolvería nunca el dinero perdido, al menos lo haría arder en su conciencia. Porque a estas alturas, Elena estaba plenamente convencida de que el autor del robo del oro de su madre había sido el administrador Ruz y su actitud respondía a la idea de vengarse de un acto que consideraba el más bajo y rastrero de todos los delitos imaginables, tanto que el mero hecho de que el administrador cumpliera ahora el papel de padre la hacía sentirse manchada por él. Por eso, al apreciar un temor culpable en el hijo, le pareció que la sola consecuencia de hacer crecer en él un sentimiento de culpa era la compensación adecuada a la vileza de ambos, padre e hijo; y cuando estuvo segura de que el sentimiento era tan fuerte y estaba tan interiorizado que sería incapaz de comentarlo con su padre, lo acusó directamente de haberse apropiado, junto al primero, de la fortuna de Hélène Giraud. Lo hizo con deliberada intención y el pobre joven recibió el golpe en lo más hondo. Ésta fue la primera vez que Elena sintió pena por él y, aunque pronto le quitó importancia, tuvo conciencia de la maldad que encerraba esta suerte de desahogo vengativo.

El hijo, un día, desapareció de la villa. La siguiente noticia que tuvieron fue que había cruzado la frontera y se había enrolado en las filas nacionales. Elena no volvería a saber de él hasta que se vio obligado a volver por un cruel acontecimiento.

Al año de concluida la Guerra Civil española, en Europa la capitulación de Holanda el 14 de Mayo de 1940 convenció al astuto administrador de que otro frente de guerra se avecinaba. La claudicación a finales de Mayo del rey Leopoldo de Bélgica despejó todas sus dudas, y creyó llegado el momento de ponerse otra vez a salvo con Hélène ante el incierto panorama internacional. Apoyado en la familia Villacruz, que le debía los muchos favores habidos durante la Guerra Civil, cerró la villa de Biarritz, regresó a España, adquirió una finca en Toledo que puso a nombre de Hélène y, tras una breve y, al parecer, infructuosa visita a Suiza para hablar con Gonzalo Villacruz, pues éste no quiso recibirlo, se instaló en la sociedad de los vencedores de una España en ruinas. Allí se las ingenió para conseguir una declaración de viudedad de Hélène y contrajo matrimonio con ella ese mismo año.

La boda del administrador con su madre la recibió Elena como un acto de perfecta villanía, pero lo guardó en su corazón; al fin y al cabo dependían de él en lo tocante a la vida cotidiana, sobre todo su madre, por lo que la aceptación se impuso a todo otro sentimiento; no ocurrió lo mismo con el rencor, que siguió creciendo. Elena era ya una joven lo suficientemente inteligente como para elegir el silencio a pesar de que su carácter le hubiera exigido otra respuesta.

A principios de los años cuarenta, Madrid se convirtió en una ciudad cosmopolita como nunca antes lo había sido, bien que esto sucedía tan sólo entre la clase alta, pues la devastación a que la guerra redujo al país y la hambruna y el miedo que se extendieron por toda la geografía española también se manifestaban en la capital. Fueron unos años, los de la Segunda Guerra Mundial, en que la ciudad estuvo llena de refugiados, políticos, diplomáticos, espías y aristócratas de medio mundo. Los elegantes, al salir de las fiestas, mientras aguardaban el momento de retirarse en sus vehículos rumbo a sus casas, hoteles o embajadas, solían encontrar a menudo grupos de menesterosos a la intemperie que imploraban una moneda o un socorro. Era una escena que parecía teatral y fantasmal a la vez, como si de pronto, al abrirse una puerta de algún palacete al exterior, una luz traspasara las sombras de la noche y un alegre bullicio de risas y voces se dejase escuchar por unos momentos en la calle antes de que el silencio y la oscuridad se restablecieran y sólo el ruido del automóvil que partía dejara su estela sobre los desamparados que aguardaban, pacientes y resignados, alguna clase de limosna de los señores que acompañaban a las damas.

Elena Villacruz había entrado en España a petición de su madre, que le exigía que se retirase del campo de batalla —y Francia lo era en aquellos momentos— tal como ella misma hiciera durante la guerra de 1914-1918. Elena tampoco tenía mucho que hacer en París en aquellas circunstancias y prefirió no desairar a Hélène, que se instaló en la finca de Toledo con la joven y con su nuevo marido, aunque Ruz pasaba más tiempo en Madrid, por razón de sus negocios, que en el campo toledano. El hijo de Ruz, licenciado como alférez, regresó con su padre a la oficina que éste abrió en la capital. Elena contactó en seguida con sus primas de Madrid y, al cabo de un par de meses, cuando comprobó que su madre se encontraba bien atendida, se instaló en casa de sus tías y en la vida madrileña. Hélène se había convertido en un ser lánguido, caprichoso y un tanto hipocondríaco, que se ocupaba tan sólo del mundo en torno a sí misma. Elena pronto se aburrió de estar con ella todo el día, pues las ocupaciones de la finca apenas la distraían, y eso fue lo que la empujó a vivir en Madrid y compensar a su madre con visitas frecuentes que le servían a la vez de descanso. En realidad, el mal que había acabado atacando a Hélène era la pereza y su vida era una vida de soledad y hastío a la que terminó por acomodarse de una manera casi viciosa. Elena, que se desesperaba con la actitud de su madre desde que cayera bajo la influencia del administrador, acabó por aceptarla. Las discusiones entre hija y madre —que eran más bien monólogos de reproche de la una frente a la resistencia pasiva de la otra— terminaron el día en que Elena decidió que la actitud de su madre no merecía un solo desencuentro más. Ella la quería a su modo, por más encerrada en su mundo ególatra que estuviera, y descubrió que dejar las cosas como estaban y aceptar la situación le producía, en vez de la constante sangría emocional que alimentaba su exigencia, una tranquilidad exenta de culpa. Porque, como al final se reconoció a sí misma, lo que realmente la abrumaba era un indisimulable sentido de culpa por permitir que su madre se hundiera en el estado de progresivo aturdimiento en que se encontraba sumida, al que no debía de ser ajeno el uso de algunos medicamentos que prefirió no investigar.

Así transcurrieron dos largos años. La guerra mundial parecía no acabar nunca y, además, para Elena se había convertido en un acontecimiento lejano, un escenario de fondo ligeramente iluminado por el resplandor de las discusiones entre aliadófilos y germanófilos.

Una noche de Mayo en la que el cielo se mostraba nítida y profusamente estrellado, Elena, que había salido a pasear delante de la casa para disfrutar de la grata temperatura exterior, escuchó voces procedentes de la planta alta que atrajeron de inmediato su atención. Ella había llegado la tarde del día anterior para acompañar a su madre con la intención de regresar dos días después a Madrid. Lo que la puso en alerta fue el tono en que se expresaban, pues siendo bajo con el propósito claro de no llamar la atención, transmitía a pesar de ello una fuerte excitación que, precisamente por lo contenido del tono, resultaba dolorosa. ¿Qué estaba sucediendo entre su madre y el administrador? Hasta ese momento no había advertido aspereza alguna en sus relaciones, más bien lo contrario: la suya era una relación consentidamente blanda por ambas partes; en el caso de su madre, debido a su cada vez más pronunciada languidez y, en el del administrador, a una especie de adoración más propia de un admirador rendido que de un hombre metido en la trifulca de la vida. Era evidente que estaban discutiendo; sin embargo, por más que aguzaba el oído no lograba entender palabra. En vista de lo cual decidió alejarse de la casa, pues la escena le incomodaba.

Avanzó unos pasos, lentamente, como si deseara tantear el lugar en que la conversación fuera inaudible pero le permitiera quedar al abrigo de la casa. El cielo oscuro y plagado de estrellas parecía recién lavado. Luego recordaría que sintió el frescor de un primer escalofrío, pero en ese momento lo atribuyó al efecto del largo grito que desgarró la noche y le heló el corazón en un primer momento, antes de que se le desbocara en el pecho porque esa voz la reconoció al instante. Sin ser consciente aún de ello, se giró hacia la casa. Por un momento, mientras recobraba la conciencia de realidad, deseó no haberlo escuchado. Era un grito de muerte y así lo sintió.

Elena salvó de tres en tres los escalones que conducían a la planta alta, atravesó a la carrera el salón de estar, cruzó la antecámara del dormitorio y allí, en el umbral, se detuvo de golpe ante la escena que se ofrecía a sus ojos. Hélène yacía sobre la cama con la cabeza vuelta hacia ella, los ojos abiertos y un brazo colgando fuera del lecho; el administrador, de espaldas y arrodillado, con el rostro oculto en su seno, sollozaba desconsolado. Elena, tras unos segundos de vacilación, llamó inútilmente a su madre y, acto seguido, como si comprendiera de pronto lo absurdo de su reacción, se abalanzó sobre ella, tomó su cara entre las manos, echó a un lado al administrador y le buscó el pulso ansiosamente. Rufino, que se había aferrado a las piernas de Hélène al ser desplazado, murmuraba una especie de letanía ininteligible.

Elena, exasperada, se levantó de golpe y corrió a la escalera llamando a voces a la criada, que apareció justo en ese instante en el vestíbulo; al guardés, que ya acudía por el exterior, seguido de su esposa, lo envió a caballo, tal y como venía medio vestido, en busca del médico. Hasta que volvió con él, la casa fue un desconcierto. El administrador se había encerrado en su gabinete. Las mujeres sollozaban y se tropezaban unas con otras. Elena, comprendiendo lo peor, permanecía junto a su madre sin perder el temple, pero con la sensación de que el tiempo transcurría fuera del mundo y no dentro de él. Finalmente el médico no pudo hacer más que certificar la defunción de Hélène Giraud por parada cardíaca. El resto de la noche se ocupó en montar la capilla ardiente en la iglesia que la casa tenía adosada a un extremo y en contactar con la familia desde la centralita del pueblo cercano.

A lo largo de la mañana siguiente, los familiares y conocidos, el alcalde del pueblo, el cura y algún vecino de las fincas aledañas se fueron acercando a dar el pésame mientras se organizaba el sepelio. También llegó el hijo del administrador desde Madrid en busca de su padre, que seguía encerrado en su gabinete y al que costó dios y ayuda hacerle abrir la puerta. Elena no quiso ni asomarse a verlo y dejó con él a su hijo; ambos representaban para ella la imagen del empleado vil y su cría siempre rondando el dinero del amo entre la zalema y la codicia. Era esa condición inferior asumida, pero pronta a saltar sobre cualquier despojo, la que se reflejaba en sus ojos, en el color de su piel y en su manera de vestir: una perfidia gris de olor penetrante. La conquista y posesión de su madre los hacía particularmente odiosos a Elena y nunca y bajo ningún pretexto había aceptado el menor contacto que no fuera el prescrito por la buena educación en cada caso, a lo que habría de añadirse el deseo de no contrariar a su madre. Lo que almacenaba el corazón de Elena respecto a ellos era una pura acumulación de rencor sólo rebajada por la distancia, pero ese rencor acababa de transformarse en odio, un odio cuyo previsible estallido a duras penas quedaba contenido por las maneras de comportamiento que aprendiera desde niña.

Al cabo de veinticuatro horas angustiosas, Elena le abordó sin preámbulos.

—Veo que no tienes nada que decirme —le espetó en la mañana del siguiente día, ante el desayuno. Él levantó la cabeza hacia ella conteniendo un estremecimiento.

—Nada —dijo.

—Así que mi madre muere tras una discusión contigo y tú no tienes nada que decirme —insistió ella conteniendo la mezcla de ira y desprecio que había acumulado en los días anteriores.

El administrador bajó la cabeza y se refugió en su taza de café. Su hijo había empalidecido aún más de lo que ya era natural en él; su aspecto era terrible: descompuesto y con el rostro oculto entre las manos, arrodillado junto a su padre en un evidente estado de desesperación, parecía reclamar un gesto que no llegaba. Su imagen, mezcla de horror y desamparo, era espantosa. Ni el peor de los pecados habría podido aterrarle más.

Elena lanzó una mirada de desprecio sobre su padrastro e insistió con furor:

—¿No tienes nada que decirme?

El hombre seguía con la cabeza inclinada ante la taza, que rodeaba con sus manos. Por su actitud, se diría que esperaba un golpe de castigo y lo aceptaba, que sólo estaba aguardando el momento en que se descargaría sobre él.

—¡Fuera de esta casa! —exclamó Elena, y al ver que el hombre no se inmutaba, se dirigió a su hijo—: Te hago responsable de que saques de aquí a tu padre en cuanto podáis recoger lo que es vuestro. Yo me vuelvo a Madrid ahora mismo porque no soporto compartir este techo ni un minuto más. La semana próxima, cuando vuelva, quiero ver la casa vacía. Creo que he hablado con toda claridad.

Elena salió del comedor, pidió al guardés que enganchase el calesín con que se desplazaban hasta el pueblo y subió a recoger sus cosas. Enterrada su madre en la cripta de la propia iglesia, nada le quedaba por hacer. Durante una hora estuvo recogiendo y ordenando la habitación hasta que la avisaron de que el coche estaba listo. Más calmada, pero no arrepentida, salió hacia el pueblo en busca del taxi que la llevaría a Madrid. Había asimilado el suceso con entereza y con una pena creciente de la que participaba también la poca atención que había dedicado a su madre en los últimos años, prácticamente desde que se instalara en París con su tío. Sin embargo, la imagen del administrador mudo de dolor y la del hijo a su lado, en pie, temblando de vergüenza y apresurándose a asegurar que abandonarían la casa inmediatamente, le hacía daño y esta evidencia, a su vez, redoblaba en ella un desprecio insuperable.

Tras la capitulación alemana en Mayo de 1945, España quedó aislada del mundo. Elena Villacruz, que cumplía ese año los treinta años de edad, resolvió casarse con Eugenio Fombona, un joven ingeniero agrónomo. Era una edad tardía para las costumbres de la época, pero en seguida tuvieron descendencia: al año nació Alfredo, el primogénito, y Joaquín, el segundón, un año después; tras los dos nacimientos se produjo una tregua que todo el entorno familiar dio por definitiva; sin embargo, y por sorpresa, Elena se quedó embarazada en 1954 y al año siguiente nacieron los gemelos. En opinión de Monsieur Giraud, se había corrido un riesgo innecesario, propio de personas de escasa formación, y lo cierto es que Elena no las tuvo todas consigo hasta que vio a los bebés en perfecto estado de salud. La familia española, en cambio, muy a la española, lo consideró un milagro. Ese año cumplía Elena los cuarenta. Los gemelos fueron bautizados con los nombres de Amelia y Marcos.

La boda con Eugenio Fombona tuvo una parte de atracción y otra de conveniencia. Elena cumplía ese año una edad considerada entonces de solterona. Es cierto que Eugenio la cortejaba con la decidida intención de casarse con ella y que la amaba o creía amarla, pero en cuanto a ella, a juzgar por el posterior desarrollo del matrimonio, es muy probable que antepusiera la seguridad y el confort al cariño aunque sin prescindir de este último, porque el joven le hacía gracia, al menos en los primeros años. Eugenio, que ya desde el fin de sus estudios estuvo metido en negocios por presiones familiares, se fue ahogando paulatinamente en ellos hasta verse pronto abocado a una situación en la que se demostró en definitiva que ni sabía manejarse en ese terreno ni lo conseguiría nunca. Fue una mala época en la que el deterioro, si no bordeó la catástrofe, se debió a los recursos económicos de la familia Fombona, recursos que Elena detestaba recibir porque, una vez más, la colocaban en una clara posición de inferioridad.

Gonzalo Villacruz murió en 1947, en Lausanne, dejando el resto de una herencia, menor y seriamente mermada por sus años de retiro inane en Suiza, a la familia Villacruz. A Elena le correspondió una parte simbólica y, rencorosa como era, se dedicó a descargar su furia sobre la memoria del difunto y, al paso, sobre la inutilidad manifiesta de su marido para hacer dinero. Además, el nacimiento de su segundo hijo amenazaba con reducir considerablemente el mantenimiento de su posición, por lo que es razonable situar en este año el primer desencuentro matrimonial: los hijos dejaban de ser un factor de unión para convertirse en una carga añadida al precario estado de sus finanzas. Y así continuó desgastándose moderadamente la convivencia de ambos hasta que tres años más tarde Elena recibió una noticia asombrosa.

La comunicación llegaba a sus manos por medio de una firma de abogados españoles y procedía originariamente de un banco suizo. En ella se le notificaba que había una cantidad exorbitante de oro y valores depositada a su nombre, una cantidad que, pasados los primeros momentos de estupor y habiéndola evaluado cuidadosamente, bien podría pertenecer a lo que siempre había ella oído decir en casa que era la fortuna desaparecida de su madre. Sin duda, el valor actual debía de ser superior al depósito originario, pero aunque éste no representara el valor total de lo robado, tuvo que ser al menos la mitad del mismo.

El valor actual del legado no era superior al depósito originario, por lo que, teniendo en cuenta que debió de generar sustanciosos intereses, mientras permaneció depositado, todo hace pensar que el depósito originario no era el total del oro desaparecido. Alguien se había quedado con una parte, quizá la mitad.

La asombrosa vuelta a la escena de la fortuna de Hélène no sólo intrigó a los Villacruz y a los Giraud, sino que empezó a cambiar las hipótesis que hasta entonces se habían mantenido acerca de la identidad del autor del robo. El misterioso saqueo del escondite en la finca de Hélène se convertía ahora en un misterio sobre otro. La misma Elena quedó sumida en la perplejidad. Como primera medida quedaba excluida la posibilidad de que el oro desapareciera por causas azarosas debidas al tiempo de guerra. El oro, ahora ya era evidente, fue retirado por alguien que depositó una parte importante del mismo en Suiza a nombre de Elena Villacruz. ¿Quién? ¿Por qué? Detrás venía la reconsideración de los más probables autores. ¿Acaso su padre, Cirilo Villacruz, que había cargado con las sospechas más acentuadas, era una víctima inocente? ¿Y el administrador, de quien se dijo que el dinero que parecía manejar tan pródigamente procedía del hurto del oro? Solamente ellos dos, aparte de su madre y de Gonzalo, conocían el escondite. Pero su madre y Gonzalo habían muerto.

Elena nunca volvió a saber de Rufino Ruz. Él y su hijo, ya casado, se instalaron en San Sebastián. Sólo una vez, tiempo después, coincidió en Madrid con el hijo en una recepción; hablaron y ella lo trató con amabilidad, lo que sorprendió a ambos, si bien a cada uno de manera diferente, pero manifestó al menos una apariencia de relajación. El joven Ruz se casó con una muchacha francesa a la que conoció en Bayonne y con la que tuvo dos hijos. El mayor, Roberto, tenía muchos amigos y era popular entre sus compañeros. El pequeño, Rodolfo, era más guapo y más escondido, como los padres. Para entonces el abuelo ya había fallecido, el hijo atendía el negocio heredado del padre y su mujer sólo salía de casa para compras diversas, por asuntos religiosos (ambos eran personas devotas, aunque él se estaba volviendo particularmente escrupuloso) y para dar un paseo con su marido a media tarde. Los domingos iban juntos a misa y volvían a casa con una docena de churros colgando de una varilla de junco enlazada.

El fallecimiento del abuelo no fue tal en realidad. De hecho, desapareció. Un día salió para Madrid acompañado por el hijo y no se volvió a saber más de él. Se encontraba mal de salud y, aunque no quiso darle importancia en casa, el viaje escondía, en realidad, la visita a un renombrado especialista, pero ni siquiera llegó a su consulta. Sencillamente, se perdió por las calles de Madrid y por más que intentaron localizarlo con ayuda de la policía, no hubo manera. Como estaba afectado de senilidad, debió de ponerse en marcha sin saber quién era y dónde se hallaba. Buscaron en todos los lugares de los que el hijo tenía memoria, pues conjeturaban que, aunque hubiera perdido la cabeza, trataría de dirigirse a algún sitio que recordase pero el rastreo no arrojó ninguna luz sobre su paradero. Al cabo de dos semanas, el hijo dejó por imposible la búsqueda, tomó su coche y regresó a San Sebastián dejando el asunto en manos de la policía, aunque periódicamente recabara información. Las indagaciones llegaron finalmente a un punto muerto y el expediente quedó a la espera de que alguna vez se pudiera retomar la pista.

En 1955, pues, habían nacido los gemelos de Elena y Eugenio, Amelia y Marcos. Para entonces Eugenio, que gracias al dinero recuperado por Elena se había dedicado a lo que realmente le apetecía, la explotación de la finca, tenía ya el viñedo a pleno rendimiento y vivía en ella la mayor parte de la semana, mientras que Elena permanecía en la ciudad por un acuerdo de conveniencia. Eugenio, con cierta simpleza, creyó que la vida en la finca se cerraría gratamente en torno a ellos manteniendo algunos compromisos sociales bien ineludibles, bien gratificantes. También nacieron en ese mismo año Rodolfo Ruz y Mariana de Marco. Y lo cierto es que el hijo del administrador pareció revivir con la llegada del pequeño Rodolfo. De hecho, había empezado a padecer procesos alucinatorios a consecuencia de la misteriosa desaparición del padre. A su memoria acudía otra desaparición, la de Cirilo Villacruz, de quien siempre tuvo la imagen, desde niño, de un personaje secuestrado en la selva por una tribu de salvajes que lo habían retirado de la civilización y obligado a comportarse como ellos, y alucinaba imaginando los sufrimientos del pobre Cirilo sabiéndose condenado a vivir por siempre lejos de sus orígenes, de su familia y de su patria. Su esposa se dio cuenta de que estaba perdiendo la razón porque en ocasiones confundía a su propio padre con Cirilo Villacruz, pero la intervención de un conocido psiquiatra de San Sebastián tuvo como efecto que se ampliasen sus procesos de lucidez y tranquilidad y en ellos acabó jugando un papel trascendental el pequeño Rodolfo, que se convertía así en una especie de portador de terapia de excelentes efectos, si no curativos, al menos estabilizadores. Y como si el hijo se diera cuenta de su papel, también él a su vez resignaba su actividad en favor de la salud del padre y del consuelo de la madre. El niño empezó entonces a adquirir una curiosa costumbre: era tímido y retraído en el colegio y muy inventivo en el trato con sus padres y en sus propios juegos, como si un sexto sentido le advirtiese de cuándo debía comportarse de una manera y cuándo de otra. El propio psiquiatra, que constató su hiperactividad imaginativa, consideró su caso como un fenómeno interesante de acomodación del carácter a los distintos estímulos de su entorno cercano.

Amelia, la única hija de Elena Villacruz, se casó muy joven, con veinte años de edad. Su mejor amiga y compañera de estudios en aquel entonces se llamaba Mariana de Marco. Estaban tan unidas que incluso iniciaron sus respectivos noviazgos al mismo tiempo, a los dieciocho años; el de Mariana fue con el hermano de Amelia. Esta última abandonó de inmediato los estudios de Derecho al casarse pero, aunque se convirtió en una mujer dedicada a su casa, todo lo contrario que Mariana, no perdieron la amistad. Mariana continuó en la Universidad hasta licenciarse en Derecho y ambas siguieron viéndose, pero de otro modo, porque a pesar de todo sus respectivas situaciones personales las distanciaban un tanto. No se perdió el afecto, pero sí disminuyeron las ocasiones de trato. Mariana acabó por casarse con un compañero de Facultad que estaba en el último curso cuando ella aprobó el primero y la distancia aumentó. Tiempo después, Mariana se divorció de su marido de manera dolorosa y con grave costo afectivo y personal. Amelia, a su vez, perdió a su marido en un accidente de automóvil. Amelia tenía una niña, la pequeña Meli. Mariana, por el contrario, se hallaba muy herida personal y profesionalmente y no tenía hijos. Se reencontraron y, aunque sus vidas ya eran bien distintas por entonces, comprobaron que el lazo de cariño no se había desanudado. Y continuaron viéndose. Ahora, Amelia, nieta única de Hélène Giraud, se disponía a contraer matrimonio por segunda vez con el nieto del administrador Ruz, Rodolfo. Así pues, como si de una jugarreta del destino se tratara, de nuevo la vida de una Villacruz se cruzaba con la de un Ruz. Nadie, con la excepción de Amelia, veía con simpatía el enlace aunque, con el tiempo, los antiguos rencores se habían difuminado entre los hijos.

—Y ahora tengo una hija que afortunadamente no ha decidido hacer la misma estupidez que yo, o sea, casarse con veinte años, sino vivir su vida. Es todo un carácter, como mi madre —dijo Amelia. Estaban en el salón de su casa de Madrid, dos días antes de la boda, y Mariana acababa de llegar.

—Bueno... —consideró Mariana—, tu madre era de armas tomar, reconócelo, así que a Meli le irá bien en la vida. Tú te casaste a los veinte con un señor que te llevaba quince años.

—Pues Rodolfo, sin embargo, tiene nuestra edad. Ya ves qué cambios.

—Era compañero mío en la Facultad, no te lo pierdas —dijo Mariana.

—Mi madre le tenía recelo porque..., bueno, porque se lo tenía a todo lo que se llamase Ruz. Cosas de familia. Supongo que también apreciaba a su padre después de todo. No al abuelo, pero sí al padre, que era un desdichado, pobre. Claro que, habiendo lo que había detrás... Total, que Meli está estudiando Empresariales y, con lo decidida que es, seguro que le va de cine. Está encantada de que me case, yo creo que piensa que la voy a dejar por fin en paz. A mí lo que me agobia es la boda tan cerca de la muerte de mamá, pero ya estaba decidida y no quiero esperar más.

—Debió de ser terrible entrar en su casa y encontrártela allí, sin vida...

—Horrible. No te lo puedes imaginar. Menos mal que Rodolfo venía conmigo. Ese día habíamos estado almorzando los dos y luego él se fue a lo suyo y yo de compras con una amiga y luego nos encontramos en el Saint

Paddy..., bueno, en un bar al que vamos a menudo, y desde allí nos fuimos a casa de mi madre y..., mira, prefiero no contártelo porque me deprimo. Por eso pienso a veces si la boda no está demasiado cercana...

—Amelia, no te obsesiones con eso. Es durísimo perder a tu madre así, de repente, pero es la vida también. Tú, ahora, te ocupas de vivir y en tu vida lo más importante en estos momentos es tu boda.

—Lo sé. Lo sé. Si ya sé que son prejuicios.

—Eso es: prejuicios —dijo Mariana con firmeza.

—La pobre. Nos había convocado a todos los hermanos al día siguiente, que era lunes. Mira que es mala suerte. Los domingos eran los únicos días que se quedaba sola; por eso me acercaba a verla, ya que estábamos cerca. Pobre mamá. Y no sé qué es lo que quería decirnos con una cita tan solemne.

—¿No tenéis ni idea?

—Nada de nada. Pero yo lo que quiero es estar ya casada con Rodolfo de una vez. Me hace mucha falta.

—Oye, que no estamos en tiempos de alargar lutos. Te afecta ahora y te afectaría más tarde. No le des más vueltas. Ahora lo ves encima y te da cosa, cómo no te va a dar, pero pasado mañana empiezas otra vida. Por cierto, ¿a qué se dedica Rodolfo?

—¿Rodolfo? Pues a sus negocios. Son variables, negocios varios. Ahora es socio de un restaurante con otros dos amigos. También es asesor de un grupo de hostelería, no me preguntes cuál. En fin, cosas diversas, siempre está de aquí para allá.

—Espero que no te maree mucho.

—Si yo hubiese terminado Derecho como tú o alguna otra cosa, no sé... —siempre que iniciaba esta lamentación, Mariana pensaba en la capacidad de engañarse que tenía la gente.

—Podrías ser una jurista divorciada y sin pareja como yo —dijo con buen humor.

—A ti te gusta lo que haces y eso, además, te da independencia. Yo dependía de la jefa, que era un hueso, y luego del pesado de mi marido y ahora me aburro.

—No me lo creo.

—En serio: me aburro.

—Vaya —comentó Mariana disponiéndose a cambiar de conversación—. Y dime, ¿qué se siente cuando una cae loca de amor por uno de su quinta?

Marcos Fombona, que se había detenido para enjugarse el sudor, echó a andar detrás del maestro de obras. El sol calentaba fuerte y desde que abandonaron la protección de los árboles del jardín lo sentía como si le pasara una mano por el cuerpo. Mientras caminaba pensó en los hombres que trabajaban en la explanación, todos ellos desnudos de cintura para arriba con excepción del que lo acompañaba ahora, e imaginó cómo se desarrollaba en ellos un cáncer de piel. Sus torsos, a lo lejos, brillaban como cuero nuevo. «Si el verano sigue así —pensó después—, se adelantará la vendimia». No le gustaba la idea de que coincidieran la vendimia y la boda de su hermana porque, aunque los terrenos estaban perfectamente delimitados, no era conveniente mezclar una cosa con la otra. Los invitados suelen ser curiosos e inconscientes, aunque Amelia había aceptado reducir el número tras la muerte de su madre.

Entonces, repentinamente, recordó a lo que iba y se detuvo. ¿Un muerto?

—Oiga, Damián, ¿qué es eso de un muerto?

—Lo que oye usted. Ahora va a verlo.

—Pero ¿qué es? ¿Animal o persona?

—Un humano. Un humano.

Marcos echó la mirada adelante, contempló el grupo a lo lejos y, luego de unos segundos, reanudó la marcha hacia ellos.

¿Qué era eso de un muerto en la propiedad? Se trataría de los restos de alguien que estuvo allí antes que ellos, es decir, antes que su abuela; quién sabe de qué manos venía la finca. Lo fastidioso era que si, en efecto, se trataba de restos humanos, habría que detener la obra y avisar a alguien, a la Guardia Civil, supuso, antes de continuar explanando. La sola idea de que le paralizaran la obra, aunque fuera provisionalmente, le hizo sudar tanto como la solanera que le caía encima. El pabellón y la terraza, aparte de su interés personal por ganar aquel terreno por comodidad y utilidad, eran además piezas decisivas en la configuración de la boda a los ojos de su hermana. ¿Qué se puede hacer con unos restos humanos antiguos? ¿Darles simple sepultura? ¿Y si decidían excavar en el montículo y los alrededores por si encontraban más restos? O si aquello tenía un valor arqueológico. La verdad es que le parecía un incordio. Tanto que pensó por un momento si no debería deshacerse de ellos. Total: ¿quién lo iba a saber?

—¿Usted sabe qué hay que hacer en estos casos, Damián?

—Digo yo que dar aviso a la Guardia Civil.

—Pues estamos buenos.

—Na, cuestión de un día. Por ahí aparecen de vez en cuando cosas que hasta las encuentran los chiquillos. Vienen de la guerra, ¿sabe usted?

Marcos se tranquilizó un tanto y siguieron avanzando. Al llegar hasta ellos, los obreros se apartaron y lo que era bulla y discusión de todos a la vez se convirtió en silencio.

—Ahí lo tiene usted. No me diga que no es peculiar.

Marcos contempló el esqueleto que emergía de la tierra. Tan sólo tenía descubiertos la cabeza y los brazos, pero en seguida se dio cuenta de que se trataba de un hallazgo singular. En efecto: las dos manos estaban unidas en actitud oratoria. La sorpresa lo paralizó unos instantes. Luego su gesto pasó del asombro a la curiosidad; se inclinó sobre el cadáver y, de inmediato, se echó atrás, como si temiera pisarlo.

—¿Lo han movido al descubrirlo? —preguntó. Un coro de voces apagadas negó.

—En cuanto que asomó la cabeza lo escarbamos con las manos —dijo uno de ellos.

—Estaban abriendo una zanja a brazo y lo toparon —añadió el maestro de obras.

—¿Tienen una escobilla o algo similar por ahí? —pidió Marcos.

Uno de los hombres se separó del grupo y regresó al punto con un cepillo de escoba muy desgastado. Marcos lo tomó y, con extremo cuidado, empezó a limpiar la tierra para hacer asomar los huesos. El maestro de obras apareció a su lado con una escobilla y empezó a ayudarlo mientras los demás, a una orden suya, ensanchaban el círculo.

Cuando empezó aquella lenta y cuidadosa operación, ni por un momento llegó Marcos a suponer lo que le esperaba bajo tierra. Al parecer, uno de los hombres metió la azada para tantear el terreno y al topar con algo duro se dejó llevar por la curiosidad y escarbó un poco para ver de qué se trataba. Eso fue lo que evitó que las máquinas destrozaran el esqueleto y cada una de las partes saliera por su lado, con lo que se habría perdido el aspecto más extraordinario del descubrimiento. También ayudó que la explanación estaba a punto de acabarse y ya habían recortado tierra suficiente de lo que antes era un montículo como para establecer la superficie bajo la cual cimentarían la construcción. La parte donde yacía el cadáver estaba donde debería ir el pabellón, es decir, retranqueado respecto de lo que sería la terraza. La vista al valle, una llanura en realidad, era desde allí impresionante: se extendía hacia abajo al encuentro del río que lo surcaba y luego se perdía en el horizonte, a los pies de una línea de colinas lejanas.

Los hombres asistían en silencio y con extrema atención al paciente trabajo de Marcos y Damián, pero cuando quedó al descubierto la articulación de una de las rodillas no pudieron ahogar una exclamación de sorpresa: en efecto, la rodilla derecha estaba flexionada a la altura de las costillas, que ya aparecían descubiertas. La articulación de la segunda rodilla apareció al cabo de no pocos esfuerzos y con el esqueleto descubierto al completo. Entonces la sorpresa se convirtió en asombro y, a juzgar por el rumor de sonidos inarticulados que corrió entre ellos, un asombro que los llenaba de inquietud y temor a la vez. La rodilla flexionada apoyaba el pie en tierra, pero la otra estaba hincada en el suelo o en lo que, para explicar la postura, podría definirse como suelo, pues lo cierto es que aparecía acostado. Pero la imagen era nítida: el cadáver se mostraba rendido y arrodillado y con las manos en actitud suplicante.

—Yo creo que este hombre murió pidiendo perdón —musitó el maestro de obras.

—No —objetó Marcos sin acabar de salir de su estupor—, yo no diría que murió pidiendo perdón. Yo diría —precisó— que lo *enterraron* pidiendo perdón.

Tiempo presente

—¿Un cadáver arrepentido?

Mariana de Marco arrugó la nariz en un inequívoco gesto de incredulidad y se reacomodó en la butaca. Amelia Fombona, que se había detenido un instante con la tetera en el aire, llenó de nuevo la taza de su amiga, le acercó el azucarero y se sirvió después a sí misma en actitud pensativa.

—Sí —dijo al fin—. ¿Por qué no? Mi madre solía tener un buen golpe de vista para describir las cosas. Eso fue lo que dijo cuando le conté de quién era el cadáver. En fin, ya te conté que sentía una aversión especial por el viejo administrador. Y luego lo de su muerte, que es una rareza.

—¿Entonces es verdad? ¿Que el administrador desapareció un día y no se volvió a saber de él?

—Te cuento lo que me contaron.

—Y el esqueleto que encontró tu hermano... ¿cómo va a parar allí?

—Yo lo único que sé es que era el del viejo administrador; primero desaparecido, luego muerto y luego enterrado desde..., no sé..., desde los años cincuenta. ¿Te lo puedes creer? Mamá decía: pero este hombre, hasta para morirse tiene que ser un incordio. Y la pobre se murió una semana después.

—Parece una novela gótica —comentó Mariana—. Y dices que ella le culpó siempre de ser el responsable del robo del oro que tu abuela enterró durante la Primera Guerra Mundial.

—Antes de la guerra. Sí, eso decía ella. Yo ya no sé qué pensar después de tanto tiempo y, además, ni me importa, si quieres que te diga la verdad. El hombre estaba enamorado de la abuela y se ocupó de ella, que es lo que tiene que hacer un marido. Y en cuanto al oro, pues por lo menos más de la mitad apareció, mal que le pesara a mamá, quien seguía pensando que el ladrón fue el administrador.

—Vamos a ver, Amelia, porque esto del oro, que recuerdo haberte oído algo hace mucho, no tiene pies ni cabeza. ¿No será que la otra parte sigue enterrada en el jardín de la casa de Biarritz? ¿Que el ladrón no la encontró? —dijo Mariana con expresión de divertida incredulidad.

—¿En Biarritz? Ni se te ocurra decir eso delante de mi familia porque les da el ataque. ¡La casa la vendió después de todo!

—De todas formas, acabo de decir una tontería. ¿Quién iba a llevarse una parte del oro para depositarla en Suiza a nombre de tu madre? ¿Y a cambio de qué?

—Pues eso digo yo. Y ahora tengo encima a mis hermanos porque resulta que de la herencia de mamá yo soy la favorecida; ellos se reparten, conmigo, la legítima. A todos les ha venido Dios a ver, porque entre unas cosas y otras estaban a la cuarta pregunta, pero no les ha hecho ninguna gracia. Mamá seguía a rajatabla la costumbre de dotar preferentemente a un hijo sobre los demás y los tres hombres, como son hombres, no entienden que haya venido a manos de la única hembra, que soy yo.

—Pues reparte con ellos —dijo Mariana risueña.

—Ah, no. Me acuerdo de una cosa que tú decías cuando empezamos la carrera: *dura lex, sed lex*. ¿Era así? —Mariana asintió—. Están ofendidísimos; en especial, Alfredo, pero la culpa es de ellos por manirrotos o por incapaces. Yo los quiero mucho, Mariana, pero son un caso, cada uno a su estilo. Conmigo mamá sabía que, por lo menos, una parte importante de la fortuna seguía amarrada. Total, lo que te decía: que entre el cadáver, la boda, el testamento, mis hermanos y que Meli se me va de casa estoy en una situación imposible.

—Meli aprovecha.

—Sí. Se va a un apartamento que tengo aquí cerca. Una monada. Ideal para ella.

—Así que, al final, buena parte de aquel oro ha acabado en tus manos. Está bien, es un material muy movedizo, la verdad, pero también muy apegado a la familia por lo que se ve. Eso da tranquilidad.

—Pues no nos ha dado más que sustos y disgustos. Y de los dos a manos llenas. Es una historia que me pone mala, parece de novela romántica, pero romántica, romántica.

—Y tanto. Ahora bien, te diré una cosa: ¿qué nos cuesta poner un poco de romanticismo en nuestras vidas?

—¿Tú crees?

Mariana decidió que no era ocasión para ironías y cambió la conversación.

—¿Tu hermano Marcos también estaba en apuros?

—Marcos explota la finca, pero no es suya y eso le tiene endemoniado, porque a partir de ahora la comparte. Y, sí, además estaba en apuros porque el vino se le da bien, pero los negocios se le dan fatal. Se puso en manos de Alfredo que, en fin, digamos que no ha gestionado las cosas de la familia ni todo lo bien ni todo lo rectamente que debiera, y tampoco los vinos de Marcos. En cuanto a Joaquín, no hay manera de hacer carrera de él; ya veremos lo que tarda en quedarse a la cuarta pregunta otra vez. Bueno, no es un panorama muy alentador.

—¿Y qué fue de tu abuelo Cirilo? —preguntó Mariana para terminar el repaso familiar.

—Mi abuelo Cirilo desapareció. Viajó a Guadeloupe para ver a un oficial francés que protegía las joyas de mi abuela, al oficial lo encontraron muerto y mi abuelo desapareció. Él sólo había ido por encargo de mi abuela para retirar las joyas y no sabemos lo que tuvo que ver... —Mariana advirtió un ligero temblor en su voz—. No sé, perdona, no me apetece hablar de ello, es muy doloroso.

Mariana no quiso que se le escapara.

—¿Cómo era tu abuelo?

—¿Cirilo? Pues la verdad es que era un calavera, muy buen mozo, un seductor, que es un carácter familiar porque ahí tienes a mi hermano Joaquín, un calco. Lo que pasa es que la abuela también tenía sus historias, ya sabes, y se acabó casando con el administrador, que es un asunto incomprensible, y luego se fue quedando medio ida. Total, que la nuestra es una familia llena de historias increíbles.

—Y el encargo de tu abuela, ¿qué raro, no? Es raro que encargue a un zascandil que recupere unas joyas; se podría haber quedado con ellas. ¿Cómo se las iba a dar, así por las buenas?

—No sé. De eso no sé nada. Lo que fuera desapareció también —a Mariana no se le pasó por alto el evidente nerviosismo de Amelia y pensó que sabía mucho más de lo que sus palabras dejaban entender—. Bueno, que conste que todo esto te lo cuento en secreto. Sobre este asunto, ni medio comentario.

—Descuida.

—La historia del oro es una pesadilla. Nadie sabía nada.

—Y ahora un Ruz vuelve a la familia. ¿Qué tal tu tío Gonzalo como ladrón?

—Gonzalo quería mucho a la abuela y tenía dinero propio; no necesitaba el oro.

—Eso nunca se sabe. Unos malos pasos, unas inversiones inadecuadas, una incapacidad de previsión..., cualquiera puede tener que tapar un agujero.

—Imposible. Él fue gastando su dinero en vivir, dejó lo que dejó en herencia y ahí no había rastro alguno de cantidades extraordinarias ni nada por el estilo. Las cuentas estaban claras. No digas tonterías.

—¿Y el administrador?

—Eso es lo más oscuro. Tenía dinero y en abundancia, para ser un simple administrador, porque le compró a la abuela La Bienhallada y mantuvo su nivel de vida. Lo que ya te digo que no tiene sentido es que le robara para casarse con ella y protegerla después. Hay que ser muy retorcido, ¿no te parece? Y él, de verdad, quería a la abuela y la soportó y la quiso incluso cuando fue perdiendo la cabeza... —Amelia se detuvo en seco.

—¿Y? —inquirió Mariana con toda intención.

—¿Y? —respondió Amelia—. Y nada, que no hay explicación posible.

—Pero el oro desapareció de donde estaba enterrado.

—Si es que llegó a estar enterrado —comentó Amelia, pero rectificó en seguida—: En fin, eso pasó hace mucho y, afortunadamente, no tuvo consecuencias irreparables.

—¡Qué me dices!

—No me hagas caso, lo he dicho por decir.

—Lo que sí resulta extraordinario de verdad —prosiguió Mariana cambiando de tercio— es la historia del enterramiento del administrador, que debía de ser viejísimo además. ¿Quién puede ser el que lo encuentra vivo o muerto, y si es vivo muy probablemente lo mató, y se llega hasta una finca en Toledo y se ocupa una noche, porque sería de noche, de enterrar un cadáver en posición de arrepentimiento y en el más absoluto incógnito? Digo incógnito a la vista de lo sucedido: si lo entierra allí no debe de confiar en que lo encuentren y en ese caso ¿para qué lo entierra allí? La verdad es que parece un completo disparate. ¿Por qué? ¿Y para qué? Vaya morbo que tiene el asunto...

—Y se descubre dos meses antes de la boda. Y a la semana le falla el corazón a mi madre, ¿te das cuenta? Que sí, ya había tenido un percance y no estaba nada bien, pero así tan de repente... Mi pobre madre que, encima, nos había citado a todos al día siguiente y no sabemos para qué; hasta Marcos se tuvo que venir el día antes. Parece que hubiera querido juntarnos a los hijos para morirse, lo que son las casualidades. Y con mi boda a la vista. En fin, que es la recaraba.

—¿Os había citado a todos? ¿Un consejo de familia? ¿Puedo preguntarte para qué, si no es indiscreción? —dijo Mariana muy interesada.

—Ni idea. Mamá, ya sabes cómo era, nunca adelantaba nada.

—Qué extraordinaria coincidencia... —murmuró Mariana.

—Y la boda —apostilló Amelia.

—Mejor que no hayas aplazado la boda. Así dejarás de comerte el coco con la muerte de tu madre.

—Lo mismo digo yo. Por eso lo tuve claro: la única manera de cambiar a positivo era seguir con la boda en cualquier caso. Con todas las invitaciones hechas, además. Yo quiero hacer una boda elegante, entre amigos, nada aparatosa. Ya sé que en mi situación parece un poco extravagante, pero es que necesito desahogarme. No creas que no pensé si a los demás les parecería mal. ¿Te parece mal a ti?

—Me parece de perlas. Basta de convencionalismos.

—¿Verdad?

Mariana volvió a cambiar de tema.

—Hay algo que me interesa mucho de todo este lío del cadáver aparecido en la finca y es que se trata, sin duda alguna, de un acto interesado.

—¿Interesado? ¿Qué quieres decir con interesado?

—Que hay una intención tras él. Piensa: alguien se toma el trabajo de cargar con un cadáver y llevarlo a una finca determinada. Allí lo entierra en una posición inequívoca y desaparece. Quizá espera que sea encontrado pronto, pero lo dudo. Es más: pienso que le da igual si se descubre o no. El acto ha terminado y el responsable desaparece en las sombras de la noche. No es primordial que se descubra el cadáver, pero si algún día se descubre, ese cadáver hablará. ¿Qué tiene que decirnos? ¿Es el administrador que pide perdón por haber robado el oro? Pero no es él, en todo caso es quien lo entierra el que lo culpa. ¿Por qué lo culpa? Si lo ha enterrado allí es que quiere que se lo relacione con la familia Fombona, que hable de la familia Fombona en general o de alguno de ellos en particular. Es extraordinario. Sencillamente extraordinario. ¡Ah! Y además, la muerte de tu madre, tan oportuna.

—¿Qué quieres decir? —saltó Amelia.

—Nada. Nada. Subrayo las coincidencias, como tú decías antes de tu familia.

—Yo hablaba de rarezas —dijo Amelia molesta.

—Ah. En fin, volviendo al cadáver, aquí hay un caso para un verdadero detective.

—De ninguna manera —volvió a saltar Amelia—. Eso déjalo para las novelas —hizo una pausa—. Estoy pensando que no tendría que haberte contado nada. Y, por favor, insisto, ni una palabra a nadie. No queremos que se hable del asunto del cadáver.

—Yo soy muy novelera.

—Mira, como tú dices de mí, dejemos a los muertos en paz y ocupémonos de los vivos —Amelia empezaba a sentirse incómoda y Mariana se interesó aún más.

—¿Qué te importa? Así nos divertimos un rato. No me digas que no es emocionante.

—Por cierto que viene Cari de la Riva, que por lo visto te conoció en..., en donde tenías el primer Juzgado.

—San Pedro del Mar.

—Sí, eso, pues viene con su marido.

—¿López Mansur?

—Ajá.

—Los conozco poco, solamente de aquel verano, pero me parecieron muy simpáticos. Él bastante más listo que ella —hizo una pausa—. Y volviendo a lo de antes, tendríamos que averiguar lo que significa el cadáver en el montículo.

—Y el cura es el padre Vitores. Lo debiste de conocer cuando venías a casa, muy amigo de la familia.

Era el confesor de mamá, pero es un poco mayor que nosotras.

—Me he debido de meter en terreno pantanoso, ¿no? —comentó Mariana con toda intención.

—No sé si he metido la pata, Mariana —confesó Amelia de repente—. Tendríamos que haber cambiado el emplazamiento de la boda, pero estaba todo hecho y la sola idea me agobiaba también, así que pensé que lo mejor era hacer como si nada. ¿Tú crees que se hablará de ello?

Mariana sonrió a su amiga con indulgencia.

—¿Del cadáver? No lo creo; por lo menos, no en voz alta. ¿Te preocupa mucho? ¿Sabes algo de la investigación?

—Ni idea; eso es cosa de la Guardia Civil. Yo lo único que quiero es que no lo remuevan todo.

—Es decir, que estás preocupada.

—No es agradable, la verdad.

—Y a Rodolfo ¿cómo lo ven tus hermanos?

—Bien. ¿Cómo lo iban a ver?

—Ya.

Mariana de Marco acababa de llegar a Madrid y esa misma tarde, tras ocuparse de su madre, en cuya casa iba a dormir una noche, se había acercado un momento a ver a su amiga. Amelia era una mujer optimista e inconsecuente, incapaz de buscarse una ocupación medianamente interesante que entretuviera su tiempo. Era afectuosa y activa y esto le hacía ser bien recibida en todas partes, aunque al final andaba siempre como un verso suelto. Por eso la idea de la boda le parecía a Mariana buena para su amiga. Amelia ni sabía ni podía estar sola, y envejecer junto a su hija para verla desaparecer un día camino de su propia vida sería penoso. Elena Villacruz había muerto de una parada cardíaca, al igual que su madre aunque en circunstancias bien distintas, a poco de cumplir ochenta y tres años. Era cierto que padecía del corazón, pero era todo un carácter, no gozaba de mala salud y, desde luego, nadie esperaba un desenlace inmediato. Amelia había tenido que tomar las riendas de la organización familiar en condiciones horribles para ella y ocuparse de todo lo que venía detrás, desde el entierro de su madre hasta la decisión de mantener la fecha de la boda y la celebración en la finca. Los hombres eran imprácticos y se mantenían al margen. Ella se sumergió de cabeza en la boda, como si fuese una terapia y no hubiera en el mundo otra ocupación, hasta el punto de dejar en segundo plano a su propia hija; Meli se quejaba de que le importaba más la ceremonia que el hecho de casarse.

—Es que hay mil cosas, mamá, mil cosas, y mientras yo me vuelvo loca tú estás invitando y decorando.

Ya de vuelta, Mariana cenó con su madre y después se quedó a solas en la sala de estar, mirando la televisión y bebiendo un whisky con hielo. Apenas prestaba atención a la pantalla que había prendido por distraerse mientras le llegaba el sueño, pero que, invariablemente, la aburría al poco tiempo. Estuvo saltando de canal en canal hasta que decidió que aquélla no era su noche de suerte y dejó el aparato enganchado a lo que parecía un psicodrama de amores contrariados tan previsible que no necesitaba especial atención. Poco a poco su mente se había ido alejando de la pantalla para acercarse a la historia que le contara su amiga esa misma tarde. Años antes, en el colegio, tuvo vagas noticias de que la abuela de Amelia vivió lo que hasta ahora recordaba como unas románticas aventuras en mitad de la guerra o, más exactamente, de las guerras del siglo. Sobre todo una aventura con un oficial francés en Tánger que le pareció entonces digna de una película de Michael Curtiz. Pero esta tarde el relato de Amelia había sido más detallado, y hubo de reconocer que le resultaba imposible sustraerse a él. El oro desaparecido y el cadáver reaparecido bailaban un paso a dos en su imaginación.

La verdad era que el oro y el cadáver no tenían por qué estar relacionados necesariamente y, de hecho, si la relación le parecía sugestiva se debía en buena parte a que la información recibida de Amelia los hacía participar del mismo relato. Lo que también resultaba fascinante, o inquietante, era el hecho de que el cadáver se descubriera con ocasión de la boda o, más exactamente, a causa de la celebración. Nadie habría explanado aquel ya famoso montículo que daba a la soberbia vista del valle de no ser por la boda. Ella no recordaba el montículo, pero sí la vista del valle; la recordaba de la primera vez, allá en la adolescencia, cuando pasó varios fines de semana en la finca con su amiga. La verdad era que el sorprendente hallazgo parecía producirse a intención de alguna fuerza oscura que se presentaba ante la familia para reclamar o denunciar algo. Como Mariana de Marco era una ferviente lectora y no desdeñaba la novela gótica, no le costaba mucho dejar volar la imaginación hacia el escenario de una historia insepulta y suspendida en el tiempo. El administrador reaparecía en la boda de la que bien podía considerarse su nieta política para reivindicar algo más que su descarnada presencia. Y, para más inri, el novio era su nieto menor, sangre de su sangre.

Mariana de Marco era Juez de Primera Instancia e Instrucción en una población cántabra de importancia. Había sido una abogada de éxito en un bufete del que ella y su marido eran socios hasta que el divorcio la dejó fuera y hubo de empezar de nuevo. Después, exhausta tras unos años de vida agitada, tanto en lo personal como en lo profesional, decidió entrar en la judicatura, harta del ejercicio de la abogacía. Su intención era acabar ejerciendo un día como titular de un Juzgado de lo Penal, pues el Derecho Penal era no sólo su especialidad sino su verdadera vocación, y así fue como aprovechó un buen currículo en coincidencia con la oportunidad abierta a profesionales de prestigio por la vía del tercer turno.

A sus cuarenta y tres años, Mariana era una Juez que comenzaba a ser apreciada por su dedicación, diligencia y eficiencia. Alta, de figura atlética y voz profunda, no sólo llamaba la atención por su aspecto sino también por la marcada expresión de determinación que emanaba de ella. Sus grandes ojos castaños, que destacaban vivamente en el rostro, ofrecían un dulce contraste con el resto de su físico y quizá esa mezcla fuera lo que le concedía su atractivo. Se había dejado crecer la melena, del mismo color de los ojos, hasta los hombros. La cara más bien redondeada, el cuello airoso, las orejas pequeñas y pegadas a la cabeza, y una mirada cálida y un punto desafiante a la vez concluían en una especie de gallardía femenina con un toque de misterio. No era lo que se dice una mujer guapa, verdaderamente guapa, pero en cambio respondía bien a lo que los castizos llaman una mujer de bandera.

En su recuerdo, los Villacruz eran una familia un tanto estirada. La amistad de Mariana con Amelia no tenía más sustento sólido que el cariño propio de una relación adolescente de los tiempos del colegio, en esa edad en que las amigas lo son a muerte. Pero era una de esas relaciones inextinguibles precisamente a causa de esa clase de cariño irrepetible, como lo era su amistad con Sonsoles Abós: pocas ideas en común, vidas distintas y distantes (salvo el caso de Sonsoles, que vivía en Santander) y una suerte de cercanía primordial que les permitía reconocerse en la otra como parte de un sustrato sentimental común. La adolescencia es una época en que el deseo de definirse convive perfectamente con la mimetización de costumbres y sentimientos y eso, que es como intentar singularizarse buscando parecerse lo más posible a los compañeros, parece un contrasentido que, sin embargo, es el que empieza a poner la primera piedra de la personalidad. Era su personalidad lo que alejaba vital e intelectualmente a Mariana de sus amigas de adolescencia, pero no emocionalmente. Sonsoles o Amelia la admiraban de una manera un tanto boba, carente de envidia, aunque jamás hubieran elegido un camino como el que ella siguió. Mariana pertenecía a una clase media razonablemente acomodada y sus amigas, en cambio, tenían una mejor posición social; ellas no necesitaron trabajar para ganarse la vida y Mariana sí, porque sus padres no disponían de una fortuna personal suficiente. Ella, además, asumió desde el primer momento que dependería de su propio trabajo y a ello contribuyeron sus padres, ambos, recordándoselo desde el principio. La admiración de sus amigas más adineradas tenía también algo de realización personal, como si el resplandor profesional de Mariana las alcanzara a ellas de alguna manera. Aparte de esto, compartían gustos, como la música o la ropa, aunque por vías distintas. Excepto el baile: el baile las igualaba; las tres respondían a lo que en el argot de su generación se conocía como «bailonas». Mariana tenía pocas ocasiones de practicarlo y en Santander agradecía mucho las fiestas que, de cuando en cuando, organizaba Sonsoles, o a las que simplemente las invitaban.

De pronto, Mariana recordó la última Nochevieja, la del paso de 1997 a 1998, una noche en blanco con la característica abundancia de alcohol, en la que bailó hasta el amanecer y estuvo a punto de provocar un conflicto. Fue una celebración muy revuelta y más bien popular a la que acudió a última hora por invitación del capitán López, de la Brigada Judicial de la Guardia Civil, con quien trabajaba en ocasiones y con quien se entendía especialmente bien por su temperamento y su mentalidad. Era, además, un tipo muy gallardo, y estaba acompañado por su mujer, una muchacha un tanto provinciana y recelosa, pero dicharachera, que acabó retirándose quizá por cansancio, quizá por el champán, quizá por una mezcla de ambos. Mariana permaneció en la fiesta después de que se hubieron ido porque en el barullo de la noche decidió olvidar su dignidad de Juez y pasarlo en grande. Y siguió bailando animadamente y el capitán López, como ella sospechaba, reapareció después de acostar a su mujer; y continuaron bailando sin parar excepto para tomar aliento, porque él resultó ser un insospechado e incansable bailarín. Recordó con nostalgia esa hora del alba, la hora de la primera luz, en que regresó a casa acompañada por el capitán, se despidió con verdadera pena de él y una extraña sensación de Cenicienta y se dejó caer en la cama rendida de cansancio, felicidad y burbujeantes deseos para el Año Nuevo. Luego, el año se empeñó en no variar sustancialmente respecto del anterior. «Al menos hasta el momento presente», se dijo.

Y ahora estaba en Madrid, de paso a la boda de su amiga enamorada o, por lo menos, muy ilusionada con un antiguo compañero de la Facultad, aprovechando para acompañar un par de días a su madre que, aunque más joven que Elena Villacruz, acusaba ya la edad. Para la boda, Amelia le había hecho una reserva en un hotel de lujo en medio del campo recomendado por la familia Villacruz, donde se hospedarían también otros invitados.

Bebió un nuevo trago de su vaso de whisky y pensó en la boda. La verdad era que no acababa de saber a ciencia cierta por qué se tomaba cuatro días para acudir a una celebración a la que se sentía llamada tan sólo por compromiso con su amiga. O quizá se estaba volviendo aburrida y ya no le divertían tanto estas cosas. Antes lo tomaba con muy buen espíritu porque era la ocasión de ver y repasar a las amistades, y de hecho debería estar aún más motivada por el acontecimiento pues ahora, destinada en Cantabria, lejos de sus relaciones madrileñas, era la ocasión perfecta para reencontrarse con ellas; pero no estaba de ánimo. De no ser por la visita a su madre, habría decidido que el viaje era un error y que debería haber acudido sólo para la ceremonia. Pero eso lo sabía ahora.

«Es lo malo que tienen los planes hechos con tanta antelación —se dijo—. A la distancia los tomas con entusiasmo y, después, a medida que se acerca el momento, se convierten en un fastidio inexcusable. Pero yo venía dispuesta a divertirme y a soltarme el pelo —se dijo a continuación—, que ya va siendo hora».

«O será que estoy entrando en la misantropía —y pensó luego, tras meditar un poco sobre el asunto—: Lo cual sería muy mala señal, un aviso de que me estoy haciendo mayor demasiado aprisa».

La historia de los Villacruz que Amelia le había relatado esa misma tarde y de la cual tenía barruntos, pero nada parecido a la novelesca narración de su amiga, le llamaba poderosamente la atención. Pensó que en todas estas familias de dinero hay siempre unas historias a cuál más disparatada, probablemente fruto de unos clanes cuya principal ocupación en esta vida es heredar. Al menos las historias de Jane Austen estaban sólidamente fundadas en una realidad social que colocaba el matrimonio y la herencia como asunto principal de vidas y haciendas; pero en la actualidad, los Fombona, Amelia y sus hermanos, no dejaban de parecerle unos personajes un tanto caricaturescos y fuera de lugar.

«Claro que ya me gustaría a mí estar fuera de lugar con el riñón tan cubierto como ellos», pensó luego. Y en seguida disipó esa idea. Mariana había sido educada en la moral del esfuerzo personal y no concebía mayor tesoro que la independencia propia y la profesionalidad en el trabajo. Sin embargo, cuando echaba la vista atrás y recordaba su matrimonio, la ruptura, el orgullo herido que le hizo salir de un bufete en el que tenía tanto derecho a estar como su ex marido, el hecho de que ese orgullo hubiera sido en realidad una reacción de su condición femenina que se volvió en su contra, los años duros de transición, la llegada a la judicatura y la dureza de un trabajo al que se dedicaba con intensidad puritana..., no se podía afirmar que hubiera sido un camino de rosas precisamente. Pero era su elección y la aceptaba por eso.

«A veces el orgullo también es útil», pensó mientras apuraba su vaso.

«Algún día —pensó después— acabaré por disfrutar de la soledad, pero me convendría hacerlo antes de la ancianidad, que será cuando no tenga más remedio que entenderme con ella para siempre al paso que voy».

Se fue a acostar con un vago sentimiento de melancolía.

Marcos Fombona miraba con embeleso el pabellón recién acabado. Aunque era de estilo rústico, tenía un toque inglés que le hizo pensar si no desentonaría en exceso con el resto de los edificios, el de la casa y la iglesia adjunta principalmente, pues los de las bodegas eran unos simples bloques de hormigón visto, funcionales y adaptados al terreno llano y pardo que rodeaba la finca. Ante él y a los lados se extendía una amplia terraza de piedra caliza rematada por un cerramiento de forja simple que la bordeaba; a una distancia de poco más de dos metros a partir de la reja el terreno se cortaba en seco abriendo un abismo que daba al valle. Allá abajo, con la mirada podía seguir el curso del río por la fila de chopos que lo acompañaban. Después, a medida que la tierra se empinaba hacia donde él estaba, verdeaba y, según se alejaba cubierta por coscojas, acebuches y algunos fresnos de las orillas, el verde iba raleando y un color parduzco asomaba en forma de grandes manchas irregulares de matorral. En su conjunto, el paisaje era realmente hermoso y, al contemplarlo, la mirada volaba entre el cielo y la tierra con una gozosa sensación de esplendidez. Sin duda alguna la boda sería un éxito, aunque a él le importase un pimiento. Sólo deseaba que se cumpliera para poder comenzar la vendimia y olvidar. La aparición de toda esa gente le irritaba; en realidad, todo le irritaba últimamente, pero ésta era una invasión improcedente en esos días cruciales de la recogida de la uva, que estaba llevando al límite con la intención de dejar despejado el campo. La contrata ya estaba apalabrada y sentía en su interior el hormiguillo propio de un acontecimiento único e intransferible. Tendría que estar satisfecho de haber resuelto sus problemas económicos con la herencia, pero no lo estaba en absoluto.

De pronto se percató de que estaba pisando sobre el lugar donde encontraron el cadáver del administrador Ruz. Recordaba muy bien los días que siguieron al descubrimiento, el estupor del Juez y de la Guardia Civil al ver la postura en que había sido enterrado, y sobre todo recordaba el día en que la Guardia Civil volvió a la finca para preguntarle acerca de Rufino Ruz. Nunca pudo imaginar que el esqueleto hallado en el montículo correspondiera al viejo administrador. ¿Qué clase de loco había sido capaz de llevarlo hasta allí, vivo o muerto? Eso fue lo primero que pensó: quién estaba detrás de ese macabro asunto y por qué. Estuvo repasando cuidadosamente la posibilidad de que alguien quisiera hacerle daño, interferir en el negocio, hasta que Amelia le sugirió que estaba entrando en la paranoia: cuando enterraron al administrador él aún no había nacido. Quien lo enterrase, incluso aunque fuera a una orden del propio difunto, no podía buscar daño alguno en la bodega, que aún no existía. Desde que tomara las riendas del negocio de manos de su padre, otros viticultores se habían venido asentando en la zona y Marcos no los veía con buenos ojos, los consideraba unos advenedizos que se apuntaban a una moda y despreciaba sus métodos y lo que él consideraba una fingida vocación repentinamente surgida. De hecho, solían ser propietarios de tierras que ahora las ponían a producir vino como antes las habían tenido para la caza, es decir, unos oportunistas que, salvo excepciones, no harían otra cosa que dañar el incipiente prestigio de la zona y que, una vez recogidos los beneficios, se llevarían su capital para invertirlo en otros asuntos más productivos. Odiaba a esa gente capaz de abrir hoy un restaurante, mañana una bodega de vino de autor y pasado una clínica de tratamientos de estética personal. Todas las dificultades por las que había pasado no tenían su origen en la calidad de sus vinos sino en la competencia de los advenedizos e incluso de aquellos esnobs que presumían de tener bodega como se presume de un chalet cerca de Gstaad o una berlina de lujo último modelo. Su madre le había cedido el uso de la finca en vida, pero ahora, si con la herencia esperaba reflotar las bodegas, le exasperaba pensar que, de no conseguir un acuerdo con sus hermanos, la finca y el negocio serían de todos. El acuerdo, se lo temía, iba a suponer una merma en su parte con respecto a sus otros tres hermanos. Él, que se había dedicado a lo suyo sin interferir para nada en la vida de los demás, podía acabar repartiendo su esfuerzo con ellos, que no habían hecho otra cosa que gastar a expensas de su madre. Apenas unos meses antes, la hipoteca gracias a la cual se construía el pabellón y se plantaba el jardín amenazaba con ahogarlo. Así estaban las cosas.

En cierto modo, Marcos vivía refugiado en La Bienhallada. «Un solterón y, además, un rústico», había dicho de él su hermana Amelia. No era un habitual de reuniones sociales, pero sabía desenvolverse en ellas con naturalidad. Tenía una profesión, cosa de la que no podían alardear los demás. Su hermana Amelia se empeñaba en airearlo en sociedad con la nada escondida intención de casarlo y él lo tomaba con resignación, una resignación que evidenciaba la firme voluntad de resistirse al matrimonio, deducción que su hermana se negaba a aceptar. Marcos Fombona no fue, en su corazón, el favorito de su madre. La favorita era Amelia.

—Yo no lo era —murmuró amargamente Marcos. En la terraza del pabellón dejaba pasar el tiempo, y pese a todo se regocijaba con la satisfacción que la pequeña construcción le producía. Apenas estuvo terminado, una semana justa antes de la boda, tomó la costumbre de recogerse en él al caer la tarde, libre ya de ocupaciones, para leer la prensa o escuchar la radio mientras fumaba y contemplar alternativamente el mundo alrededor, como si se tratara de un premio al final del día. Luego, ya oscurecido, apagaba las luces y regresaba a la casa a cenar solo. Ahora volvió a pensar en el cadáver y un ademán de ira recorrió su cuerpo, un acto reflejo revelador de la irritación que le causaba. Habían transcurrido más de dos meses desde el descubrimiento y todavía no lograba deshacerse de él. Era como una maldición; todo se había torcido desde aquel momento aciago.

Casi por el mismo camino llegó el recuerdo infantil de unas oscuras historias entendidas a medias, interceptadas en conversaciones familiares de las que se sabía excluido y que tampoco le interesaron nunca excepto cuando captó que se hablaba de la misteriosa muerte de su abuela y de la no menos misteriosa relación con el administrador Ruz; o al menos así le parecieron a él entonces, siendo un niño: misteriosas como quien habla de un fantasma que viniera habitando la casa desde antiguo y cuya presencia, indeseada pero insistente, se comenta a escondidas, tanto entre los adultos de la familia como entre la servidumbre, mas siempre lejos del alcance de los niños.

Marcos Fombona recogió sus periódicos y se dirigió lentamente hacia la casa. El día de la boda esperaba a su hermana y, a lo largo del día de mañana, a sus hermanos. Había ordenado preparar la habitación que fuera de la abuela Hélène y, al recordarlo ahora, volvió a formarse en su cabeza la imagen de una escena del pasado que escuchó siendo ya adulto, una escena de muerte y pesadilla, y no pudo reprimir un estremecimiento.

Amelia Fombona pensaba acudir directamente desde Madrid acompañada por su hija Meli. La organización del último día la había dejado en manos de su tía Marita Villacruz, prima de su madre, que se instalaría desde el día anterior en La Bienhallada. Era la solución perfecta para olvidarse de todo lo que no fuera su atuendo y su dedicación a sí misma en ese día tan suyo. La decoradora se instalaba esa misma mañana en la casa, y si durante la semana Amelia se estuvo ocupando concienzudamente de vestir la finca para la fiesta, al final prefirió dejarla trabajar a su aire, pues todo estaba hablado. Imaginó la ceñuda vigilancia de su hermano Marcos, que se sentía invadido. Los invitados iban a pasar inevitablemente por la ancha carretera de tierra que dividía dos plantaciones de vides, lo cual le inquietaba mucho por el ruido y las emanaciones que provocarían; luego, al llegar ante la casa, tenían que desviarse a la derecha hasta alcanzar un terreno baldío situado más allá de la trasera del nuevo jardín y despejado ex profeso para servir de aparcamiento. Amelia había ordenado cercar con cintas blancas todo el camino, realzando así los rosales plantados al pie de cada hilera de viñas.

Los invitados recorrerían todo lo que era la fachada de la casa y la iglesia y, al término de la ceremonia, se dirigirían a la inmensa carpa montada entre el extremo del jardín y el nuevo pabellón. El recorrido parecía, pues, un homenaje a la finca. Desde la casa se admiraba una vista inacabable de una amplia zona de viñedos, la que quedaba partida en dos por la carretera de acceso. Amelia había aprovechado el paso inevitable entre las vides para, tras un minucioso examen de la perspectiva, marcar unos cuantos puntos de luz estratégicamente distribuidos con la intención de dar profundidad a la noche y señalar a la vez el camino. La carpa estaba decorada en blanco, con las mesas y las sillas vestidas también de blanco, e iluminada por racimos de luces colgando profusamente del techo. Tras la carpa se extendía, entre los lagares a un lado y el reciente pabellón al otro, una pradera verde allanada y plantada con tepes de césped unos días antes, la cual se detenía a los pies de otra gran plantación de vides. Marcos había protestado por el césped que, en su opinión, no soportaría la sequedad del clima, pero Amelia no se dejó amilanar por lo que ella consideraba una reacción propia de un campesino. En realidad había protestado por todo porque, en opinión de Amelia, seguía siendo un rústico.

—Mira, Marcos, esto es una boda, no una explotación agraria; y si yo te dejo a ti a tu aire con la viña, déjame tú al mío con el montaje de la fiesta. Además, una boda es una vez en la vida.

—Excepto en tu caso, que ya han sido dos veces en tu vida... y no me extrañaría que hubiese una tercera, con lo que te gustan a ti las bodas —protestó Marcos.

Amelia, al recordar esta impertinencia, pensó en su primer marido con un suspiro de alivio. Quien no acudiría era el hermano mayor de Rodolfo, Roberto, que explicó convincentemente su ausencia, aunque a ella le parecía que en un caso así no había excusa que valiera. De hecho hubiera debido acompañar a su hermano al altar, al ser huérfanos los dos. En fin, que no había boda sin problemas según su experiencia.

Amelia hizo un gesto involuntario de disgusto y a continuación se dedicó a repasar el catering. Los aperitivos iban a estar al cuidado de una amiga íntima que había montado el negocio y estaba especializada en cócteles. La cena, en cambio, la serviría su restaurador favorito, en el que tenía plena confianza. Los vinos, naturalmente, serían de Marcos. El baile se celebraría en la terraza, con la orquestina instalada en el pabellón, aunque Marcos expresara su temor de que, por los efectos de la euforia propia de estos festejos (quería decir del alcohol), algún invitado, o incluso alguna pareja, se precipitase al vacío. El comentario indignó a Amelia.

—Las personas bien educadas —comentó enfáticamente— no se precipitan al vacío por mucho que hayan bebido.

Marcos hizo un gesto interior de incredulidad sarcástica y se alejó derrotado de nuevo. En toda la preparación de la boda, no había conseguido sacar adelante una sola de sus ideas, casi todas referidas a la protección de los viñedos contra las presuntas aficiones destructivas de los invitados.

—La verdad es que Marcos —comentaría luego a su futuro marido— debería salir a ver mundo de vez en cuando. Al final va a acabar criando el pelo de la dehesa.

Amelia rezaba para que el tiempo se mantuviera estable. El parte meteorológico se expresaba a favor, pero cuando empezó a diseñar la celebración y decidió que ésta tuviera lugar al aire libre no las tenía todas consigo. Una tormenta en Septiembre suele ser corta, pero alevosa, y ella creía que la mala suerte era una arpía capaz de estar años y años esperando el momento de actuar. Por lo general, el carácter de Amelia era optimista y de resuelto ánimo ante cualquier contingencia, excepto cuando se trataba de ocasiones como ésta, en las que un asunto de la máxima importancia y trascendencia podía quebrarse por la acción de un insignificante golpe de azar (un chaparrón repentino, un viento desconsiderado...); en tales casos, entraba en un estado de inquietud que era seguido por ataques de fragilidad comprensibles para cuantos conocían el lado inconsecuente de su carácter. Ahora bien, apenas la amenaza de desastre refluía hacia la normalidad, ella recuperaba su condición habitual y el estado de extrañeza que los demás advertían se disipaba tan presurosamente como había venido. Pero esta vez, el presentimiento de Amelia estaba ligado a la finca como depositaria de un misterio que era una suma de misterios, el de la muerte de su abuela, sobre el que habían venido a encabalgarse, como si abandonaran el pasado para precipitarse sobre ellos, la sombra del cadáver del administrador, su abuelastro, y la muerte de su madre. Amelia era la favorita de su madre y aunque disputaban a menudo, ambas lo asumían y estaba acostumbrada a consultar con ella. De hecho le hubiera gustado que le consultase acerca del testamento porque hubiese preferido que no los cogiera a todos de sorpresa, pero entendía a su madre: ella sabía zanjar el asunto sin discusión ni oposición y concentrar el dinero en lo que consideraba el eje nuclear de la familia, la propia Amelia. Con lo que no había querido contar era con que los hermanos lo entenderían así y precisamente por ello quedarían muy escocidos. Y para colmo, pensó Amelia, se casaba con un nieto del odiado administrador. El indisimulable gesto de crispación de su madre cuando le comunicó quién era el elegido lo entendió después, cuando se leyó el testamento: no le cupo duda de que, por un momento, su madre dudó acerca de si ella era la recipiendaria adecuada de la mayor parte de la fortuna familiar y, en fin, la encargada de mantenerla a buen recaudo. Lo que ella, en otra situación, habría tomado de buena gana como un encantador detalle de conciliación con el pasado, su boda con Rodolfo, se convertía en un inoportuno recordatorio de antiguas desavenencias familiares; porque, ciertamente, los irritados hermanos lo consideraban como tal. Peor para ellos. Lo único que le seguía preocupando era el hecho de que su madre hubiese querido reunirlos a todos aquel día. ¿Qué era lo que pretendía? Parecía tan solemne eso de haber convocado una reunión de familia...

Una tarde en Madrid, dos meses antes de la celebración de la boda que nunca llegaría a ver, Elena Villacruz abrió los ojos y comprendió que se había quedado dormida en la butaca. En su regazo reposaba, caprichosamente abierto, pues había perdido la página de lectura, un ejemplar encuadernado en tela de *Mont-Cinère*. De inmediato vino a recordar la escena que estaba leyendo cuando se durmió y un pesado suspiro escapó de su boca. Era la escena en que la joven Emily se inclina sobre el cuerpo de su abuela muerta, besa en el lugar de la frente sin apartar la sábana que la cubre y luego se limpia la boca con su pañuelo. Una frase regresó a su memoria con total nitidez: «¿Por qué todo lo que tocaba la muerte se hacía tan feo y tan grosero a los ojos de los vivos?».

A sus ochenta y tres años, Elena Villacruz aceptaba serenamente la muerte como un hecho próximo e inevitable, pero su fealdad seguía pareciéndole detestable. La fealdad era para Elena la mayor ofensa que podía hacerse a la vida. Al pensar así, no se refería tanto a la fealdad como un accidente cuanto a la conclusión de un proceso por el que una vida humana se afeaba y afeaba cuanto la rodeaba. Había una diferencia importante entre ser feo y afearse y lo último era lo que más detestaba: la fealdad culpable. Los accidentes, bien lo sabía ella, eran con frecuencia inevitables; en cuanto a las circunstancias ajenas a la persona (por ejemplo, un nacimiento defectuoso, alguna clase de fealdad física de origen genético), podían generar sufrimiento, mas no culpa; por el contrario, aquella que podía haber sido evitable la consideraba objeto de desprecio. La joven Emily de *Mont-Cinère* no siente asco ante la muerte en sí, representada por el cadáver de su abuela, sino que lo siente ante la fealdad de una vida concluida cuyo único fruto es la mezquindad y la desafección que ella percibe como legado y su personificación en ese cuerpo helado e inmóvil, carente de aliento.

El frío que ella sentía a veces, un frío óseo, le parecía tan seco y glacial como se lo parecía a Emily el cadáver de su abuela. Esa clase de frío era la que ahora, aunque estuviera ante el comienzo del verano, le recordaba la finca La Bienhallada. El día en que su hijo Marcos la telefoneó para confirmarle que el cadáver descubierto en la finca era el del administrador Ruz, ella comprendió que lo sabía desde el mismo instante en que su hijo le comunicó el asombroso hallazgo de sus peones, pero entonces no fue frío sino ira lo que la invadió, una ira sorda, desesperada. ¿Es que de nuevo tenía que regresar aquella maldita historia? Salvo una visita obligada por cortesía hacia su hijo Marcos en la inauguración de la remodelación de las bodegas transmitidas por su padre, Elena había rechazado siempre las invitaciones a reunirse, en familia o en solitario, en la finca. Salvo excepciones, incluso en los tiempos en que convivía con Eugenio, era éste quien se trasladaba a Madrid los fines de semana.

La dramática muerte de su madre, el velatorio, el entierro, el enfrentamiento terrible con su padrastro..., todo ello convertía la finca en un lugar desafecto. Pero no era por eso por lo que la rechazaba. La finca se convirtió en una prisión para su madre y, en parte, al menos emocionalmente, también para ella; a su madre no le importó quedar prisionera de sus debilidades en aquel lugar dejado de la mano de Dios; a Elena, en cambio, no sólo le pareció un abandono consentido sino que tampoco pudo librarse de aquel mórbido ambiente hasta que tuvo ocasión de relacionarse con sus primas de Madrid. Ella todavía quiso pensar que al fin y al cabo la influencia del administrador sobre su madre era beneficiosa para su delicado estado... hasta que fue tomando conciencia de la turbiedad que se ocultaba tras aquella relación extraordinaria. Todo lo ocurrido después fue impregnando su alma de rechazo y desesperación a partes iguales. Pero incluso en tales circunstancias no dejó de entender que para su madre era un asunto confortable. No, lo que verdaderamente liberó sus sentimientos de venganza fue la angustiosa sensación de haber asistido a la muerte de su madre al pie de su ventana y el cuadro que encontró al acceder a su dormitorio. Nunca la había abandonado el resentimiento que aquella escena dejó en su alma, como si fuera la lesión de una enfermedad mal curada. Eso hubiera sido suficiente para odiar no ya la finca sino toda la historia que conducía a la finca —se dijo torciendo sus labios en la forma de una débil sonrisa—, pero además estaba la figura de Ruz.

Al fin y al cabo, qué sabían sus hijos de todo aquello. Tampoco Eugenio. Nunca había tenido suficiente confianza con Eugenio, a pesar de haber sido su marido, para contarle lo que sabía. O, pensándolo bien, no era una cuestión de confianza sino algo distinto: un claro desinterés por hablar de ello con Eugenio, como si él fuera parte ajena de su intimidad familiar, una compañía agradable, confortable, pero no una relación instalada en la reciprocidad. No guardaba reproches que hacerle sino amables recuerdos, cada vez mejores a medida que el tiempo los limpiaba y pulía; sin embargo aquella noche fatídica y los escasos días que siguieron a la partida de Ruz y de su hijo no los compartió más que consigo misma.

En cierta manera, pensó distraídamente, parecía designio del destino que Rufino Ruz regresase de aquel modo a la finca, aunque sólo fuera para casar a su nieto. ¿Una manera de cerrar heridas? Si bien Elena, con el tiempo, trocó su rechazo en compasión por la patética figura del hijo de Ruz, salvo una vez que se encontraron en una fiesta en Madrid ella no tuvo ocasión de manifestarle alguna simpatía. Y ahora... este Rodolfo era el menor de los nietos del administrador (¿por qué seguían llamándolo así: el administrador, y no Rufino?) y quiso la casualidad que, siendo de la edad de Amelia, vinieran a tener relación. Podía decirse que los nietos del desastre se reunían ahora, tanto tiempo después, para cerrarlo. La presencia de un Ruz en la finca debería parecerle a Elena una suerte de vuelta a la normalidad con la que el destino la obsequiaba, pero ella no pensaba así. Una sombra en el fondo de su alma, un punto de desasosiego, áspero y molesto como ese pinchazo que a menudo le escocía en el fondo de la garganta y la obligaba a toser desagradablemente, insinuaba que algo iba mal a pesar de todo; que, en el fondo, aún quedaban cuentas pendientes de ajustar con la historia pasada.

Elena Villacruz se irguió en la butaca. Entre la evocación y una ligera inducción al sueño se estaba dejando llevar a territorios que no le complacía nada pisar. Esta noche era para dormir con tranquilidad si sus achaques se lo permitían. Sí, ciertamente la aparición del cadáver del administrador en esa actitud grotesca lo había cambiado todo, y aunque a su edad conservaba el carácter necesario para llevar a cabo su plan de limpieza y esclarecimiento de la situación, necesitaba descansar y reponer fuerzas para rematarlo. Iba a ser duro para todos, pero la increíble reaparición del viejo Ruz había hecho caer la venda de sus ojos. Era el momento de poner orden en su familia. Para peor, su carácter y su físico no se compadecían tan bien como ella hubiese necesitado. Los huesos y, sobre todo, el corazón eran ahora sus peores enemigos.

El libro había caído al suelo a causa de un brusco movimiento y se inclinó a recogerlo. Afortunadamente, su mundo ya no era el de *Mont-Cinère*, ni la finca era esa casa llena de mezquindad y perfidia, pero algo en la novela la había empujado a sus últimos pensamientos y eso no le gustaba; la sombría visión del mundo de Julien Green, un mundo rural donde el amor y la violencia se manifestaban como una obsesión oscura y peligrosa, más cerca del pecado que de la redención, la desasosegaba.

«A mi edad», se dijo con un ligero tono irónico, mientras trataba de recuperar la página para introducir la marca de lectura en el libro.

Empezaba a oscurecer. Lo comprobó a través de la ventana del salón. No pensaba cenar más que unas galletas y un vaso de leche. Ahora, al haberse dejado adormecer, le costaría coger el sueño de nuevo. Miró alrededor con cansada resignación, pensando en el modo de cubrir el tiempo hasta el sueño. Luego se levantó y fue hacia la estantería de los libros. Había dejado la novela de Green en la consola y buscaba otra cosa, algo más ligero, para entretenerse después de la cena. La televisión la aburría, pero quizá intentase ver alguna película. Detestaba verlas constantemente interrumpidas por los intermedios publicitarios, era como si el corazón de las películas se parase de pronto y, al reanudarse, acusara la fatiga de la recuperación cada vez más trabajosa.

Agitó la campanilla para llamar a la doncella y se quedó de pie, en mitad del salón, aguardando a que algo ocurriera, algo que ni esperaba, ni le interesaba, ni sabía bien por qué tendría que suceder porque nada tenía que esperar finalmente, nada que pudiera modificar tan siquiera una parte minúscula de su vida. Y, sin embargo, la sensación de inquietud ante el recuerdo persistía dentro de ella, lo mismo que la fragilidad de sus huesos. Entonces sonó el teléfono. Sin duda era la llamada que había estado esperando.

—Señora Villacruz —dijo la voz al otro lado del hilo telefónico—. Tengo lo que deseaba y creo que merece la pena que se lo muestre a usted de inmediato.

La doncella entró en ese momento en el salón empujando el carrito con la frugal cena de la anciana.

El hotel se encontraba a la salida del pueblo por la carretera comarcal y a poco más de ocho kilómetros de la finca La Bienhallada. Era un antiguo palacete reconvertido con un parque alrededor, piscina, un golf de seis hoyos y una pista de pádel. Mariana de Marco estaba decidida a no asombrarse de nada en lo referente al progreso del turismo en España, pero no dejó de admirarse por encontrar algo tan sofisticado en tan áspera geografía. La hipotética escasez de alicientes, tanto en vistas o itinerarios como en poblaciones cercanas con un cierto movimiento, más bien sugería un lugar de paso que de estancia, pero así, como lugar de estancia, era como se presentaba. En todo caso —pensó— ella estaba de paso, así iba a ocuparlo y no tenía por qué entretenerse en nada más. Había llegado a media mañana en un coche alquilado en Madrid y, aunque la boda era al día siguiente, prefirió darse tiempo con la intención de acercarse a la finca a saludar a la parte de la familia que ya estuviera en ella y recordar viejos tiempos. Le apetecía volver a ver aquel lugar que conoció de adolescente y recordarlo en la intimidad, antes de que el grueso de los invitados lo ocupara.

La habitación volvió a sorprenderla por su decoración inesperadamente minimalista. Tendría que haberlo supuesto cuando cruzó el hall hacia la recepción, pues el diseño del espacio y del mobiliario era decididamente moderno, pero esperaba una maciza presencia castellana de madera en las habitaciones. Deshizo la maleta, colgó y guardó su ropa, se entretuvo leyendo el periódico que había comprado antes de salir, en Madrid, y al cabo del rato decidió telefonear a la finca. La tía Marita no había llegado, la esperaban para la tarde. Pidió hablar con Marcos, se identificó y tras cambiar unos alegres saludos le anunció que ya estaba en el hotel. El otro estuvo hosco, como era costumbre en él. La verdad es que no sabía muy bien qué hacer, quizá debiera haber salido de Madrid a media tarde para llegar a dormir, pero allí estaba y decidió calzarse unas playeras blancas y dar una vuelta por el exterior. Se aseguró del horario de almuerzo y cena en el hotel y bajó al hall.

En la parte de atrás había una terraza y un servicio de bar. La piscina era tentadora, y más con el calor ambiente, pero al hacer la maleta no se le ocurrió meter un bañador. Al final se decidió a tomar asiento junto al agua, bajo una gigantesca sombrilla de lona, y pidió un vermouth para entretener la espera. El sol caía a plomo desde la vertical del mediodía.

—¡Queridísima! —dijo de pronto una voz masculina a sus espaldas.

Mariana giró lentamente la cabeza hacia atrás.

—Joaquín Fombona —dijo suavemente, reconociéndolo—. Esperaba encontrarte, pero no tan pronto. ¿Cómo te va? Estás muy guapo —concluyó tras echarle una mirada de arriba abajo, siempre sentada.

—Tú, en cambio, estás más que guapa —dijo instalándose a su lado. Mariana lo desdeñó graciosamente agitando una mano en el aire—. Estás terriblemente atractiva, créeme, como nunca antes.

—¿Quieres decir que cuando me hacías la corte...?

—Eras una niña; monísima, pero una niña. Ahora eres una mujer espléndida. ¿Dónde te habías escondido?

—Lejos de ti, ¿no te parece? Mira que eres tópico.

—¿Tu marido...?

—Por favor, Joaquín, no te hagas el inocente. Sabes muy bien que estoy divorciada.

—Te juro por mi honor que no lo sabía. ¿Divorciada? Bueno, sí, algo había oído de que estabais separados, pero eso, hoy en día, es tan frecuente y tan poco importante... Sinceramente: no volví a saber nada y pensé que habíais vuelto.

—¿Tanto te interesaba como para pensar en mí?

—¡Pues claro que sí! Si yo lo hubiera sabido..., pero me temo que es demasiado tarde.

Mariana se colocó las gafas de sol sobre el cabello.

—Tarde ¿para qué? —preguntó con un gesto provocativo. Llevaba un vestido ligero de algodón con tirantes y escote recto que, al inclinarse hacia él con la pregunta, se abrió dejando ver la parte superior del pecho. Joaquín Fombona no ocultó su admiración antes de volver a fijar sus ojos en los de ella.

—Vamos, no juegues conmigo, dama inocente. Sabes que soy débil.

Mariana se enderezó en la silla, cruzó las piernas, la falda retrocedió sobre el muslo y luego se acomodó de manera que quedó vuelta hacia él. Los dos se miraron en silencio, cara a cara. Joaquín le alzó uno de los finos tirantes del vestido, que se había deslizado por el antebrazo, y se lo volvió a ajustar en el hombro desnudo. Mariana conservaba aún el color de piel tostada del verano.

—¿Dónde has conseguido ese color? —preguntó él por fin.

—Oh, en Mallorca, en una playa nudista.

—Lo estaba imaginando...

—Te prohíbo que me imagines, soy muy pudorosa.

—Lo siento. Debería haber estado allí. Eso sí que sería correcto, ¿no?

—Pero no estabas.

—No sabes cómo lo lamento. ¿Qué vas a hacer ahora? ¿Tomamos una copa? ¿Te apetece un baño?

—Me encantaría, con este bochorno, sí, pero no he traído bañador.

—No creo que eso sea un problema para ti.

—No, cierto, pero a la dirección del hotel me temo que no le parecería nada correcto.

—La dirección del hotel lo está deseando.

Mariana soltó una carcajada, tomó a Joaquín por el cuello de la camisa, lo atrajo y lo besó en ambas mejillas.

—¿Te has dado cuenta de que no me habías saludado? ¿Qué clase de caballero eres tú?

—Un ardiente caballero, señora, que ofuscado por vuestra belleza se comporta como un patán.

—Me gusta. Profundiza en el tema de la ofuscación, por favor.

—No sé si deberíamos haber organizado así la boda —dijo por enésima vez Amelia Fombona.

—Mamá, por favor, cada día tienes un humor distinto. Ayer, tan contenta; hoy, angustiada. Estás cíclica.

—Todos recordarán la historia. Es inevitable. Cómo se va a sentir Rodolfo.

—Nosotras no tenemos nada que ver ni con el administrador ni con su cadáver. Olvídate ya de una vez.

—Estaba tan segura de todo y de repente...

—¡Ay, mamá, por favor! Sé un poco positiva. No creo que a estas alturas a nadie le importe el pasado. Además: ¿quién sabe que es el cadáver del administrador? Lo hemos sabido hace más de dos meses y ya está enterrado y olvidado. ¿Quién recuerda al administrador?

—No sé yo si la policía pensará lo mismo. Han estado preguntando aquí y allá, también en el pueblo, removiendo cosas... ¡Es mi boda, no sé si te das cuenta!

—No serán ellos quienes saquen el tema a relucir en tu boda, descuida. Además, al fin y al cabo Rufino era de la familia.

Amelia Fombona dio un respingo.

—Mamá, Rodolfo es su nieto y han pasado muchos años; ¿no te vas a casar con él? ¡Pues entonces!

—Ya lo sé, hija. Son los nervios y el ambiente de la familia contra todo lo que se llame Ruz, en fin. Y luego está la muerte de tu abuela, mira qué oportuna. Meli, querida, no sé si teníamos que haber aplazado la boda; si yo quería celebrarla en la intimidad quizá habría sido más sensato aplazarla.

—¿Tu boda? ¿Tu boda en la intimidad? Pero ¡si eso es justo lo que no querías! Mamá, son las angustias de última hora. Olvídate. Pareces una adolescente. No me digas que no tiene gracia: yo tratando de calmarte a ti; estás hecha una novia de novela romántica, a tu edad.

Amelia no respondió y volvió la cara hacia la ventanilla.

—¿Sabes con quién estudió Rodolfo? —Amelia regresó a la conversación al cabo de un largo silencio—. Con Mariana de Marco. Estudiaron juntos en la Universidad, porque Rodolfo terminó Derecho al mismo tiempo que ella, así que lo conoce o lo conoció bien. Claro que al cabo del tiempo se cambia tanto...

—¿Por qué dices eso ahora?

—Ay, yo qué sé. No tengo cabeza para nada. ¿Decir qué? —protestó Amelia.

—Mamá, de verdad, no seas pesada.

—Tienes razón. Parezco una novia de cuento romántico. Con la ilusión que me hace y estar así de intranquila... Menos mal que te tengo a ti.

—Mamá, qué cosas dices.

Joaquín Fombona propuso acercarse a la finca. Él se alojaba en el hotel, como Mariana. El hotel era el cuartel general de un grupo de íntimos de la familia Fombona, los más cercanos a Amelia, Joaquín y Alfredo. Joaquín era, en opinión de Mariana, un vivalavirgen y Alfredo, en cambio, un penoso dechado de cualidades familiares y fantasías financieras intercambiables entre sí. No podía haber dos hermanos más diferentes, incluso en el físico; Joaquín era un hombre guapo y atlético y Alfredo, grueso y colorado. Mariana había salido con Joaquín cuando era la íntima de Amelia. Joaquín era el tipo deseado por todas y todas estaban locas de amor por él. Pero esos arrebatos —pensó Mariana mientras trataba de reconocer a aquel cañón de hombre en este donjuán maduro que volvía a coquetear con ella— duran lo que deben durar, afortunadamente. La costumbre de flirtear estaba en su naturaleza de galán, no podía evitarlo, y por eso mismo a ella no la molestaba en él lo que en otros sí; era un juego y una manera de ser. «Y además —se dijo a sí misma— a mí no me van los guapos subidos sino los guapos turbios; no sé qué me dan, pero es así. Ésa es mi perdición».

Mariana se rió de sus pensamientos y Joaquín con ella, quizá pensando que la risa se la dedicaba a él; en ese momento una pareja se acercó a la mesa donde ambos estaban sentados y, apenas los vio, él saltó ágilmente de la silla para recibirlos.

—Mariana, te voy a presentar...

—A los señores de López Mansur —dijo Mariana estrechando cordialmente la mano del hombre desde su silla. Luego se levantó para besar a la mujer.

—¡Os conocíais! —dijo Joaquín admirado.

—El misterioso asesinato del Magistrado Medina[*] —respondió López Mansur.

—Cari, me alegro tanto de volver a verte —Joaquín la estrechó por la cintura mientras se besaban.

—Este hombre —dijo Cari de la Riva desprendiéndose de él— ha sido el mayor castigador de toda nuestra época de juventud.

Mariana hizo un gesto de comprensión. López Mansur los rodeó a los tres para acercarse a ella.

—Y sigues soltero y sin compromiso, ¿no? —preguntó Cari.

—Por supuesto —respondió él—, si hasta ahora no he encontrado a nadie que quiera cargar conmigo...

—El mundo está lleno de mujeres dispuestas a casarse, contigo o con quien sea; eres tú el que se hace el remolón —sentenció Cari.

—No sé si ofenderme o salir corriendo —replicó Joaquín.

López Mansur charlaba aparte con Mariana.

—Estás mucho más guapa que aquel verano —le dijo—. Más interesante.

—Tanto como mucho... Déjalo en guapa y ya me quedo contenta.

—Vale, de acuerdo: guapa y guasona. Dime, ¿qué más te trae por aquí aparte de la boda? ¿Algún misterioso asesinato? —Joaquín volvió la cabeza al escucharlo.

—Pues... —Mariana titubeó—. Ahora que lo dices, la verdad es que aquí hay un misterio de lo más interesante. Un misterio histórico diría yo. Pero no es mi trabajo.

—¿Qué me dices? Cuenta...

—Bien —dijo Joaquín interrumpiendo la conversación—. ¿Qué os parece si nos vamos a dar una vuelta por La Bienhallada y os la enseño?

—Por mí, estupendo.

---

[*] Véase: J. M. Guelbenzu, *No acosen al asesino*.

Elena Villacruz ascendió lentamente por las escaleras de la casa y se detuvo al llegar al primer rellano. Aunque vivía en un segundo piso, le costaba un esfuerzo grande subir a pie, pero últimamente el ascensor no le daba más que disgustos con sus continuos fallos y no lograba acostumbrarse a la penosa subida escalón por escalón. El ascensor era un viejo y bello objeto *art déco* calificado de interés artístico a petición de la comunidad de vecinos, la cual se ufanaba de él a pesar de sus achaques. Cuando al fin llegó al piso y entró en él, vio que las celosías estaban entornadas y la sensación de penumbra invadía la casa confortablemente. Las habitaciones no estaban frescas, pero estaban protegidas del sol del verano que aún castigaba a esa hora. Cruzó el salón y llegó hasta el dormitorio principal sin detenerse. Allí se despojó del sombrero y la chaqueta, que dejó sobre la cama, y tomó asiento en su butaca preferida, junto al balcón. Miró distraídamente hacia la calle y descubrió que la sentía como si al dejarla ahí abajo hubiera abandonado un lugar de desolación y ahora se encontrase al abrigo.

Sin embargo, sentía una opresión en el pecho que la desazonaba. No había nadie en casa porque la doncella había salido a hacer la compra del fin de semana. De un tiempo a esta parte, aunque no quería confesarlo, a lo largo de cada día que se quedaba sola en casa la iba invadiendo un malestar paulatino parecido al desamparo. Le costaba aceptarlo a ella, una mujer fuerte y decidida, pero la evidencia estaba ahí, en su propio cuerpo, y esto la hacía revolverse contra sí misma y contra la vida. Podría pedir ayuda a su hija o solicitar una enfermera para esos días —sábado tarde y domingo completo— en que libraba la doncella, pero lo tomaba como una claudicación. La anciana se debatía entre la decadencia física y la energía mental, pero ella sabía que el equilibrio estaba a punto de romperse y lo temía, lo temía como a ninguna otra cosa. La tarde anterior le había traído tal sobresalto que dedicó su actividad principal a localizar y citar a sus hijos.

Necesitaba arreglar lo inevitable cuanto antes. Desde que tuvo la evidencia en sus manos una especie de congoja la atormentaba de continuo. Apenas había dormido esa noche. Esa misma mañana, insomne y aun siendo sábado, no paró hasta dar por teléfono con su abogado. Era preciso actuar. La información no dejaba lugar a dudas. Una pena tremenda la invadía. Aguardaría hasta el lunes, sin embargo.

—Déjalo ahí, en el dormitorio —oyó decir y abrió los ojos. No había nadie. Debió de haberse dormido unos segundos. Últimamente se dormía con cierta facilidad, quizá unos segundos nada más, pero en ellos se colaban escenas completas, tan complejas e intensas como en los sueños largos. Trató de hacer memoria sobre lo que podría haber motivado aquella exclamación, inútilmente.

La habitación era el escenario de una parte importante de su historia personal desde que tuviera a sus cuatro hijos y viniera a establecerse definitivamente en Madrid, y la recorrió con la memoria antes que con los ojos. Por un momento se sintió desfallecer. Habían transcurrido más de cincuenta años y el dormitorio parecía el mismo. Sintió una especie de vahído al levantarse y volvió a dejarse caer en la vieja butaca; al hacerlo tuvo un ataque de vértigo que se disolvió instantáneamente; cerró los ojos y volvió a abrirlos; poco a poco fue reconociendo los muebles, los objetos, el lecho con dosel; hasta la colcha le parecía la misma del día en que estrenó la cama, aunque no podía serlo. También aquí las celosías estaban echadas, salvo una hoja de las del balcón junto al que se hallaba, y la penumbra le daba un aire de tiempo conservado a todo el espacio de la habitación; quizá fuera esa sensación y no la realidad presente lo que la empujaba hacia el pasado.

—Hay actos —murmuró como abatida por un gran cansancio— que arraigan y envenenan el alma; nuestra labor es arrancarlos de raíz, como las malas hierbas, para que la vida nueva florezca libre.

La doncella apareció de pronto en el vano de la puerta arrastrando el carrito de la compra.

—Ya estoy aquí, señora.

Marcos, que se encontraba en la encrucijada de caminos de la carretera de tierra que dividía en dos la plantación delantera de viñedos, vio avanzar el descapotable de Joaquín levantando una buena polvareda y salió a su encuentro gesticulando para darle a entender que ralentizara la marcha. Cuando llegaron a su altura, se acercó al coche.

—Ya lo sé, ya lo sé —dijo alegremente Joaquín—, estoy contaminando tu amadas vides, pero a cambio te traigo la mejor compañía.

Marcos hizo un ademán de aceptación, entre comprensivo y resignado, y se dispuso a saludar a los acompañantes de su hermano; cuando reconoció a Mariana su expresión cambió radicalmente.

—Hola, Mariana —dijo con gesto lúgubre—. Cuánto tiempo...

Rodeó el coche y se besaron con timidez.

—Tú siempre tan efusivo —dijo Mariana alegremente.

—Los señores que viajan detrás —anunció Joaquín— también vienen a la boda.

Marcos se excusó mientras Mariana los presentaba. Luego, de un brinco, se sentó sobre la portezuela del lado de Mariana y el automóvil reemprendió la marcha. Cuando llegaron a la casa, Marcos saltó ágilmente al suelo, abrió paso a las dos mujeres y señaló a su hermano una frondosa encina bajo la cual dejar el coche a salvo de la solanera. Pasaron al interior de la casa en busca de sombra mientras esperaban a los dos hombres y Marcos ordenó un aperitivo a pesar de las protestas de Mariana y Cari.

—No queremos empezar a engordar antes del festejo.

Los hombres, en cambio, parecía que lo estaban deseando. Al cabo del rato se les unió la decoradora, que los acompañó a ver el montaje y les informó acerca de las últimas noticias del acto del día siguiente. También la guardesa, al reconocer a Joaquín, acudió a saludarlos. Todo estaba en orden, pero todo parecía desordenado en el relato que ella les hizo de los preparativos de la ceremonia; evidentemente, la decoradora no era santo de su devoción. Joaquín, por detrás, la imitaba con gestos cómicos.

—Por cierto —preguntó dirigiéndose a Marcos—, ¿tenemos almuerzo?

Marcos asintió y los demás protestaron: regresaban al hotel, sólo habían venido a dar una vuelta por invitación de Joaquín, de ningún modo pensaban interferir en la vida familiar...

Salieron a dar un paseo. El jardín fue muy celebrado, pero el pabellón y la terraza coparon los mayores elogios. A pesar de una calima de fondo, el paisaje del valle abierto a sus pies hasta la línea del horizonte, donde se difuminaba una cadena de colinas, era realmente impactante. Desafiando el calor insistente del verano, el río seguía fluyendo entre dos hileras de chopos y las orillas verdeaban abundantemente, ofreciendo una sensación de riqueza muy grata a la vista.

—Así que aquí estaba el famoso montículo... —comentó Mariana pisando con interés el suelo de la terraza.

—Bajo el pabellón, en realidad —dijo Marcos con una entonación que sugería un completo desinterés. Mariana lo observó con curiosidad. «Cualquiera diría —pensó— que no quieren ni oír hablar del asunto del cadáver».

—Esta tarde visten la carpa —anunció la decoradora, quien trataba a Marcos con descarada confianza—, que quedará ideal, pero es una complicación y nos va a traer de cabeza —¿los estaba echando?—. Pero venid a ver la pradera que le he montado a este soso.

Entre la carpa y el pabellón y justo hasta la línea de vides que asomaba tras una edificación que Mariana supuso que pertenecía a la bodega, se extendía una pradera de césped que parecía un pedazo de Inglaterra trasplantado a la meseta castellana. Una fila de aspersores en serie la atravesaban de parte a parte.

—Los ponemos en marcha cuando cae la tarde —explicaba la decoradora—, mientras a nuestro amigo Marcos, que está hecho un borde, se lo llevan los demonios porque piensa que estamos tirando el agua, pero, vamos, es que no hay color, ¿no os parece?, para una boda como debe ser...

De regreso al hotel, los Mansur y Mariana almorzaron en el comedor. Cari decidió subir a su habitación para echarse una siesta y ellos dos se quedaron mano a mano ante sendas tazas de café. El conocimiento del matrimonio por parte de Mariana provenía de unos días de verano en los que coincidieron en una localidad de la costa cantábrica llamada San Pedro del Mar donde Mariana era Juez de Primera Instancia e Instrucción, su primer destino. Apenas si se trataron entonces porque su encuentro fue circunstancial, pero tenían amigos comunes. Mansur era mayor que ella y, en su manera de tratarla, Mariana advirtió en seguida que era un hombre muy inclinado a las mujeres. Siendo muy diferente a Joaquín Fombona, ambos coincidían en el aspecto de seductores un poco pasados, más frívolo éste, más sentado Mansur. Entre ambos y ella había una distancia generacional evidente que, en cierto modo, a Mariana le divertía. La distancia generacional no era tanto real, apenas diez años, como vital. En los dos aparecía, con respecto a ella, un tono, una actitud, una concepción de vida que le recordaba, siendo dos polos opuestos, una misma España: la que vivió su padre. Mariana había salido, siendo una jovencita, con Joaquín; ahora lo veía como alguien que se quedó del lado de allá de la vida mientras ella venía hacia acá, hacia hoy mismo, y ahí la distancia la percibía no ya como generacional sino más: como línea de diferencia de dos personas pertenecientes a dos sociedades distintas aunque sucesivas. Y lo mismo ocurría con Mansur pero al revés: su historial de poeta frustrado y rebelde con causa se diluía en una madurez acomodada y displicente a este lado de la vida.

Sin embargo, Mansur era, en el punto y hora en que se encontraban, la única persona con la que podía hablar libremente de un asunto que la interesaba más por momentos y que presumía que a él le había empezado a suscitar una gran curiosidad: la historia del cadáver arrepentido. Y se la relató tal y como Amelia, que siempre se iba por la boca, se la había contado a ella.

—Pero es una historia de locos... —comentó Mansur.

—La verdad es que, como Amelia es más bien frívola, lo toma por una anécdota singular, pero es tan disparatada como intrigante.

—Ésa es la palabra peligrosa: intrigante —dijo Mansur, pensativo.

Se produjo un silencio que Mariana aprovechó para pedir un whisky con soda y hielo. Mansur prefirió encargar una copa de bourbon. Ambos encendieron sus cigarrillos.

—Lo primero que hay que considerar —empezó Mansur— es el hecho de que alguien, a escondidas, aprovechando la oscuridad de la noche, se interna en la meseta toledana con una pala, excava un agujero largo y hondo y arroja dentro un cadáver que trae..., no sé, en el maletero de su coche, supongo. Luego lo tapa y se vuelve por donde ha venido. Parece indiscutible —concluyó agitando levemente el bourbon en su copa de balón y olfateándolo distraído— que hay una intencionalidad.

—Sin duda —corroboró Mariana.

—¿A quién crees que apunta? —preguntó Mansur entrecerrando los ojos—. ¿A la familia Villacruz, o Fombona, tanto montan ahora, o al propio administrador?

—Precisemos —dijo ella—. Aparece enterrado en posición de súplica, pero también de arrepentimiento. ¿Para quién es ese mensaje? Y lo que es más llamativo: ¿para cuándo?

—La verdad, sí que es intrigante el asunto —admitió Mansur—. No había caído en la cuestión del cuándo, pero es cierto.

—Es sustancial —precisó ella.

—En efecto, ¿y si no se descubre hasta dentro de otros cincuenta años? El mensaje ya no sería el mismo. El destinatario tampoco.

—Lo que nos debe llevar a pensar que quizá no se trataba de un mensaje —dijo ella.

—Pues ¿qué sería entonces?

—Un acto personal..., como una penitencia o algo así; lo cual es absurdo porque ya estaba muerto antes de ser enterrado.

—En tal caso habría que empezar a considerar la posibilidad de una venganza.

—¿Una venganza? ¿Contra quién?

—Contra el muerto, evidentemente. Alguien lo castiga a yacer enterrado en perpetuo arrepentimiento por algún pecado cometido.

—El oro... —musitó Mariana.

—¿Qué oro?

Mariana le relató la historia del oro enterrado, desaparecido y recuperado de Hélène Giraud.

—¡Válgame Dios! —exclamó Mansur sinceramente asombrado—. La historia se complica de un modo extraordinario.

—En efecto... —Mariana parecía estar pensando a gran velocidad -. Esto nos llevaría a deducir que el administrador fue quien se aprovechó de la confianza de Hélène para hacerse con el oro, sí, pero sigue siendo un asunto incomprensible. Él se casó luego con Hélène y el oro, o una parte importante del mismo, reapareció tras la muerte de Hélène en un banco suizo a nombre de su hija. El papel del administrador en esta historia, si él robó el oro, se vuelve entonces abracadabrante.

—¿No se pudo rastrear la cuenta en Suiza?

—Supongo que no.

López Mansur meditó unos instantes.

—Salvo que la familia lo oculte —dijo al fin.

Mariana bebió de su vaso, pensativamente. Luego habló:

—Sería posible, sí, aunque eso implica una conspiración familiar para ocultarlo.

A medida que se internaba en el misterioso asunto, Mariana se sentía más y más atraída por él. Había percibido el interés de la familia por alejar el tema apenas surgía y no dejaba de llamarle la atención; excepto en el caso de Amelia, aunque bien es verdad que, en principio, se trataba de una confidencia anterior ahora ampliada. Podría deberse a la preocupación y el aturdimiento que siempre genera un acontecimiento como la propia boda. Amelia habló como era ella, sin cortarse un pelo y con la ligereza propia de su carácter, y quizá ahora se estuviese arrepintiendo. En todo caso, la insólita historia estaba ahí exigiendo que alguien o algo dieran respuesta a los múltiples interrogantes que llevaba consigo. Y aún quedaban otras consideraciones; por ejemplo: ¿se trataba de un crimen? A tantos años de distancia sería prácticamente imposible certificarlo.

—¿Pudo ser un crimen? —dijo en voz alta.

—Volvemos a la venganza.

—Es cierto, pero no al mismo autor —precisó Mariana—. La intencionalidad difiere.

Ambos se quedaron en silencio, meditando.

Elena Villacruz dormía en su butaca del salón con las piernas extendidas y apoyadas en el reposapiés. Por los gestos de su cara se podía deducir que no se trataba de un sueño tranquilo, pero al menos dormía. El resto del cuerpo, sin embargo, permanecía sosegado, prácticamente inmóvil. De pronto agitó la cabeza a un lado y a otro, como si negara algo. Al hacer este movimiento, se golpeó levemente con una de las orejas del sillón y abrió los ojos; por un momento miró adelante como si esperase reconocer a alguien y, acto seguido, volvió a cerrarlos.

Las celosías estaban ahora plegadas y afuera había caído la noche. Del exterior llegaba el sonido intermitente del paso de los coches por la calzada. La habitación se encontraba en penumbra porque todas las luces estaban apagadas. Era domingo y la casa se hallaba sumida en un silencio pesado. Hacía calor. Habitualmente, a estas horas Elena solía calentarse algún plato que dejase preparado la cocinera o bien se preparaba unas galletas y un vaso de leche que ella misma traía al salón y se sentaba a ver la televisión. Después leía en la cama, aunque los domingos prefería apurar la televisión porque era, de todas las de la semana, la noche en que más le costaba irse a dormir, como si deseara alargar esa semana cuyo término no quería aceptar. Contrariamente a la mayoría de la gente, Elena amaba los lunes y detestaba los domingos, quizá porque los lunes abrían una expectativa que cada domingo se encargaba de cerrar recluyéndola en casa y dejando pasar las horas con puntual soledad.

El sueño debía de ser desagradable porque de nuevo volvió a removerse en la butaca, pero esta vez fue una convulsión de todo el cuerpo que la obligó a alzar los brazos y la cabeza como si el objeto de su sueño la acorralara contra el respaldo. Sin embargo, no se despertó. Al relajarse, torció la cabeza a un lado y su figura tomó el aspecto de una muñeca descoyuntada y abandonada, con los brazos colgando por fuera de la butaca y las piernas siempre extendidas.

El reloj de pared dio las nueve. El silencio que siguió entonces al grave tono de las horas llenó la estancia de manera ominosa. La respiración de la anciana cambió de repente, como si lo hubiera escuchado, y aspiró aire anhelosamente. De inmediato lo expulsó y todo su cuerpo se contrajo. Luego volvió a relajarse. Dormía sobresaltada, pero el sueño era profundo.

Si su sueño hubiera sido más ligero, quizá hubiera escuchado el ruido de la puerta del piso al abrirse, un ruido leve y seco, pero suficiente para alertar a quienquiera que estuviese con el oído abierto en el interior de la casa. No se escuchó, en cambio, el de cierre, señal de que quien entraba andaba con cuidado de no ser notado. Y, desde luego, habría escuchado, o presentido al menos, los pasos leves que se acercaban por el pasillo hacia el salón, lo atravesaban y se detenían justo a sus pies. Lo que no hubiese podido ver, aunque se hubiera despertado en ese momento, era lo que el visitante portaba en sus manos, que escondía tras la espalda. Llegó hasta la butaca y, después de unos segundos en los que la estuvo observando con atención, como si evaluara su mejor posibilidad, se inclinó cuidadosa y silenciosamente sobre la anciana dormida. El movimiento de su espalda reveló que había alcanzado su objetivo. Siguió un estremecimiento de la anciana, un estertor ahogado y Elena Villacruz dejó de respirar.

Durante la primera mitad de la tarde, Mariana de Marco estuvo leyendo en su habitación una novela corta de Willa Cather, *Una dama extraviada*. La figura de la señora Forrester vista a través de los sentimientos del joven Neil la había conmovido. Era una historia del paso de la idealización a la realidad, una novela de formación referida a Neil, pero la figura de la señora Forrester —que, por cierto, se llamaba Marian— era arrebatadora, un prodigio de creación, un personaje clamorosamente femenino, tenaz, fiel a sí mismo, generoso, contradictorio y vital, tan poderosamente vital que abre a Neil las puertas de la vida real, aunque éste se aleje de ella creyendo que él «le había regalado un año de su vida y ella lo había tirado». Era la sutileza de la autora para pintar las calidades, colores y claroscuros del carácter de Marian lo que en verdad le admiraba y pensó que tampoco a ella le importaría ser «una dama extraviada», que quizá lo era a su modo y en su propio tiempo. Lo leyó de un tirón, pero no precipitadamente. El paso de las horas había sido, por así decirlo, voluptuoso. Mariana disfrutaba leyendo.

Salió a dar una vuelta para despejar la cabeza con la esperanza de que la temperatura hubiera descendido algunos grados. Dentro del hotel, protegido por los gruesos muros, el espacio, silencioso y penumbroso, ofrecía un resguardo aceptable. A través de los ventanales de la parte trasera veía la piscina y lamentó de veras no haber tenido la precaución de traer consigo un bañador. Las sillas de la terraza del bar estaban vacías con la excepción de una figura masculina recostada y con un periódico abierto entre las manos. No había nadie más a la vista, conocido o desconocido. El desconocido, si estaba leyendo, lo hacía de una manera rígida, como alguien que está cumpliendo un deber. Al parecer, la diversión y el bullicio, caso de que los hubiera, se reservaban para la caída del sol. «Definitivamente —pensó— ha sido un error adelantarme un día. No hay nada que hacer, nada en que pensar y no tengo otro libro». Quizá en la recepción estuviera la prensa del día a disposición de los clientes del hotel. Sin mucha gana, pues era de esperar que dispusieran tan sólo de la prensa local, encaminó sus pasos hacia el hall. La sensación general que la rodeaba era la de un balneario en el que todo el mundo dormitase y en el que el silencio estuviera formado por un imperceptible conjunto de murmullos de cosas, cosas tales como el vuelo de un visillo, las fibras de una alfombra al erizarse, el gañido de una puerta...

A medio camino decidió darse la vuelta y salir a la terraza; lo decidió tan bruscamente que, al volverse, estuvo a punto de darse de manos con alguien a quien un segundo después del sobresalto reconoció como el hombre que leía rígidamente en el exterior. Ambos habían retrocedido un paso y se disculpaban uno a otra cuando él se interrumpió para decir:

—¿Mariana? ¿Mariana de Marco? ¿Eres tú?

Ella, sorprendida, tardó aún unos segundos en reconocerlo a su vez.

—¡Rodolfo Ruz! Me dejas de una pieza, de verdad. ¿Seguro que eres tú?

El otro asintió.

En la mente de Mariana se cruzaron tantas advertencias que perdió el habla. Era, en efecto, Rodolfo Ruz, aquel compañero de estudios en la Facultad del que apenas tenía un vago recuerdo; era, también, un Ruz, es decir, el nieto del famoso administrador; y era, por último, el novio de la boda. Toda esta información se ordenó en su cerebro simultáneamente y tardó unos segundos en recobrarse.

—Pero ¿qué ha sido de tu vida? —preguntó animosamente. Iba a besarlo y se detuvo a medio camino, indecisa. Él esbozó un gesto de comprensión y acercó la cara.

Mariana lo tomó de la mano y se lo llevó a un lado para poder dejarse caer a gusto, medio noqueada por el cúmulo de percepciones cruzadas, en una de las butacas del hall. Rodolfo la observó de arriba abajo con una sonrisa en la que se leía la complacencia por el efecto causado. Ella vestía el mismo vestido de algodón de la mañana y, al sentarse, el vestido, ligero como una pluma, flotó a su alrededor antes de posarse de nuevo en el cuerpo, dejando descubiertas sus largas piernas, que recogió sobre sí en la butaca tras desprenderse de las playeras sin cordones. Evidentemente, se disponía a interrogar a conciencia a Rodolfo. La tarde pasaba del sopor a la excitación en cuestión de minutos.

—Rodolfo Ruz, no te pareces a ti mismo —dijo ella pronunciando con deliberada lentitud para hacerle claramente partícipe de su asombro—. No creo lo que ven mis ojos.

—Buenos ojos, ¿te acuerdas? —respondió Rodolfo. En segundo de Facultad se celebró una vez un concurso de partes del cuerpo que tuvo gran éxito entre los estudiantes. Mariana hubiera preferido en aquel entonces ganar en la especialidad de culos, que era lo que más se cotizaba, pero en cambio recibió el premio a los ojos más grandes, por lo que también fue muy vitoreada.

—Ahora tengo de todo, me parece —confesó con deliberada intención—, no sólo ojos.

—Ya lo veo, ya —dijo Rodolfo señalando con un movimiento de cabeza el vestido de Mariana; éste se adaptaba a su piel como un velo y, más o menos ajustado al cuerpo según cayera, se posaba sobre él de manera reveladora; era muy consciente de ello y no hizo nada para desviar la mirada de Rodolfo.

Rodolfo fue un compañero normal en la Universidad, agradable incluso y no especialmente atractivo, pero lo recordaba también como un tipo egoísta y un tanto aprovechado. Ahora Mariana tenía ante ella a un hombre hecho y derecho, de aspecto decidido, con mejores maneras, otra clase de aplomo y mejorado por la edad. Incluso las marcas de la cara, producto de un acné juvenil mal tratado con toda seguridad, le daban cierto aire duro y algo perverso que, unido a la intensa expresión de sus ojos, claros y cálidos, a Mariana le pareció bastante interesante. Quizá él lo advirtiera porque no apartó su mirada de la de ella y así se mantuvieron frente a frente sin decirse nada ni cambiar el gesto.

—Reconoce que tiene su morbo volver a encontrarte convertido en novio a estas alturas de la vida —razonó Mariana en busca de una salida airosa, y apartó sus ojos de los suyos durante un segundo, sólo para romper el frente—. ¿Cuánto hace que no nos vemos?

—Desde que nos licenciamos, me parece a mí. ¿Tú sigues siendo tan coqueta como entonces? ¿O eso de ser Juez te ha vuelto seria y prudente?

—Yo era coqueta, lo reconozco, cosas de la juventud; pero ¿imprudente? Yo, en cambio, recuerdo que eras de los que barren para casa, nada de riesgos.

—Todo cambia.

—La verdad es que pareces un aventurero... Lo digo en tu favor —añadió al advertir un gesto extraño en él.

—No creo que tú sepas mucho de aventureros... ni te hayas topado en tu vida con alguno de ellos —a Mariana le pareció advertir un tono de suficiencia en el comentario.

—¿Yo? ¿Una Juez? —contestó—. Sospecho que en pocos oficios habrá oportunidad de tratar a tanta gente distinta y de tantos colores y maneras de ser como en el mío. Y a tanto delincuente.

—¿No será una alusión?

—No. Es, simplemente, un comentario. Tampoco te recordaba tan picajoso, por cierto.

—¿Qué tal se toma la gente eso de tratar de Señoría a una Juez de tan buen ver como tú? —Rodolfo fue al quite.

—La Juez, pobrecita, va de toga. Aunque no sé qué quieres que te diga: una abertura en la tela hasta la ingle, al estilo Marlene Dietrich, tendría un gran éxito. Menuda entrada a la sala que haría yo. En fin, en honor al tiempo que hace que no nos vemos, puedes hacer los inevitables comentarios masculinos, pero sólo durante cinco minutos. Después, se acabó el tiempo.

—No me cabe la menor duda de que lo cumplirás. Es la costumbre, espero que sepas perdonarme —solicitó Rodolfo—. Pero dejemos a las vampiresas en su mundo, si te parece. La verdad es que cuando hablaba de imprudencia me refería a tu noviazgo con Joaquín.

—Ah, te fijaste, ¿eh? ¿Por qué te fijaste? ¿Envidia, quizá? —dijo ella y se enderezó en la butaca con ademán desafiante. Luego se echó a reír y Rodolfo la siguió. Había un punto nervioso en sus risas.

—Vale, ya me pongo seria. Es que estoy en mi segunda juventud —explicó; y de nuevo volvieron a reír al unísono. Luego se hizo un silencio y ambos se miraron sin hablar. Mariana se preguntó qué era lo que Amelia veía en aquel hombre.

—Pues sí, soy el novio de la boda —dijo al fin Rodolfo—. Y creo que nos vamos a reunir aquí unos cuantos de la misma quinta. Es raro esto de verse después de tanto tiempo, ¿verdad? La gente cambia y no sabes a qué.

—Eso parece —respondió Mariana pensativamente.

De pronto el pasado se precipitaba hacia el presente.

La noche cayó silenciosamente sobre el hotel y los clientes, en su mayoría invitados a la boda, empezaron a dejarse ver por la planta baja camino del comedor. Aún faltaba gente por llegar, pero el hall y la terraza del bar se fueron llenando de amigos y conocidos que se saludaban entre sí con satisfacción mientras se daban tiempo para acudir a la cena y disfrutaban de un aperitivo. La temperatura había descendido unos grados y se notaba un frescor al que ayudaban las bocas de riego en funcionamiento dispuestas alrededor de las praderas de hierba. Las conversaciones brotaban tan gentilmente como los chorros de agua y el cansino y pesado clima del caluroso atardecer se había convertido en un alegre pajareo de voces y música, de luz y cordialidad.

Mariana de Marco había cambiado su vestido veraniego por un conjunto de pantalón negro y camisa de seda blanca muy elegante. Así vestida redoblaba la impresión de ser una mujer alta y de complexión fuerte, pero bien proporcionada, que se movía con una sugerente mezcla de gracia y seguridad. La melena desplegada hasta los hombros, el cuello largo y firme y los aros dorados de los pendientes le añadían además un toque de gracia. Nadie dudaría, al verla, de que se trataba de una persona de carácter a la que no le faltaba un toque de delicadeza; esta mezcla era la que le daba un encanto singular porque no era una mujer de facciones regulares ni ortodoxas, un canon de belleza, pero irradiaba personalidad. De hecho no había pasado inadvertida a ninguno de los caballeros que tomaban el aperitivo en la terraza del bar.

La familia Fombona ofrecía una cena buffet a sus invitados más allegados, que se hospedaban en el hotel y habían ido llegando a lo largo del día. Marcos se había desplazado hasta allí desde la finca y los atendía junto con sus hermanos Alfredo y Joaquín. Mariana no conocía a la mayoría de los invitados, pero era una persona sociable y, además, en seguida se vio rodeada de atención masculina. En varios momentos en que desvió la vista a su alrededor, en mitad de cualquier conversación, su mirada se cruzó con la de López Mansur, también empeñado en conversaciones sociales. En este encuentro hubo un reconocimiento tácito, como si ambos se intercambiaran instintivamente un sentimiento de comprensión. Fue a la tercera o cuarta de estas ocasiones cuando Mansur se desplazó con habilidad junto a ella y la rescató de un grupo de financieros que alardeaban de sus negocios, para hacer un aparte. Salieron al exterior del salón, cuyas puertas cristaleras estaban abiertas de par en par; la temperatura era grata, la luna lucía en el oscuro cielo casi llena y se reflejaba en el agua de la piscina.

—Hay que descansar de tanta cordialidad —dijo Mansur a modo de resumen y de justificación con su copa de vino en la mano.

Mariana detuvo sus ojos en las leves ondulaciones de la superficie del agua.

—Qué tranquilidad da una piscina en una noche cálida, ¿verdad?

—¿Lo dices en serio? Nunca lo hubiera sospechado.

Mariana rió como si se avergonzara.

—Supongo que una dice estas tonterías en reuniones tan tontas como ésta; pero es verdad, me produce una gran tranquilidad ver esa agua moviéndose mansamente con sensación de perennidad, que es lo que hace.

—¿No será que estás harta de toda esta gente?

—No —contestó Mariana vivamente—. Eso más bien me parece que es cosa tuya; pero creo que los dos coincidimos en algo: que no somos como ellos; quiero decir —añadió con un gesto cómplice de la mano— que no es nuestro mundo.

Mansur se quedó en silencio, mirando la superficie de la piscina. La depuradora se había puesto en marcha y el agua burbujeaba por los sumideros.

—Atinada observación —murmuró luego entre dientes.

Mariana tuvo la sensación de que había dicho alguna inconveniencia.

Amelia Fombona encontró a Rodolfo Ruz en la cafetería Saint Paddy, acodado en la barra ante una copa de dry martini y un platillo de almendras saladas de las que picaba distraídamente. Se abrió paso entre la gente que charlaba y reía, llegó hasta su enamorado y lo besó sin darle tiempo a decir hola. Mientras él pedía una bebida de cola light para ella, abrió las bolsas que traía en la mano y empezó a mostrarle sus compras aturullada y trabajosamente por la falta de espacio. El Saint Paddy estaba a rebosar, al punto que parecía una proeza rebullirse para sacar y exhibir el contenido de las bolsas, pero lo intentó hasta que Rodolfo la forzó a guardarlo todo de nuevo.

—Despacio, princesa, no hay prisa.

—Claro, tú estabas tan mono fijándote en todos estos guayabos, ¿no? —dijo Amelia mirando en derredor.

Se hizo la enfurruñada buscando un mimo y luego empezaron a charlar en medio del clamor de las conversaciones. Esa noche pensaban salir a cenar juntos, pero ella quería dejar las bolsas en casa de su madre y hacerle una visita sorpresa. La verdad era que los había citado al día siguiente, a todos los hermanos, como le contó a Rodolfo el día anterior, cuando fueron a la ópera, donde ella tenía abono para toda la temporada, pero no resistía las ganas de enseñarle las compras que estuvo haciendo esa misma tarde. Rodolfo se lo tomó con buen talante y por eso se citaron allí, al lado de la casa de Elena, justo antes de la cena. Amelia estaba más nerviosa a cada hora que pasaba, y Rodolfo tuvo que reprochárselo cariñosamente cuando se derrumbaron las compras y el bolso desde la banqueta al suelo y ambos se afanaron en recogerlo todo sin apenas espacio para moverse.

—No te puedes imaginar la cantidad de ropa blanca que tiene mamá en casa, es apabullante.

—Pero si aún faltan dos meses largos para la boda.

Rodolfo hubiese preferido alargar la estancia en el Saint Paddy e ir directo al restaurante, pero tenía que ceder. Amelia era extraordinariamente tozuda cuando se empeñaba en algo, y su experiencia le decía que su habilidad para manejarla tenía que estar relacionada con mantener intacta la capacidad de elegir él en qué asuntos merecía la pena ceder para no tener que hacerlo en otros indeseados.

Cuando terminaron sus bebidas, Rodolfo cogió las bolsas y salieron a la calle. Como estaban a cuatro manzanas de la casa de Elena, se acercaron dando un paseo. Hacía calor en Madrid porque era una noche típica del mes de Junio, seca y con cielo despejado aunque la luz artificial apenas dejaba ver las estrellas. En esas fechas aún se podía estar en la calle al caer la oscuridad porque la ciudad no se había recalentado aún, pero el contraste entre el aire acondicionado del Saint Paddy y la temperatura ambiente era notable. Amelia no parecía sentir el calor y caminaba cogida del brazo de Rodolfo, charloteando interminablemente y deteniéndose de cuando en cuando para besarlo, como acometida por repentinas e insistentes urgencias que él aceptaba complacido.

El portal estaba cerrado, como de costumbre los domingos, y Rodolfo la ayudó a empujar la pesada puerta. El ascensor seguía averiado y tuvieron que subir a pie. Ante la puerta del piso, Amelia tocó el timbre para avisar de su presencia y luego abrió con su llave.

—¡Mamá, ya estoy aquí! —exclamó.

—¿Hace falta que grites de esa manera? —le reprochó Rodolfo.

—Yo es que no sé si está sorda o se lo hace a veces, así que, por si acaso, yo chillo.

Rodolfo buscó un punto en el hall donde deposi-
tar las bolsas mientras oía alejarse a Amelia llamando cariñosamente a su madre. Luego se hizo un extraño silencio
y, por fin, oyó un grito desgarrador y, acto seguido, la voz
de Amelia que lo llamaba con verdadero espanto.

Joaquín abordó a Mariana cuando regresaba al comedor junto a López Mansur; venía acompañado por Cari, a la que despidió con su marido, y se llevó a Mariana de nuevo al exterior.

—Vaya —comentó Mariana—, parece que esta noche los caballeros prefieren los encuentros solitarios en el jardín.

—¿Te he dicho ya que estás guapísima esta noche?

—Vaya, gracias. Procuro que sea esta noche y todas las noches, si quieres que te diga la verdad —contestó ella con un deje de sorna.

—Estás guapísima y lo sabes —insistió él.

—Yo, como no tengo abuela —contestó ella en el mismo tono—, no tengo problemas con mi autoestima. En fin, no eres el primero que me lo dice.

—Pero sí el más sincero de corazón.

Mariana rió.

—La verdad es que siempre has sido gracioso para galantear a las chicas.

—¿Galantear? —dijo él—. Estaba esperando el momento de la boda sólo para verte.

—No lo he dudado ni por un minuto, créeme; ni por un minuto.

—Te burlas de mí.

—Oh, no, no, nunca he hablado más en serio en toda mi vida. Éste es un momento..., no sé... ¿mágico?

—Quedemos después de la cena.

—¿Y adónde me vas a llevar? ¿Al teatro? ¿A un concierto? ¿A pasear por el pueblo?

—Mucho mejor que todo eso.

—Qué tentador —dijo ella cogiéndolo del brazo.

—¡Ah! —dijo él—. Así está mucho mejor.

—A ver, cuéntame: aparte de ser un mil amores, como en la canción, ¿qué estás haciendo ahora en la vida?

—¿Me lo preguntas en serio?

—En serio. Estoy muy interesada.

—Bien. Te escondes detrás de tu ironía, pero no eres invulnerable.

—Demasiado bien lo sé —dijo ella en un tono cómicamente pesaroso—, pero es que soy como la princesa de los cuentos: por más pretendientes que llegan a mi reino, ninguno es capaz de resolver el enigma que me hace ser tan deseada y tengo que acabar cortándoles la cabeza.

—¡Qué horror! ¿Y no puedes solucionarlo de otra manera?

—Bueno, cuando me sorprenden en un momento distendido, en un jardín, en mitad de la noche, oyendo borbotear el agua al fondo...

—Entonces aprovechemos esta ocasión. Es una boda, todo el mundo está contento, eres vulnerable, las resistencias ceden, los velos caen...

—Tú no pierdes comba.

—Es mi naturaleza.

Mariana se preguntó, en medio del juego, por qué le gustaba este juego. Había ligado con Joaquín cuando sólo tenía dieciocho años y entonces contemplaba arrebatada al hermano mayor de su amiga como quien admira un sueño. La edad entierra en ceniza los rescoldos del fuego juvenil, pero, a la manera en que un golpe de aire reanima furtivamente algún ascua, de pronto se encendían palpitaciones en su presencia, palpitaciones que estremecían los recuerdos de aquellos años en los que la vida ardía como paja. En el juego de insinuaciones al que ambos jugaban, había, por parte de ella, un recuerdo lleno de afecto, un afecto que seguía impregnando su piel a pesar de la distancia temporal y personal con la que lo trataba y que, en cierto modo, torcía su voluntad, acorralaba su firmeza. De todos modos, Joaquín estaba especialmente pegajoso, quizá fuera la edad.

—Joaquín, déjame respirar —dijo ella deshaciéndose del abrazo con el que Joaquín pretendía envolverla—. Tenemos que volver con los demás.

—Bien sabes que contra mi voluntad, pero te acompaño.

—No, por favor, déjame sola. En seguida voy —dijo ella y se dio la vuelta. Joaquín vaciló un momento y después se despidió. Mariana no reconoció el paso confiado con que se alejaba de ella, camino del comedor donde bullían los invitados; no era el que había visto muchas veces en el pasado.

Se sentó en el banco que estaba a su lado, al abrigo de un semicírculo de adelfas. Sólo tenía una pregunta para sí misma: ¿qué estoy haciendo yo aquí? Volvió a preguntarse por la razón que la había traído hasta la boda. Al fin y al cabo, su amistad con Amelia, tan íntegra como poco practicada en el tiempo desde que ambas se casaran, le parecía ahora insuficiente, un pretexto que debía de estar ocultando algo más. ¿Qué era lo que ocultaba? ¿Un deseo de revivir otros tiempos? ¿Era eso lo que la alteraba del encuentro con Joaquín? ¡Ni hablar! Hasta el momento no se le había ocurrido plantearse las razones que la empujaron a acudir a la boda, no necesitaba razones, le había apetecido sin más, lo había tomado con un entusiasmo ante el que ahora mismo sólo sentía perplejidad. Sus deseos, sus sentimientos, sus emociones le parecían de pronto un remolino imprevisible, inesperado, en mitad de una corriente en la que había decidido nadar estos días, nadar relajadamente, con gratitud, libre de toda preocupación. Eso era la boda para ella. Bien: sabía por experiencia que no tenía que dejarse sorprender por el desaliento estando en soledad, porque la hacía vulnerable a pesar de que disponía de recursos para entenderse con esa arisca señora, pero ¿cómo se comía eso? Temía sobre todo la acción del remolino que de tanto en tanto la revolvía por dentro y descolocaba sus emociones, pues ése era un momento en que la ausencia de compañía echaba por tierra sus defensas. Y por otra parte, esas defensas ¿qué defendían? ¿Qué era lo que defendían en realidad? ¿Acaso no sería mejor prescindir de ellas, desceñirse de sus precauciones, saltar al vacío? El miedo era todavía muy fuerte, sus experiencias muy duras, la sensación de fugacidad demasiado violenta.

Una voz junto a ella la sacó de sus pensamientos:

—¿Meditando?

Alzó la cabeza sobresaltada. Ante ella, en pie, se encontraba Rodolfo Ruz, impecable con su traje de verano.

—¡Rodolfo! —exclamó a media voz—. ¡Qué susto me has dado!

—Lo siento. Estabas tan abstraída que no sabía cómo acercarme.

—No tiene importancia. Estaba pensando. Nada. Un descuido. Ya iba a volver al comedor.

—¿Hay algo que te preocupe?

—Me preocupan tantas cosas que no tendría tiempo de enumerártelas, así que mejor lo dejamos para otra ocasión porque ahora no quiero que me preocupe nada.

—Te he visto charlando con Joaquín.

Mariana creyó percibir cierto tono burlón en la palabra *charlando*.

—Sí —respondió con cautela—, estábamos hablando de los viejos tiempos.

—De eso —dijo él dejando escapar un suspiro— es de lo que se habla cuando ya no hay nada en el presente que una a las personas.

Mariana lo miró con extrañeza.

—Como todos en esta fiesta —contestó—, nuestras vidas no pueden ser más distintas.

—Es verdad —reconoció él—, sobre todo si no hay voluntad. Bien sabe Dios que en las vidas de las personas hay demasiadas cosas que nos separan, eso es un gran mal de nuestros días.

—No creo que sea nuestro caso —dijo Mariana con brusquedad.

—¿Te refieres a Joaquín y a ti?

Mariana miró a Rodolfo de hito en hito.

—Rodolfo —le espetó—, ¿hay algo que tengas que decirme?

—No —explicó—, no me malentiendas. Te he visto quedarte absorta después de hablar con él y me he preguntado si te habría molestado de alguna manera. Es una persona frívola y malcriada. Vale: no me hagas mucho caso; excepto Amelia, el resto de los Fombona me parecen completamente insustanciales. Conste que esto te lo digo en secreto y porque a ti te lo parece también.

—Eso no sé cómo lo sabes, pero, en todo caso, ninguno de ellos es un maleducado. No, no me ha molestado Joaquín.

—Hum, no sé; tendrías que verlos en su salsa. En fin, sólo me preocupaba por ti.

—Yo estoy bien. Anda, acompáñame adentro porque me van a echar en falta y no quiero dar la sensación de ser una antipática.

Marcos Fombona, de vuelta del hotel, se sirvió una copa de vino, salió al porche que se extendía delante de la piscina de su casa y se sentó en uno de los sillones de mimbre. Apenas arrellanado en él, sonó su teléfono móvil. Durante unos minutos escuchó sin manifestar especial interés lo que su hermana Amelia le decía mientras observaba los reflejos de la luz en la superficie del agua. Contestó brevemente, y se disponía a colgar cuando ella siguió hablando.

—¿Cómo es que no te has quedado a la cena? —preguntó Amelia.

Marcos se revolvió en la butaca antes de contestar.

—No me apetecía.

—Era la cena de la familia para los amigos y tus hermanos están allí. No me parece correcto que te hayas vuelto a casa.

—Alguien tenía que quedarse... y, además, yo no estoy para fiestas. Tengo a la gente a vendimiar pasado mañana... o en cuanto pueda. Nadie se da cuenta del trastorno que me hace.

Amelia se quedó en silencio unos instantes, esa clase de silencio que evidenciaba que aún no pensaba colgar el teléfono.

—Si no querías celebrar la boda en tu finca —recalcó el *tu* deliberadamente— podrías habérmelo advertido con claridad.

—Tú siempre impones las cosas —contestó malhumorado Marcos—, tú, que siempre estás diciendo lo que hay que hacer.

—Tendrías que haber ocultado el cadáver —ella siguió como si no lo hubiese oído— y haberte callado después.

—¡Amelia! —respondió irritado—. Estaban delante todos los de la obra, ¿cómo iba a ocultarlo? Y peor aún: ¿cómo iba a saber yo de quién era ese esqueleto?

Amelia suspiró lentamente, haciendo sonar su dignidad herida.

—Teníamos que haberlo ocultado —dijo por fin—. Esta boda me ha acabado desquiciando. Entre el cadáver y mamá estoy destrozada. ¿Tú te crees que en estas condiciones puedo casarme como si todo fuera normal? Y tú no sé por qué estás tan huraño. Hay algo que te tiene reconcomido, pero prefiero no saberlo. En cualquier caso, procura ser más sociable. Ésta no es manera de comportarse.

—Está bien —dijo él poniéndose en pie—. ¿Alguna cosa más? Estoy deseando que pase la boda, te calmes y me dejéis trabajar tranquilo.

—Tengo la sensación de que todo va a salir mal —dijo Amelia al cabo de otro silencio.

—Oye, ¿tú quieres casarte o no quieres casarte? Haz lo que sea, pero no me pongas de los nervios a mí también.

—No sé, Marcos, todo es tan tremendo, se viene todo encima de repente, que yo ya no sé qué pensar.

—Pues no pienses. Tú duerme, que mañana tienes que estar aquí con tu hija y perfectamente despejada. Si hoy estás así, no te digo cómo estarás mañana.

—De verdad, qué desastre —dijo ella antes de colgar.

Alfredo Fombona se encontró cara a cara con Mariana cuando ella entraba en el comedor seguida por Rodolfo.

—Cuánto me alegro de verte después de tantos años, querida Mariana; estás espléndida, espléndida. ¿Qué tal, Rodolfo, cómo va esa vigilia? —dijo dirigiéndose a su futuro cuñado.

—¿Vigilia? —dijo Mariana con sorna, cogiéndose del brazo del novio—. Eso es muy antiguo, Alfredo.

—Ah, claro —dijo Alfredo tras cambiar la intencionalidad de su mirada de la sorpresa a la comprensión—. Ahora caigo en que vosotros erais amigos de antes. ¿Y qué? ¿Qué tal sienta esto de encontrar a un antiguo amigo convertido en el novio de una preciosa amiga?

—Muy conmovedor —respondió Mariana. Alfredo vaciló un instante, como si no supiera qué hacer con sus manos. En una llevaba una copa de vino y en la otra un canapé; era la viva imagen del financiero impecable vestido de campo. Mariana se separó de Rodolfo como si lo prefiriera para hablar más cómodamente con Alfredo.

—Me alegro de verte con tan buen aspecto. ¿Tu mujer? ¿Tus hijos? ¿Todos bien? —preguntó a Alfredo.

—Ah, ¿no conoces a María Teresa? Ahora mismo os presento.

—Me encantaría tomar una copa.

—Yo voy por ella —dijo Rodolfo adelantándose al ademán de Alfredo—. Vuelvo en seguida.

Alfredo estaba más bien grueso, apreció Mariana, bastante calvo ya y muy *comme il faut*. Nunca fue un tipazo de joven, como su hermano Joaquín, pero de aquel muchacho formal no muy estilizado que conociera veintitantos años atrás quedaba bien poco en este hombre maduro y acomodado. Ya entonces presentaba un aspecto de jefe de familia que ahora veía plenamente desarrollado, una especie de matizado desdén hacia los pequeños que era lo que le hacía distinguirse de ellos: su educación y superioridad le exigían ser condescendiente. Sin embargo, en el fondo de su mirada ella advirtió en seguida la contención acechante del libidinoso. Tendría que echar un vistazo a su María Teresa, seguro que era un pez.

—Tendrías que haberte casado con Joaquín —dijo él de pronto—. Nos habría encantado tenerte en la familia y él habría sentado la cabeza. Me ha dicho —comentó confidencialmente, pegando su cabeza a la de Mariana— que te encuentra irresistible.

—Qué amables estáis todos esta noche, la verdad —dijo a la vez que retrocedía un paso.

—Ah, no es amabilidad, es reconocimiento.

—La idea de la cena en el hotel me parece magnífica —dijo Mariana—. Y el hotel es magnífico también, una verdadera sorpresa en un lugar como éste.

—Inesperado, ¿verdad? Es que es increíble lo que ha cambiado este país. Imagínate un hotel de cinco estrellas, con los servicios y el lujo que ofrece éste, en semejante sitio hace veinte años. Bueno, ni soñarlo. Lo que hemos conseguido en este cuarto de siglo es impresionante. Un hotel de lujo en medio del campo toledano es un ejemplo perfecto del desarrollo que estamos viviendo, ¿no te parece? Estamos a sólo dos años del fin de siglo, lo que quiere decir: salvados por la campana. O casi. Por cierto, ¿dónde piensas pasar de siglo?

—Pues no se me había ocurrido pensar en eso hasta ahora mismo. Y posiblemente —añadió— seguiré sin pensarlo. ¿Qué estáis preparando vosotros?

—Tengo mis dudas. No sé si París o San Francisco. María Teresa quiere París y no me parece mal, pero la verdad es que es un poco tópico.

—Siempre nos quedará París, ¿no era eso?

—Claro que ante un fin de siglo hablar de tópico, teniendo en cuenta que se repite sólo cada cien años, es un poco absurdo, ja, ja.

Mariana empezó a considerar la posibilidad de tirarlo a la piscina, pero prefirió cambiar de conversación.

—Qué historia la del esqueleto que se descubrió en la finca, ¿verdad? —dijo.

Alfredo cambió de color.

—No me hables. Vaya inoportunidad. Y el zoquete de Marcos va y lo suelta a los cuatro vientos. No te puedes imaginar la lata que nos han dado, los comentarios en el pueblo, la Guardia Civil... Éstos son asuntos de familia que deberían quedar en la familia y no estar expuestos a la maledicencia, con lo que a la gente le gusta hablar. Yo, por suerte, sólo he tenido que intervenir en cosas concretas y no he pisado el pueblo más que para lo inexcusable, pero, bueno, un horror. Se han vuelto a sacar cosas muy desagradables; en fin, qué te voy a contar. De todas maneras —añadió confidencialmente—, preferimos no hablar de ello.

—¿Cosas desagradables? ¡Qué espanto! —fingió Mariana.

—Tú ya sabes... —se detuvo y reflexionó—. Bueno, mejor que no sepas nada porque la historia de esta familia es de armas tomar, no sé si te habrá contado Amelia. En todo caso, ha sido una inoportunidad, con la boda encima. Y lo de mamá. De verdad que parece que nos ha mirado un tuerto. Yo, te lo digo sinceramente, habría aplazado la boda, pero como Amelia es, además de tozuda, una niña mimada, pues aquí nos tienes. Pero a mal tiempo, buena cara. Total, tenía que suceder un día u otro...

«¿Cuál de todas esas cosas?», se dijo para sí misma Mariana, admirada.

—Para colmo, se casa con un apellido que no nos trae los mejores recuerdos —a Mariana le pareció que Alfredo empezaba a ponerse nervioso—. Que conste que yo lo respeto mucho y que parece una persona excelente aunque, claro... —dejó pasar un silencio deliberado—, no se cuelga de mala percha. Supongo —añadió bajando la voz— que ya sabes que Amelia es la más beneficiada con la muerte de mamá —¿había algo más que un golpe de rencor en el comentario?, se preguntó Mariana.

—¿Ah, sí? —comentó ella con deliberada inocencia. Alfredo hizo un gesto de sorpresa, como si hubiera dicho algo de más a quien no debía.

—Mira, ahí viene con María Teresa, qué detalle —Alfredo se adelantó a recibir a su esposa para hacer las presentaciones. Luego se separaron. Mariana cambió una significativa mirada con Rodolfo, que traía una copa de vino en la mano para ella, y él la miró con reproche.

Mariana cogió la copa, besó a María Teresa, cambiaron unas palabras y en seguida echó a andar hacia el salón, con Rodolfo de compañía.

—Anda, prepárate a hacer de anfitrión y no me mires con esa cara —dijo ella.

—Pues tú no hagas gestos de desdén a las espaldas de la gente porque un día te van a pillar. Estás como en la Universidad. No has cambiado nada. Tenías un aire de suficiencia que no le gustaba a la gente.

—¿Y a ti?

—A mí tampoco, pero tú no me veías.

—Ojalá estuviera aún en la Universidad —dijo ella.

Mariana de Marco se desvistió y se metió en el baño. Su ropa yacía tal y como había caído, en una butaca junto al escritorio. Decidió que un baño después de la cena y las copas era lo más grato para coger el sueño. La cena resultó tan agotadora como insustancial. La sobremesa en el jardín, en cambio, había sido más entretenida con la ayuda de Joaquín, otra pareja y un par de copas. Una vez más pensó que debería haber llegado al día siguiente, justo para la boda, dormir una sola noche en el hotel, la del día mismo de la boda, y regresar a primera hora de la mañana a Madrid para coger el avión a Santander. Durante toda la cena estuvo soportando preguntas y más preguntas sobre su condición de Juez, que parecía causar una gran curiosidad entre los invitados. A medida que pasaban las horas en aquel lugar, se iba sintiendo más y más distante, ajena, descolocada. ¿Qué pintaba ella allí? ¿Tan necesitada estaba de relaciones sociales? Aunque ya había cumplido con sus previsiones, no desdeñó la copa de whisky con hielo, y agua carbónica a falta de soda, que se había preparado y reposaba en el borde de la bañera, como en una película de Hollywood. Se imaginó a sí misma con los ojos cerrados, dejando correr el tiempo mientras una sombra se deslizaba por la ventana, la cogía por el cuello y la hundía en el agua. Alzó la cabeza, contempló su cuerpo y luego la volvió a echar atrás para relajarse. Tendría que andar con cuidado de no quedarse dormida. Le encantaban estos baños de relax.

Estaba sorprendida por la actitud de la familia Fombona: todos venían a considerar una torpeza la cele-

bración de la boda en la finca; incluso Amelia lo manifestaba a su manera. Desde luego, no parecía lo más adecuado si
lo que Alfredo temía era cierto, pero ella tenía sus dudas: la
historia familiar no debía de conocerla mucha gente, así
que difícilmente podía resultar inoportuna o escandalosa la
boda, y en eso le daba la razón a Amelia. Por lo tanto, tenía
que haber algo más para que les molestara tanto. Tampoco
era un asunto como para eclipsar una boda. Pronto o tarde
tendría que celebrarla, aunque quizá en otro sitio; pero con
todo preparado y avisado... Se preguntó si Rodolfo, ahora
tan cercano a ellos, no tendría mucho que decir al respecto.
Y por otra parte, ¿qué sabía ella del Rodolfo actual?

Con la cabeza reclinada en el borde anterior de la
bañera y la copa al alcance de la mano, Mariana se dejaba
llevar por sus pensamientos. ¿Sería realmente el administrador Ruz el autor del robo del oro? ¿Habría sido tan audaz de hacerse con él y, después, iniciar el asedio a Hélène
hasta rendirla, aprovechándose de su precaria situación económica? Si fuera así, ella gritaría tres hurras por el administrador porque, bien mirado, eso sí que era un acto de amor
y de atrevimiento realmente extraordinario. De haberse visto en su situación, ella se echaría sin dudarlo en brazos de
un hombre que le manifestase semejante pasión y le perdo-
naría la artimaña, si es que llegara a descubrirla. ¿Llegaría
Hélène a descubrirla? En todo caso él la amó desesperada-
mente, eso estaba fuera de duda, tanto si fue el ladrón como
si no. ¿Cómo sería Ruz? De pronto se dio cuenta de que no
tenía la menor idea de su aspecto físico. ¿Se parecería a su
nieto? Rodolfo era un tipo guapo. Tendría que hablar con
Amelia, quizá en la finca hubiera algún retrato del viejo Ruz
suficientemente expresivo. Le habían entrado unas ganas
enormes de verlo, a aquel enamorado tan romántico.

Y luego estaba la muerte de Elena Villacruz.

Mariana no creía en las casualidades demasiado
casuales y ésta lo era. Elena Villacruz convoca una reunión
de familia y muere el día anterior. No se convoca una

reunión de familia urgente por capricho, luego hay un motivo. ¿Qué motivo? En esa familia, evidentemente, el dinero. Lo cual quiere decir el testamento, pues el dinero, aunque todos vivían de él, estaba amarrado firmemente por ella, por la madre. ¿Se disponía a cambiar el testamento? ¿Había descubierto alguna fechoría de sus hijos? Alfredo manejaba fondos, sobre todo familiares, por delegación; su presencia en el mundo de la banca tenía más que ver con el dinero familiar que con sus cualidades de financiero; habría sufrido una pérdida de confianza por algún manejo conflictivo, si no delictivo, de fondos de su madre que ella desconocía, pero que Amelia había insinuado ya en alguna ocasión; Joaquín se limitaba a gastar y quizá a picar en negocios de los que mejor sería no hablar, si es que lo eran, y a utilizar sus relaciones y su posición social para intermediar; también debía de tener problemas, deudas de importancia; y Marcos se comportaba como un pequeño terrateniente permanentemente cabreado por sus dificultades económicas, a pesar de trabajar a conciencia en las bodegas. Amelia vivía de las menguadas rentas que le dejó su primer marido y, es de suponer, del apoyo de Elena. Salvo a Amelia, por su situación, a cualquiera de los otros tres les había venido Dios a ver con la inesperada herencia. ¿O para uno de ellos no era tan inesperada?

Mariana sonrió pensando en las vidas de los cuatro hermanos. Se preguntó, medio en broma, medio en serio, si alguno de ellos sería capaz de matar y, para su sorpresa, el primer candidato que apareció en su mente fue Joaquín. Era el más simpático, el de trato más seductor, pero si algo amenazase su modo de vida, el chico malcriado que se escondía tras su apariencia de tipo sociable no dudaría en actuar sin el menor escrúpulo, sin ninguna clase de piedad. Luego venían Marcos el acomplejado y Alfredo el sanguíneo; en cuanto a Amelia..., sencillamente no podía concebirlo. ¿Los hombres?, sí, ¿por qué no? No los podía descartar. Pero había transcurrido tanto tiempo...

Entre el sueño, la voluptuosidad del cuerpo distendido bajo el agua y sus entretenidos pensamientos, emergió la comprensión de que estaba empezando a relajarse, dulcemente, medio perdida en un estado de ensoñación, y se incorporó en la bañera porque temía quedarse dormida. Apuró el whisky de un solo trago y estuvo a punto de volver a tenderse, tan distendida por el alcohol como por sus sensaciones, mas un último esfuerzo de voluntad la puso en pie. Se encontró frente a frente consigo misma desnuda y reflejada en el espejo y justo en ese momento, sin evidencia alguna, tuvo la intuición de que estaba siendo observada. Tras unos segundos en los que permaneció paralizada procesando la sensación, salió de la bañera, alcanzó el albornoz, se cubrió con él y se plantó en la puerta del cuarto de baño, que estaba abierta. En la habitación no había nadie, pero el ruido que le pareció de un resbalón de picaporte al cerrarse, escuchado al tiempo que chapoteaba el agua, la alertó. Corrió a la puerta, la abrió y se asomó al pasillo. Nadie. Quizá un sonido acolchado de pasos que se alejan, que podrían ser de cualquiera. ¿Habría dejado la puerta sin asegurar al volver de la cena? Eso era absurdo, nadie puede entrar sin llave, aunque no esté echado el seguro. ¿O pudo ser el balcón semiabierto, al golpear una hoja de la celosía contra la otra? Se detuvo indecisa en mitad de la habitación. Ahora no recordaba haber cerrado la puerta cuando se despidió de Joaquín, aunque supuso que así lo haría, por costumbre y por puro instinto de defensa ante el peligro. Joaquín la había acompañado hasta allí, cierto, pero si acaso su intención había sido la que manifestó durante toda la sobremesa, directa o indirectamente, de meterse en la cama con ella, no habría permanecido a la espera observando a escondidas cómo se bañaba, al menos el Joaquín que ella conocía. Más bien todo lo contrario: se habría sentado en el borde de la bañera con la mayor tranquilidad del mundo, porque una de sus características de seductor era la de conseguir los favores de las mujeres, cuando cualquier otra vía de acceso estaba cerrada, por el sistema de insistir hasta que el contrario, es decir, la contraria, cediese de puro agotamiento.

Mariana consideró la posibilidad de que todo fuera fruto de su imaginación, de sus pensamientos acerca de la muerte de Elena y el hallazgo del cadáver, del cansancio, del alcohol o incluso de la sensación de extrañeza e incomodidad que había ido apoderándose de ella desde que llegó al hotel. O bien se trataba de la expresión de un deseo inconfeso, algo así como un reclamo del subconsciente. ¿En qué estaría pensando cuando le llegó la sensación? Lo cierto es que en su habitación no hubo nadie y si lo hubiera habido no habría podido espiarla sin descubrirse, aparte de que nadie es tan audaz ni tan retorcido como para colarse en la habitación de un huésped de hotel con el riesgo que lleva consigo. En fin, estaba agotada y relajada, así que echó el cerrojo de seguridad, cerró el balcón, corrió las cortinas, dejó el albornoz tirado en medio de la habitación, se metió sin más en la cama y empezó a meditar si sufría alucinaciones o alguien andaba detrás de ella. Vagamente recordó que el balcón se encontraba a poco más de un metro del césped del jardín, pero lo recordó en medio de tal grado de relajamiento que no tuvo tiempo de darle más vueltas al asunto porque se durmió de inmediato.

Una boda en el campo

Cuando Mariana de Marco abrió los ojos a la mañana siguiente eran casi las doce del mediodía. Se levantó de un salto y descorrió las cortinas con ambas manos. Lucía un sol cegador que la deslumbró. En cuanto pudo acostumbrar la vista al exterior vio al que debía de ser el jardinero del hotel, petrificado contemplándola de hito en hito. Entonces advirtió que no llevaba nada encima y se precipitó a correr las cortinas. Se aseó y vistió apresuradamente y salió de estampía al comedor, pero el servicio de desayuno ya había sido retirado. Tampoco estaba abierto el bar. Pasó al jardín por la parte de atrás, regresó al interior y se asomó al jardín delantero; el jardinero apoyó su azada en el suelo y la miró con curiosidad; cruzó una mirada firme con él, que trató infructuosamente de hacerse el desentendido, y después de unos momentos de vacilación volvió a entrar en el edificio, meditó en el hall y de nuevo salió por la puerta principal en busca de su coche.

En el pueblo localizó un bar donde consiguió un par de rebanadas de pan con miel y un café con leche bien cargado. Luego, con el estómago en paz y el cuerpo todavía perezoso, decidió vagabundear un poco entre las casas. El cogollo del pueblo tenía cierto empaque, pero las construcciones nuevas alternaban con las históricas de manera desordenada y sin relación alguna, de manera que el paseo se agotó pronto, a la vez que el calor hacía presa en Mariana. La plaza le pareció el lugar más grato y característico de todos y, después de hacerse con la prensa en una especie de cuchitril donde se vendía de todo, se instaló en la terracilla de un bar protegida por un toldo descolorido. Esperaba que la combinación de tiempo y lectura le ayudara a despejarse completamente.

Aunque se había concentrado en la lectura, la sensación de estar siendo observada le hizo levantar la vista del periódico. Una mujer mayor, de pie junto a la puerta del bar, la miraba atentamente. Daba la impresión, por su postura, de haberse detenido en mitad de su camino para mirar a Mariana y de mantenerse indecisa en esa actitud, por lo que se preguntó qué era lo que podía estar llamando su atención. Optó por devolver la mirada y sonreír y entonces la mujer abandonó su posición y se dirigió hacia la mesa que ocupaba la Juez.

—¿Usted no es la señorita Mariana? —preguntó la mujer cuando llegó a su lado.

—Sí —contestó ella sorprendida—. ¿Y usted es...?

—¿Ya no se acuerda de mí? Soy Felisa, la cocinera de casa de los señores Fombona, cuando usted venía con la señorita Amelia.

—¡Felisa! —casi gritó Mariana—. ¡Claro que me acuerdo ahora! Cuánto me alegro de verla y qué bien nos daba usted de comer entonces. Pero siéntese, Felisa —se había levantado para besarla—, no sabe lo contenta que estoy de verla y de que se acuerde todavía de mí.

—Gracias, señorita. Pues anda que no hace años.

—Como si no los hiciera, Felisa, la veo estupenda.

—Ay, señorita, no crea, yo ya no soy la que era.

—Venga, Felisa, no me sea coqueta. No va usted a estar como entonces porque era un torbellino, pero, vamos, que tiene muy buen aspecto. ¿Y qué? ¿Dejó la casa hace mucho tiempo? Y yo sin preguntar, vaya desagradecida —Mariana, muy contenta de verla, se atropellaba.

—Pues desde que don Eugenio se marchó a Madrid..., juzgue usted.

—O sea, desde que Marcos se hizo cargo de la bodega.

Mariana detectó un minúsculo gesto de resignación en la mujer.

—Así fue —dijo Felisa.

—Porque usted ¿cuándo entró en la casa? —preguntó Mariana, buscando romper el silencio que se creó de repente.

—Huy, señorita, con doña Elena soltera todavía. Si yo era una niña, figúrese.

—O sea que usted entraría a trabajar en la casa... ¿en vida de doña Hélène, quizá?

—Ay, calle, qué malos recuerdos me trae; que justo se murió la señora al poco de entrar yo. Yo, con quien más he estado ha sido con doña Elena antes y después de casarse, y con los niños. Yo me ocupaba de la casa, ¿sabe usted? Pero en cuanto que don Eugenio, que en paz descanse, empezó a plantar y a cultivar las viñas, ya me quedé con la cocina; usted me conoció de cocinera.

—Nosotras veníamos —dijo Mariana haciendo memoria—, es decir, Amelia y yo, algunos fines de semana, pero ya debía de ser por lo menos el año setenta. Y Marcos vivía en la finca con su padre.

—El niño siempre fue muy apegado a la tierra.

—Ya, ya. Hasta su padre iba a Madrid mucho más a menudo que él. Había que cazarlo con lazo para que viniera. Lo he visto más en la finca que en Madrid. Menudas juergas organizábamos.

—Vaya que sí. Yo la he visto a usted aquí con su novio y a la señorita Amelia ya casada. Usted también se casó, ¿miento?

—Primero yo salía con Joaquín, no sé si se acuerda usted, pero me casé con mi novio, como usted lo llama. Desde que me casé ya no volví a aparecer por aquí.

—¿Y tiene usted hijos?

—No tengo ni hijos ni marido, Felisa, ni perrito que me ladre —dijo Mariana entre risas.

—No sabe usted cuánto lo siento, con lo majo que parecía.

—Se lo parece a usted porque usted es buena persona, pero yo lo que siento es haberme casado con él, Felisa; ya ve lo que son las cosas. Pero no me mire con pena que estoy estupenda.

—Y tan joven. Que lo que tiene usted que hacer es casarse otra vez, que hoy en día ya no se acaba el mundo por eso.

—Diga usted que sí. ¿Y qué es de su marido?

—Falleció hace cinco años, pobrecito, y lo que yo lo echo de menos.

—Vaya, cuánto lo siento. ¿Y se las arregla bien? Porque ahora ya no trabajará para nadie, ¿no?

—A mi edad ya no estoy para trotes. Yo vivo aquí con la menor de mis hijas, que me ha dado tres nietos como tres soles.

—Eso es lo que usted se merece, Felisa, disfrutar de los nietos y aprovechar lo que queda de vida y recordar con todo el gusto que pueda lo que ya lleva vivido.

—Gustos y disgustos, que ha habido más de éstos.

—Mujer, si usted en la finca era la reina.

—No crea usted, señorita Mariana, que estos ojos han visto mucho. Mucho bueno... y también mucho malo —dijo la mujer bajando la voz.

—¿Qué me dice usted?... —Mariana se despejó instantáneamente al hilo de este último comentario: tenía ante ella una mina de información.

Alfredo había madrugado para hacer unos hoyos con un primo suyo, un Villacruz, también dedicado al mundo de las finanzas. Joaquín, en cambio, apareció a media mañana con aire somnoliento y buscó una silla bajo la sombra en la terraza donde su hermano y su primo charlaban tranquilamente.

—¿Qué tal está el campo? —preguntó sin interés.

—Justo para hacer algo de ejercicio por la mañana —respondió Alfredo—. Lo cual te convendría a ti mucho.

—Estoy haciendo levantamiento de peso ligero —dijo alzando su taza de café y volviendo a depositarla en el plato.

—Lo que me admira —siguió diciendo su hermano— es tu capacidad para correrte una juerga incluso en mitad de un páramo castellano. Es increíble —añadió dirigiéndose a su primo con gesto de complicidad—. ¿Se puede saber cómo te las arreglas?

Joaquín cruzó las manos detrás de la cabeza y cerró los ojos. Había pasado ya de los cincuenta, pero seguía siendo un hombre atractivo y en ese atractivo podía incluirse también una parte del deterioro con que los años y la vida agitada señalaban su rostro. La suya había sido una vida de vivalavirgen que a su madre, Elena, le recordaba, aunque sólo fuera un recuerdo infantil, a su propio padre, Cirilo Villacruz.

—Serás capaz de quedarte dormido otra vez —protestó Alfredo al ver que, además, acomodaba los pies en una silla frontera.

Joaquín volvió la cabeza y abrió un ojo.

—Siempre has sido tan formal como envidioso, querido hermano —dijo volviendo a su posición.

—Por más esfuerzos que hiciera no conseguiría llegar a envidiarte nunca —dijo Alfredo dirigiéndose de nuevo a su primo con otro gesto de complicidad. El primo rió por lo bajo. Ésta era la manera, la de dirigirse a un tercero, que habitualmente usaba Alfredo para manifestar un educado desdén por la vida de su hermano.

—¿Crees que no te he visto mirar a Mariana? —dijo Joaquín sin inmutarse y sin abrir los ojos—. Estoy seguro de que para una persona tan retorcida como tú la idea de tirarse a una Juez debe de tener un morbo increíble.

—A palabras necias, oídos sordos —replicó Alfredo, siempre dirigiéndose a su primo—. Por cierto —añadió en seguida— que anoche Mariana y tú os quedasteis aquí a cerrar el bar, si no me equivoco.

—¿Ves lo que te decía? —Joaquín habló incorporándose; se acomodó de nuevo y siguió explicando—. En realidad nos quedamos *después* de cerrar el bar. Hacía una noche deliciosa, aunque quizá no te fijaste. Oscilaban en el cielo las estrellas, no los valores de la Bolsa.

—Tengo un hermano sarcástico —comentó Alfredo.

—Que ya no tiene que temer de tu impericia para manejar el dinero de la familia; díselo de mi parte —Joaquín se dirigía ahora a su primo; éste volvió a reír—. Afortunadamente para todos, se le acabó el momio a este mago de las finanzas. Ahora ya sólo te puedes dedicar a manejar lo tuyo, hermanito, se acabó el momio.

—Momio del que tú has vivido hasta ahora, así que empieza a pensar que cuando gastes lo que te ha caído en suerte se acabó lo que se daba. No habrá nada más. Nada. Cero.

—Pero qué miedo me entra —dijo Joaquín simulando un temblor.

—Siempre estáis como el perro y el gato —comentó su primo.

—Ésa es la salsa de la vida de familia —apostilló Joaquín. Luego cambió intencionadamente de asunto—: Mariana está estupenda, por cierto. Entre la noche y ella esto parecía el paraíso.

—No te hagas ilusiones —sentenció Alfredo—. Eres patético.

—Los dos somos patéticos, cada uno a su manera. Por eso mamá no confiaba en nosotros —respondió rápido Joaquín—. Ni en Marquitos. Ahora la estrella ascendente es Amelia, pero ésa tampoco era la mejor opción de mamá. La mejor era, y es, porque heredará en su día de Amelia, Meli. Eso le pone a morir a nuestro Alfredo, que también tiene descendencia. Pero ésta es una familia de mujeres. Y a mí se me dan las mujeres mejor que a ti, afortunadamente.

—Joaquín —Alfredo habló con firmeza—, te estás pasando.

—Lo sé. Lo sé. Lo siento —Joaquín suspiró y se tendió de nuevo—. Pero no me digas —prosiguió de inmediato— que no es divertido esto de estarse picando continuamente. A mí me divierte, al menos. Es tan propio de buenos hermanos...

—Los segundones —dijo Alfredo dirigiéndose de nuevo a su primo— se pasan la vida piándolas. Es una ley universal.

Mariana de Marco acompañó a Felisa hasta su casa, conoció a su hija y a sus nietos y la invitaron a quedarse a almorzar. El yerno, que era carpintero, se había acercado a La Bienhallada para echar una mano en el montaje de todo el tinglado.

—Total para na —comentaba la hija— porque no va a servir para na después de la boda todo eso, porque luego lo desmontan y se lo llevan por donde han venido.

—Y le han plantado una pradera ahí que la traían en rollos y parecía una alfombra, mire usted qué cosas. Talmente una alfombra. A saber lo que va a durar eso —apostillaba Felisa.

—¿Eso? Nada. ¡Eso qué va a prender! Eso es un capricho —contestaba su hija mientras colocaba platos y cubiertos en la mesa.

Mariana estaba sentada a la recia mesa de la cocina con Felisa, las dos en tranquila actitud de espera. Los chicos mayores habían almorzado ya y el pequeño dormía en su cuna, beatíficamente ajeno a las voces y los ruidos. Mariana se encontraba a gusto en aquel ambiente. Observaba con interés a la hija, en camisa de flores y vaqueros, y la comparaba con el recuerdo de la madre vestida de cocinera en la época o, incluso ahora, con su traje estampado de colores oscuros, propio de otros tiempos. La hija era una mujer robusta, pero esbelta a su modo, y al verla moverse de un lado a otro se advertía un cambio de maneras en una sola generación que resultaba realmente llamativo. Felisa seguía siendo una mujeruca de pueblo y su hija, en cambio, se distanciaba de su origen rústico, no sólo en el vestir sino en la forma misma de hablar y plantear las cosas. Y Mariana creyó advertir que la madre no hacía remilgos a los modos de la hija. Felisa era una de esas personas de buen carácter, duras como piedras a la hora de soportar dificultades, bien templadas en la resignación y que, en la vejez, se veían premiadas con un confortable estoicismo. En cambio, hablaba con más propiedad que la hija porque, según ella le contó, la señorita Elena se había ocupado de hacerle leer revistas y algún libro desde que entró a servir en la casa ya que, decía ella, en esta vida, para leer hay que criar costumbre.

—Y, ya ve usted, con las lecturas fue con lo que aprendí a cocinar. Eso fue lo que me dijo doña Elena cuando yo le dije que sólo sabía cocinar cuatro cosas, porque yo sabía que los señores comían con más variedad; me dijo: «Tú sabes leer, ¿no?», y yo le dije: «Sí, señora», y ella me dijo: «Pues si sabes leer, sabes cocinar».

—¿Y usted sabía leer entonces? —dijo Mariana, admirada.

—Sí, señorita, porque aquí hubo escuela y el maestro era un buen hombre al que le fusilaron durante la guerra, pobrecillo.

Felisa había entrado al servicio de los Fombona después de la guerra y, por lo tanto, conocía al dedillo la historia de la casa. Allí había visto nacer a Amelia y a Marcos, a Eugenio convertir la finca en viñedo, a Marcos heredarla tras la dispersión general. Era una jovencita, casi una niña, cuando se produjo la muerte de Hélène y la partida del administrador. La suya fue, pues, una vida pegada a la familia Fombona; y su marido, cuando se casaron, entró a trabajar también en la finca como hombre para todo; incluso vivieron en ella durante muchos años, en un anexo hoy en día convertido en galpón, hasta que recibieron en herencia la modesta casa de sus padres en el pueblo, donde ahora, accediendo por la parte de atrás, su yerno tenía montada la carpintería.

—En seguida se vio que Marcos se quedaría con la finca, porque era el que ayudaba a su padre y porque el campo le gustó siempre, así que doña Elena le benefició.

—Doña Elena los ha tenido a todos siempre con el grifo cerrado —terció la hija—, que menuda era ella para esas cosas. Al mismo don Eugenio le tenía a raya. Y es natural, era su dinero y los otros estaban ahí a la sopa boba.

—Hija, no digas eso, que no es verdad. Don Eugenio trabajó mucho, eso te lo diría tu padre, que en paz descanse, si viviera, porque echaron tantas horas juntos que ni se pueden contar. Y el señorito Marcos...

—Y dale con el señorito —protestó la hija—. Que todos somos iguales, mama, a ver si te enteras.

—Pues ésa es mi costumbre y no voy a cambiar ahora, ¿no cree usted? —preguntó a Mariana.

—Haga usted lo que le parezca bien y se acabó, que ya ha vivido bastante para saberlo —contestó Mariana cariñosamente—. A mí también me llama usted señorita y me trata de usted y no me enfado.

—¿Lo ves, mama? —dijo la hija.

—Pero, Felisa, déjeme preguntarle algo —Mariana se apresuró a abortar el incipiente conato de riña que desviaba su atención—. El de Elena y Eugenio no era un matrimonio por amor, ¿verdad?

—Si no lo fue, yo no lo sé —respondió ella—. A mi entender se llevaban bien, pero ella no aguantaba la vida en el campo, se aburría, y él...

—¿Él prefería el campo?

—Mire usted, yo recuerdo que algunas veces él me decía que en el campo se estaba más lejos de la envidia y de la maledicencia, pero yo no sé, porque aquí en el pueblo, la envidia y las malas lenguas..., toda la vida.

—Así que temía la maledicencia madrileña —dijo Mariana como hablando para sí misma—. Eso es curioso. Poca maledicencia se podía montar sobre ellos. ¿Acaso la vida de Hélène y el administrador...?

—Aquí nadie quería al administrador porque era muy tieso, por lo visto.

—¿Se habló alguna vez de los negocios de Eugenio?

—No. Él sólo se dedicaba a la bodega. Bueno —meditó—, yo he oído decir que perdió mucho dinero de su familia y que por eso vivía a cuenta de doña Elena, pero a mí no me consta, que pueden ser sólo habladurías.

—La bodega no creo que le rindiera mucho.

—Sí que le rendía; no para vivir a lo grande, pero sí que le rendía, no se crea. Yo lo que veía es que los dos se entendían bien, pero cada uno iba a su aire, era como un arreglo, ¿sabe usted? Ella venía los fines de semana y yo les veía a gusto y se portaban bien con los niños.

—¿Y lo del cadáver? ¿Qué pensaron ustedes?

—Huy, eso sí que es un misterio —dijo Felisa santiguándose—. Fíjese usted, el esqueleto ahí suplicando sabe Dios desde hace cuántos años. ¿Quién tiene los hígados de hacer una cosa así, de enterrarlo así? Vamos, que parece cosa del demonio.

—Anda ya, mama, qué demonio ni qué niño muerto.

—Pues hija, no creo yo que el administrador fuera allí de noche a enterrarse solo. Yo creo que lo dejarían allí por algo.

—Mucha explicación no tiene —dijo Mariana dubitativa.

—Pues ahí estaba —contestó la hija—, y eso es lo único que consta.

—Tiene que haber una historia —continuó Mariana— en la familia Fombona, un secreto que quizá conociera el administrador. Lo cual no explica su dramática reaparición. Alguien lo enterró allí.

—Pues vaya una manera de hacer las cosas —soltó la hija.

—La pregunta es —dijo Mariana—: ¿Qué hay en esa familia que hizo que alguien llevara a cabo semejante entierro? Estamos hablando de un cadáver que nunca hubiera sido descubierto de no ser por las obras o que bien podría haberse descubierto cuando ya no quedara ningún Fombona sobre la Tierra.

—Es como un conjuro —dijo Felisa a media voz.
Mariana se volvió hacia ella.

—¿Le parece a usted? Eso es lo que preferirían todos que fuese, creo yo. No hay más que ver a la familia Fombona ahora para darse cuenta de lo poco que les importa el asunto.

—¡Quia! —saltó la hija—. ¡Vaya que si les importa! Disimulan, pero les importa y mucho. A ver por qué te crees tú que hacen la boda aquí, cuando no han pasado ni tres meses del desenterramiento. Para disimular que no les importa.

Mariana la contemplaba con sorpresa, pero Felisa se le adelantó.

—Eso no es verdad, porque fue la señorita Amelia la que se empeñó en celebrar aquí la boda, que no sé yo si a doña Elena le habría hecho mucha gracia después de lo del cadáver.

—Lo tenían pensado desde mucho tiempo antes, lo habían hablado ya con todo el mundo... —objetó débilmente Mariana.

—Pues sí que cuesta mucho cambiarla —contestó la hija—. Nada, nada, no te engañes: quieren disimular, hacer como que no les importa. Y ahí tendrán su castigo, porque no se puede escapar al destino.

—Calla, hija, no digas esas cosas, que son de mal agüero.

—Porque lo son, ¿no te giba? —y añadió, al cruzar su mirada con la de Mariana—: Con perdón.

—Ay, Señor —suspiró Felisa—. Si es que el dinero no trae más que desgracias.

—¿Qué dinero? —preguntó Mariana.

—El de doña Elena, el que le robaron a su madre. Toda la familia vive de él.

—Ah, se refiere a eso cuando dice que los mantenía a raya. Pero ahora el dinero es de todos, después de la muerte de su madre —Mariana pensó en voz alta—. ¿Quiere usted decir que quizá el mensaje que emite el cadáver habla del dinero de Elena?

—Algo malo saldrá de todo esto —sentenció la hija.

—Lo que yo digo —dijo Felisa— es que ya es casualidad que doña Elena se muriera del disgusto. No digo que no pueda ser, porque estaba delicada del corazón, pero con su carácter...

—No pensará usted que hubo algo más —una conexión, una especie de pequeña luz, empezó a titilar al fondo de la mente de Mariana y la fijó con precisión.

—Joder que no —comentó la hija—. Anda que no has visto tú cosas, mama, en esa casa.

—¿Cosas? —inquirió Mariana.

—Hija, no se debe hablar de lo que no se sabe de cierto.

—Pero ¡qué cierto! ¿Más cierto que el dinero que le sacaban todos a doña Elena?

—A ver, Felisa —dijo Mariana tratando de poner orden—. Si... —cerró los ojos para medir lo que iba a decir—, si pensamos por un momento que la muerte de Elena no ha sido del todo casual, habría que pensar que alguien la ha... ayudado —de pronto se dio cuenta de que estaba hablando de más—. Nada —volvió a rectificar—, estamos disparatando.

—Eso pienso yo —dijo Felisa. Su hija se encogió de hombros en un ademán de indiferencia.

Cuando Mariana regresó al hotel, los invitados habían aumentado en número y ocupaban los espacios comunes como una bandada de gorriones. La agitación estaba transformando el cómodo y silencioso hotel en un encuentro permanente de personas que intercambiaban toda clase de efusivas muestras de reconocimiento. Joaquín, Alfredo y su mujer, que junto con los invitados llegados a lo largo de la mañana o los que pernoctaron allí habían almorzado en el restaurante, se dividían para atender a los recién llegados. Aunque una parte de los invitados acudiría a la finca directamente, los salones del hotel se estaban convirtiendo en el lugar de concentración de muchos de ellos y Mariana se vio envuelta por la marea humana mientras se esforzaba en llegar a la recepción para retirar su llave.

No conocía a la mayor parte de los invitados allí reunidos y a los que debería conocer hacía demasiado tiempo que estaba lejos de todo trato con ellos, lo cual le permitió sortear presentaciones y conversaciones y alcanzar en seguida el pasillo que la llevaba a su habitación en la primera planta. Cuando entró en ella, la luz se filtraba por los visillos del balcón como si dejara el calor afuera. El bullicio había quedado atrás como un murmullo de fondo, lo que unido a la quietud del jardín, solitario a aquella hora propia de la siesta, le produjo una enervante sensación de laxitud. Lo primero que hizo fue tomar asiento en la única butaca. Aún le sobraba tiempo para vestirse y pensó en dormir un poco, pero desechó la idea porque tenía otras cosas en la cabeza. Las puertas cristaleras del balcón estaban entreabiertas y una brisa ligerísima las hacía ondear perezosamente. La verdad es que era bien sencillo acceder a su habitación desde el jardín y decidió que lo cerraría antes de ducharse. Instintivamente miró hacia la puerta. Recordaba muy bien la inquietante sensación de la noche anterior.

¿Por qué la recordaba de repente? Quizá a causa del balcón semiabierto. Ahora le parecía un sinsentido. Volvía a ella, en efecto, la sensación con absoluta claridad, pero sólo la sensación; lo que no lograba reconstruir era el momento en el que creyó ser observada. Fantasmas que acuden cuando la guardia está baja. Posiblemente fuera una mezcla de cansancio y alcohol lo que la puso en aquel estado de abandono, además de la caricia del agua templada. En fin, efectos del agotamiento. Desde que se puso en marcha hacia Madrid a primeras horas de la mañana, dos días antes, había estado haciendo recados y paseando a su madre, había acompañado a Amelia, vuelto a coger el coche a la mañana siguiente, instalado en el hotel, visitado la finca, asistido a la cena y mantenido una larga sobremesa de la que se fueron despegando poco a poco los demás hasta quedarse sola con Joaquín, hablando de los viejos tiempos y tomando un par de copas. Las relaciones de Joaquín en aquellos años jóvenes eran todas fugaces, pero todas las chicas picaban porque, como se decía entonces, era un chico cañón. De hecho, su hermana Amelia, que ya tenía por novio al que pronto sería su marido, se jactaba de ser la única que no había caído en sus brazos. En el fondo, ella creía que era una mala persona, pero seguía teniendo gancho.

Otras cosas ocupaban su cabeza. La más insistente era el final de la conversación con Felisa y su hija. ¿Por qué se le había ocurrido hacer aquel comentario, que afortunadamente detuvo a medio camino, a raíz de aquella alusión de Felisa a la muerte de Elena Villacruz? Ni ella misma se lo explicaba. Pero ahora, al pensar en ello, pensaba en los actos fallidos. Es decir: aquella idea que ya había pasado por su cabeza volvía a aflorar; lo hizo de manera tan inconsciente en un primer momento que ni siquiera se percató, al ponerla en su boca, de las orejas que la recogían. Era un patinazo imperdonable y peligroso porque había dejado caer la semilla de una maledicencia allí, en casa de Felisa, en el centro mismo del pueblo.

Pero era una idea que estaba ahí. La muerte de Elena Villacruz. Justo a la semana de descubrirse el cadáver del administrador.

No quería dejarse llevar por ese pensamiento y regresó a los años jóvenes y las fiestas en la finca. Entonces estaba colada por Joaquín. Por un momento deseó regresar a aquellos tiempos, cuando la felicidad estaba tan al alcance de la mano y tan lejos de los compromisos que más adelante marcarían su vida; cuando con cuatro cosas se levantaba un castillo de ilusiones y la fuerza de sus emociones podía con todos los desencantos; cuando los deseos estaban enteros y vivos, con una viveza tan excitante y tan difícil de olvidar...

Quizá el recuerdo de aquellos ardores juveniles contrapuestos en la bañera con la sensación de relax fue lo que produjo el sobresalto. «En todo caso —se ordenó a sí misma—, deja de pensar en ello». Para ayudarse, puesta en pie, dio unos pasos por la habitación. Sobre el escritorio reposaba la novela de Willa Cather. Aún faltaba tiempo para el clásico momento de vestirse y prepararse para salir hacia la boda, así que empezó a entretener la espera dedicándose a repasar el estado de su ropa. Revisó el armario, sacó la pamela y la depositó sobre la cama, comprobó que la camisa de seda no presentaba arrugas, perfectamente doblada y guardada en su cajón. Luego abrió el cajón de la ropa interior, inmediatamente debajo, y de repente le pareció que algo estaba fuera de lugar. En un primer momento no acertó a saber qué, pero la sensación era idéntica a la de la noche anterior, estando en el baño;

la causa no tardó en acudir a su mente y antes incluso de reconocerla hundió sus manos presurosamente en la ropa del cajón que tenía abierto ante ella. Buscó con una mezcla de incredulidad y exasperación antes de reconocer la sensación convertida en evidencia: el precioso juego de braga y sujetador de encaje blanco había desaparecido. Lo buscó con cuidado primero, furiosamente después, por toda la habitación, incluyendo la maleta que guardaba en la parte alta del armario. No cabía duda: no estaba en su lugar porque había desaparecido. Dio unos pasos atrás, como atontada por la revelación, y se dejó caer en la cama, anonadada. Cuando reaccionó, su gesto inmediato fue volverse hacia el balcón y acto seguido se asomó al exterior. El balcón estaba, efectivamente, a poco más de un metro del suelo. Cualquiera habría podido entrar por allí. Pero ¿quién? —se preguntó a punto de saltársele las lágrimas—. ¿Quién?

Joaquín Fombona, que brujuleaba entre los invitados, se encontró de pronto con su hermano Marcos en el magnífico hall del hotel.

—¿Se puede saber qué haces tú aquí? —preguntó sorprendido.

—Buscarte a ti, precisamente. Vengo de parte de Amelia para darte instrucciones.

—¿A mí? —respondió Joaquín con tono de suficiencia—. ¿Acaso soy yo el pastor de este rebaño?

—Ése es el encargo, que te ocupes tú de dar la salida hacia la finca a las seis en punto. Ni un minuto después.

—Caray con Amelia, empieza a parecerse a mamá. Pero no te preocupes que a las seis en punto los pongo a todos en marcha.

—Y un favor que te pido: diles que dentro de la finca vayan despacio, con mucho cuidado, sin acelerones. Es muy importante.

—También puedes decírselo tú.

—Prefiero que lo hagas tú, que eres tan seductor y tan mundano, porque a ti te harán más caso que a mí. Además, yo, ni los conozco a la mayoría, ni tengo ganas de conocerlos.

—Por eso tienes tantos complejos y tan pocas amistades, por huraño.

—A ti eso no te importa y yo vivo mi vida como me da la gana.

—Está bien, está bien. Hoy no voy a discutir contigo.

—Ni hoy ni nunca, si me haces el favor.

—¿Se puede saber por qué estáis ya a la greña? —intervino Alfredo, que se había acercado a ellos. Marcos se calló y miró para otro lado.

—Tu hermano —dijo Joaquín con gesto displicente—, siempre tan sociable.

—Pues alejaos —dijo Alfredo— para evitar roces, porque la gente parece que no se entera de nada y se entera, vaya si se entera. Y no quiero habladurías sobre nosotros.

—Oye, no exageres —protestó Joaquín—. Estáis todos con el honor de la familia en la boca desde que hemos llegado aquí. Esto es una boda, no un tribunal de limpieza de sangre, por favor.

—Joaquín, no seas frívolo.

—No soy frívolo, soy una persona de lo más normal. Marcos está atacado porque le parece que una manada de bisontes le va a pasar por encima de los viñedos y tú te pones a ejercer de patriarca a la antigua. Un poco de *esprit ouvert,* caballeros.

Alfredo emitió un suspiro de desprecio y Marcos metió las manos en los bolsillos del pantalón y se volvió de espaldas.

—¿Se puede saber qué escondes en los bolsillos? —preguntó Joaquín en tono burlón.

—Las ganas de darte un buen puñetazo en la nariz —contestó Marcos estremeciéndose. Deslizó las manos afuera y las mostró—. Yo ya te he dado el recado, así que me vuelvo a la finca, y haz el favor de no molestarme más —volvió a palparse los bolsillos, como si no supiera qué hacer con sus manos, y se alejó hacia la puerta, aún tembloroso.

—¿Qué le pasa a Marcos? —preguntó Joaquín a Alfredo.

—Que no dejas de meterte con él, Joaquín. Yo ya sé que sois muy distintos, pero no es razón para llevaros como el perro y el gato...

—Otro que dice lo mismo —interrumpió Joaquín.

—Vaya día más insoportable que tienes. ¿Por qué no te dedicas a flirtear con la Juez, que es lo tuyo, y nos dejas tranquilos a los demás?

—¿Por qué será que no piensas en otra cosa? Pero no es mala idea. La pondré en práctica inmediatamente.

—Y no te olvides del recado de tu hermano, porque yo me voy ya para la finca, en cuanto María Teresa me diga que está preparada.

—¡La bella desaparecida! —Mariana reconoció la voz y volvió la cabeza. Joaquín y Rodolfo caminaban hacia ella.

—Estuve en el pueblo. ¿Y vosotros?

—Esperándote para almorzar —dijo Joaquín—, y al final me he tenido que conformar con la compañía del novio.

—¿Has comido algo en el pueblo? —preguntó Rodolfo.

—He hecho una comida netamente popular con vuestra antigua cocinera, Felisa.

—¡Felisa! —dijo alegremente Joaquín—. Seguro que has comido mejor que nosotros. ¿Y qué es de ella?

—Muy bien. Sana como una manzana y rodeada de nietos. Estuvimos hablando de vosotros.

—No sería de mí —dijo Rodolfo.

—No. A ti aún te faltan unas pocas horas para entrar en el reino de los Fombona.

—Pero ella sabe quién soy yo.

—Claro que lo sabe. Conoció a tu abuelo. De hecho estaba allí cuando murió Hélène.

Los dos hombres carraspearon en dos tonos distintos.

—¿He sido inoportuna? Vaya, cuánto lo siento, qué torpe soy. En realidad de lo que hablamos fue de otra muerte, la de tu madre —siguió diciendo Mariana con la mirada puesta en Joaquín—. Una muerte tan rara...

—¿Rara? —interrumpió Rodolfo—. ¿Qué tiene de rara?

—Pues la coincidencia —Mariana sintió de pronto la necesidad de saltar al vacío—. Yo no creo en las casualidades. Dos ataques al corazón, no sé...

—Pero ¿de qué estás hablando?

—De Hélène y de Elena, la misma muerte, todo el asunto del dinero...

Cada uno a su manera, los dos hombres mostraban síntomas de incomodidad. Mariana sabía que estaba dando palos de ciego, pero su instinto le decía que por algún lado tenía que empezar a romper la cáscara que protegía la intimidad de los Fombona si deseaba empezar a encontrar respuestas a las preguntas que se hacía en torno a su historia familiar. El problema era que no sabía lo que podía encontrar y que quizá fuera peligroso, además de un disparate impropio de ella, pero no podía evitarlo. La táctica era la de atacar por un flanco para ver si dejaba el otro al descubierto. Era consciente de que, a cada paso que daba, se adentraba más y más en terreno vedado, y lo estaba haciendo como atraída por un vértigo irresistible.

—Perdona, Mariana. No sé qué es lo que estás intentando insinuar... —empezó a decir Rodolfo, que parecía haber recibido un terrible sobresalto.

—Está muy claro, Rodolfo —terció Joaquín—, creo que la Juez De Marco se refiere a que la muerte de mi madre no fue accidental, ¿o me equivoco?

Mariana no pudo evitar un brote de excitación.

—¿Lo fue? —dijo con el mayor descaro con que fue capaz de acompañar un magnífico gesto de inocencia.

Rodolfo se quedó mirándola de hito en hito. Había una seria advertencia en su mirada, además de sorpresa ante la pregunta.

—¿Estás hablando en serio? —dijo en tono cortante.

—¿Qué es lo que dice en serio? —Alfredo apareció de repente junto a los otros dos y Mariana no pudo evitar un estremecimiento. Se encontraba rodeada por los tres hombres, sola, un paso más allá de la prudencia.

—Nada. Tonterías —por un segundo sintió algo parecido al miedo y también a la atracción del abismo.

—Hablábamos de la muerte de mamá —dijo Joaquín—. Mariana piensa que quizá no fuera accidental.

—No seas ridículo —dijo Rodolfo, evidentemente alterado—. Lo que dice es que podría haber sido un homicidio.

En unos segundos el rostro de Alfredo se congestionó hasta ponerse rojo.

—Pero ¡qué cojones...!

—Cuidado, que esto puede ponerse muy desagradable —Rodolfo había recuperado repentinamente la serenidad y detenía con el brazo extendido a Alfredo, al que parecía haberle dado un ataque—. Lo cierto es que Mariana sólo ha comentado una posibilidad, no nos ha acusado a nadie de la familia.

«Cierto —pensó ella—, pero todos lo han entendido así». El ataque había sido ciego y peligroso porque era un albur que la exponía a una reacción muy desagradable. Y, sin embargo, quizá había tocado involuntariamente un punto sensible. Además, advirtió otro detalle significativo: Rodolfo se incorporaba a la familia tácitamente.

—Yo, desde luego, no he sido —Joaquín regresaba a la frivolidad, su arma favorita—. Aunque, con mi mala cabeza, debería ser el principal sospechoso, porque sólo yo sería capaz de cometer un asesinato por frivolidad, que es el único motivo que se me ocurre para matar a mi propia madre.

Alfredo, aunque trataba de contenerse, no apartaba un segundo sus ojos de Mariana, pero los desvió para lanzar a su hermano una mirada furibunda.

«Si las miradas matasen», pensó ella.

—¿Qué tal si olvidamos este incidente? —propuso Rodolfo—. No creo que hubiera la menor intención de herir a nadie —trataba de cerrar el asunto. ¿Se había convertido en un mediador dentro de la familia Fombona?

Mariana tuvo que aceptar que no lo reconocía; era evidente que ahora tenía mucho mundo y un buen dominio de sí mismo, aunque no había perdido ese último aire de tipo esquinado que lo caracterizó en la Facultad.

—No por mi parte —Mariana empezó a retroceder cautelosamente; ya había visto suficiente—. La verdad es que ha sido una tontería y no pensé que fuerais a tomarlo así.

—Y no lo hemos tomado —dijo Joaquín—. Lo que pasa es que Alfredo es del tipo colérico y carece de sentido del humor, ¿verdad, Alfredo?

Mariana creyó advertir un intencionado deseo de incomodar en el comentario de Joaquín.

—Lo siento de veras. Creo que he metido la pata. Os pido excusas.

—No tienes por qué excusarte —contestó Rodolfo—. Ha sido un desafortunado malentendido y ya está. Olvidado. ¿Olvidado? —añadió, dirigiéndose a los otros dos—. Pues vamos a vestirnos, que se acerca la hora decisiva.

Joaquín tomó a su hermano del brazo y comenzaron a alejarse. Alfredo hizo un ademán de resistencia después de dar unos pasos y luego siguió adelante en compañía de Joaquín. De los tres era el más afectado, al menos a primera vista. Llamaba la atención su rápido paso de una situación emocional a otra, sin duda propio de su temperamento sanguíneo. Mariana se preguntaba cómo, con semejante carácter, podía moverse en un mundo como el financiero, más propio de tiburones fríos que de gente de sangre caliente. Joaquín tenía que tirar de él, que se defendía aún, a pesar de hallarse ya a unos metros de ella. Y, desde luego, no era ésa la forma de comportarse con una señora en un mundo social como el suyo. «Claro que hay cosas que se perdonan entre unos —se dijo— y no a otros».

Rodolfo los vio alejarse y luego se volvió hacia Mariana.

—He estado fatal, ¿no? —dijo ella.

—Dime una cosa. ¿A cuento de qué venía esta provocación? —preguntó Rodolfo, evidentemente irritado.

Mariana se encogió de hombros.

¿Era aquélla la reacción de unos inocentes?

Mariana sintió un vacío en el estómago.

Poco rato después, Mariana caminaba lentamente por el borde del campo de golf. A pesar del calor, había preferido salir a dar un paseo, en parte para calmar su agitación y en parte para pensar más libremente sobre el extraordinario asunto del robo de su ropa. Antes se había asegurado de cerrar bien el balcón y la puerta. Estuvo dudando si denunciar el asunto en el hotel, pero le resultaba muy violento: parecía escandaloso que fuera alguno de los clientes y también habría sido muy desagradable para el servicio. Al fin y al cabo no se trataba de joyas o dinero sino de un acto de rapiña o de fetichismo, según quién fuera el autor, un suceso cuyo botín no merecía el presumible alboroto que podría organizarse en torno. No era el hecho en sí mismo el causante de su desazón sino la mano que estaba tras él. Lo que en principio sucedía a propósito de una escapada divertida se estaba convirtiendo en un espacio de incomodidad creciente. Su intuición le decía que no era un simple hurto, provocado por la envidia o la codicia, sino un asunto personal. Alguien, eso era lo probable, venía actuando movido por una pulsión de orden sexual hacia ella, lo cual sumaba inseguridad a la inquietud; la inquietud no le producía miedo porque ni era miedosa ni confundía sus emociones; lo detestable de la amenaza, mientras no descubriera su rostro, era su anonimato, que la sometía a un estado de indefensión y zozobra. Además, trataba de imaginar quién podía arriesgarse a ser sorprendido robando un conjunto de ropa íntima, al estilo de esas redundantes historias televisivas de psicópata que acecha a su víctima gracias a la complicidad de la cámara con el espectador que busca pretendidas emociones fuertes. En estos momentos, salvo que se tratase de una camarera, un tipo tenía en su poder unas bragas y un sujetador de finísimo encaje, particularmente caros, delicados y estimulantes, que Mariana había adquirido en un golpe de decisión en un comercio especializado de Madrid por el mero hecho de darse el gusto. Si tuviera a su alcance al baboso que estaba jugando a las sublimaciones sexuales con su ropa de buena gana le retorcería los testículos, por estúpido y por bodoque, se dijo. Y de repente la situación le pareció tan ridícula que se echó a reír. Reía para liberar su enfado y también por el suceso en sí y por la mala suerte, o el castigo, según lo considerara, por derrochar el dinero en lujos imprudentes. Se detuvo al borde mismo del campo de golf, donde lo cerraba un seto de ligustros sin podar, y trató de limpiarse las lágrimas con la mano. La risa le hizo bien.

De pronto se percató de que estaba riéndose y hablando sola. Entonces fue cuando se sintió observada de nuevo. Al pronto no reconoció la clase de observación a la que estaba siendo sometida. No pudo evitar el recuerdo de la ropa robada, pero no percibía lascivia alguna sino una difusa sensación de amenaza. Esta vez la estaban siguiendo; alguien la seguía con la mirada, posiblemente desde alguna de las ventanas del hotel que daban a la parte trasera, donde se encontraba ella. ¿Alguno de los Fombona? Otra vez imaginaciones. Sintió que allí sola y a esa distancia era un blanco fácil.

«¿Blanco?», se dijo. «¿En qué demonios estoy pensando?»

Recapacitó. Disponía de varias cartas, pero aún no lograba saber cómo ligarlas para hacer jugada. En primer lugar, lo que era una insinuación manifestada en busca de otro objetivo tomaba entidad por sí misma ante la reacción de sus destinatarios, los hermanos Fombona: la muerte de Elena pudo ser provocada y eso les afectaba directamente a ellos, beneficiarios de su fortuna. En segundo lugar, Elena Villacruz había citado a sus cuatro hijos en Madrid al día siguiente de su muerte; los citó un lunes y murió el domingo. ¿Para qué? No se convoca un consejo de familia por una nimiedad, volvió a repetirse; algo serio debía de haber ocurrido y se iba a discutir entre todos. ¿A quién apuntaba? ¿A uno de ellos? ¿A todos ellos? En tercer lugar, y aunque no tuviera nada que ver con lo anterior, alguien había entrado en su habitación y robado un conjunto de ropa íntima. Y, por último, alguien seguía atentamente sus pasos, y esta vez la sensación no era producto del subconsciente sino una clase de intuición que ella conocía muy bien y que siempre le había dado excelentes resultados. Todo aparentemente traído por los pelos, pero eran las cartas que tenía en la mano y con las que debía jugar. ¿Jugar a qué?

Mariana razonaba con más agudeza cuando podía hacerlo en voz alta ante una persona de su confianza, por lo que echó de menos a Carmen, su antigua secretaria de Juzgado, que seguía ejerciendo en San Pedro del Mar. Aquí no tenía a nadie con quien hablar. Quizá podría haberlo intentado con Rodolfo por aquello de haber sido compañeros de estudios, pero aunque a primera vista pareciera con mucho más sensato y sentado que cualquier Fombona, se había autoincorporado ya a la familia; entre ambos no había ninguna confianza ni, al parecer, ganas de tenerla por parte de ninguno de los dos y, además, su reacción a las posibles confidencias y razonamientos resultaba impredecible. Amelia hubiera sido la opción natural de tratarse de cualquier otra cosa, pero estaba en camino desde Madrid, era el día de su boda y, por encima de todo, si le insinuaba la posibilidad de un crimen en la familia, le daría un ataque. Y ahí se terminaban sus posibilidades. El resto de los invitados, al menos los que se alojaban en el hotel, eran desconocidos o, en todo caso, gente ajena a ella. Pena de Carmen.

Entonces se acordó de Mansur. Quizá fuera el confidente adecuado. Un tipo inteligente, perspicaz, culto y lo suficientemente cínico como para recibir sus confidencias sin compromiso. Aunque era mayor que ella tenían cosas en común: un pasado universitario de combate, una idea bastante abierta de las cosas de la vida, una última displicencia ante las grandes verdades y un notable interés por los comportamientos de las personas. Sí, pensó que podría ser, que quizá mereciera la pena hacer un aparte con él, al menos para tantearle.

Habían dejado de observarla. Quienquiera que fuese ya no se encontraba tras alguno de los cristales de la fachada posterior. Del mismo modo que supo que la seguían, supo ahora que la habían dejado en paz. De momento. Lo único fastidioso, o inquietante, era la presunción de que sus intuiciones estaban directamente relacionadas con el observador.

Alfredo salió para la finca en cuanto comprendió que su mujer deseaba quedarse haciendo tertulia con alguna amiga. Amelia, por su parte, había reservado la suite nupcial del hotel porque, por una mezcla de precaución y fobia, no deseaba volver a Madrid de madrugada sino a la mañana siguiente a primera hora para volar a las Seychelles, que era donde tenían previsto pasar una corta luna de miel. María Teresa, su cuñada, tenía el encargo de comprobar que todo estaba en orden, pues Amelia llegaría directa a la iglesia desde Madrid, con su hija, en el coche especialmente alquilado para la ocasión, un elegante Daimler. Sería su hermano Alfredo quien la condujera al altar, mientras que al novio lo acompañaría la tía Marita, a falta de su hermano Roberto. Algunas otras señoras se fueron uniendo a María Teresa cuando se instaló, satisfecha, en uno de los tresillos del hall y pronto se organizó una animada tertulia en la que todas hablaban a la vez.

Los caballeros, en cambio, deambulaban por el salón charlando de asuntos de apariencia sesuda, asuntos de importancia, como la satisfacción de encontrarse o el deseo de verse de nuevo. Otros estaban sentados hablando de política nacional o de los avatares de la Bolsa. En el ambiente se respiraba cordialidad y expectativa. Era la hora de hacer tiempo para los que ya estaban vestidos y de acicalarse para los que aún andaban a remolque del almuerzo. Las mujeres subían y bajaban siempre con el hall como punto de referencia y, en general, la planta baja del hotel presentaba un aspecto de lo más animado.

María Teresa, la mujer de Alfredo, se despidió de él a la puerta del hotel con un beso discreto y regresó al interior. Él se alejó caminando en busca de su automóvil. El calor pesaba y el chaqué no le ayudaba lo más mínimo. Entró en el coche y encendió el motor para poner en marcha el aire acondicionado. Al cabo de unos minutos la temperatura empezó a descender rápidamente. Mientras esperaba, volvió a pensar en Mariana de Marco. En buena hora se le ocurrió a su hermana invitarla. Siempre fue una muchacha demasiado atrevida y acababa de meter la pata hasta el corvejón una vez más. ¿Quién le mandaba meter sus narices en los asuntos de familia? Alfredo, como el resto de sus hermanos con excepción de Amelia, estaba pasando una temporada difícil. Hasta ahora había manejado aquella parte de la fortuna de su madre que no estaba en Suiza, lo que le permitía codearse con el mundo financiero y hacer sus propios negocios amparado en ella. La dificultad de su madre para entender la complejidad de su gestión motivó un enfrentamiento que consideraba de todo punto injusto, sobre todo debido al desconocimiento de su madre acerca de los mercados financieros. Lo que no se esperaba es que le retirase su confianza. El beneficio de la herencia no mitigó una sorpresa muy desagradable. Él era el primogénito y le tendría que haber correspondido el encargo de velar por la fortuna de la familia. Y a esa primera ofensa tenía que añadir la humillación proveniente de su hermana, que, apenas resuelta la testamentaría, decidió actuar en la senda de su madre y había tenido el descaro de comunicarle que pondría su capital en manos de una importante compañía asesora. Ésa era una mala noticia para él, una malísima noticia porque iban a meter sus narices en las cuentas familiares.

Como responsable principal de la administración de los bienes de su madre se consideraba el jefe de familia. La otra nube que escondía el cielo era la sensación, que no lograba quitarse de encima, de haber sido, más que el primogénito y jefe de familia, el mero administrador del dinero del que vivían todos; y no de todo, además, sino sólo de una parte, la que su madre le había permitido; por eso se había sentido a prueba desde el primer momento. No era que se quejase de su nivel de vida, sino que no dejaba de ser una especie de empleado. Por eso utilizó una parte de los fondos para realizar unas inversiones que, además de poner en claro su capacidad de maniobra, le dejarían unas ganancias paralelas nada desdeñables. Así, con el tiempo, dispondría además de un capital propio y el día de mañana, además de éste, tendría en sus manos el manejo de la fortuna materna que, a pesar de Meli, debería acabar recayendo mayoritariamente en sus hijos. Su consuelo, pues, era pensar que al fin y al cabo trabajaba para sí mismo aunque trabajase para todos. El testamento, sin embargo, le había frustrado. Contra lo que esperaba, ninguna disposición mencionaba su derecho de primogenitura. La situación le recordaba la parábola evangélica del hijo pródigo al que, tras dilapidar su fortuna y volver a casa con una mano delante y otra detrás, se le ofrecían unos agasajos que al hermano, que trabajaba por la casa familiar de la mañana a la noche, no se le habían permitido.

Todos los cálculos se iban al demonio. Y lo peor era que, precisamente por esas fechas, necesitaba la ayuda de su madre para cubrir, en fin, *ese* pequeño problema. De hecho tuvo miedo de contárselo, pero lo hizo porque estaba con el agua al cuello, la vida era un gasto permanente y su propia familia una boca insaciable que devoraba cuanto dinero entraba en casa. Su madre le contestó que se las arreglara como pudiera sin causar daño a la familia pues hasta su muerte no dispondría de la herencia. Tras conocerse el testamento tenía pensado reunir a los hermanos para explicarles la situación; sin embargo, tuvo suerte: ellos no eran nada duchos en el manejo de cuentas (¡cómo iban a serlo, si vivían todos de sus desvelos y de su gestión!) y pudo enmascarar el problema a costa de darse a sí mismo un serio mordisco en su propia parte de herencia. Todo había salido mal.

Porque Alfredo no se sentía reconocido. Naturalmente que hacía valer su superioridad frente a los demás, pero era una superioridad ingrata por cuanto Joaquín, Amelia y Marcos se limitaban a poner el cazo y a disfrutar *gratis et amore* de los beneficios que él aportaba. Todos le estimaban, pero todos escapaban raudos a gastar su parte mientras él soportaba sobre sus hombros la responsabilidad de la gestión. ¿Y si un día él hubiera decidido hacer lo que ellos, sentarse a esperar los cuartos y dejar la dirección de los negocios a la buena de Dios? El mero hecho de saber que hacer eso era echarse un lazo al cuello le irritaba aún más, se veía atrapado en una contradicción que día a día le resultaba más insoportable. Y así lo sufriría, pensaba él, hasta la muerte de su madre. Ahora su madre estaba muerta, pero el testamento no era lo que debía ser. Un error espantoso.

Antes de iniciar la maniobra vio al fondo, por el campo de golf, las figuras de Mariana de Marco y del padre Vitores, que parecían charlar animadamente. «Ésa es la ventaja de los curas —pensó—, que pueden acercarse a cualquier mujer sin que ellas recelen de entrada; pero son hombres como los demás y esa Juez tiene un polvo imperial». Ahora, en frío, deseó montarse sobre ella y agotarla hasta sacar de su alma la acusación que lanzara delante de Joaquín y Rodolfo.

«Naturalmente —se dijo—, el único idiota que está aquí custodiado por su mujer y sus hijos es este cuerpo; y no hemos traído también a la criada porque no se nos ha ocurrido. Soy el perfecto gilipollas».

—Lo que me intriga —Mariana se recogió graciosamente el pelo por detrás del cuello y el padre Vitores se echó las manos a la espalda disponiéndose a escuchar— de toda la historia de los Fombona o, mejor dicho, de los Villacruz, es la historia de su abuelo... —se detuvo indecisa, como asaltada por un reparo—. Perdón, no sé si le disgusta hablar del administrador Ruz en vista de las circunstancias...

—¿Por qué lo dices, hija, por el desenterramiento del cadáver? —dijo él con aparente naturalidad.

—No, eso sería una simple cuestión de inoportunidad; yo me refiero además a un disgusto por indagar un poco hacia atrás; si para usted, como amigo de la familia, es una historia pasada que prefiere apartar... —precisó ella.

—Bien. ¿Por qué iba a importarme? Dios escribe derecho con renglones torcidos, como ya sabes, y éste puede ser uno de esos casos. Yo no creo en las casualidades.

—Eso es exactamente lo que me interesa —dijo Mariana con entusiasmo—. Usted entenderá bien lo que le voy a decir: a mí me parece que el enterramiento de Ruz fue en sí mismo, estoy casi segura, una especie de manifiesto de intenciones, eso es lo importante; y, en cuanto a la aparición del cadáver, puede ser una casualidad, pero, aunque parezca un tanto gótico, tengo la idea absurda e insistente de que contiene un mensaje, un mensaje para la familia Fombona que alcanza su destino justo cuando ésta se dispone a celebrar, en ese mismo lugar, un acontecimiento familiar de gran importancia.

—Dicho así, resulta estremecedor —bromeó el padre Vitores.

—Bueno, estaba poniéndome en plan Radcliffe, por supuesto; me refiero a la escritora de novelas de terror gótico —se apresuró a explicar—. Pero, dígame, ¿no cree que es un asunto extraordinario en cualquier caso? Ya sé que el cadáver no posee voluntad ni, por supuesto, creo en las maldiciones, ahí estoy haciendo novelería. Pero ¿no le parece oportuna la aparición del cadáver? ¿Y qué decir de su enterramiento? En cuanto a eso, a la propia Ann Radcliffe le parecería demasiado espeluznante.

—Un adjetivo apropiado.

—Y tenebroso.

—También.

—Ahí en mitad de la noche, cargando un cadáver sobre los hombros y con una pala en la mano... Es puro gótico. Es tan perfecto que si no fuera por lo macabro del asunto y la identificación del cadáver pensaría que han querido adornar la boda con una historia de terror sobrenatural.

—Pero, evidentemente, es una fantasía.

—Oh, sí, lo es. Sin embargo, usted cree en lo sobrenatural. Es algo que le resulta familiar.

—Yo creo en un orden sobrenatural propio de la divinidad, no en un mundo de fantasmas creado por la mente humana.

—Ahora yo le diría que Dios es una creación de la mente humana y abriríamos paso a un duelo entre ateos y creyentes, así que haga la cuenta de que no lo he dicho. Mi interés, como le decía antes, es otro. Pienso en Rufino Ruz porque el recuerdo que queda de él es el de un secundario en la vida de los Villacruz y, sin embargo, a mí me parece el personaje más interesante de todos, con diferencia. Esa dedicación a ella, esa abnegación, ese amor entre loco y morboso por Hélène... Y en cuanto a Hélène, parece sumirse en una especie de abandono que hace pensar si no estaría atrapada por alguna droga o era simplemente un estado de dejadez física y mental. ¿Usted sabe algo? ¿El porqué de una situación tan extraordinaria?

—A mí nadie me contó nada. Todo lo que puedo entrever es pura conjetura y cosas oídas a medias. Por otra parte, yo no soy quién para juzgar a nadie. Así que todo lo que te puedo decir, simple comentario, es que, según parece, Hélène se había entregado a una especie de languidez vital. Si consumía alguna clase de droga, no me consta. Posiblemente le abandonaron las ganas de vivir.

—¿Con Rufino dedicado a ella?

—Quién sabe.

—¿Elena no te contó nada? Es raro —Mariana había pasado al tuteo, siguiendo al cura.

—Hija mía, me impresiona tu candidez —lo dijo en un tono que arrastraba una segunda intención, nada cándida—, porque tienes que saber perfectamente que un sacerdote, en cuanto a lo que recibe de aquellas personas a las que dirige espiritualmente, es una tumba. Baste, pues, decir que la madre de Elena bastante mal lo pasó en vida como para remover ahora en su pasado. Dejemos en paz a los muertos, que ya están en manos de Dios.

—¿No sientes curiosidad?

—Siento compasión por la madre y siento compasión por la hija, a la que sorprendió la muerte tan repentinamente.

—Bien, dejemos a Elena, cuya desaparición es demasiado reciente. Háblame de la muerte de Hélène.

—¿Qué puedo decirte? Yo no tuve contacto con ella. Hija mía, ¿a qué viene tanto interés?

—¿Cómo murió? ¿Le falló el corazón?

—Algo así, creo que sufrió un colapso. En todo caso fue una muerte repentina.

—Como la hija. Es raro, ¿no?

—Bien, pues no sé qué decirte. Tan rara como cualquier otra muerte repentina. Algo se incuba y, al final, se manifiesta y mata. Le ocurre a mucha gente. No veo dónde quieres ir a parar —dijo el padre Vitores con gesto impasible.

—Pura intriga. Ya te digo que soy muy novelera.

—Eso no creo que sea nada bueno para un Juez.

—Depende. La imaginación ayuda mucho a la percepción. En general una instrucción de un Juez es una cuestión de orden y método, pero no siempre es así. Un Juez debe pensar en la víctima y en el reo, sin favoritismos ni prevenciones; debe pensar en aplicar la ley con la mayor ecuanimidad. Pero también debe pensar en la vida misma, y la vida es muy compleja. Incluso bajo la apariencia más simple o la causa más evidente. Un Juez debe tener experiencia jurídica y experiencia vital. Una sola no basta y la ley no es una ciencia exacta sino un pacto entre ciudadanos, ¿me comprende? La imaginación es una ayuda magnífica para no quedarse estancado en la estrechez literal de la norma. Es una aplicación del viejo dicho de la letra y el espíritu de la letra. La imaginación alimenta el espíritu. Así que no me parece mal ser un poco novelera.

—Me dejas impresionado.

—¿Te burlas de mí?

—La imaginación es una dama muy peligrosa, hay que tener mucho cuidado con ella. Engaña y distorsiona con facilidad.

—Ya veo. Tú a lo tuyo: cerrar filas en torno a la doctrina.

—Cuando lo indicado es atenerse a ella, sí.

—Bueno, si me permites una maledicencia, ya sabemos de la capacidad de los curas para escurrir el bulto en los asuntos vidriosos. Vamos a otra cosa. ¿Me permites que utilice un poco la imaginación a costa de la familia Fombona?

—Qué remedio, lo vas a hacer de todas formas... —a Mariana le asaltó de repente la sospecha de que el cura se estaba divirtiendo.

—Imagina: una mujer, Hélène Giraud, viuda, se retira a una finca de Toledo gracias a la munificencia de un hombre que la adora. Allí viven los dos, aunque él falta a menudo de la casa por las obligaciones propias de su trabajo, pero regresa a su lado en cuanto le resulta posible y se ocupa hasta en los menores detalles del bienestar de la mujer, con la que acaba casándose. Los hijos de ambos, cada uno de su anterior matrimonio, son acogidos en la casa, sobre todo Elena, siempre que acuden a ella a pasar temporadas o días sueltos, según creo. Bien. De pronto, una noche, la hija, que se encuentra en la casa, escucha ruidos, gritos o cualquier otra forma de escándalo y encuentra a su madre muerta y a su padrastro junto a ella, presa de la desesperación. Y ahora viene lo bueno: Elena Villacruz expulsa de la casa a su padrastro al cabo de dos o tres días, de *la casa que éste había regalado* a una Hélène que no tenía un duro; y con él despacha a su hijo. Yo sacaría una conclusión de todo ello y es que Elena consideraba a su padrastro culpable de la muerte de Hélène. ¿Qué tal voy?

—De cabeza al infierno de la imaginación.

—Elena no estará esta tarde en la boda, pero tengo entendido que una prima Villacruz, Marita Villacruz si no me equivoco, sí que estará y que ella era la amiga íntima de Elena en aquellos tiempos. ¿Me equivoco?

—Lo era, en efecto. Conozco bien a Marita.

—Hay muchos puntos oscuros en esta historia...

—Aguarda un momento —la interrumpió el padre Vitores deteniéndose y cruzando las manos por delante. Mariana ya se había adelantado dos pasos y tuvo que volverse hacia él—. ¿Puedes explicarme cuál es tu verdadero interés en el pasado de la familia Fombona?

—Amelia y yo somos buenas amigas. La he encontrado preocupada, desbordada —mintió Mariana.

—Hija mía, los míos son ya muchos años de experiencia y te diré benévolamente que no estás siendo sincera conmigo.

—Debo entender, entonces —dijo Mariana con su mejor sonrisa—, que esta conversación llega a su fin.

—Es una manera de verlo.

—En ese caso tendré que empezar de nuevo por Marita Villacruz. Marita ha de saber muchas cosas. Yo la conocí aquí en la finca, precisamente.

—Bien. Pues no te aconsejo que te acerques a ella con la intención que llevas.

—Te olvidas de que soy Juez. Yo sé interrogar a las personas.

—No lo dudo, pero sigue mi consejo y deja en paz a los deudos y a los muertos.

—Pues es curioso que me digas eso, porque no creo que Rufino Ruz esté muy en paz allá donde se encuentre sabiendo que, en el fondo, todo el mundo piensa que él es el culpable de la tragedia.

—Me has dicho que no crees en el otro mundo.

—No, pero creo en la lucha por la verdad en el nuestro.

—Esa verdad sólo le incumbe a la familia y tú no eres quién para buscarla. Causarás dolor; y será para nada.

—Bueno. Cuando otros hacen dejación de sus responsabilidades, alguien tiene que intervenir, ¿no lo crees así?

Joaquín Fombona, vestido de impecable chaqué gris, atravesó de un ala a la otra la primera planta de habitaciones para dirigirse a la de Mariana de Marco, pero nadie respondió a su llamada. Contrariado, estuvo dudando si dejarse ver en el hall o volver a su habitación y esperar allí una mejor ocasión. Al final se decidió por esta última opción y emprendió la retirada, lentamente; remoloneaba, como solía hacer cuando no sabía qué camino tomar ante un deseo incumplido. En su vagabundeo volvió a detenerse ante un amplio ventanal que daba al campo de golf y, distraído, se dedicó a mirar adelante sin objetivo fijo; pronto su mirada siguió las evoluciones de una pareja que caminaba por el borde del campo, enfrascados en una al parecer animada conversación. De inmediato reconoció en ellos a Mariana y al padre Vitores, ella era inconfundible. Frunció el ceño mientras los observaba atentamente. ¿De qué estarían hablando? A su memoria acudió la época en que cortejaba a Mariana para frustración de su hermano Marcos, que se la comía con los ojos. El problema de Marcos era un clásico: demasiado joven para una muchacha tan avispada como Mariana. Aunque la palabra avispada quizá no fuera la más exacta; Mariana era bastante ingenua, como él pudo muy bien comprobar en su breve, intensa y productiva relación; pero tenía carácter, un carácter que acoquinaba a los chicos de su misma edad. Siempre pensó que Marcos no le perdonó que fuera él quien se llevara el gato al agua, pero es que su hermano pertenecía al gremio de los que esperan que unos ojos de carnero degollado conduzcan a una muchacha hasta sus brazos. En aquel momento Marcos no sabía, y quizá aún no lo supiera ahora, que el deseo está siempre reñido con la compasión.

Sí, pero ¿de qué estaría hablando ahora con el padre Vitores? Desde la llegada al hotel, Mariana parecía aprovechar cualquier oportunidad para hablar del cadáver enterrado en la finca y, lo más fastidioso, de la muerte de Elena. Ése era un terreno muy malo y lo había pisado delante de demasiada gente. Joaquín confiaba en que ella no advirtiese, tras el frívolo juego que se traían, la atención con que él estaba siguiendo sus pasos. Mariana estaba bordeando un abismo del que sería prudente alejarse. De lo contrario... el juego podría volverse peligroso para ella. No es bueno meter las narices en los problemas ajenos, y la familia no estaba pasando por sus mejores momentos, meditó. La muerte de su madre, la boda de Amelia, el reparto de la herencia..., en momentos como éstos las emociones se disparan, la moralidad se resiente, la audacia camina de la mano de la desesperación y, en un momento, un estado de inquietud puede tensarse al extremo de dejar escapar a los demonios sujetos.

¿Qué pensará ahora de ella el padre Vitores?, se preguntó, cambiando de asunto. Joaquín prescindía cínica y tajantemente de todo cuanto no le reportaba alguna clase de provecho, a ser posible inmediato, y no tenía escrúpulo alguno en actuar de acuerdo con sus intereses, por encima de toda consideración. Detrás de su aire mundano se escondía un fingidor dotado de una determinación implacable. Volvió a mirar al campo y la figura de Mariana le excitó. Le costaba entender que el director espiritual de su madre, un cura lo suficientemente antiguo y listo para parecer abierto y comprensivo, tuviera mucho que hablar con ella o ella con él; salvo que estuvieran hablando de... Pero decidió no darle más vueltas. Por otra parte, el malhumor de Marcos tenía algo que ver con la presencia de Mariana. Joaquín no era un hombre de inteligencia deductiva; en cambio, como buen cazador, no perdía un rastro en cuanto lo olfateaba. Los sensores de su hermano se habían activado ante la presencia de Mariana y de nuevo volvía a repetirse una situación antigua. ¿Tanto tiempo después? Ah, los rencores de familia... Como era natural, él no iba a permitir que nadie le tomase la delantera. Estaba atento y confiado a la vez, y esta suerte de oportunidad de revalidar su dominio le rejuvenecía. La vida, para él, se componía de ocasiones y estar pendiente de ellas era uno de sus deportes favoritos. El presente estaba plagado de ocasiones que uno debía saber distinguir y elegir. «*Carpe diem*», sentenció mientras se acariciaba la barbilla sin dejar de vigilar a los dos paseantes.

Rodolfo Ruz apareció de pronto en su campo de visión y en seguida le resultó evidente que iba tras los pasos de la pareja. Éste era lo contrario de su hermano: un tipo decidido, con buena planta, algo vulgar para su gusto y un inesperado seductor, a juzgar por cómo había caído Amelia en sus redes. A Joaquín no le parecía mal, pese a que consideraba a los Ruz unos advenedizos, porque su instinto le decía que le convenía llevarse bien con él. Vio cómo Rodolfo llamaba a los paseantes, pues se detuvieron y volvieron hacia él. Joaquín se fijó en el padre Vitores. De hecho, al poder observar libremente sus movimientos, pudo advertir en sus ademanes ese último punto de untuosidad que siempre le pareció tan propio como desagradable de la gente de Iglesia. La untuosidad la percibía Joaquín en el modo en que acompañaba los pasos de Mariana: demasiado encima y suficientemente lejos de ella a la vez, de manera que no se podía determinar bien si la consideraba una presa o un objeto de protección. No sintió celos, pero sí incomodidad; el pastor de almas tomaba aquélla bajo su ala para protegerla de él, de Joaquín, la tentación. Esa imagen le satisfizo y se recreó en ella. Desgraciadamente ya estaba vestido para la ceremonia, en la que participaba como testigo, y no podía salir afuera en persecución de ambos a fin de separarlos, cosa que sí parecía estar haciendo Rodolfo, aún por vestir. Se preguntó de qué habrían estado hablando con tanto énfasis. En realidad el énfasis o, mejor dicho, la viveza expresiva la puso Mariana, mientras el cura echaba las manos a la espalda o tendía discretamente los brazos hacia delante.

Pero Mariana tendría que dar pronto la vuelta porque a su vez debía vestirse para la boda y, como se sabe, a las mujeres eso es algo que les ocupa mucho tiempo. Por otra parte, era evidente que Rodolfo había salido a apremiar al padre Vitores porque éste, tras unos breves ademanes de despedida, emprendió la vuelta apresurada al edificio y Rodolfo y Mariana se quedaron solos. La imagen no le hizo gracia. En cambio, a Mariana no parecía caerle mal Rodolfo, tenía un instinto infalible para captar estas cosas. ¿Se estaría volviendo celoso? Le molestaba. No acababa de entender qué podría ser de tanto interés para ella como para continuar el paseo con Rodolfo por el campo de golf ajena, al parecer, a la hora que se le estaba echando encima inadvertidamente. ¿Rememorarían quizá viejos tiempos? Porque ellos no se habían vuelto a ver, probablemente, desde que terminaron sus estudios en la Facultad de Derecho. ¿Era Derecho? Ah, sí, debía de serlo puesto que Mariana era Juez. El padre Vitores regresaba al edificio.

—¿Vigilando a la competencia? —dijo una voz tras él.

Joaquín se volvió, violentamente sobresaltado. López Mansur lo contemplaba con aire risueño y un punto malicioso, pero se repuso al instante.

—No hay que dejar que la Iglesia se meta en asuntos mundanos, ¿no es verdad?

—Y debemos proteger a las mujeres laicas, que están expuestas a toda clase de tentaciones improcedentes.

Ambos se quedaron mirando a la pareja que hacían ahora Rodolfo y Mariana, también regresando sobre sus pasos en dirección al hotel. Ahora parecía que ella se dirigía a él con unos ademanes enérgicos o alegres, quizá más esto último, y cada pocos pasos se detenía, como si estuviera hablando de algo verdaderamente interesante.

—Tengo la sensación —dijo Mansur— de que no sólo no necesita defensa alguna sino que incluso podría ayudarnos a nosotros en un caso de apuro.

—¿De veras? —comentó Joaquín con un cierto aire de insolencia, sin apartar los ojos de la escena que se desarrollaba ante ellos.

—Tú no la has visto en acción, ¿verdad? —dijo Mansur.

—Depende de qué clase de acción —contestó Joaquín de manera explícita.

—Jurídica —dijo Mansur con sorna.

La conversación quedó interrumpida porque Mariana, que acababa de mirar su reloj de pulsera, hizo un gesto dramático con las manos y echó a andar a toda prisa hacia la terraza que conducía a la entrada trasera. Al desaparecer de la vista el objeto de su interés, los dos hombres se miraron con gesto convencional y ambos se dirigieron, sin haberse puesto previamente de acuerdo, hacia el hall, donde seguían reuniéndose buena parte de los invitados.

Mientras se vestía, Mariana se puso a ordenar sus ideas. En principio, todo cuanto sabía de la historia de la familia Villacruz venía de una información más bien genérica procedente de Amelia y, poco a poco, su conocimiento del asunto se había ido agrandando hasta despertar una curiosidad que —se dijo humorísticamente— podríamos calificar de malsana. La culpa la tenía aquel cadáver arrepentido y a Mariana no se le escapó ni por un momento la trascendencia dramática que contenía la confidencia de Amelia. Desde entonces la imagen de una noche que gustaba de representarse en su imaginación como un relato de sórdido terror no se apartaba de su mente: en la negrura sólo rota por los relámpagos de una tormenta seca, una figura se afanaba en la soledad del campo inhóspito para cavar una tumba donde dar sepultura al cadáver que había arrastrado consigo hasta que, finalmente, apartaba a un lado la pala y arrastraba el cuerpo al hoyo, lo echaba adentro y forzaba sus articulaciones y lo acomodaba de modo que representase una figura de arrepentimiento; después de vencer la primera rigidez del cadáver (por cierto, tendría que haber muerto muy recientemente) y cumplir su macabra tarea, se apartaba a un lado y comenzaba a cubrirlo con la tierra extraída, la apelmazaba y, como un alma en pena, recogía la pala y huía lejos del lugar de la fechoría al abrigo de la oscuridad para perderse entre las sombras agitadas por sucesivas ráfagas de un viento inclemente.

Le gustaba tanto la imagen que hasta llegó a disculpar la pérdida de su ropa interior. Lo cierto es que ésta había sido elegida para hacer juego con su traje de chaqueta de color crudo, una especie de satisfacción que no iba más allá de su intimidad, de su deseo de sentirse espléndidamente refinada, pero que la intervención de una mano perversa o quizá simplemente codiciosa había estropeado de forma grosera. Contaba con la delicadeza del encaje del sujetador para que luciera tan insinuante como elegante por el escote que formaba la chaqueta al cruzarse y ahora ningún otro podía cumplir esa función por lo que, después de meditarlo, optó por prescindir de sujetador. Sin embargo, una vez vestida, empezó a pensar que quizá resultase demasiado atrevido el escote al abrirse bajo la presión de ciertos movimientos inevitables. Finalmente decidió que buscaría un imperdible para ajustarlo discretamente por dentro de la chaqueta.

Sí, aquella imagen del sepulturero le parecía surgida de otro tiempo y quizá lo fuera. En general, la historia de los Villacruz tenía todo el aire decadente de principios de siglo, de aquella sociedad incapaz de prever que el curso de la Historia se disponía a sepultarla en el pasado para siempre; mas al observar los cambios producidos en su amiga Amelia, desde la juventud hasta la madurez actual, dudaba acerca del cierre definitivo de una época. Es verdad que España era un país que arrastraba un atraso secular y que su incorporación al mundo contemporáneo era bastante reciente; lo hacía tarde y a trancas y barrancas, pero inevitablemente. Y, sin embargo, persistía en su ánimo la sensación de que, como en los grandes dramas, la asunción de las nuevas formas era un proceso de larga duración que dependía de un delicado equilibrio entre el atavismo y el deseo de cambio; de que, una vez cubiertas las primeras necesidades, las segundas quedaban postergadas o sepultadas por la satisfacción inesperada que procuraban las primeras; de la misma manera que, en los tiempos de la Universidad contestataria, se decía que para una sociedad oprimida y precaria lo primero era comer y detrás vendría la cultura, pero la realidad mostraba que una vez satisfecha el hambre, lo que venía era la siesta y, al despertar, el deseo insistente de volver a comer.

La familia Villacruz, o Fombona, era una familia a la antigua, una antigüedad que no dependía de las formas del afecto o del trato sino de la división social en clases y de la concepción de la vida que eso traía consigo. A Mariana le divertía la boda, le divertían las bodas en general, pero ésta en concreto le estaba pareciendo un tanto artificiosa, demasiado sujeta a un amaneramiento y a unas formas que revelaban una procedencia rutinaria de la España más ensimismada en un pasado hecho de jirones de gloria. La parafernalia de la ceremonia era muy atractiva, el espíritu que anidaba en ella no tanto. Por todo lo cual, la historia del cadáver que aparece muchos años más tarde implorando un perdón que nadie podría otorgarle y que tampoco se sabe por qué habría de concedérsele, tenía un aire de despropósito más cercano a los tiempos oscuros que a los tiempos actuales. Y a eso tenía que añadir ahora algunos detalles más bien sórdidos, como el robo de la ropa y la sensación de sentirse espiada desde que empezó a hacer preguntas aquí y allá.

También Amelia había cambiado, no sólo de aspecto, sino además de mentalidad. Ahora el afecto parecía fluir entre ellas como siempre, pero faltaba la complicidad de antaño. O quizá no, pensó Mariana, quizá la mentalidad era la misma de cuando ambas se conocieron y ése era el problema, que su amiga la había seguido manteniendo incólume mientras que Mariana, obligada por las circunstancias, iniciaba un camino que la llevaría a convertirse en una persona dedicada a su profesión, un camino que le había hecho reconsiderar muchas cosas y descubrir otras nuevas. En algunos momentos de depresión solía pensar que mejor hubiera preferido ser una niña rica o incluso una esposa mantenida, con o sin divorcio por medio. Por lo general, estas ideas, a menudo producto de un desfallecimiento, no solían durar mucho porque, como solía decir, el defecto que tiene el uso permanente de la inteligencia, y Mariana se veía obligada a usarla para el trabajo y para el ocio, es que no se puede prescindir de ella a voluntad y sin causa. Su propia vida le explicaba con claridad que no era una niña rica, que no era un ama de casa ni lo sería nunca a estas alturas de la vida y que si, a pesar de los pesares, se tenía respeto y afecto era precisamente por ser quien era y no otra.

Se contempló en el espejo de cuerpo entero. Vestida con un traje sastre de color crudo, chaqueta cruzada, falda justo sobre la rodilla y zapatos del mismo color, maquillada sin exceso y sin otra joya que unos elegantísimos pendientes de perlas, se dio el visto bueno, recogió la pamela que reposaba sobre la cama y se dirigió a la habitación de María Teresa en busca de un imperdible. Entonces se le ocurrió una idea luminosa. ¿Por qué a la habitación de María Teresa, donde quizá estuviera el colérico Alfredo? Ésta era la ocasión ideal para entrar en contacto con Marita Villacruz.

—Nada, gracias. Id yendo vosotras.

—El novio está ya a la puerta de la iglesia, me acaba de llamar Marcos para decírmelo.

—¿Y qué hay de Amelia y Meli?

—No sabemos nada, tía Marita. Si quieres las llamo por el móvil, suponiendo que mi hermana lo tenga encendido.

—Gracias, Joaquín. Os esperamos en la iglesia.

Mariana apareció por el pasillo y Joaquín la interceptó.

—La salida es en dirección contraria.

—Lo sé —dijo Mariana—, pero vengo a ver si tu tía Marita puede dejarme un imperdible.

—Vaya, cuánto lo siento. Acabo de despedirme de ella. Ya va para la iglesia. ¿Te llevo yo?

—En ese caso, dame tiempo. Necesito el auxilio de una señora, no de ti.

—Ésa es la habitación de María Teresa, que está recogiendo algo. Date prisa. Te espero aquí.

Resignada, Mariana entró en la habitación, donde había varias señoras más. En un momento localizaron no sólo un imperdible sino también una rosa blanca del ramo que lucía en la mesa de la antecámara. El resultado final de la rosa y el escote fue muy alabado y Mariana salió contenta al pasillo. Allí aguardaba Joaquín, como un ave de presa.

—Venga, Mariana, cógete de mi brazo que vamos a pastorear a los invitados.

—Te advierto que saben ir solos —de pronto aparecía algo en la actitud de Joaquín que le disgustaba; una sensación de falsedad.

—¿Qué hacíais ahí tantas mujeres juntas?

—Mujereábamos.

—Daba miedo sólo veros desde la puerta.

—Seguro que estabas aterrado. Anda, no seas ganso. El que está hecho un hosco es tu hermano Marcos. Ayer en la finca por poco ni me saluda.

—Eso es que le has gustado.

—Pues es un estratega.

—Marcos y algún que otro moscón eran tus enamorados platónicos en la época, no sé si te acuerdas.

—Sí, mientras salía contigo, ¿no?

—Es que no se puede ser platónico. Por cierto, hablando de amores...

—Hablando de amores, mejor nos dedicamos a poner en marcha al prójimo que aguarda en el hall, al que ya sabes que tenemos que amar como a nosotros mismos.

—Ése no es mi estilo. Prefiero el cara a cara.

—¿No te corregirás nunca? —decididamente estaba empezando a resultarle desagradable.

—¿Corregirme? ¿Qué voy a corregir? Oye, por cierto, ¿para qué querías tú un imperdible?

Al fin se pusieron en marcha. Era una auténtica comitiva la que atravesó el pueblo hacia la carretera que llevaba a la finca, en medio de la expectación general. Contra el temor de Marcos Fombona, la entrada en la finca se produjo en perfecto orden. Un camión cisterna había regado convenientemente la carretera de tierra que dividía en dos los viñedos que crecían desde la entrada hasta la casa y los coches, tanto los de la comitiva como los del resto de invitados, muchos de los cuales iban llegando desde otras procedencias, pasaron despacio y sin levantar apenas polvo y se estacionaron sin ruido ni precipitación en el aparcamiento reservado. La explanada ante la casa y la iglesia se había ido llenando de gente y el contraste entre el ambiente matizadamente rústico y los invitados vestidos para la ocasión era pintoresco y animado.

Mariana, que había llegado en el coche de Joaquín con otra pareja, encontró a Marcos nada más descender del automóvil. Se besaron y ella percibió un retraimiento en él que no hizo sino confirmar su idea de que se mostraba tan huraño como le había parecido advertir. Apenas se cruzaron sus ojos desvió la mirada, la apoyó en su hermano, que le devolvió una sonrisa maliciosa, volvió a mirar a Mariana y, de pronto, la tomó del brazo y la condujo hacia la puerta de la iglesia, donde se encontraba su tía Marita charlando con dos amigas.

—Así que tú eres Mariana —dijo la anciana—. Te recuerdo cuando jugabas con Amelia, pero te encuentro cambiada. Es natural, hace mucho que no te veía.

—Los años no pasan en balde. En cambio yo a ti te recuerdo muy bien.

—También pasan los años para mí, aunque tú entonces debías de ver en mí ya a una persona adulta, como yo te veo a ti ahora.

—Pero te conservas muy bien, Marita, ya me gustaría a mí llegar a tu edad con ese aspecto.

—No me adules. Yo soy una vieja y punto. Así es la vida.

—No hay adulación. Lo tuyo es estilo.

—Mira, eso no me disgusta.

Mientras hablaban, Mariana observó que había algo que no había cambiado en Marita Villacruz. Desde que la conociera, siempre le produjo sensación de dureza y ahora notaba como si la dureza fuera la que hubiera ido afilando y avejentando su rostro, una labor de erosión no como la del viento sobre la piedra sino de dentro afuera, surgida del interior mismo, del carácter, en definitiva, que al fin se transparentaba de manera precisa. Marcos se mantuvo junto a ellas unos minutos, pero en seguida se excusó para ir a atender a otros invitados, lo que motivó un comentario intencionado de Mariana.

—Habrás visto que hemos cuidado tus viñas como si colgaran de ellas racimos de oro.

—El pobre —dijo Marita— estaba tan preocupado.

Marcos dirigió a Mariana una mirada tan seca que le hizo preguntarse en qué podría haberle ofendido. Le parecía absurdo que tuviera algo que ver con la época en que coincidieron por razón de su amistad juvenil con Amelia, en la cual él estuvo, en efecto, enamorado de ella y ella lo ignoró; y lo cierto es que, después, apenas se habían visto, alguna vez estando ya casada y nunca desde el divorcio. Por lo tanto debían de ser otras las razones que lo enfurruñaban de esa manera, empezando por la propia boda en un momento tan inoportuno como era el comienzo de la vendimia. O quizá lo que le producía malestar era la historia del cadáver del administrador. ¿O sería verdad que estaba con el agua al cuello y muy molesto por la herencia? Pero, en todo caso, ¿por qué la había tomado con ella? ¿Era una transferencia psicológica que había vuelto a remontarle a los años jóvenes?

—Es lógico, con ese asunto tan desagradable de la excavación... —dijo Mariana.

Lo había dicho de manera conscientemente discreta, casi como si estuviera retirando el comentario antes de finalizarlo, pero había salido de su boca y no pudo detenerlo. Se dio cuenta del desastre cuando, tras la máscara de impasibilidad de Marita, percibió sin el menor género de duda no ya una resistencia acerada sino un verdadero brote de odio. Mariana comprendió demasiado tarde que había hecho el comentario inadecuado a la persona inadecuada y quiso que se la tragara la tierra.

—Eso es un asunto de familia que no pertenece a nadie más que a la familia —dijo Marita mirándola a los ojos.

—Creo —dijo humildemente Mariana, tras unos segundos de silencio— que he cometido una impertinencia.

—No, querida —respondió Marita—. Es evidente que ha sido un descuido. Tengo entendido que eres Juez, ¿no es así? —dijo a continuación, cambiando bruscamente de conversación de manera venenosa.

—Sí, ahora sí.

—Bueno, siempre hay un momento para empezar. Parece —comentó dirigiéndose a las amigas que la acompañaban— que hoy en día hay muchas mujeres que son jueces en este país. Hay que ver cómo ha cambiado todo.

—Eso dijeron los socialistas cuando llegaron al poder —dijo Mariana tratando de esconder cuanto antes su infortunado comentario anterior—, que a este país no lo iba a reconocer ni su madre.

Las señoras sonrieron benévolamente, una sonrisa en la que apoyaron toda su edad y su experiencia con evidente intención.

—Bueno —habló al fin Marita en nombre de las tres—, afortunadamente tenemos ahora el Gobierno, con lo que esperamos poder reconocerlo otra vez, como es lógico y natural y como ha sido siempre.

Se produjo un repentino vacío que Mariana, tras hacer un par de observaciones intrascendentes acerca del ambiente y la organización de la boda por llenarlo, pues era evidente la gélida resistencia de las tres mujeres, aprovechó para despedirse y regresar hacia los corrillos de invitados. «Para qué habré venido yo a esta boda —se preguntó pesarosa una vez más—, si excepto Amelia me importa un pito la familia Fombona y a cada minuto que pasa empiezo a aborrecerla más. Qué pena que Sonsoles no haya podido acompañarme, con lo bien que lo hubiéramos pasado juntas. Porque —reflexionó— ella es también de este mundo, sí, pero con todo su clasicismo no es una rancia como todos éstos».

De repente se sentía perdida.

Mariana echó una mirada a los invitados que se agrupaban cerca de la puerta de la iglesia y pensó que en realidad no conocía a casi nadie. Su buen ánimo se había enfriado, y plantada allí sola delante de la casa trató de hacerse a la idea de que tendría que hacer sociedad con gente que, de entrada, apenas le interesaba. Pero como no era persona que se dejara abatir fácilmente recuperó el ánimo con la idea de que en estas ocasiones es cuando al destino le da por portarse bien y una acaba encontrando algún compañero o compañera de mesa que le salva la noche. Después, el baile lo mezcla todo mejor. Lo único que lamentaba era haber dejado su coche en el aparcamiento del hotel, porque ahora dependía de quien quisiera llevarla de vuelta y si la noche se hacía muy pesada, la salida se complicaba más. «Pero bueno —se dijo—, supongo que alguien se compadecerá de una chica en apuros; al fin y al cabo, el hotel está a sólo diez kilómetros».

Se encontraba delante de la casa, apartada del resto de los invitados, que se agrupaban ante la iglesia; otros venían caminando desde la zona de aparcamiento improvisada en el extremo opuesto de la entrada. Aún estaban llegando coches y el movimiento era continuo, por lo que nadie reparaba en ella. Mariana se volvió hacia la fachada y contempló el edificio al hilo de los recuerdos. Lo cierto era que había cambiado poco; seguía manteniendo el aire de buen gusto, rústico y armónico, que tanto la impresionara en su adolescencia. Estaba bien conservado y, ancho y bajo como era, de sólo dos plantas, daba la impresión de extenderse y pegarse a tierra con aspecto de suficiencia y prosperidad. A la derecha del cuerpo central se levantaba otra edificación de una sola planta, destinada a alojar a hermanos o invitados, tras la que se encontraban la piscina y el comedor al aire libre, que era la conexión con el interior de la casa principal, a través de un patiecillo descubierto.

Cuando se quiso dar cuenta ya estaba entrando, pues la casa estaba abierta. ¿Por qué no recordar viejos tiempos? Atravesó el umbral y penetró en el vestíbulo que distribuía los accesos: dormitorios a la izquierda, cocina a la derecha y al frente la escalera que conducía a la segunda planta. Una vez que se vio dentro, se asomó distraída al distribuidor de las distintas habitaciones de la planta baja. Curiosamente, la zona de recibir estaba arriba, junto con las que fueran las habitaciones de Hélène y el administrador, pero sólo lo recordó al asomarse a un dormitorio que parecía desocupado y ver las fotografías enmarcadas que reposaban sobre la cómoda. Se adentró cautelosamente y allí estaba la foto de familia al completo, además de un retrato de Elena a su lado y otro de los gemelos en su etapa de bebés. En realidad no fueron las fotografías las que llamaron su atención sino lo que éstas le sugirieron. ¿Habría en algún lugar de la casa una fotografía del administrador Ruz? La curiosidad la empujó a asomarse a un par de habitaciones más, pero no encontró ninguna que lo representase. Por otra parte, ella no recordaba su aspecto, si es que alguna vez lo vio en las fotografías de familia distribuidas por la casa, pero bien pudiera ser que estuviese en alguna de las que reposaban sobre los muebles o que colgaban de las paredes, entre las que abundaban las de cacería.

«Sólo me faltaba que me pillaran en el dormitorio de Marcos», se dijo.

Cuando regresó al vestíbulo, le tentó la escalera. Miró afuera, por si venía alguien, pero los pocos que aún pasaban por delante de la casa se apresuraban hacia la iglesia, de manera que en un golpe de decisión subió con rapidez los escalones. A continuación del rellano superior se extendía un gran salón rectangular que desembocaba en la antecámara del dormitorio principal que fue de Hélène; sin duda lo ocupaba en su día Elena, las pocas veces que se dignara a bajar a la finca, y lo ocuparían Amelia o Meli cuando, a su vez, vinieran algún fin de semana, por lo que no se atrevió a llegar hasta el final. En el salón abundaban los retratos, que Mariana fue consultando cuidadosamente: no había una sola imagen del administrador entre ellos. ¿Lo habían borrado de la casa? ¿Casándose Amelia con Rodolfo? Imposible.

En un rapto de audacia, se adentró en la antecámara y luego en el dormitorio. El silencio de la casa contrastaba con la efusión de voces y conversaciones que venía del exterior. Tratando de no hacer ruido ni tocar nada, Mariana buscó atenta; de pronto, reparó en un marco que se encontraba parcialmente oculto entre otros sobre una mesa vestida y no pudo evitar una sonrisa de triunfo: era una foto oficial de boda, muy de la época, de Hélène y, presumiblemente, Rufino Ruz; ella sentada en un sillón con la cola recogida a sus pies y él de pie con la barbilla erguida, una mano puesta en el respaldo y la otra en el bolsillo de su chaleco.

A pesar de su posado altivo y, se diría, un tanto triunfal, Rufino Ruz era un hombre menudo. Hélène debía de ser más alta que él y una verdadera belleza, aunque en su rostro se manifestaba un aire ausente. Pero lo que verdaderamente le llamó la atención fueron los ojos; en los de ella la mirada aparecía como velada mientras que los del hombre manifestaban una voluntad cumplida. Eran pequeños, brillantes y emitían fuerza, convicción. El contraste era evidente. Mariana comprendió que aquel hombre estaba orgulloso de su situación; Hélène, en cambio, se dejaba arropar por la figura y el porte forzadamente marcial de Ruz, como si el acuerdo de vida que los unía desde ese mismo momento formara parte de un cuadro burlón.

Mariana no pudo evitar un sentimiento de compasión hacia aquel hombre. Había dedicado su vida a Hélène y esa dedicación aparecía ahora como una jugarreta del destino. Este hombre de clase inferior entró en la familia Villacruz por la fuerza del dinero y salió de ella vencido por el peso de su corazón. Era indudable que la había amado: su gesto y su ademán dejaban ver con tal claridad la consecución de un deseo largamente anhelado en el que se transparentaba también el fracaso, el cual aparecía paradójicamente inscrito en la misma figura. De aquel esfuerzo y aquel deseo sólo quedaba en la familia Villacruz un retrato escondido tras otros muchos, que probablemente se conservaba por ser la única o una de las únicas fotografías rescatadas de la boda de Hélène Villacruz, nacida Giraud, viuda de Cirilo Villacruz, con su benefactor. En cambio, la fotografía de boda de la pareja Hélène-Cirilo, en primer término sobre la mesa, era la viva imagen de un matrimonio joven y chispeante, casi a punto de iniciar un paso de baile sobre la tarima de un lujoso salón. Excepto en aquel rincón, el administrador no existía, pero en cierto modo se producía un acto de justicia poética en la boda de su nieto Rodolfo con la nieta de Hélène. En cuanto a Rodolfo, ¿habría advertido la ostensible ausencia de su abuelo en la casa? Bien cierto que ésta era de Marcos. También pensó que resultaba coherente por parte de Amelia no haberse quedado a pasar su noche de bodas en aquella casa y en aquella habitación.

La imagen del administrador quedó grabada en la mente de Mariana.

Sin embargo, otra idea empezó a tomar forma en su cabeza. En realidad, meditaba, el hombre había logrado su sueño. A pesar de su endeble figura, tenía que haber habido en él una energía y un tesón extraordinarios. La idea de robar a la amada para conquistarla luego aprovechándose de la precariedad en que la dejaba el hurto era tan perversa como romántica, es decir, doblemente romántica, y le producía una estimulante envidia.

Rufino Ruz había dado con la puerta que le permitía acceder a un estado que su condición social le impedía. Así que para él debió de ser un golpe terrible la muerte de su amada y, por demás, su expulsión por la hija de Hélène de la casa que adquiriera para ésta. En cierto modo parecía que el destino, tantos años después, se vengaba de la mala acción cometida, cumpliendo la vieja sentencia que dice que quien a hierro mata, a hierro muere. Apenas sabía nada de lo que fuera su vida desde aquel día, pero ahora más que nunca le atrajo la posibilidad de interrogar a Rodolfo. Evidentemente, él tenía que saber y, sobre todo, tendría que conocer el rastro del dinero si su abuelo fue el ladrón. Sólo quedaban dos Ruz, él y su hermano mayor.

Estaba tan embebida en sus pensamientos frente al retrato de boda que no advirtió los pasos que se acercaban por el salón.

—¡Mariana! Pero ¿qué haces aquí en el dormitorio?

La voz de Meli la sobresaltó, pero se repuso en un instante.

—¿Quieres que te diga la verdad? Buscaba alguna fotografía de Rufino Ruz.

—¿Del administrador? —Meli la miró entre perpleja y reticente—. ¿Para qué quieres tú una fotografía de Ruz?

—Para verle la cara —contestó Mariana, que había decidido que la verdad era el camino más directo para salir del apuro —. No tenía ni idea de cómo era.

—¿Y a ti eso qué te importa? No estarías buscando otra cosa, ¿verdad? Me parece extraordinario que estés aquí. Mamá acaba de llegar.

—¿Qué tiene de extraordinario? —empezó a decir Mariana; pero, de pronto, decidió perdonar la impertinencia porque un rayo de luz cruzó por su cabeza—. ¿Qué otra cosa podría buscar? —preguntó con toda intención.

Meli la miraba con extrañeza, casi con recelo. A Mariana no se le escapó la mirada que había dirigido subrepticiamente a la cómoda. Era del todo evidente que la presencia de Mariana en el dormitorio de su abuela le incomodaba extraordinariamente. O es que su mera presencia incomodaba a todos los Fombona. ¿También a Joaquín?, pensó. Tampoco se fiaba de las zalamerías de Joaquín.

—La tía Marita me ha pedido un chal para la iglesia, que dice que está fría. Es muy friolera —empezó a rebuscar en el armario. Mariana se dio cuenta de que no le perdía ojo. Un caso de mala suerte.

—¿Te ayudo? —dijo finalmente; ¿qué podía haber en la cómoda, o en la habitación, que inquietase a Meli?—. Quizá esté en uno de estos cajones —dijo dirigiéndose a la cómoda—. Es más natural —antes de que empezara a abrirlos, Meli la detuvo secamente.

—Deja, ya miro yo, no te molestes. Tú vuelve con los demás, que ya me encargo yo. La boda está a punto de empezar.

Mariana no supo qué decir y se dio la vuelta en silencio con la pamela en la mano. Salió a la antecámara, recorrió sin prisa el salón, descendió por la escalera y cuando cruzó el vestíbulo y salió a la luz del día se detuvo un momento, como deslumbrada, y se dijo: «Mariana, te acaban de echar de la casa».

Y luego murmuró para sí, mientras se colocaba la pamela:

—Como a Rufino Ruz.

—¿Estás hablando sola? —la voz de López Mansur, que caminaba unos pasos por detrás de su esposa, le desconcertó al momento. Aparentemente acababan de llegar en ese momento, pues venían de la zona de aparcamiento. Cari de la Riva retrocedió unos pasos hacia ambos. Estaba realmente elegante con un traje de cóctel de color heliotropo, la falda ajustada hasta las rodillas y zapatos a juego, una encantadora chaquetilla torera sobre los hombros y una pamela negra con un velo de gasa del mismo color graciosamente prendido alrededor.

—Llegamos detrás de la novia por culpa de este pesado —dijo Cari—. Te sienta de maravilla el color crudo. Es un acierto.

Mariana elogió debidamente el traje de Cari.

—Bueno —dijo ésta cogiendo del brazo a su marido—. ¿Nos acompañas?

—Encantada.

—Por favor —dijo Mansur—, acerquémonos despacio al grupo para que todo el mundo pueda apreciar debidamente a las dos bellezas que llevo a los lados. A decir verdad —continuó diciendo—, pocas veces me he visto tan bien acompañado y quiero lucirlo, si no os importa.

Las dos rieron. Mariana pensaba en Amelia. ¿Qué estaría pasando por su cabeza en estos momentos, en la puerta de la iglesia y rodeada de admiración y afecto? También era mala suerte ser sorprendida en plena faena cuando ya contaba con que todo el mundo estaría en torno a la iglesia, pero, por otra parte, ella no había hecho nada malo. Decididamente, los Fombona eran una familia un tanto especial; al menos ahora, porque antes no los recordaba así. Claro que, en los años locos de la primera juventud, una no estaba para fijarse en esa clase de detalles. Lo que la tentaba ahora era esa cómoda, pero ¿cómo arriesgarse a registrarla sin que la descubrieran? Las cosas iban de mal en peor; primero, los hermanos; luego, Marita; ahora, Meli. ¿En quién podía confiar ya?

Miró a su derecha y allí estaba otra vez: López Mansur.

La llegada de la novia se recibió con la natural expectación entre los rezagados para entrar en la iglesia. Amelia había elegido un traje corto de color claro y estaba verdaderamente elegante. Aguardó a la puerta, de cara al interior y siempre sonriente, a que entrasen los últimos invitados y se despejara completamente la entrada antes de iniciar el desfile hacia el altar. El recinto estaba lleno hasta los topes y Mariana se quedó junto a los López Mansur, en uno de los primeros bancos situados detrás de los de la familia Fombona. Al volver la cabeza hacia la puerta, que se destacaba como un marco de luz en medio de la pared oscurecida por la sombra del coro, reconoció en la última fila y en un extremo a Felisa y a su hija, a las que saludó con una sonrisa y un leve gesto de cabeza. La iglesia no era grande, pero sí armoniosa y acogedora.

Mariana siguió la ceremonia con disimulado aburrimiento, intercambiando comentarios con Mansur o entreteniéndose en localizar a las personas conocidas, que no eran muchas, en valorar los atuendos verdaderamente elegantes, que tampoco eran tantos en su opinión, y en fiscalizar a los hermanos de Amelia, especialmente a Alfredo que, naturalmente, la había conducido al altar y se mantenía a su lado con aire patriarcal. Observando a la familia Fombona, reunida de izquierda a derecha a partir de Amelia, se dio cuenta de lo poco que la ligaba a ellos. Lo descubría ahora, como quien despierta de un sueño, y le producía una sensación de extrañeza lindante con el absurdo.

Muchos invitados se apresuraron a salir al término de la ceremonia para esperar la salida de los novios mientras éstos y los testigos ratificaban el contrato matrimonial en la sacristía. Mariana se introdujo en la marea de asistentes, deseosa de ganar el espacio abierto del exterior, y allí esperó a que los fotógrafos y los lanzadores de arroz cumplieran con su cometido. Encontró a un par de antiguas compañeras de colegio que también lo eran de Amelia y se entretuvo charlando con ellas. Luego otras personas vinieron a unirse al grupo, se hicieron las presentaciones y Mariana empezó a encontrarse más cómoda. Nunca hasta ahora se había sentido aislada por el hecho de no llevar pareja; quizá fuera porque entre los invitados parecían abundar las parejas y una mujer solitaria de su edad destacaba en seguida, pero en todo caso, al comprobar que esta sensación se desvanecía poco a poco a medida que iba siendo presentada y reconocida, su ánimo mejoró considerablemente.

Paso a paso, los invitados empezaron a desfilar hacia la gran carpa donde se celebraría el banquete. El día seguía siendo cálido, el cielo estaba limpio y a aquella hora, las siete y media de la tarde, aún había una luz espléndida, por lo que todo el mundo estaba del mejor humor. Al clarear los grupos que se habían formado a la puerta, Mariana observó que Felisa y su hija, tras haberse despedido de la familia Fombona, tomaban la dirección contraria, hacia la casa, y se dirigió a ellas para despedirse también. La acción no le pasó inadvertida a Meli, que miró a las tres con reparo. Mariana, a su vez, advirtió la mirada de la hija de su amiga y le dirigió una sonrisa y un gesto que indicaba que regresaba de inmediato. Cuando la vieron llegar hasta ellas, las dos mujeres se detuvieron.

—¿Se van ustedes? —preguntó Mariana.

—Sí, señorita —contestó Felisa—. Nosotras no hemos venido al convite sino a la boda. Bien guapa que es la novia, ¿verdá usted?

—Y tanto, sí —dijo Mariana, aunque se veía a las claras que ése no era un asunto que la interesara poco ni mucho—. Pues ya lo siento, porque podríamos haber charlado un ratito, con la alegría que me ha dado verla a usted esta mañana.

—También a mí, señorita. Con lo bien que la recuerdo yo a usted cuando venían aquí con sus novios. ¿Y qué? —preguntó de pronto, con un guiño cómplice—. ¿Cómo ha encontrado usted al señorito Joaquín?

Mariana rió:

—¿Lo dice usted porque salimos juntos una vez?

—¡Mama! —la riñó su hija—. ¿Qué preguntas son ésas? —y añadió, dirigiéndose a Mariana—: Discúlpela, que a veces se le va la olla.

—Hija, qué cosas dices —protestó Felisa—. Usted me perdonará si he sido indiscreta —añadió luego dirigiéndose a Mariana.

—Usted puede ser indiscreta, no faltaba más —dijo alegremente Mariana.

—Encima no le dé usted carrete —contestó la hija—, que nos la va a convertir en una anarquista.

—¡Huy, por Dios! De eso, nada de nada, hija, qué dices.

—Que no es malo, mujer, lo que yo creo que quiere decir su hija es que a estas alturas usted ya no se tiene que andar con miramientos y eso es buena cosa —dijo Mariana.

—Si usted lo dice...

—¿Lo ve usted? Si es que no hay que tener miedo a las palabras. Yo también soy un poco anarquista, pero a mi manera y para pasar de algunas cosas que no me gustan; y, al mismo tiempo, soy Juez. ¿Qué le parece?

—¿Usted... Juez? —el rostro de Felisa expresó el más absoluto asombro—. ¡Virgen Santa María! ¡Usted Juez!

—No me diga que le parece mal.

—No, qué va, es que nunca había visto a ninguna Jueza, pero sabía que existían. Quién me iba a decir que la señorita Mariana acabaría de Jueza.

—Caray, mama, vaya una manera de decir las cosas.

—La verdad es que no me gusta nada eso de Jueza; me gusta más Juez, señora Juez, como me dicen en el Juzgado —señaló Mariana.

Felisa se golpeaba los muslos con las dos manos en ademán de sorpresa.

—Una Jueza —decía a media voz sin hacer caso del comentario de Mariana—. Una Jueza, la señorita Mariana.

La hija cambió con Mariana una sonrisa de comprensión.

—Pues ándese usted con cuidado, Felisa, no vaya a caer un día en mis manos —bromeó Mariana.

—Lo que tendría usted que hacer es mirar ahí dentro —la hija señaló la casa que se hallaba a sus espaldas con un movimiento de cabeza—, que ahí hay mucho que aclarar.

—¿Por qué lo dice usted? —preguntó Mariana, que nunca perdía onda.

—Yo sé lo que me digo —la hija pareció refugiarse en la enigmática afirmación anterior.

—Venga, hija, que tú no sabes nada de esta casa.

—Yo sé mucho —advirtió la hija—. Otra cosa es que lo diga.

—No se pueden dejar caer sospechas y escurrir el bulto —dijo Mariana—. Yo, sinceramente, le agradecería que se explicase, porque no sé si se refiere a asuntos del pasado o a cosas de ahora que afectan a Amelia y a sus hermanos y que me afectan como amiga de ellos —apenas dicho, se arrepintió de ponerse inconscientemente del lado de los Fombona; así no obtendría información.

—Pero si no es nada, son ganas de hablar —dijo Felisa, evidentemente molesta con su hija.

—Tiene algo que ver con el cadáver que encontraron, ¿verdad? —preguntó Mariana.

—Pues con eso no sé, señorita —empezó a decir Felisa—, porque para mí que es un aviso de un alma en pena y el hombre no se lo merecía.

—Mama, que eso no es así.

—Usted lo conoció.

—Muy poco. Ya le dije que era casi una niña y acababa de entrar en la casa cuando murió doña Hélène. Yo a quien he atendido más es a doña Elena y don Eugenio y a los niños.

—¿Y bien?

—Si no es nada. Yo no he dicho nunca nada de esto. Pero como usted es Jueza...

—Mama, ni que te estuvieran tomando declaración.

—Claro que no, Felisa. Si tiene algo que decirme me lo dice y, si no, tan amigas, no faltaba más.

—Es que mi madre no quiere mencionarlo —dijo por fin la hija.

—¿Se puede saber de qué está usted hablando?

—Pues del francés, de cuando vino el francés, justo al entrar yo en la casa —dijo Felisa por fin.

—¿El francés? —exclamó Mariana estupefacta—. ¿Qué francés?

Cena y baile

En la mesa que le tocó en suerte a Mariana no había una sola persona conocida, lo que le extrañó sobremanera, pues imaginaba que las habría dispuesto Amelia. Mientras se presentaba a los otros comensales, que ya habían ocupado sus sitios, apareció Joaquín Fombona a sus espaldas, la tomó por los hombros y le susurró al oído:

—Estoy a tu lado. He dado el cambiazo.

Mariana se dejó acomodar la silla mientras se preguntaba por qué razón estaba tan pesado y tan insistente Joaquín. Quizá había tomado nota de su aislamiento y hecho el cambio de tarjetas, pero no se sentía capaz de decidir en ese momento si prefería los desconocidos por descubrir al bribón descubierto; sea como fuere, quedó allí atrapada.

La cena transcurrió con la animación esperable. A su mesa se sentaban tres parejas insípidas aunque de muy buena posición económica, según se fue desprendiendo de sus conversaciones y de cierta clase de simpleza con que afrontaban algunos asuntos de cierto calado cuyo interés sobrepasaba lo meramente anecdótico. Se habló de las recientes elecciones del pasado mes de Marzo y de la mayoría conseguida en el Congreso de los Diputados por el Partido Popular. Uno de los comensales, un empresario de la vecina Ciudad Real, pero afincado en Madrid, mostraba tanto entusiasmo que Mariana llegó a pensar que la habían sentado a la mesa de unos nostálgicos del franquismo. Afortunadamente, la sensatez se impuso una vez que consiguió cambiar de conversación y a la altura del segundo plato descubrió que, con excepción del franquista, los demás respondían al modelo genérico de personas bien educadas.

Más tarde, apenas Joaquín dejó caer que Mariana era Juez, toda la mesa se interesó en su persona y hasta los postres no hubo manera de evitar que cada uno, en especial los hombres, expusieran sus teorías acerca de la situación de la Justicia en España. Mariana contestó amablemente a todas las preguntas sin que ninguna de ellas le provocara el menor interés, y así hubiera seguido hasta el final de no ser porque la tarta y los discursos irrumpieron oportunamente en escena. La inexistencia de micrófono hizo que las palabras se dispersaran sobre un auditorio aparentemente atento; las risas, que comenzaban en las mesas más cercanas a la presidencial, caían desde allí como fichas de dominó; y cuando las últimas mesas aún se hacían eco, las primeras recomenzaban subrayando las gracias del orador, que no era otro que el padre Vitores, esta vez dedicado a glosar con buen humor la satisfacción por el acontecimiento en lugar del adoctrinamiento que desarrolló en la celebración del sacramento.

Mariana seguía dando vueltas al encuentro con Meli en el dormitorio. Quizá fue inadecuado penetrar en él sin pedir permiso; la realidad era que había actuado como en los viejos tiempos, cuando venía a la finca y entraba y salía de sus cuartos sin precaución alguna. El paso de los años le había jugado una mala pasada a Mariana, pero, sobre todo, Meli acababa de decirle de manera implícita, y taxativa, que ella y su madre ya eran dos personas adultas que debían comportarse con la reserva conveniente a su condición aun dentro de la amistad y que Mariana ya no era la adolescente que sube y baja por toda la casa con el desparpajo propio de esa edad. Ésa era la interpretación más benévola que se le ocurría; también tenía otras. Aparte de esto, reconocía un acto quizá descortés en su paseo subrepticio por la casa, por lo de subrepticio, no por el paseo, mas no se arrepentía porque había reconocido al administrador y descubierto que el dormitorio encerraba un secreto; un secreto propiedad de todos y acaso escondido en la cómoda, aunque esto último ya pertenecía al territorio del fantaseo. Una cómoda que le estaba vedada. De cualquier modo, ya no volvería a presentarse la ocasión de entrar en la casa a solas. Entre Amelia y ella, Meli había levantado una barrera de trato. La pequeña pertenecía sin duda a la sección dura de la familia, es decir, a Elena Villacruz y, pensando en Elena, empezó a dar vueltas a otra idea que le venía rondando desde que llegó a Madrid: Mariana entendía bien que la nueva generación, es decir, los hijos de Elena, aceptasen con mayor o menor normalidad el compromiso de Amelia con un Ruz, pero ¿Elena? Le costaba creer que ella lo hubiese aceptado así, por las buenas. Hablando claro: a Elena tendrían que habérsela llevado los demonios viendo a un Ruz casado con su hija. Algo se le estaba escapando en la escenificación de esta boda.

—El baile es en la terraza.

—Hablando de baile —dijo Joaquín venciéndose hacia Mariana—, espero contar contigo para impresionar a todo el mundo.

—¿Y qué tal si nos limitamos a bailar?

—Ah, no, hay que hacer una verdadera exhibición.

—Joaquín, no seas pesado. Bailaré contigo y bailaré con quien me lo pida. Yo he venido aquí a divertirme, no a hacer exhibiciones. Además, como pareja de baile soy más bien normal.

—Antes no eras así.

—Antes tenía unos cuantos años menos.

—Seguro que estás en forma: no hay más que verte.

—Estoy en forma, pero muy lejos de los *teen*, qué quieres que te diga. Oye, por cierto, a ti te quería preguntar yo un par de cosas.

—Lo que tú quieras, *ma belle*.

Marcos apareció de pronto junto a ellos.

—Ya veo que mi hermano no te deja ni a sol ni a sombra —comentó con acidez.

—La culpa es tuya —respondió Mariana—, por no vigilar a los desaprensivos que se dedican a cambiar las tarjetas de sitio.

—Me he dado cuenta —dijo Marcos alejándose. En ese momento Mariana comprendió que quien tendría que haber estado sentado a su lado era Marcos. Así que el sinvergüenza de Joaquín se la había jugado a su hermano. Muy propio de él. Ésa sí era una jugarreta juvenil y no la suya subiendo al dormitorio en busca de una foto, pensó dolida. Evidentemente a unos se les permitía lo que a otros se negaba. Lo sintió por Marcos, aunque no añoraba su compañía. Por un instante se le ocurrió si no sería Joaquín el autor de la sustracción de la ropa.

Con el baile se disiparon sus dudas acerca de la fiesta. Si hasta entonces Mariana se había ido sintiendo extraña y paulatinamente postergada, ahora sucedía todo lo contrario; cambiando de pareja a menudo y siempre solicitada, empezó a pasarlo realmente bien. La fijeza de la permanencia en la mesa había dado paso al movimiento y la variedad, por lo que su idea inicial de buscar pronto algún coche dispuesto a devolverla al hotel se disipó también.

La orquestina, instalada en un extremo de la terraza, abordaba sin complejos todos los ritmos y la gente lo estaba pasando en grande. En el pabellón, en algunas de las mesas, de las que ya habían retirado el servicio, pequeños grupos de personas charlaban y se intercambiaban efusiones, y en el prado recién plantado otros paseaban lentamente con una copa en la mano. Marita Villacruz, sentada a una de las mesas, observaba el discurrir de la fiesta y cambiaba impresiones con las amigas de su edad que la rodeaban. De tanto en tanto, diversos invitados se acercaban a hablar brevemente con ella. Se mantenía perfectamente erguida en su silla y movía la cabeza de un lado a otro como un ave de presa en reposo, sin perder detalle.

Mariana estuvo tentada de acercarse ella también a charlar un poco, por cortesía, pero algo en su interior le dijo que era preferible no hacerlo. Se había desprendido de la pamela y estaba apoyada en la barandilla abierta al valle, tomándose unos minutos de descanso antes de reemprender el baile. La rosa blanca que le prendieron al escote estaba empezando a ajarse y decidió acercarse al baño para desprenderse de ella y reajustar el imperdible. El baño estaba en el interior de la casa, de manera que tenía que atravesar la carpa, recorrer el camino que bordeaba el jardín, sobrepasar la iglesia y entrar en la casa o, mejor, en el anexo de invitados.

Al cruzar la carpa tuvo que pasar ante la mesa de Marita.

—Felicidades, Marita, una boda maravillosa.

—¿Te vas ya, tan pronto? —preguntó Marita mientras sus amigas observaban a Mariana con curiosidad.

—No, sólo voy un momento a retocarme un poco.

—No te hace ninguna falta, pero si te empeñas... —la tomó de la mano y añadió—: Será mejor que utilices el anexo, lo hemos dispuesto por comodidad.

—Gracias. En seguida estoy de vuelta.

Marita vio alejarse a Mariana.

—Es Juez —comentó lacónicamente a sus amigas.

—¿Qué me dices? ¿Tan guapa? —exclamó una de ellas.

—Es un poco caballuna —dijo Marita—, pero resulta atractiva.

—Sí, no es una chica fina —comentó otra.

—Le falta un punto —corroboró una tercera.

Marita se volvió hacia ellas.

—Es de la edad de Amelia y Marcos; que, por cierto, no le ha quitado ojo de encima.

—¿De qué la conocéis?

—Era amiga de mis sobrinos menores en el colegio, especialmente de Amelia. Y creo recordar, vagamente, que salió con Joaquín una temporada; pero eso no quiere decir nada —resumió—, porque Joaquín ha salido con todas las amigas de Amelia.

—Menudo donjuán era ese tunante.

—Y lo sigue siendo, no creáis —corroboró Marita con tono resuelto mientras se volvía de nuevo para seguir la figura de Mariana perdiéndose por el camino del jardín—. Se ve que todavía se cree el héroe de las damas.

Las amigas rieron con complicidad.

En el tocador encontró a una de las señoras que la acompañaron en la mesa, hicieron unos comentarios convencionales y en seguida se quedó sola. Retiró la rosa blanca y se desabrochó la chaqueta; al hacerlo, su pecho apareció libremente en el espejo por unos segundos; se miró con gesto cómplice, retiró el imperdible y, con él entre los labios, tras ajustarse la falda por la cintura, volvió a abrocharse la chaqueta; después prendió el imperdible por dentro. Se atusó un poco el pelo, extrajo la polvera del pequeño bolso de mano para retocar levemente la nariz y las mejillas y lo guardó todo de nuevo. Tiró de la chaqueta hacia abajo, se acomodó las hombreras y las solapas, comprobó el estado de sus zapatos alzando graciosamente cada una de las piernas desde la rodilla, como si iniciara un paso de charlestón; luego se contempló de perfil, de frente y otra vez de perfil, recogió el bolso de la encimera y abandonó el tocador.

Al salir afuera se quedó mirando la entrada de la casa, iluminada en mitad de la noche. También la casa estaba iluminada, todas las ventanas encendidas, lo que le daba un aire muy abierto y acogedor y, en cierto modo, parecía incorporarse a la fiesta. Justo delante de la puerta estaban charlando, entrando y saliendo, presumiblemente de la cocina, los chóferes de algunos invitados. Todos sin excepción la miraron de arriba abajo mientras pasaba ante ellos, y Mariana comprendió que su presencia en el exterior no era casual sino que se entretenían en evaluar a las mujeres que iban y venían de la carpa al anexo y del anexo a la carpa. Afortunadamente su posición les obligaba a limitarse a mirar, porque de lo contrario el camino a la *toilette* habría sido una aventura.

Mariana pasó por delante del improvisado jurado y llegó a la altura de la iglesia sabiendo que todas las miradas estaban fijas en ella, lo que ni podía ni quería evitar. Incluso caminó más lentamente y de manera más insinuante, recreándose en la exhibición; le encantaba permitirse estas travesuras. Al fin giró por el camino que bordeaba el jardín y se dirigió de nuevo a la carpa; entonces vio frente a ella a Joaquín Fombona, que la observaba acercarse con todo descaro.

—No tienes precio como mujer ni como Juez —le dijo cuando ella llegó a su altura. Mariana hizo un movimiento de esquiva para evitar que la abrazara y avanzaron juntos—. Los has debido de poner a mil —comentó tomándola del brazo y señalando significativamente con la cabeza hacia la puerta de la casa, donde los chóferes dejaban correr el tiempo.

—Me haces daño —protestó Mariana desasiéndose de él—. ¿A quiénes? —preguntó cuando aflojó su mano.

—A los albañiles, naturalmente.

—Ya quisieras tú pasar por delante de una obra de albañiles femeninos y que te hicieran la mitad del caso que me hacen a mí.

Pasaron de nuevo junto a Marita y sus amigas, que los recibieron como un coro de periquitos y que, evidentemente, apenas se sintieran a la distancia que manda el decoro, empezarían a diseccionarlos, especialmente a ella, con la pericia de un experto forense.

La orquestina, poseída de un repentino frenesí, atacaba ahora fulgurantes ritmos latinos y Mariana lo agradeció. Estaba segura de que Joaquín preferiría boleros, música íntima, melodías románticas, en fin, modos de aproximación tradicionales; pero lo cierto es que él podía con todo y ambos entraron como divos en la pista al compás de un vibrante merengue.

—Vamos a enseñar a estos aficionados cómo se baila —dijo Joaquín abriéndose paso hasta el centro mismo del remolino de cuerpos que se agitaban en todas direcciones. Pronto se hicieron un hueco y consiguieron que muchas miradas convergiesen en ellos. Bailaban realmente bien.

—Mi hermano es imparable —comentó Amelia, que se había sentado en la barandilla con Rodolfo. Lo cierto es que estaba incómoda. Meli le había contado el incidente del dormitorio y no le gustó, pero su fastidio provenía sobre todo del protagonismo de Mariana. Rodolfo, al ver su gesto de disgusto, la cogió de la mano y tiró de ella.

—¡Cambio de parejas! —anunció alegremente.

Animados por la exhibición de Mariana y Joaquín, algunas otras parejas que se habían retraído ante el ritmo tropical volvieron a la carga y la terraza se puso de bote en bote. Rodolfo llevó a Amelia hasta su hermano y se quedó con Mariana.

—Parece que a tu pareja le gusta lucirse —dijo Amelia abrazándose a Joaquín.

—Y a ti, que no te gusta nada el asunto —agregó Joaquín, que conocía bien a su hermana.

Rodolfo resultó ser un buen bailarín, menos suelto que Joaquín, menos bregado, pero buen bailarín.

—¿No te sientes muy mayor? —le dijo ella con malicia.

—No tengo la suerte de ser tan joven como tú —contestó con ironía—, pero me defiendo. Amelia es la que parece haber rejuvenecido diez años.

—Qué bien, qué amable. Espero que seas siempre así con ella.

Mariana percibió la confusión que se producía en la mente de Rodolfo y esperó. La respuesta se dilató unos segundos.

—Eres terrible.

En tan breve lapso de tiempo, Mariana volvió a preguntarse por el matrimonio de Rodolfo y Amelia. Hasta ahora lo había aceptado con absoluta naturalidad, pero de pronto le pareció una rareza y se preguntó si verdaderamente hacían buena pareja. A Amelia, Rodolfo nunca le llamó la atención en la época universitaria, al menos Mariana no lo recordaba, y sin embargo, ahora, parecía haberlo descubierto y caído en sus brazos tan enamorada como para no retrasar la boda. ¿Buscaría en él alguna forma de protección, además de amor? Pero era extraño de todos modos; aunque menos extraño que la aceptación de un Ruz como yerno por parte de Elena.

—Parece que has dejado muerta de amor a Amelia —le comentó de pronto.

Rodolfo sonrió. La luz marcaba sus rasgos con dureza, en especial las marcas de acné, lo que le daba a su aspecto un punto canalla muy interesante. Mariana lo tomó del brazo para hacer un aparte con él.

—Tengo que hablar contigo —un ataque repentino de intuición la había decidido—. Tenemos que hablar acerca de tu abuelo... —titubeó—, y también de tu suegra, es decir, de la que fue tu suegra.

—¿Otra vez con lo mismo? —contestó Rodolfo, visiblemente sorprendido—. Te recuerdo que estamos en mi boda, y no paras de hablar de un asunto más bien inoportuno.

—Ya te lo explicaré. En cuanto vuelvas de tu viaje de bodas quiero hablar contigo, ¿me lo prometes?

—Prometido. Sí. Pero ¿de qué quieres hablarme en particular? —en su tono de voz, en su manera de decir, ella advirtió una mezcla de incomodidad y desconfianza.

—Ya te lo explicaré en su momento, insisto, hay algo que me suena muy raro en la muerte de Elena —a través del brazo que ella apretaba con su mano advirtió el sobresalto de Rodolfo.

—Qué tontería. ¿Es que sospechas algo? Me dejas preocupado. Éste no es el momento, desde luego, pero me gustaría saber qué es lo que piensas sobre la muerte de mi pobre suegra. Fue un fallo cardíaco, ¿qué hay de raro en eso? Yo estaba con Amelia cuando lo descubrimos y no había nada que hacer. No entiendo... —la miraba con gesto de reproche, como si tratase de protestar por lo que ella aventuraba—. ¿Por qué me lo dices a mí? No me gusta esa insistencia, espero que lo comprendas. Estamos en mi boda, no en una investigación. Es... Te estás poniendo francamente pesada, la verdad. Es más, Amelia está enfadada contigo y no me extraña.

—Perdona, creo que no es éste el momento ni el comentario adecuado. En realidad, me dejo llevar a menudo por mi fantasía. A mí me divierte, pero a los demás les puede sonar raro —«¡Ajá!», se dijo al tiempo, «¿así que Amelia está molesta conmigo?».

—Y tan raro —dijo Rodolfo por todo comentario. Su preocupación era evidente. Mariana pensó que se estaba excediendo.

—Pues las rarezas, al olvido —dijo Mariana con su mejor sonrisa.

En ese momento, lo reclamaron y tuvieron que separarse. Mariana no dejó de advertir el mínimo ademán de indecisión con que respondió a la llamada; evidentemente, había conseguido descolocarle, pero pensó que su espontaneidad le iba a causar más desasosiego que otra cosa y se arrepintió de su arrebato. De regreso a los brazos de Amelia otra vez, aún advirtió que volvía la cabeza hacia ella, con gesto de inquietud. O de extrañeza. O dudoso. Definitivamente, no era el comentario más adecuado ante una noche de bodas.

La fiesta se encontraba en su apogeo y Mariana había olvidado la idea de volver temprano al hotel. En cuanto se separó de Rodolfo, estuvo bailando con otros y uno de ellos aprovechó un momento de descanso para preguntarle si, como le habían contado, era verdaderamente una Juez. Mariana empezó a pensar que su oficio le daba un plus de glamour o de morbo o de ambas cosas del que comprendió que no se iba a desprender en toda la noche. La verdad era que nunca hasta entonces se le había ocurrido pensar que el hecho de ser Juez resultara tan arrebatador. Se lo comentó bromeando a López Mansur mientras aprovechaba un descanso para tomar una copa.

—En mi modesta opinión —contestó Mansur—, pesa más tu condición femenina.

—Pesan las dos juntas, mujer y Juez. La condición femenina tampoco te creas que funciona sola en mi caso; no tienes más que ver a esos guayabos que están ahí moviendo el esqueleto sin parar. Y —añadió, deteniendo con una mano el comentario que iba a salir de los labios de su interlocutor— no me vayas a piropear ahora con lo de la fascinación de las mujeres maduras y todo ese rollo porque no cuela.

—Pero reconoce que a los machos del rebaño los has traído de cabeza.

—De eso nada. Yo soy una rareza para ellos, que es lo que les hace gracia.

—Algo más que rareza. En fin, sin ánimo de halagar, quede claro que el mito de la mujer madura, ¿lo he dicho con la suficiente discreción?, ¿he conseguido rodear el piropo sin perderlo de vista?, es algo que fascina a los jóvenes leones. Y Meli se ha traído a alguno.

—Tengo entendido que de pequeño eras poeta.

—De joven rebelde, para ser más exactos.

—Bien. Lo que yo llamo de pequeño.

—Sea como sea, queda ya muy atrás.

—Dicen que el que tuvo, retuvo, así que, por lo menos, te expresas con propiedad. Se nota.

—Pura experiencia literaria.

—Yo prefiero la novela, la creación de mundos, la extensión de un relato.

—Quizá instruir un sumario es algo parecido. Una historia.

—Bueno. Stendhal decía que debía su escritura al Código Civil francés.

—Ya. No hablo de precisión sino de contar una historia.

Mariana reflexionó.

—Pues sí, todo juicio contiene una historia. Pero en este caso el Juez se parece más a un fedatario que a un novelista. Nosotros trabajamos con la realidad, no con la apariencia de realidad.

—Lo propio del novelista es la representación de la realidad, usar la realidad para hablar de otra cosa, como quien dice.

—¿Te parece? Yo soy decimonónica, no sé si te lo he dicho. Virginia Woolf, por ejemplo, me gusta, pero me parece demasiado moderna.

—¿Qué tal si le damos al champán mientras seguimos hablando? Así te quito de encima un rato a ese moscón de Joaquín.

—Por mí, encantada. No tengo que conducir... En cuanto a Joaquín, primero: está más bien pelmazo, es verdad; segundo: yo me lo sé quitar de encima sola si llega el caso.

—Mensaje recibido.

—Pero no te enfades ni pongas cara de reprendido.

—¿Enfadarme? ¿A tu lado? Por favor...

López Mansur la llevó del brazo hasta el prado y allí se instalaron en un par de sillas de jardín que recogieron por el camino. Al retirarse, se cruzó de nuevo con Rodolfo, que junto a Amelia charlaba con otra pareja, y no se le escapó el gesto inquisitivo con que la seguía con la mirada. Un camarero apareció en pos de Mansur con dos copas de champán. La noche estaba sobre ellos, con el pabellón y la terraza iluminados a sus espaldas, de manera que podían ver el cielo, de un azul marino intenso, cuajado de estrellas. Otras personas se sentaban o paseaban también por el prado, apenas reconocibles en la semioscuridad. Al fondo se habían dispuesto unos focos bajo una gran encina que la iluminaban de abajo arriba, creando una ilusión de lejanía y profundidad en mitad de la noche. El ruido y la música debían de estar oyéndose por todo el valle.

De pronto, Mansur se inclinó hacia Mariana y le habló al oído:

—Ese que nos ronda, ¿no es el hermano gemelo de Amelia?

Mariana alzó la cabeza, reconoció a Marcos y lo saludó con la mano.

—Para estar dedicado a algo noble como es el vino, ya podía ser algo más alegre —comentó a media voz, para sí misma, Mariana.

López Mansur la oyó y sonrió.

—Me parece que quiere decirte algo. Voy por otras dos copas —dijo, y se levantó sin esperar respuesta. Mariana lo siguió con la mirada y luego se volvió a Marcos. Al ser visto, éste se acercó como empujado por un resorte.

—¿Qué tal, Marquitos? Por fin te dejas ver.

—No es verdad —puntualizó él—. Ayer nos vimos, por la mañana, cuando te acercaste con Joaquín hasta aquí.

—Tienes razón, pero te fuiste en seguida.

—Vamos a empezar la vendimia y tengo mucho jaleo —lo dijo como una excusa, como escondiendo la respuesta.

—Ya lo sé; he dejado el coche en el hotel en tu honor.

Marcos encogió el cuello entre los hombros.

—No sé cómo tomarlo —dudó y calló y luego añadió—: Gracias.

—Te incomoda mucho esta boda, ¿no es verdad?

Marcos se removió inquieto delante de ella, con las manos en los bolsillos.

—Anda, siéntate.

Marcos se acercó a la silla pareja a la de Mariana, titubeó, se alzó el faldón del chaqué y tomó asiento con un movimiento brusco.

—No me incomoda; me parece bien —dijo—. Es sólo que la fecha es tan inoportuna...

—Marcos —dijo Mariana inclinándose hacia él—, tú estabas aquí el día que se descubrió el cadáver de vuestro viejo administrador, ¿no es cierto?

Marcos se aferró al asiento de la silla.

—Claro. ¿Por qué?

—¿Qué sentiste?

—¿Yo? —estaba asombrado, sin duda no era ésa, exactamente, la pregunta que esperaba—. No sé. No sé qué decirte. Una sorpresa, ¿no?

—Pero luego supisteis a quién pertenecía el esqueleto.

—Más tarde —respondió él—. La Guardia Civil...

—Y dime: ¿tienes alguna idea de por qué fue a parar allí? —sintió sus ojos prendidos de su escote e, instintivamente, se llevó la mano al pecho; Marcos retiró la mirada, turbado.

—No es algo de lo que me guste hablar. Me parece terrible. Yo no sé mucho de esa historia ni quiero saber.

Mariana, al no observar síntoma serio de rechazo por parte del otro, se animó a seguir preguntando.

—Tengo la sensación de que nadie en esta casa quiere oír hablar del asunto, que han echado el cerrojo. Hasta a Amelia la encuentro rara.

—No les preguntes a ellos.

—¿Quieres decir que a ti, sí? —aventuró Mariana.

—Pero es que yo no puedo decirte nada que no sepas ya. Estoy fuera de esto, ¿sabes? Estoy fuera de esa historia. No quiero que se hable de ella.

—¿Y la boda aquí?

—Eso es cosa de mi hermana. Un disparate. Si no quiere que se hable del asunto, ¿para qué organizarla aquí? Hay mucha gente que nos conoce desde siempre.

—A lo mejor es por eso; para acallar rumores —precisó Mariana.

—Será —Marcos ya no estaba rígido—. Ella sabrá lo que hace. Yo lo que estoy deseando es que se vayan y me dejen trabajar.

—No te gusta que te invadan, ¿eh?

—No —contestó rotundo; luego, al percatarse de esa rotundidad, añadió—: Pero tú puedes venir cuando quieras. Tú me avisas y yo te atiendo encantado.

—Por los viejos tiempos —dijo Mariana. Una sombra cruzó los ojos de Marcos, un reflejo instantáneo que se desvaneció como vino. A pesar de la semioscuridad del prado, a ella no le pasó inadvertido. Por un momento acudió a su mente la memoria de aquellos años jóvenes en los que Marcos y otros chicos la rondaban sin atreverse ninguno de ellos a dar un paso más allá, probablemente impresionados por el dominio que Joaquín ejercía sobre ella y sobre ellos, el casanova de éxito.

—Por los viejos tiempos —repitió a media voz Marcos.

—Una pregunta, por curiosidad —empezó a decir Mariana—. ¿Se sabe exactamente de qué murió tu abuela?

—¿Mi abuela? —su asombro parecía sincero—. No sé; creo que fue un colapso, un ataque al corazón.

—¿Estaba mal del corazón?

—Eso dicen.

—¿Y tu madre?

—¿Mi madre? También estaba mal del corazón.

—Qué raro, ¿no?

—¿Raro? ¿El qué?

—Que las dos murieran del mismo modo.

Marcos se sobresaltó.

—¿A qué viene ese interés? —acertó a decir, evidentemente nervioso.

—Viene al deseo de comprender por qué alguien enterró al administrador Ruz en la finca de su amada Hélène y a lo repentino de la muerte de tu madre. ¿O es que te parecen cosas sin importancia?

—Eso es el destino, nunca sabremos —de pronto empezó a hablar muy deprisa—. ¿Qué más da? ¿Qué tiene de particular la muerte de mi madre? No sé por qué haces estas preguntas. Oye, me gustaría que habláramos de otra cosa. Hace tiempo que no nos vemos... Me siento como si me estuvieras interrogando.

—La Juez, vaya por Dios —protestó ella burlonamente.

—No, no he querido decir eso, es...

—Ya lo sé, hombre, era una broma.

—Si me dejas explicarte...

—No. No te dejo. No hay caso, así que no te dejo. A lo mejor soy yo la que se está poniendo pesada, que es lo que me suele ocurrir cuando aumento la dosis de champán.

—Es que yo..., sobre la familia... Yo... —Marcos titubeaba sin acertar a explicarse. Mariana le acarició cariñosamente el rostro para tranquilizarlo. En ese momento regresó López Mansur acompañado de su mujer, Cari, con unas copas.

—Oh, perdona, Marcos, no traje bebida para ti.

—No importa. No estaba yo antes aquí. Perdón —se puso en pie, ofreciendo su asiento a Cari—. Creo que voy a seguir dando una vuelta por ahí.

—¿Por qué? —dijo Mariana, que ocultaba alguna intención—. Espera un momento —tomó la copa de champán de la mano de Mansur, la medió de un trago largo, se la devolvió y continuó diciendo—: Justo lo que necesitaba. Y ahora, Marcos, tú y yo nos vamos a bailar, que ya iba siendo hora de arrimarnos un poco, ¿no te parece? —concluyó dirigiéndose a él con desenvoltura. Éste, cogido de improviso, se dejó llevar de la mano hacia la terraza, entre sorprendido y complacido. Mariana, nada más ponerse en marcha, se preguntó si la invitación al baile era una buena idea, pero, aparte de que el retroceso era ya imposible y que lo asumía como tantas otras de sus imprevisiones, le había parecido advertir que Marcos, como el resto de la familia, ocultaba algo, sólo que él quizá estaba lo suficientemente a punto como para poder sacarle alguna información. Notaba algo extraño en él, como un fondo de vergüenza o algo así, miedo quizá, miedo a ser atrapado, miedo a que alguna clase de reprobación se transparentase en sus actitudes, miedo a quedar al descubierto. ¿De qué?

—Vaya manera de beber... y de ligar —comentó Cari ligeramente escandalizada.

—Tiene todo el encanto del mundo —sentenció Mansur—, y se lo puede permitir.

—Tampoco es que sea una belleza.

—No, querida. Es mucho más que eso: es tremendamente atractiva.

—Pero, bueno, será posible... —dijo Cari simulando una rabotada.

La orquestina se puso romántica y Mariana sintió un vacío en el cuerpo que le indicó que ahí se acababa la fiesta. También se encontró incómoda bailando aquella pieza con Marcos tal como él la ceñía y al retirar su rostro, como primera medida para apartarlo, vio en sus ojos una suerte de deseo indeciso que la alarmó. El fondo de esa mirada la retrotraía mucho tiempo atrás y la sensación de que el Marcos de la juventud asomaba añosamente en este hombre maduro le produjo temor, un temor que se fue haciendo tan insoportable como el progresivo descubrimiento de una deformidad. Al terminar la pieza, Mariana inventó una excusa para abandonar la pista de baile y se alejó en seguida dejando a su pareja en estado de perplejidad. Buscó a los Mansur con la esperanza de conseguir que la acercaran al hotel o, simplemente, de refugiarse en ellos, pero no los encontró. Todas las caras conocidas habían desaparecido y, en cambio, le pareció que varias personas la observaban disimuladamente. Entonces se sentó en una de las sillas que estaban dispersas por el prado tratando de reflexionar. No creía haber bebido tanto como para llamar la atención y tampoco era tarde; en realidad era la una de la madrugada y aunque la ceremonia había empezado a las siete y eran muchas las horas que llevaba allí, no justificaban su cansancio, o malestar, o lo que fuera aquello que le había aflojado las piernas. Poco a poco, sin embargo, esa especie de vacío inicial empezó a remitir.

Por un instante se avergonzó de que alguien pudiera pensar que estaba bebida. No lo estaba y lo sabía perfectamente, pero su imagen en ese momento no la ayudaba. Al volver la vista atrás, hacia el pabellón, le pareció ver a Marcos mirándola, pero al encontrarse con sus ojos, éste se dio media vuelta y desapareció. La fiesta seguía viva y animada, pese a lo cual ahora la percibía a través de un plano aislante y transparente que se interpusiera entre el bullicio y ella. Se había despegado por completo del entorno y esta sensación era extraña y antinatural y la sumía en el desconcierto. ¿Qué podía hacer? Comprendió que no le quedaba otra salida que buscar un medio de transporte para llegar al hotel. Se puso en pie y buscó a Amelia con la mirada, ¿para qué?, pero no estaba. Tampoco Joaquín, ni Alfredo, los Fombona habían desaparecido. Entonces recordó a los chóferes. Debían de estar allí, a la puerta de la casa, haciendo tiempo. Pensó que cualquiera de ellos podría acercarla al hotel en un momento y regresar en seguida, sólo eran diez kilómetros de ida y diez de vuelta.

Le resultaba violento abandonar la finca sin despedirse de los Fombona, al menos de Amelia y de su tía, mas no las encontró. Aunque le parecía absurdo, pensó si no estarían escenificando así su rechazo, pero ¿por qué?, ¿para qué? Decididamente, estaba teniendo un final de noche de lo más extraño. Entonces, mientras caminaba hacia la casa por el sendero que bordeaba el jardín, se le ocurrió que quizá estaban reunidos allí dentro.

Llegó a la puerta iluminada. Donde antes estuvieran los chóferes, ahora no había nadie. Sorprendida y cautelosa, atravesó el umbral. No se oía nada, salvo un rumor lejano de voces, y pensó que había gente más allá de la cocina, las criadas y los camareros y quizá los chóferes. Dudó si adentrarse en su busca o internarse en la zona de habitaciones que quedaban a su izquierda y que se utilizaban como dormitorios. Había una luz al fondo. Las luces de la escalera estaban apagadas y le pareció que también lo estaban las habitaciones superiores: ahora recordaba que, al acercarse, debió de advertir de manera inconsciente que la fachada estaba a oscuras; lo recordó porque la puerta de entrada le pareció dotada, al aproximarse a ella, de una solitaria y absorbente luminosidad enmarcada. Mariana se hallaba indecisa en el zaguán y su indecisión la empujó hacia la zona de los dormitorios de la planta baja.

La luz de la luna entraba desde el exterior y el aspecto fantasmal de las habitaciones, paradójicamente, la tranquilizó. En realidad su intención era la de dejarse caer unos momentos en la primera cama que encontrase y relajarse antes de emprender la búsqueda de los chóferes, si es que quedaba alguno en la casa. El rumor de la zona de la cocina aumentaba, así que quizá el servicio estuviera presto a entrar en acción, dispuesto a sacar otra vez bandejas con bebidas y dulces. Prefirió no encender la luz para evitar que la molestasen, se descalzó y avanzó hacia el segundo dormitorio, el más grande, y se tendió en la cama. Éste tenía que ser el cuarto de Marcos, pero hizo caso omiso. Estaba realmente cansada.

El francés. La palabra vino a su mente apenas apoyó la cabeza en la almohada. Felisa había hablado del francés. Alguien que, evidentemente, no podía ser un Giraud, si es que los recuerdos de Felisa eran fiables; aquel francés se había personado en la finca estando en ella Hélène aún viva y, es de suponer, su marido el administrador. Y por alguna razón este hecho llamó la atención de la jovencita recién ingresada al servicio de la casa. ¿Quién sería ese francés? El único francés de quien Mariana había oído hablar en tiempos a Amelia era el famoso amante de su abuela, al que su abuelo, Cirilo Villacruz, había atravesado con su propia espada. Si el relato de Amelia era verídico, el hombre murió a consecuencia de la herida y por tanto había que descartarlo. Pero entonces ¿quién? ¿Y por qué llamó la atención de Felisa? ¿Es que acaso tenía algo que ver con la muerte de Hélène? Hasta la propia Amelia, al parecer, ignoraba su existencia. La ignoraba... o la ocultaba. Sí, eso debía de ser. Los Fombona, o aquellos que supieran de su existencia, lo ocultaban. Tenía que ser un acuerdo tácito para que sólo ahora, por una casual conversación con Felisa, el dichoso francés hubiera aparecido en la escena, esa escena que a Mariana le resultaba incompleta, ese escenario que ahogaba la propia existencia del administrador Ruz.

La luz de la luna entraba por la ventana y bañaba la oscuridad del dormitorio con una luminosidad envolvente y relajante. Pensó en su habitación del hotel, en la luz de la luna entrando por su balcón, y le apeteció sobre todas las cosas regresar allá. A pesar de todo se encontraba en una casa que, si no hostil, se había vuelto extraña, y deseó hallarse ya donde quería estar. Pero aún tenía que empeñarse y salir en busca de un medio de transporte. Alzó la cabeza, como si fuera a medir el esfuerzo que necesitaba, y al hacerlo reparó en una cinta blanca que, a la luz de la luna, se destacaba en la penumbra, colgando de una silla de brazos medio escondida en la esquina opuesta. Saltó de la cama, se calzó, se ajustó el vestido, recuperó la pamela y, al disponerse a abandonar la habitación, de nuevo volvió a poner la vista sobre la cinta blanca que asomaba, ahora reparó en eso, por debajo de un montón de ropa apilado en el asiento de la silla. Una inexplicable curiosidad la llevó hasta ella, o quizá fue el efecto de descuido que ofrecía, y cuando se inclinó para recogerlo, por un prurito de orden de simetría, tuvo una corazonada, tiró de ella y de inmediato sintió un golpe dentro del pecho y tuvo que agarrarse a la cómoda para no caer.

Era su sujetador desaparecido. Y bajo el montón de ropa, hechas un rebuño, encontró las braguitas. En el dormitorio de Marcos Fombona.

Recogió ambas prendas, las arrugó en la mano y las escondió en su pequeño bolso. Afortunadamente carecían de cualquier rigidez, pues el encaje era muy flexible, y pudo guardarlas sin dificultad en él. Sintió que una palidez semejante a la luz de la luna que venía de fuera cubría su rostro, pero no se miró en el espejo que colgaba sobre la cómoda porque no quería ver la expresión de su cara.

Su mente era un cruce de ideas y sensaciones imposibles de deslindar. Salió del cuarto en silencio, sumida en un estado de estupor que, sin embargo, dejó pasar la imagen de la pamela y la hizo regresar por ella, caída a los pies de la cama donde había estado tendida por unos minutos. En ese momento se encendió la luz de la habitación. Mariana no se volvió de inmediato. Acostumbrada a dominar sus nervios, dejó correr unos instantes, apretó los dientes y se fue dando la vuelta poco a poco, exigiéndose calma. Alfredo Fombona estaba frente a ella, bajo el dintel de la puerta.

—¿Qué haces tú aquí? —preguntó con dureza.

—Me había echado un momento para descansar antes de volver al hotel.

—No sé si tu actitud me parece muy edificante —continuó él.

—No sé si me importa una mierda la tuya —respondió Mariana en un tono de voz entre desafiante e indignado. Alfredo dio un respingo.

—Yo me refiero a tu comportamiento en la fiesta —dijo, tenso.

—Déjala, Alfredo. Yo creo que ha bebido un poco —la voz de María Teresa, la mujer de Alfredo, surgió por detrás de él. Su intervención tuvo la virtud de devolver la calma a Mariana, que estaba a punto de estallar.

—Yo que vosotros —empezó a decir— me ocuparía de la gente que sigue bebiendo ahí afuera. En cuanto a mí, me encuentro estupendamente y estoy buscando quien me devuelva al hotel, porque dejé allí mi coche por consideración a tu hermano pequeño y sus viñas polvorientas.

—Qué diferencia entre la gente de ciudad y la del campo —la voz era ahora de Marcos, cargada de suficiencia—. No te burles de lo que desconoces, que parece mentira oír eso en boca de una Jueza.

—Haz el favor de dirigirte a mí en otro tono —respondió Mariana enfrentándose a Marcos— o te suelto un tortazo que te enteras —sus palabras percutieron como si las hubiera amartillado. Marcos dio un paso atrás instintivamente, la midió con la mirada, apretó los dientes, soltó un bufido, dio media vuelta y salió andando a paso furioso—. Así se te agríe el vino, cabrón —murmuró al verlo alejarse—. Y tú —dijo alzando la voz al dirigirse a Alfredo, que la miraba entre estupefacto y congestionado mientras su esposa tiraba de él—, a ver si puedes decirle a alguno de los chóferes que me acerque al hotel y así dejo de dar la lata. Y el espectáculo —añadió dirigiéndose a María Teresa con toda intención.

Extendida en la bañera llena de agua, con los brazos apoyados a lo largo del borde, el pelo recogido en un moño improvisado y libre de todo maquillaje, Mariana contemplaba el conjunto de ropa interior de encaje blanco que colgaba tendido en el toallero en perfecto estado de inmovilidad. Al cabo de un rato, echó la cabeza atrás apoyándola en el cabecero de la tina y cerró los ojos.

Pensó que lo último que le faltaba ya con la familia Fombona era la escena que acababa de vivir antes de abandonar la casa, una casa en la que no volvería a entrar en su vida, afortunadamente. Pensó en Meli, convencida de que, a partir de que ésta la hallara en su dormitorio, había mostrado con ella una actitud implícitamente recriminatoria. Pensó en su ropa robada y sintió una mezcla tal de ira y desprecio centelleando en su mente que la efusión estuvo a punto de violentarla y sacarla de su estado de quietud. Pensó en su propio cuerpo, lo recuperó por la cabeza y regresó a la beatitud física del agua caliente.

No sólo era el cansancio sino también las emociones y la ansiedad lo que se iba poco a poco apretando contra la piel por dentro para descargarse a través de ella hacia fuera, diluyendo esas emociones como en un proceso de ósmosis y sustituyéndolas por el dulce contacto de la cálida caricia del agua. Sin mover un músculo, tan sólo acompasada por el ritmo de su respiración, iba poco a poco sintiendo el cuerpo como algo progresivamente grato y ligero, casi grávido.

A un lado, en la banqueta que estaba arrimada a la tina, reposaba un reproductor de música conectado a unos auriculares por el que estaba escuchando los lieder de la colección *Amor de poeta* de Schumann en la voz de Fischer-Dieskau acompañado por Eschenbach. Era una de sus piezas favoritas. Mariana acostumbraba a llevar cintas en el coche siempre que salía de viaje, pero también viajaba con su reproductor portálil de CDs para los tiempos muertos en el alojamiento donde se encontrara, como esta noche en el hotel. La sensación de paz que su cuerpo absorbía morosamente del agua de la bañera se fundía en su cabeza con el singular espíritu romántico del lied de Schumann, la admirable relevancia y complejidad de su piano, y la lírica de Heine.

En el maravilloso mes de Mayo,
cuando estallan todos los brotes,
entonces es cuando el amor
llega a mi corazón.

Esta manera de dejar correr aquel tiempo, ahora en la madrugada, desde este otro tiempo, el de sus emociones y su presencia física, le producía un noble sentimiento de felicidad.

Era un aprendizaje producto de la soledad, una de esas formas estimulantes que una persona ensaya en busca del estado de gracia que ha de aprender a invocar en la dificultad o en el desánimo, en la tribulación y en la necesidad, para llegar a apropiarse de ellas y guardarlas en su experiencia y en su memoria como una parte de sí misma, un reducto de vida, un jardín secreto, una verdadera fortaleza inexpugnable.

En el maravilloso mes de Mayo,
cuando todos los pájaros cantan,
entonces es cuando siento despertar
todas mis fibras y anhelos.

De pronto escuchó voces procedentes del exterior, quizá algunos invitados que regresaban al hotel. Su habitación daba al jardín delantero. Pensó que cualquiera podía entrar de un salto por su balcón, quizá quien la estuvo observando aquella misma tarde cuando se encontraba en el campo de golf, pero no hizo el menor movimiento para salir de la bañera a cerrarlo. Era tan grande su pereza que asumió la posibilidad de que alguien penetrase en la habitación, apareciese en la puerta del baño y se arrojara sobre ella y se quedó esperando, esperando tranquilamente.

Bien —se dijo Mariana paseando por su habitación—, ha llegado el momento de empezar a decir las cosas en voz alta. Punto primero: no creo en las coincidencias. Punto segundo: aunque tanto madre como hija padecieron del corazón, no deja de ser coincidente el hecho de que ambas hayan muerto de la misma manera. Suponiendo que la muerte de Hélène se produjo, como creo que se produjo, por efecto de una impresión tremenda y no por la mano del administrador, es decir —matizó—, una terrible impresión no provocada por el administrador sino que quizá tuviera que ver con la visita del misterioso francés —aquí tomó aire antes de continuar—, doy por accidental esa muerte. En cambio la de Elena me parece más sospechosa. Si yo fuera detective trataría de averiguar por todos los medios la razón por la cual Elena Villacruz convoca a sus hijos un lunes en su casa en Madrid. ¿Algo relacionado con el testamento? Es probable. ¿Trataba de cambiarlo? ¿De alterar el reparto inicial? De los cuatro hermanos, tres de ellos estaban en dificultades: Alfredo, por uso irregular del dinero familiar; Joaquín, cargado de deudas, como de costumbre; Marcos acababa de hipotecar parte de la finca para construir el pabellón. Amelia es la única que no parece tener problemas económicos acuciantes. Por lo tanto —continuó deduciendo—, si se trata del testamento, sería para modificarlo a posteriori de la reunión. Y la pregunta es: ¿tenía su muerte alguna relación con esa reunión que no se llevó a cabo? ¿Quién quería evitarla y por qué? ¿Quién sabía cuál iba a ser su contenido y cómo lo supo? Quien lo supiera sería el hipotético asesino. Pero ¿por qué tenía que ser un asesinato? Por su indestructible fe en la intuición femenina, nada más. Bien, prosigamos.

El tercer punto —siguió hablando en voz alta— se refiere a la muerte propiamente dicha. ¿Cómo la mataron? Desgraciadamente no se hizo autopsia, pero reconozcamos que no es tan complicado hacer fallar un corazón enfermo sin dejar huella. Cloruro sódico, por ejemplo. Quizá una exhumación aclarase algo, aunque habían transcurrido más de dos meses, pero la exhumación sólo podría llevarse a cabo a partir de una solicitud de sus deudos y eso era imposible. ¿A cuál de ellos podría intentar convencer, teniendo en cuenta sus relaciones, o sus no-relaciones, actuales? A Meli quizá, aunque sería tarea ardua porque también estaba hecha un cardo borriquero con ella tras la escena del dormitorio y su olfato le decía que con seguridad iba a reaccionar como lo hubiese hecho su abuela o la tía Marita, es decir, cerrándose en banda. En todo caso, era una familia acostumbrada a lavar los trapos sucios en casa. El asesino, pues, se hallaba perfectamente a cubierto. El siguiente punto, ¿el cuarto ya?, se refiere al móvil. Todos salen beneficiados con la muerte, luego el crimen, si se trata de un crimen, tendría como fin impedir una modificación del testamento. O quizá no; o quizá el hipotético asesino disponía de una información privilegiada que le obligaba a proceder sin demora. Se trataba, pues, de obtener ventajas o de no perderlas. La necesidad de dinero de los tres varones podría tener que ver con ello, sin duda alguna. El quinto punto sería saber cómo entró el asesino en la casa. No se había forzado la puerta, según contó Amelia, y ésta estaba cerrada cuando ella entró. Por lo tanto, el asesino disponía de una llave, lo cual cierra el círculo de sospechosos; lo malo es que todos tenían llave de la casa de Elena como medida de precaución, incluido Marcos. ¿La tendría también Meli, que visitaba a su abuela con cierta frecuencia al parecer, mucho más a menudo que el resto de los nietos?

Por lo tanto el único camino es conocer el motivo de la reunión, y de ahí y sólo de ahí podríamos deducir con algún viso de realidad que se trató de un asesinato en toda regla.

Segundo asunto: la historia de Hélène. ¿Quién era el francés que se presentó en La Bienhallada? Sin el menor género de dudas, alguien relacionado con el oficial francés de marras. ¿Qué buscaba? Probablemente llevar a cabo alguna forma de chantaje, algo comprometedor para Hélène. ¿Cabe deducir que tenía algo que ver con la misión que condujo a Cirilo Villacruz a Basse-Terre? Cabe. Así que habría que establecer la relación del misterioso francés con el oficial amante de Hélène. En este asunto voy a tener que pedir ayuda al capitán López. Lo que empieza a resultar de lo más intrigante es el viaje de Cirilo, un viaje en el que lleva consigo la muerte.

Más posibilidades: que el francés no viniera a hacer un chantaje sino a dejar algo en claro. Si es así, la cosa no puede tener que ver con nada más que con la figura del oficial francés y aquí caemos de nuevo en la oscuridad. Pero no tiene sentido: nadie aparece después de tanto tiempo a intentar aclarar algo relacionado con el desgraciado suceso por un prurito de verdad. ¿Qué hacer? En mi opinión —se dijo— echarse a dormir, porque estoy agotada y relajada a partes iguales, y esperar a llegar a Villamayor. Aquí no hay nada más que hacer porque todas las posibles vías de indagación están obstruidas. No creo —pensó mientras se metía en la cama— que quepa ir más lejos con tan poca, por no decir ninguna, base para sostener que se ha cometido un crimen. ¿Estaré empezando a ver fantasmas?

¿Estaría empezando a ver fantasmas? Era una buena pregunta. Al fin y al cabo todo cuanto especulaba tenía su hipotético fundamento en el hecho del asesinato de Elena Villacruz. Pero no había indicio real alguno que abonase la tesis del crimen. El crimen estaba en su cabeza, en la de Mariana. El crimen era una suposición o, más precisamente, una deducción o, más precisamente aún, una intuición de partida, que era como decir: nada efectivo. Fuera certera o no, era sólo una intuición. Si a partir de ahí había sido capaz de desarrollar toda una historia... no tenía más valor que el de ser lo que era, una historia a la que le faltaba la verdad para convertirse en real. Y la verdad ¿quién sabe dónde se encontraba, realmente? El último punto —concluyó— es que no hay constancia de que la asesinaran y yo estoy empeñada en que sí la asesinaron porque me da en la nariz que fue así. ¿Cómo se sostiene esto? Pues fatal.

Quizá la culpa de todo la tenga el ambiente tan cargado de esta maldita boda —se dijo un tanto desanimada—. Puede que mañana me olvide de todo.

El primer, único y decisivo error del asesino se produjo en plena noche. Mariana de Marco dormía profundamente cuando en el sueño entró una imagen terrible. Ella se encontraba bañándose tranquilamente en un lago y de pronto las aguas del lago cambiaron de color. Toda la superficie presentaba un color gris acero y se enfriaba rápidamente; el frío la hizo estremecerse. Mariana dio vueltas en la cama tratando de arroparse sin conseguirlo porque el frío iba en aumento. Entonces empezó a sentir un extraño remolino en torno a su cuerpo empezando por los pies y comprendió que el lago se disponía a succionarla. Lo comprendía con claridad, pero no podía hacer nada para evitarlo y la impresión de inutilidad que acompañaba al hecho le producía una congoja infinita. Después vino un dolor en las muñecas, como si tratara de sacar las manos del agua sin conseguirlo, una fuerza que le impedía moverse. Hizo tal esfuerzo por liberarse que abrió los ojos. Por un momento creyó que, estando despierta, no conseguía abandonar el sueño, pero en unos segundos percibió que algo estaba ocurriendo y que ese algo pertenecía al mundo de la conciencia. En ese justo instante supo que alguien o algo sujetaba con firmeza sus dos manos contra su pecho y que era ella la que estaba haciendo una fuerza tremenda para liberarse.

En la oscuridad atravesada por una luz blanquecina distinguió una forma oscura inclinada sobre ella, luego perdió la almohada bajo la nuca y a continuación sintió que se asfixiaba. Gritó y el grito rebotó en su cabeza, pero no lo escuchó. Un silencio blanco la invadía impidiéndole pensar. Gritó una y otra vez, pero el silencio ahogó su grito y de repente comprendió que se ahogaba. Un peso gigantesco se posaba sobre su vientre con rudeza. Trató de revolverse y, a la vez, pensó que estaba perdida, que toda resistencia era inútil. La idea le espantó al punto de hacer un esfuerzo desesperado de concentración para liberarse. Por un instante volvió a respirar por la nariz. Una masa blanda cubría su cara. Tosió y se atragantó y el espasmo que siguió a esta convulsión debió de transmitirse a su brazo porque aferró frenéticamente algo duro y carnoso a la vez, algo que estaba sobre ella. Entonces trató de alzarse para escapar de la masa blanda que le cubría la boca y la nariz impidiéndole respirar; sintió que moría y le pareció una imagen tan insoportable que se revolvió disparando su cuerpo en todas direcciones hasta que sintió ceder la presión y abrió la boca para gritar, pero esta vez tampoco el grito escapó de su garganta sino que le bloqueó la tráquea y de nuevo, desesperada, forcejeó por su vida curvándose como un arco contra el cuerpo que luchaba con ella y éste se desplazó de pronto. Un golpe a través de la masa blanda la atontó y por un instante perdió fuerza y tensión. Entonces reunió toda su voluntad en un solo empellón y la forma oscura se desvaneció. Mariana se dio la vuelta y cayó de la cama al suelo. Allí se revolvió esperando otro ataque, pero éste no llegaba. Abrió los ojos a la habitación y miró. La forma oscura había desaparecido. Se incorporó, primero sobre sus rodillas y luego aferrándose al borde del colchón. La cara le ardía. Volvió a mirar, al frente y alrededor: la habitación estaba vacía. Se puso penosamente en pie. La almohada estaba atravesada sobre la cama deshecha. Esa almohada debía de ser la cosa blanca que le impedía respirar. No supo entender lo que le había ocurrido hasta que sus ojos se fijaron en el visillo ondeante del balcón: estaba abierto y la blanca luz de la luna penetraba limpiamente. El agresor había escapado, quizá expelido por su resistencia final. Pura suerte. Se dejó caer de rodillas.

—No puede ser —dijo al fin, extrayendo la voz del interior de sí misma con un esfuerzo considerable—. No puede ser —repitió—, no puede ser cierto.

Tras recobrar la respiración y de manera semiinconsciente lo primero que hizo fue cerrar el balcón y luego, temblorosa aún, se dirigió al cuarto de baño. El espejo le reveló que no había huella de golpes en su cara enrojecida, pero le asustó su expresión desencajada. —No puede ser —volvió a decir una vez más y se sentó en el suelo del baño. Tenía la cabeza vencida, todavía respirando con fuerza; cuando la volvió a levantar, el gesto había cambiado y una sonrisa dolorida aparecía en su rostro—. La has jodido, quienquiera que seas —murmuró triunfante—, porque ahora sí que tengo la pieza de convicción que necesitaba.

Así pues, estaba en lo cierto. Alguien asesinó a sangre fría a Elena Villacruz. ¿Se lo merecía? Nadie merece su muerte y, en todo caso, a ella le llegó muy tarde, muy cerca del final natural de sus días. También quedaba claro que la muerte estaba relacionada con la reunión que convocara para el día siguiente al crimen. Mariana, ya repuesta, fumaba dando vueltas por la habitación. Mantenía el balcón abierto porque su respuesta a una agresión era siempre retadora. Pensaba en la maldad. Pensaba, en concreto, en la ruindad que a menudo acompaña a la maldad. Uno de sus cuatro hijos había asesinado a su madre por un apuro, por un dinero. No le causaba extrañeza, pues a lo largo de su vida profesional había visto muchas cosas y aún peores que ésta, pero no dejaba de impresionarla el que se tratara de gente a la que ella conocía de toda la vida. ¿Acaso la gente que uno conoce es distinta, es ajena a la miseria y la abyección por el hecho de pertenecer a nuestro círculo más o menos extenso? Era como preguntarse: ¿acaso hay asesinos que no tienen aspecto de asesinos? El mal es como un veneno o un vapor mefítico que cualquiera puede absorber, bien a conciencia, bien sin percatarse de ello. Al menos, quien lo hace a conciencia alcanza un brillo especial, una característica propia, pero el que se deja invadir es un flojo, un blando, un perfecto mediocre sin arrestos, un ejecutor imbécil. Mariana había conocido el mal. No sólo lo había conocido: había sentido, además, su poder de seducción; pero al menos ahí cabía la lucha, el tormento, la indecisión, la fascinación..., actitudes todas ellas propicias para espíritus fuertes. Los Fombona, en cambio, eran blandos e insensibles, verdaderos idiotas. Cualquiera de ellos podría matar por una única razón: pánico, miedo, incapacidad. En este momento los despreciaba con todas sus fuerzas.

A la mañana siguiente el teléfono sonó temprano y no tuvo más remedio que atenderlo. Medio dormida, oyó la voz del padre Vitores sugiriéndole en tono amable y despreocupado un desayuno común. La voz la extrajo de la bruma en que flotaba su mente y, como en un veloz *travelling* a lo largo de un pasillo ante el que los puntos de luz se iban apartando a su paso, las puertas de la memoria la devolvieron al punto en que se encontraba la noche anterior, sentada en su cama después de lavarse la cara y cavilando acerca del inesperado ataque recibido o paseando y meditando acerca del mal. Estuvo en un tris de mandar al cura al diablo, pero en seguida comprendió que la llamada debía de tener alguna intención, de manera que se dispuso a pasar al baño para recomponerse. ¿Por qué la invitaba a charlar esa misma mañana? La familia Fombona, en todo o en parte, estaba detrás de esa llamada con seguridad. Tenía sueño, porque en la noche se quedó despierta después de la agresión, tratando de entender lo que significaba, y luego se debió de quedar dormida porque ya no recordaba nada. Ahora, sin embargo, aceptaba con claridad que alguien trató de asfixiarla, alguien que había perdido los nervios al ver cómo iba apuntando hacia el asesinato de Elena. ¿O sería sólo un susto, una advertencia para que ahogase su curiosidad? Mariana comprendió que no podía hacer nada más que callar, aunque aún no lograba asimilar del todo que aquello hubiera sucedido verdaderamente. ¿En qué avispero había introducido su mano? Ya no se trataba de meras lucubraciones sino de la constatación de un hecho: el afán por meter la nariz en los misterios de la familia Fombona la había puesto al borde de la muerte. Aquello ya no era una broma. Por eso aceptó encontrarse con el padre Vitores en la terraza del bar en media hora.

Sin embargo, lo primero que hizo al salir de la cama fue dirigirse al balcón y abrir las puertas cristaleras de par en par. Las celosías estaban cerradas y trancadas y antes de nada echó un vistazo afuera a través de las lamas de madera para ver si el jardinero se encontraba puntualmente frente al balcón; comprobado que no, abrió las celosías y las dobló sobre sí mismas para que entrase luz suficiente, mas sin recogerlas del todo. La temperatura exterior era deliciosa y regresó al interior, se despojó del pijama y fue hasta el baño en busca del albornoz. Una vez que se lo hubo ceñido volvió a salir al balcón. El sol se posó sobre ella y lo recibió con gratitud. El cielo estaba limpio y azul, sin una nube, y la transparencia del aire era extraordinaria. Luego de unos minutos, volvió adentro, se desprendió del albornoz y tomó el camino de la ducha. Mariana era combativa y estaba dispuesta a demostrarlo, ya despierta.

Era el momento de reflexionar, bajo el agua. ¿Qué estaban tratando de ocultar los Fombona, con Alfredo a la cabeza? No le cabía la menor duda de que la muerte de Elena no era un accidente sino un asesinato. Lo que no conseguía entender era el asalto nocturno. ¿De verdad habían intentado matarla? ¿Tan bravamente se había defendido? Tras la agresión se inclinó a pensar que su resistencia había ahuyentado al agresor, quienquiera que fuese, pero a la luz del día entendió con claridad que si hubieran deseado matarla lo habrían hecho sin que hubiera podido defenderse: quien la atacó había matado ya antes. Por lo tanto se trataba de una improvisación un tanto chapucera y de una resistencia inesperada; el que la atacó tenía prisa, apenas debía de disponer de muy poco tiempo. ¿Por qué? Quizá tuviera miedo de que un segundo pusiera los ojos de los investigadores sobre el primero. Conocer la respuesta sería casi definitivo para fijar al asesino. ¿Quién pudo haber sido? Salvo Marcos, el resto de los hermanos dormían esa noche en el hotel. E incluso Marcos habría podido acercarse desde la finca y entrar por el balcón sin ser visto. ¿No lo había hecho ya para robar su ropa interior? Ahora bien, contra toda intención, tratando de alejarla del asunto, los Fombona conseguían que se interesase verdaderamente en él, porque lo cierto es que hasta entonces lo que le llamaba la atención no iba más allá de la curiosidad malsana, pero ahora la convicción de estar cerca de una versión mucho más turbia no ya de la muerte de Elena sino, además, de lo que dejaba ver la melodramática escena de la muerte de Hélène seguida de la expulsión de Ruz de la finca, tal y como ella la conocía, se había acentuado al punto de no estar dispuesta a soltar la presa hasta que ésta rindiera la verdad de la historia. ¿Una grave advertencia? Bien. En ese caso ella sabría dar una grave respuesta.

Pero, por otra parte, la invitación del padre Vitores resultaba también muy enigmática. Aunque no recordaba con exactitud las palabras, sí se había quedado con la idea clara de que el sacerdote sabía tanto o casi tanto del asunto Ruz y los misterios que lo acompañaban como los hermanos Fombona. De hecho tenía que saber más, al ser confesor de Elena. Todos ellos parecían compartir un secreto común y eso no casaba con ninguna de las hipótesis de Mariana, como tampoco casaba en el cuadro que dibujaba en su cabeza la autoría del enterramiento del administrador. La verdadera dificultad estaba en hacer converger en un punto común asuntos tan dispares como las dos muertes y el enterramiento, por no mencionar otros estrechamente unidos, como la misteriosa vida del administrador o el asesinato del oficial francés. Tenía entre manos un crimen que no se podía probar y varios sospechosos, uno de los cuales se beneficiaba con la muerte de Elena

Villacruz. En todo caso, ya no se hacía inevitable considerar la posibilidad por parte de Mariana de que todo esto estuviera sucediendo nada más que en su cabeza. De inicio, ella sólo había ido a la boda de su amiga Amelia: ¿cómo era que las cosas habían llegado a este extremo?

Pero volviendo atrás, al origen de todo su interés, Mariana no podía apartar de la mente la idea de que la noche de la muerte de Hélène y el enterramiento del administrador estaban estrechamente relacionados. Nadie carga con un cadáver hasta la finca sabe Dios desde dónde y emplea una parte de la noche en cavar una fosa y echarlo adentro en la propiedad misma de los Fombona. Entonces, una luz se encendió en su mente: en realidad la propiedad, en aquel momento, no era de los Fombona, es decir, de la familia Fombona-Villacruz, sino tan sólo de Elena, soltera a la muerte de su madre; luego el gesto, o el mensaje, iba dirigido a ella. La idea le pareció excitante. Según eso, los hijos serían tan sólo los guardianes de un secreto sin estar implicados en él más que por un juramento de familia. ¿Era, pues, una venganza contra Elena? ¿Qué papel había jugado ella en la relación entre su madre y su padrastro? ¿Acaso mucho más que el de simple testigo de la defunción de su madre? Y, sobre todo, ¿quién podría estar interesado en enviarle tan macabro mensaje? ¿Un mensaje que el destino hacía que ella lo descubriese en su vejez, al cabo de tantos años, y, sobre todo, que quizá no hubiera llegado a conocer en vida si a Marcos Fombona no se le hubiese ocurrido levantar un pabellón y abrir una terraza al valle? En todo caso, por coincidencia o por destino, a Elena el mensaje la acompañó en su muerte.

En este punto, volvía a perderse. Mientras se secaba pensó si no estaría sacando de quicio un asunto que tenía una lectura mucho más fácil a través de la casualidad. En cierto modo, reconocía que tantas lucubraciones alrededor del misterioso suceso podían acabar convirtiéndose en algo parecido a una de esas investigaciones que realizan los parapsicólogos sobre unas manchas en la pared o cosas semejantes y que acaban convirtiéndose en pasto de revistas de esoterismo.

Había algo que esconder, eso era evidente, además de la coincidencia con la muerte de la madre. También parecía evidente que ese algo no era cualquier tontería sino que afectaba tan seriamente al honor de los Fombona como para que éstos estuvieran decididos a impedir su divulgación a toda costa; sólo que ahora el asunto parecía mucho más que un asunto de honor. Respecto a la vieja historia, muy probablemente habrían tenido que tapar la boca a más de una persona que, de modo directo o indirecto, hubiera sido testigo o copartícipe de aquello que se pretendía ocultar. En tal caso, era posible que ninguno quedase con vida. Salvo Felisa, a la que estaba dispuesta a buscar esa misma mañana. Y quizá alguien más, pensó luego. Se le hacía improbable, por ejemplo, que Felisa no hubiera dicho una sola palabra a su hija. Felisa había hablado con medias verdades, con insinuaciones, a Mariana, la que, al fin y al cabo, aunque reconociera como amiga de la familia, no era un oído donde verter cierta información salvo que tuviese verdaderas ganas de contarlo, como quien se quita un peso de encima. Y, en ese caso, con más razón y mucho más detalle, se lo habría transmitido a su hija. Aún más, en cuanto a la base de investigación: si estaba en lo cierto y Felisa levantó el velo del secreto a su hija, otras personas, aquellas cuyos labios hubiera que sellar, podrían haber hecho lo mismo. En el pueblo, con toda seguridad, se sabía mucho más de lo que los Fombona hubieran deseado que se supiese.

Mariana se calzó unos pantalones y una blusa por comodidad. Además, tenía un viaje de vuelta con paso por Madrid y esa ropa le resultaba mucho más grata para conducir. Lo que le llamaba la atención era la actitud de Amelia, francamente cortante y huidiza desde que Meli, era de suponer, le informara de su visita al dormitorio. ¿Se deducía de ello que se lo había tomado a mal?; en todo caso, carecía de sentido entre amigas. Amelia reaccionaba como si hubiera pillado a una intrusa; estaba segura de que ni siquiera se habría comportado así con alguna invitada que se llegase al mismo lugar por equivocación. Su instinto le decía otra cosa. Le decía que estaba celosa de ella, además. Celosa esa noche. Celosa de su interés por la vieja historia y celosa del interés que había despertado entre los invitados en un acontecimiento en el que ella tenía que ser la única protagonista. Aparte de lo cual había que reconocer que, con excepción de los años colegiales y de la primera juventud y los primeros novios, lo cierto era que no existía otra cosa en común entre ambas y que sus encuentros esporádicos reproducían una fórmula, una fórmula a la que quizá Mariana se había adaptado por un problema de soledad, por el deseo de no perder contactos y quedarse sola cuando toda su organización de vida se vino abajo tras el divorcio. Porque la verdad era que no tenían mucho que ver en cuanto a sus respectivos proyectos de vida, salvo una serie de recurrencias tan añejas entre ellas que podían permitirse reproducirlas periódicamente sin necesidad de ir más allá. Lo suyo era lo que llamaban hacer risas, divertirse de una manera alocada, la única que Amelia disfrutaba. Incluso ahora le parecía recordar que Amelia le había manifestado alguna extrañeza cuando ella se dedicó intensamente al bufete y le habló de que no pensaba tener hijos en un futuro próximo, no hasta que tuviera una clara seguridad y firmeza de futuro en su matrimonio.

«Pues entonces, ¿para qué te has casado?», comentó Amelia.

Incluso su ocupación profesional, como abogada primero y luego como Juez, la entendía con alguna dificultad. De hecho ella había dedicado su vida a ser esposa y entonces, con su hija criada y casada y habiendo enviudado de su anterior marido, que era un plasta, dedicaba una parte considerable de su tiempo a buscar un segundo marido, lo que al fin consiguió con Rodolfo. En consecuencia, que Mariana se dedicase al ejercicio de la abogacía, y aún más a la judicatura, le resultaba un tanto exótico, si no una rareza. Y había bastado un simple desencuentro, un paso fuera de la rutina de su relación tan superficial, para que ésta se quebrase como un huevo fresco contra el borde del plato.

No podía hacer nada que no fuera dejar correr el tiempo sobre el incidente de la pasada madrugada. ¿A quién iba a denunciar una agresión, desconociendo al agresor? Bastante mala fama le habían criado la noche anterior como para venir a contar este cuento, porque cualquiera preferiría pensar que tuvo un sueño agitado por el alcohol de la boda y acabó cayéndose de la cama en mitad de la noche. Su imposibilidad de actuar en defensa propia era absoluta porque oficialmente no había sucedido nada: ni crimen, ni agresión, ni motivos para todo ello; pero además es que ahora se hacía una nueva pregunta: ¿qué hubiera ocurrido de no haber despertado a tiempo para defenderse?

Dedicó unos minutos a hacer su pequeña maleta, y cuando lo dejó todo listo se echó un último vistazo en el espejo, bebió un vaso de agua y bajó a desayunar. Apenas había necesitado disimular los resultados de la agresión, lo que la reafirmó una vez más en que la almohada la había protegido. Pero el aviso recibido podía ser el último, pensándolo bien.

Mariana encontró al padre Vitores en la terraza del bar, sentado ante una taza de café. A pesar de lo temprano de la hora, el sol calentaba ya con fuerza, por lo que el mozo estaba alzando en aquellos momentos uno a uno los grandes parasoles de loneta blanca que protegían las mesas. Aparte del sacerdote, no había nadie más en la terraza, aunque sí algunas personas en el interior, donde se encontraba el buffet del desayuno. Mariana saludó, entró en el bar y al poco rato regresó trayendo un plato con un panecillo abierto, tostado y regado con aceite, jamón cocido y un zumo de fruta. Un camarero la seguía con un servicio de café. Tomó asiento, se volvió a calar sus gafas de sol y empezó a desayunar con buen apetito.

El padre Vitores se sirvió otro café antes de empezar a hablar y encendió un cigarrillo.

—Café y cigarrillo —dijo Mariana señalándolo con la mano—. Vaya una manera de empezar a destrozarse el estómago desde por la mañana.

—He desayunado hace un buen rato; yo me levanto con el alba.

—Bien hecho. Los curas tenéis que dar ejemplo. Por cierto, no te importará que te siga tuteando, como tú a mí.

Mariana, mientras comía tranquilamente, no dejó de observar al padre Vitores. Nada mostraba en él alguna clase de inquietud, presumible ante la charla que debería cumplir con ella, ni huella del mandato recibido, porque, evidentemente, se trataba de una conversación preparada. Le admiraba la naturalidad con la que estaba allí, frente a ella, como si se tratara de un encuentro normal y distendido que los tuviera casualmente sentados a la misma mesa. «Lo que es la experiencia», pensó.

Cuando vació el plato y se sirvió el café con leche, optó por reclinarse en su silla con aire satisfecho.

—Bien —dijo el sacerdote tomando la actitud de Mariana como una invitación a la charla—, como te he dicho por teléfono, quería hablar contigo esta mañana, antes de que nos dispersáramos todos.

—Me parece encantador por tu parte —respondió Mariana.

—Trataré de explicarme. Pero antes te quería comentar que me ha parecido observar que entre Amelia y tú había algún roce, en fin, que no estabais muy a gusto la una con la otra, lo cual me parece raro porque, si no me equivoco, las dos sois muy amigas.

—Sí, sí, amigas de toda la vida —Mariana pensó para sus adentros: «Ajá, así que quieres hacerme cantar a mí para abrirte una puerta, ¿no es así? Pues vas listo».

—Me preocupa Amelia. La he visto nerviosa, distraída...

—No te preocupes, una boda pone de los nervios a cualquier novia. Amelia y yo estamos más unidas que nunca.

Jugaba con él, un tanto al borde del peligro porque tampoco deseaba que se diera cuenta de que ella conocía de antemano su intención, pero jugaba al desconcierto y, por lo que podía ver, el padre Vitores no se desconcertaba fácilmente, pues siguió adelante con toda naturalidad.

—Así son las amistades de tanto tiempo. Tengo entendido que las dos os encontrabais muy unidas. Si no recuerdo mal, ella no siguió contigo en la Facultad, pero continuasteis unidas a pesar de todo. Las amistades del colegio, o se olvidan al pasar a la Universidad o duran para siempre.

—Que es nuestro caso.

—Y tú ¿lo has pasado bien estos dos días?

—Genial. Me ha encantado volver a visitar la finca; hacía mucho tiempo que no venía por aquí. Y la boda ha sido un éxito.

Se produjo un silencio. Mariana observaba al cura escudada tras sus gafas oscuras.

—¿Cómo has encontrado la casa? —preguntó al fin el otro—. ¿Has podido volver a visitarla?

—Claro, de arriba abajo —contestó ella con un ademán desenfadado. Pensó: «Ya estás aquí, a ver cómo sigues».

—Ahora que lo dices, ya sé por qué te he preguntado por vosotras dos. No sé si sería un roce, pero ella me comentó, un poco, digamos, incómoda, que Meli se encontró contigo en el dormitorio de su madre. Es extraña, ¿verdad?, esa incomodidad..., no sé qué piensas tú.

—¿Por qué le incomoda o por qué me encontraba en el dormitorio de su madre?

—Bien, eh... ¿las dos cosas, quizá?

Mariana decidió pasar a la acción.

—Estaba mirando por la casa a ver si encontraba algún retrato del viejo Ruz, su abuelastro.

—¿Ah, sí? ¿Y lo encontraste?

—No —contestó Mariana con displicencia—. No vi ninguno.

Se produjo un nuevo silencio antes de que el sacerdote volviera a tomar la palabra.

—Perdona la curiosidad, pero... ¿por qué te interesa tanto el administrador?

—Es un personaje extraordinario, ¿no te parece?

—¿Extraordinario?

—Bueno, como tú eres cura a lo mejor no te llama la atención. Pero imagínate: un tipo que se enamora perdidamente y sin esperanzas de una mujer a la que, tiempo después, tiene ocasión de socorrer para evitar que caiga en la dependencia de su familia, se casa con ella y le resuelve la vida. Todo ello puramente por amor, por generosidad. ¡Claro que es un personaje extraordinario! Y, encima, ella muere en circunstancias melodramáticas y él es desterrado. No sólo la pierde a ella sino que también pierde su propia historia, incluso materialmente. ¿Te imaginas lo que haría Hollywood con esta historia? —lo último era una flecha dirigida al centro de la diana. «Ahí tienes tu oportunidad», se dijo in mente.

—Me parecería lamentable. Y a la familia Fombona, no te quiero ni decir. Considero sumamente incorrecto e irresponsable que otros saquen a relucir historias que pertenecen a círculos íntimos. Se puede hacer mucho daño con ello, sin necesidad.

—La necesidad o no, la oportunidad, depende de lo que esté en juego. Por ejemplo: ¿tú sabes cómo murió Hélène?

—¿Qué quieres decir? —Mariana notó que la pregunta le había desconcertado, aunque no lo expresase exteriormente.

—Según me contó Amelia, y no sé cómo se enteraría, pues no había nacido aún, se oyeron unos tremendos gritos, que fueron los que alertaron a Elena y al servicio.

—¿Es que piensas que la mató su romántico esposo? —preguntó el sacerdote con ironía.

—¿Su esposo? Es el único que está fuera de toda sospecha. Aunque, ahora que lo dices, podría haber sido una escena de *La maté porque era mía*.

El padre Vitores rió complacido.

—Espero que no sea así como preparas tus sumarios.

—Cuando instruyo un sumario, instruyo un sumario; y cuando juego a inventarme novelas, juego a inventarme novelas.

—Como tiene que ser —aprobó el otro.

—Y a ti —preguntó Mariana al cabo de un momento—, ¿no te suscita curiosidad la figura del administrador?

El padre Vitores volvió la cara y se quedó mirando el campo de golf antes de contestar. Mariana observó sus mejillas rosadas, quizá de resultas de un rasurado muy apurado.

—Anoche estuve charlando un rato con Alfredo y Joaquín —anunció.

—¿Y eso?

—Están preocupados desde el desenterramiento del cadáver de su abuelastro, como tú lo llamas.

—Es natural.

—Les preocupa, sobre todo, que el suceso vuelva a atraer la atención sobre la familia, cuando ya el asunto de la desgraciada muerte de Hélène estaba enterrado y olvidado.

—Nunca mejor dicho —dijo Mariana sarcástica.

El padre Vitores sonrió forzadamente y suspiró ante el comentario de Mariana.

—Veo que lo tomas un poco a la ligera. La verdad es que se trata de un drama familiar que no debería afectar a sus descendientes. Ahora es el momento de no levantar un solo comentario, máxime tras la desgracia reciente que ha vuelto a caer sobre ellos.

»Bien —continuó—, el caso es que todos debemos comprometernos a sepultar toda habladuría como se ha sepultado definitiva y dignamente al fin al administrador Ruz. Y ya aprovecho para rogártelo también a ti, aunque sé que no es necesario porque tú, precisamente por las características de tu oficio, sabes bien cuánto valor tiene el secreto.

—Hasta que se levanta— dijo Mariana como dejándolo caer.

—¿Qué quieres decir? —por primera vez, el padre Vitores se revolvió inquieto.

—Nada, nada. Completo tu ejemplo. El Juez decreta secreto del sumario cuando lo cree conveniente para la investigación, pero acaba por levantarlo. Es una precisión que te hago, sin más.

—Efectivamente. Pero, si no me equivoco, no estamos llevando a cabo ninguna investigación.

—Yo sí —dijo en tono burlón Mariana—, yo estaba tratando de investigar la cara del viejo Ruz cuando me sorprendieron in fraganti.

El padre Vitores encendió otro cigarrillo.

—¿Has estado investigando algo más? —dijo de pronto.

—He estado pensando.

—No lo hagas. Hazme caso y no lo hagas. No te empeñes en sacar de donde no hay.

—Y tú ¿cómo lo sabes?

—Por sentido común. Mariana: sólo te pido que no seas fantasiosa. Varios miembros de la familia están preocupados.

—Haber empezado por ahí. ¿Estás actuando como portavoz de la familia? ¿El mensajero? ¿*The Go-Between?*

—Te transmito una preocupación con el mayor interés, eso es todo.

—Leo Colston, el joven héroe de *El mensajero,* cumplió ese papel y le costó la pérdida de la inocencia. ¿No has leído a Hartley? —el cura negó con la cabeza; era obvio que la conversación empezaba a fastidiarle—. Tú, en cambio, has debido de perder la inocencia hace tiempo, lo que te convierte en un mensajero que, si no te molestas, te diré que es más bien retorcido e hipócrita, como conviene a tu condición. No, no me mires así. El defecto no te pertenece a ti sino a la Iglesia católica y tú eres, por así decirlo, un depositario subsidiario. No lo puedes evitar, mi estimado padre Vitores. El problema es que si los Fombona estuvieran libres de culpa no se habrían preocupado tanto por tapar el asunto. Tú sabes mucho y quizá, por lógica, pienso en tu papel dentro de la familia, sepas más que alguno de ellos. Éste es un asunto muy turbio, tan turbio que ya huele mal. Lo que pasa es que no es un caso que me competa, pero si yo encuentro alguna certeza en la comisión de un delito de esta naturaleza, me vería en la obligación de ponerla en conocimiento del fiscal. Como dudo que la encuentre, todo queda dentro de mí y como esto es lo único que les importa a los Fombona y, por lo que veo, a ti, podéis quedaros tranquilos que nada saldrá de mi boca.

—Gracias. Eso les tranquilizará. En cuanto a ti, es tu opinión y yo tengo que respetarla. No me voy a molestar, naturalmente, sólo deploro que veas mi condición y la de la Iglesia de una manera tan sesgada. Pero lo que no acabo de ver es la razón que mueve tu... indagación.

—Rufino Ruz, padre. La dignidad de Rufino Ruz, si no me equivoco.

—Es una ingenuidad por tu parte, una chiquillada.

—Tienes razón. Yo debería hacer lo que se llama mantener el decoro, es decir, dejar de hacerme preguntas. Lo bueno de hacerse preguntas es que te acostumbras a tratar de entender las cosas buscando respuestas y lo malo es que siempre te acabas metiendo donde nadie te llama.

—Eso está muy bien visto.

—Sucede que para entender algo hay que meter la nariz en el asunto y te la pueden arrancar de un mordisco. No siempre ocurre así, pero puede ocurrir. Por eso lo mejor es entender desde fuera, sin comprometerse, sin riesgo, un análisis lúcido y luego a merendar. Una va, escucha a las partes, acude a la ley, analiza, alcanza sus conclusiones y se retira a sus aposentos con la satisfacción del deber cumplido. Eso les ocurre a muchos jueces, por ejemplo. El reo soporta la pena y otro caso que archivar para seguir formando doctrina. La sana ingenuidad, en cambio, es pensar que el reo es también una víctima y que todo juicio esconde un drama humano por ambas partes y la verdad es que todo el mundo, víctima, acusado, abogado y fiscal, por lo general tratan de engañar al Juez. ¿De qué lado se pone una? Esto lo ves muy bien en lo penal, que era mi especialidad como abogada y que espero que lo sea como Juez un día. Todo cuanto llega a un Juzgado de lo Penal es una excrecencia social, pero el relativismo no es una razón para lavarse las manos y dejar correr las cosas. Y tú dirás: ¿a ti qué te importa el señor Ruz? ¿Qué se te ha perdido a ti en este entierro? Por cierto, que viene a cuento: pues que estoy hecha de la misma pasta, eso es lo que pasa, y no me gusta que la historia y la dignidad de Rufino Ruz, a quien no conozco de nada, se quede escondida entre las cuatro paredes de la casa de una familia cobarde y estúpida. No se lo merece, padre, no se lo merece. Pero no te apures, te repito que nada saldrá de mí porque me gusta pensar que quizá a Rufino Ruz le hubiera bastado con que una persona como yo entendiera el verdadero significado de su empeño.

—Bien —el sacerdote tomó y expulsó aire antes de hablar—. Yo sólo he pretendido trasladarte el estado de ánimo de los Fombona. He hablado por ellos, no por mí.

—Ya.

—Eres muy impulsiva, Mariana, creo recordar que ya lo eras de jovencita. Tú piensas que estoy escurriendo el bulto, manteniéndome al margen, y te equivocas. La diferencia entre tú y yo es que tenemos referencias distintas porque no servimos al mismo señor, aunque coincidamos en muchos caminos.

—Ésa es tu vía de escape.

—Una vía de escape en la que el sacrificio, la humildad y la obediencia son constantes. Yo veo en ti algo que tú no ves y en lo que estás dispuesta a perderte sin prever el peligro.

—¡No me digas! Por favor, ilumíname.

—Sí, haz chanzas, pero no creas que me voy a molestar por ello. Tú, Mariana, estás bordeando el pecado de soberbia y no te das cuenta.

—¿Dónde he oído eso antes?

—No hay peor ciego que el que no quiere ver, pero hasta un hombre como Saulo cayó del caballo y yo confío en ti, en tu rectitud. La rectitud es una virtud extraordinaria, pero como todo, hay que saber manejarla con discreción. La rectitud llevada al extremo es también un acto de soberbia.

—No sé por qué tengo la sensación de que me estás adoctrinando.

—Bien. No insisto y damos por terminado este tema de conversación. Todo ha empezado porque la familia Fombona tiene una preocupación razonable. Lo mejor es disipársela y no hay más, nada más, detrás de ello. ¿Estamos de acuerdo?

—No, padre. Me estoy acordando de una película muy interesante, que no sé si habrás visto: *Anatomía de un asesinato*. ¿No? No importa. En un momento de la película, James Stewart, que es el abogado del reo, un tipo que ha matado a otro por celos y golpeado a su mujer, hace una observación que el Juez considera improcedente y éste, dirigiéndose a los miembros del jurado, les advierte de que no deberán tener en cuenta la observación de Stewart. Entonces el asistente de Stewart, un borrachín que se vio obligado a abandonar el ejercicio de la abogacía, pregunta a Stewart: «¿Cómo pueden no haber oído lo que han oído?». Y Stewart le contesta: «No pueden». Eso es lo que yo pienso de todo este asunto. Tú me vienes a decir que lleve cuidado con levantar la liebre, pero la liebre está corriendo y corre por algo y lo que pretendes es que la gente no la vea correr, que no se fije en ella. Lo que sí puedes hacer es desentenderte de esa carrera, lo que no puedes negar es la existencia de una liebre que ha salido zumbando de su escondrijo. Tú y yo y ellos, todos sabemos. Ellos y tú más que yo, naturalmente. Yo, como Juez, aunque haya oído lo que no debo utilizar a la hora de dictar sentencia, no puedo dejar de haberlo oído, por más que me atendré al cumplimiento de la exigencia *a la hora de dictar sentencia*, ya que sería una mala Juez si no actuara así. Pero, insisto, éste no es mi juicio. Un cadáver que aparece no sé cuántos años después en posición de arrepentimiento está hablando, aunque yo no sepa qué dice. Yo no puedo dejar de preguntarme qué es lo que quiere decirnos; y no te engañes: por mucho que yo me guarde para mí lo que descubra o piense sobre el asunto, el hecho existe y mientras se hable de él, la familia Fombona no podrá olvidarlo, que es lo que les amarga la existencia. Estoy como el jurado de la película: no debo tener en cuenta lo que sé, lo que veo, lo que oigo. Sólo que esto no es un juicio y nada me impide pronunciarme como mejor me parezca.

—¿Debo entender que no vas a cejar?

—Pero ¿qué les importa a ellos?

—La fama. Que un desgraciado accidente dé lugar a interpretaciones torcidas. Que la maledicencia se cebe en ellos sin causa.

—Tú sí que no cejas en lo tuyo.

—Yo estoy ayudando a una familia cristiana.

—¡Bueno! ¡Lo que me faltaba por oír!

—Hay misterios que tú no comprendes porque te falta fe. Ya sé que eso te parece una entelequia, pero existe en miles y miles de seres humanos. La fe no se regala, Mariana. Y es tu soberbia la que te impide el acceso, con seguridad. Pero te recuerdo a Saulo, tampoco él esperaba la revelación y llegó.

—Sí, aunque de momento creo que nuestros caminos divergen y yo tengo prisa por llegar a Madrid antes del almuerzo.

Cuando Mariana regresaba hacia su habitación se cruzó con Alfredo que venía de la recepción. Marcos se encontraba a su lado. Los dos hombres la ignoraron, no así María Teresa, que le dirigió una mirada que quería decir: «Espero que te hayas aprendido la lección». Mariana se encogió de hombros y siguió caminando mientras ellos se dirigían a sus habitaciones. ¿Es que no se daban cuenta de que cuanta más distancia creaban más sospecha levantaban? ¿De que habían conseguido interesarla absolutamente en el caso? Y sobre todo ello, una agresión, viniera de quien viniese, es algo que no se puede dejar sin respuesta.

La conversación con el padre Vitores le había dejado mal cuerpo, una especie de peso sobre sus espaldas. Había dormido mal y a la mañana siguiente tenía que estar en el Juzgado, lo cual la abrumaba. Pensó que lo mejor sería salir cuanto antes y echarse una siesta en casa de su madre antes de continuar viaje hacia Villamayor, en Santander, que era su destino.

Al entrar en su habitación, una corriente de aire hizo ondear los visillos del balcón e instintivamente buscó con la mirada su maleta, que estaba sobre la cama deshecha. El balcón estaba abierto de par en par con las celosías de madera recogidas. Hizo un cuidadoso recuento de su ropa para comprobar que nada quedaba por recoger mientras se preguntaba si no estaría sufriendo de manía persecutoria. Luego cerró la maleta, guardó la pamela en la sombrerera y echó un vistazo alrededor (la mirada del gitano, como solía decir su padre) antes de abandonar la habitación. En ese momento recordó a Willa Cather y su

Dama extraviada, que reposaba en la mesilla de noche, y la guardó también en la maleta.

En la recepción no había nadie en ese momento. Lo prefería así. Al final, el acoso de la familia Fombona la hacía recelar incluso de los invitados que pudiera encontrar en el hall del hotel preparando su salida. Por un momento llegó a pensar si no habría hecho algún disparate la noche anterior, durante la boda, pero no pudo encontrar indicio alguno de culpabilidad en su conducta. «Es la creación de un clima hostil —pensó— lo que puede acabar haciendo dudar de sí misma a una persona. La persecución personal es más dañina que cualquier paliza porque acaba afectando a la voluntad y a la autoestima».

Guardó el equipaje en el maletero de su coche alquilado bajo la atenta mirada del jardinero, que no le perdía ojo. Sonrió para sus adentros pensando en el sobresalto del hombre cuando ella abrió descuidadamente el balcón. Era evidente, y eso le hacía gracia, que al observarla ahora estaba tratando de recrearse en reconocer el objeto de sorpresa y deseo que había visto fugazmente en el balcón en su estado natural. Por un momento, mientras se ocupaba del coche, estuvo tentada de dirigirse a él para recriminarle su dejadez, pero se reprimió. La desidia, la falta de espíritu laboral no era un delito. La tentación de la reprimenda la atribuyó a los malos instintos que se estaban desarrollando en ella, lo mismo que su interés en los que Sonsoles llamaba los chicos malos. En fin, otra vez el mal.

«Te gustan los vividores —le había dicho—, un poco achulados a ser posible». Y a lo mejor tenía razón. Lo único que de verdad le preocupaba a Sonsoles, medio en serio, medio en broma, era que le acabaran gustando los macarras; o los camioneros. «A ver si vas a acabar tirándote a un camionero», le dijo una vez. Y Mariana se rió a gusto. «Sonsoles —le había contestado—, una cosa es tener debilidades y otra ser un topicazo».

No pudo evitar, en el momento de arrancar el coche, volver a echar una mirada al jardinero por encima de sus gafas de sol, esta vez con toda intención, como si deseara dejar en claro lo poco que podía importarle que la hubiera pillado sin ropa encima. Éste se quedó con cara de pasmado y Mariana, satisfecha, maniobró hacia la salida. Disponía del tiempo justo para hacer una visita a Felisa en el pueblo.

La mano que apartó el visillo, lo alzó y lo mantuvo recogido en el aire se crispó. La mirada desdeñó todo el frente delantero del hotel para detenerse en la figura de la Juez Mariana de Marco, que se dirigía a su coche cargando una maleta y una sombrerera. Se entretuvo en abrir el maletero e introducir en él los dos bultos. En sus movimientos había una provocadora seguridad, una especie de lentitud deliberada. Aún se tomó un tiempo para entrar en el automóvil, como queriendo hacerse ver antes de partir, sin prisa. Seguía sus movimientos con la fijeza del gato que acecha al ratón en el campo. Unos pasos a la izquierda del lugar donde el automóvil estaba aparcado, un jardinero contemplaba lo que para él parecía ser un espectáculo a juzgar por la atención con que seguía todos los movimientos de la Juez. Había abandonado su trabajo y miraba con la azadilla colgando de su mano como un apéndice casi desgajado del brazo. El coche se puso finalmente en marcha; a través del parabrisas delantero vio a Mariana de Marco ajustarse el cinturón mientras continuaba girando muy despacio hasta colocarse de cara a la salida y luego el auto describió un semicírculo hacia atrás; Mariana echó las manos al volante y rehízo la trayectoria; acto seguido se dirigió despacio a la salida, traspasó lentamente la vistosa portalada y, como si le hubiera picado un insecto, salió enérgicamente a la carretera y se alejó con rapidez.

—Estúpida metomentodo —murmuró antes de dejar caer el visillo.

—¿Decías algo?

—Nada.

Mariana aparcó su coche en la plaza del pueblo y fue caminando hasta la casa de Felisa. El pueblo le recordaba un viaje anterior por otras zonas de La Mancha —había cubierto un periplo pasando por localidades como Bolaños de Calatrava, Daimiel, Manzanares, Valdepeñas...— donde se había admirado de su limpieza y pulcritud, del importante cuidado urbanístico y de la evidencia de que en su aspecto, en sus calles y edificaciones, nuevas o restauradas, se reflejaba el dinero. Quizá antes también lo hubiera, pero encerrado en sí mismo, en tiempos en los que el caciquismo pueblerino y la sumisión general iban de la mano; por eso no lo lucían como ahora, posiblemente porque ahora la riqueza se hallaba más extendida o alcanzaba a beneficiar a más gente.

La casa donde vivía Felisa con su hija era antigua y de una planta; una vivienda modesta y bien mantenida, con geranios en las ventanas. La encontró en la cocina, sentada a la mesa, limpiando judías verdes en un cuenco.

—Buenos días, señorita, ¿qué de bueno la trae por aquí?

—Pues que no me quería ir sin despedirme, Felisa.

—Ah, muchas gracias. Pero coja una silla y siéntese usted, aunque sea un momentito.

Mariana no dudó en hacerlo mientras Felisa la contemplaba con aprobación.

—¿Y qué tal la boda? ¿Le gustó?

—Muy bonita, sí. Y cómo tenían la iglesia, que daba gloria verla. Y la novia, tan guapa. Y la gente, tan bien vestida.

—Usted no se quedó al banquete.

—Al convite no estábamos invitadas.

—Qué pena, con lo elegantes que iban usted y su hija.

—Los pobres, ya sabe usted, a mirar. Pero a mí no me importa, ¿eh?, que a mí hay mesas a las que no me va sentarme, que no va conmigo, vamos.

—Mejor para usted. Así, entre nosotras, le diré que la mayoría son unos aburridos que se las dan de importantes.

—Eso mismo pienso yo.

Se hizo un silencio que Mariana rompió en seguida.

—Ahora que recuerdo. Estábamos hablando allí a la puerta de la iglesia y nos quedamos a medias porque nos interrumpieron, pero me estaba usted diciendo algo que me dejó intrigada.

—Usted dirá... —Mariana captó que Felisa se colocaba a la defensiva, pero siguió adelante con decisión.

—Es que, si no recuerdo mal, mencionó usted la visita de un francés estando recién llegada a servir en la finca...

—Ah, sí, es verdad. El francés. Sí, eso sería... unos días antes de la muerte de la señora Hélène, mismamente.

—Vaya, qué curioso. Y fue una visita... normal.

—No sé. Yo no le había visto nunca antes.

—Quiero decir que vino y se fue en el día, que fue una visita, visita —Mariana hizo hincapié en esta última palabra.

—Sí. Era un señor que dejó el coche esperando hasta que se fue. Llegó por la mañana, al final de la mañana me parece, y ni siquiera se quedó a comer.

—Y dice usted que era francés.

—Eso me lo dijo el chófer, que venía desde Madrid, porque es que había alquilado el coche en Madrid y le estuvo esperando hasta que se fue. Porque él no se iba a quedar a comer, sólo venía a ver a la señora, pero llegó el señor y entonces se ve que se entendieron entre ellos porque la señora no bajó de su habitación. El chófer era muy simpático y me alabó mucho la comida, porque le apeteció probar el potaje que yo había hecho. No sabe usted qué sofoco tuve que pasar —Mariana se dio cuenta de que Felisa bajaba la guardia.

—Entonces, ¿a quién venía a ver, al señor o a la señora?

—Él preguntó por la señora, pero estuvo hablando con el señor.

—¿Sólo con el señor?

—Sólo.

—¿Y la señora?

—La señora ya le dije, se quedó en su habitación. No se encontraba nada bien, me acuerdo que estaba muy pálida y la tuvieron que acompañar a su cuarto para que se echase un rato, pero ya no se levantó en toda la tarde.

—¿No recuerda usted el nombre del francés?

—¿El nombre? No, nadie me lo dijo. Y si me lo hubieran dicho, igual, porque no me habría enterado; como era en francés...

Mariana hizo una pausa antes de continuar.

—Así que el señor Ruz y el francés se quedaron solos hablando.

—Eso es.

—No se ofenda por lo que voy a preguntarle: usted no se enteraría de lo que hablaron, ¿no?

—Yo no, señorita, porque tengo educación; pero sé que le trajo una carta.

—¿Una carta? —Mariana hubo de hacer un verdadero esfuerzo para ocultar su excitación.

—Una carta que el señor llevaba en la mano cuando salió a despedir al francés. O sea, un sobre que dentro tenía la carta.

—Vaya, ¿y eso cómo lo sabe usted?

—Porque cuando el coche arrancó con el francés, el señor se quedó ahí parado a la puerta de la casa como si le hubiera dado un aire y ahí mismo sacó la carta del sobre y la miró y luego hizo un gesto que me dio pena el pobrecito.

—¿Un gesto de dolor?, ¿de rabia?, ¿de impotencia?

—De eso, sí.

—¿De impotencia?

—Sí. No. De desespero.

—Pues vaya carta —comentó Mariana.

—¿Quiere usted que le diga una cosa? Para mí que esa carta tuvo algo que ver con la muerte de la señora, que en paz descanse.

—Pero, Felisa, ¡qué me dice! —Mariana hizo un exagerado gesto de sorpresa, una invitación a continuar.

—Lo que yo le diga.

—Pues sería muy interesante saber lo que decía la carta.

—Eso es imposible, porque el señor la rompió.

—¿Eso lo vio usted?

—Yo vi cómo se sentaba en el salón, abajo, lo que antes era el salón, y se quedaba planchado en una butaca. Yo estaba preocupada, ya se puede imaginar, y la doncella, que había dejado a la señora dormida según me dijo, estaba abajo conmigo. Las dos estábamos muy preocupadas y de vez en cuando nos asomábamos por turnos; yo más, porque era casi una niña y no había salido de mi casa hasta entonces y claro, tenía miedo y no entendía nada, ya ve usted, lo que es la falta de experiencia. ¿Qué miedo habría de tener yo? Pero es que todo era nuevo para mí y los señores me parecían gente tan distinta, ¿me entiende? El caso es que en una de éstas vi cómo se levantaba y rompía un papel en dos pedazos. Me acuerdo de que me dio mucha pena por él, porque se veía que estaba sufriendo.

—Pero no lo tiró —la intuición se abría paso.

—¿El qué?

—El papel roto.

—No. Es verdad. No lo tiró. O sea, que yo no lo vi luego, al recoger el salón.

—Sí que es una historia rara.

—Pues ya ve usted. Y como una semana después, en cuanto el señor volvió de Madrid, porque se fue a Madrid a la mañana siguiente, porque la señora se encontraba mejor. Claro que lo de ponerse bien es según se mire, porque desde que yo entré en la casa a mí me parecía que estaba como ida. No debía de estar tan bien porque al poco de volver el señor le dio el soponcio a la señora y se murió.

—Y doña Elena..., porque Elena vivía en la finca, ¿no es verdad?

—No. Ella vivía en Madrid y venía a la finca a menudo.

—Y dice usted que la señora Hélène no vio al francés.

—Si lo vio, yo no lo sé. Yo sólo vi al señor con el francés.

Mariana se quedó mirando a Felisa en silencio mientras ésta rebuscaba en su memoria.

—¡Ah! —dijo de pronto—. Ya me acuerdo, ya. La señora Hélène estaba recogida en su cuarto porque se encontraba mala. La señorita Elena se tuvo que ocupar de ella. Y el hijo del señor también vino en un coche a recoger a su padre para llevarlo a Madrid.

—¿El hijo del señor Ruz?

—El hijo también venía alguna vez, muy poco.

—¿A la finca?

—Sí. Era un muchacho apocado, que vivía en Madrid, no sé si estudiando y también trabajando para su padre. Se ve que le estaba enseñando a llevar las cuentas y todo eso..., o sea, que estaba a lo que le mandaba el padre.

—Vaya, vaya. Y, entonces, el día de marras, estando los tres en casa, hay una especie de pelea y la señora fallece.

—No sé si hubo una pelea, yo no la recuerdo. De lo que sí me acuerdo muy bien es de que la señora Hélène gritó de una manera que a mí me puso los pelos de punta, ¿sabe? Era un grito largo, largo, que sonaba en toda la casa y sonó un rato hasta que se paró como si se le hubiera roto la garganta. No le quiero contar el susto. Yo me quedé agarrada a la mesa de la cocina y de allí no había quien me moviera. El guardés y su mujer y la doncella sí que salieron corriendo, pero yo me quedé allí sin poder moverme y me metí debajo de la mesa, que es donde me encontró la mujer del guardés. No sabe usted qué susto; yo era casi una niña.

—Qué cosa más tremenda —murmuró Mariana.

—Y usted que lo diga. Vaya disgusto que me llevé.

—Y luego fue cuando doña Elena echó a los Ruz de la casa.

—A los dos días, mismamente. Ni uno más. Que me daba una pena a mí el señor, que ni le dejaban estar al lado de doña Hélène. Los echó como a dos perros. La verdad es que no hizo bien. El señor quería mucho a la señora y el pobre hijo era un infeliz que no hacía mal a nadie. Yo no quiero decir nada malo de ninguno, Dios me valga, pero para mí que la señora Elena fue muy injusta con ellos.

—Sí; menuda era... —comentó Mariana suspirando—. Total, que habría que saber lo que decía esa carta. Y quién era el francés.

—Doña Elena lo debía de saber.

—Me parece a mí que doña Elena —dijo Mariana sonriendo— ya no puede contarnos nada.

—¡Jesús, María y José, qué disparate he dicho! —murmuró Felisa santiguándose.

Mariana se puso en pie.

—Pues nada, Felisa, me ha dejado usted a medias, pero le agradezco mucho la conversación. Lo mismo la llamo si se me ocurre algo nuevo.

—Lo que usted quiera, señorita.

—Y ahora me voy. Dé muchos recuerdos a su hija y muchos besos a los nietos y cuídese, que está usted estupenda y con una cabeza que para mí la quisiera.

—Ande, ande, señorita Mariana, no se ría de esta vieja. Usted sí que tiene cabeza. A ver si no, para ser Juez.

«Una carta —se dijo después de dejar a Felisa—. La carta. He ahí la carta de Hélène —insistió con todo convencimiento al recordar la mirada de Meli—. ¿La compraría Ruz? ¿El viaje a Madrid fue para sacar fondos y pagar el silencio del francés? Dios mío, lo que daría por saber el contenido de esa carta. Y muy probablemente aún la guardan —añadió volviendo a recordar la cómoda del dormitorio—. ¿Un cajón secreto, quizá? Es lo más propio. Pero la original, si es que el viejo Ruz no era tonto, que no lo era, se la debieron de entregar en Madrid. La que llevase el francés sería una copia. ¿O hizo desaparecer el original y olvidó la copia partida en dos? Pero, en tal caso, alguien la tuvo que coger. ¿Hélène? ¿La guardaría Hélène? ¿En el cajón secreto? ¿La encontraría allí Elena?».

De vuelta a la plaza, sintió el calor. Era uno de esos días de los estertores del verano en que éste parece querer morir castigando. El sol caía ya a plomo y la gente andaba de sombra en sombra o se escondía en los soportales para tomar aliento. El calor era una materialización de la lentitud a la que el pueblo parecía haberse adaptado con la experiencia de cientos de veranos. Mariana, antes de coger el coche, entró en una tienda de comestibles que era también estanco y quiosco de prensa a comprar el periódico. Cuando volvió a salir al exterior, echó un vistazo por toda la plaza hasta que localizó un bar. Tenía sed y pidió un refresco en la barra. El bar era un cuchitril que desdecía del aspecto boyante del pueblo, aunque parecía limpio. El dueño tenía la camisa arremangada hasta los codos y un paño de cocina echado al hombro. Mariana se dedicó a hojear el periódico mientras bebía su refresco a pequeños sorbos. No había aire acondicionado, pero la temperatura era agradable.

La puerta se abrió y entraron dos hombres que se pusieron a charlar con el dueño. A poco, alguien más entró en el bar y pidió una cerveza.

—¿Quinto o botella? —preguntó el dueño.

—Quinto.

Mariana alzó los ojos hacia el recién llegado y plegó el periódico.

—Mansur —dijo al reconocerlo—. ¿Y Cari?

—Todavía en el hotel. Estoy dando una vuelta para hacer tiempo. ¿Y tú?

—Lo mismo. Me voy ya para Madrid, a despedirme de mi madre, y luego sigo viaje.

—¿A Santander?

—A Villamayor.

—¿No echas de menos San Pedro?

—Estoy bastante cerca, en realidad. Pero tampoco pienso quedarme en Villamayor.

—¿Qué tal *the day after the wedding*?

—Bien. Oye, ¿qué tal me porté ayer?

—¿Te han regañado?

—Mucho peor. Me odia toda la familia.

—No te preocupes. No son tan distinguidos como ellos se creen. La gente elegante y bien educada de verdad procura no hacer la vida incómoda a los demás, y menos en su casa. No lo digo porque yo pertenezca a esa clase: es lo que he visto. Y te diré una cosa, para tu tranquilidad: te odian porque no les dejas olvidar.

—Pues sí que me dejas tranquila, tú también. Bueno, yo simplemente quería saber si me excedí en algo.

—En guapa.

—Oye, no me lisonjees, que sé mirarme al espejo.

—En serio. Estabas muy atractiva.

—Eso es otra cosa y ya me parece más razonable. Una hace lo que puede con lo que tiene.

—De acuerdo. Yo no te lisonjeo, pero tú no me vaciles.

—Es mi naturaleza, como dijo el escorpión a la rana.

López Mansur rió alegremente.

—Supongo que conseguiste quitarte de encima al pelmazo de Joaquín —dijo cambiando de conversación.

—Es un poco pegajoso, lo reconozco, pero al final estaba imposible. Lo que ha perdido es gracia, se ha quedado antiguo. Al final, a pesar de todo, resultó ser el más amable. La verdad es que, entre unos y otros, me dieron la noche. Y esta mañana, la acabó de rematar el cura.

—¿Qué me dices? ¿Ése también?

—Pues sí, son aliados. Oye —empezó Mariana, tras un titubeo—, ¿recuerdas la historia del cadáver arrepentido?

—No es fácil de olvidar.

—Empiezo a tener algunas ideas al respecto.

—¿Sobre el enterramiento?

—Sobre el sentido del enterramiento.

—Yo no he vuelto a pensar en ello. ¿Tú qué crees?

—Yo creo que quien de verdad sabe más de lo que dice es el cura.

—Los curas ya sabes que son maestros en escribir derecho con renglones torcidos.

—Sí; en realidad es «el modo de no saber» lo que me hace pensar que sabe mucho.

—Puede que esté bajo secreto de confesión —dijo alegremente Mansur.

Mariana se quedó mirando al vacío.

—¿He vuelto a decir una necedad? —preguntó Mansur.

—Nada de eso —dijo Mariana—. Nada de eso... —repitió pensativa. El tiempo quedó repentinamente suspendido entre ambos.

—Era el director espiritual o algo así de Elena, ¿no? —preguntó Mansur rompiendo el silencio.

—En efecto —dijo Mariana volviendo en sí—. Era su confesor.

—Pero no tiene nada que ver con lo del oro desaparecido y reaparecido y la muerte de la abuela de Amelia y todo aquello que me contaste, ¿no?

—Fíjate que hasta ayer mismo he estado convencida de que todo tenía que ver. Incluida la muerte de Elena.

—¿La muerte de Elena entra en el lote? Santo cielo.

—Luego he pensado que no, que no tenían nada que ver, que eran tres asuntos diferentes y que si no los separábamos no daríamos con la explicación de cada uno.

—Pero la familia oculta algo.

—Y ahora, al oírte decir lo del secreto de confesión, empiezo a pensar que sí que hay un nexo de unión, aunque sean asuntos diferentes.

—¿Te importaría aclararme ese galimatías?

—Quiero decir que la muerte de Hélène va por un lado y el cadáver arrepentido va por otro y luego tenemos la muerte de Elena; cada uno es un caso, pero intuyo que todos están no directa, aunque sí remotamente relacionados; lo que importa es que siendo asuntos diferentes, al final coinciden. Bueno, es una corazonada nada más.

—No te sigo.

—Mejor. Dime, tú que eres hombre de mundo: ¿por qué alguien que ha puesto su vida y su fortuna a los pies de una mujer a la que nunca creyó alcanzar acepta de pronto su derrota, desaparece y se hunde en el abismo, en una vejez cada vez más idiota?

—No sé... —Mansur meditó—. ¿Por una culpa, tal vez?

—Podría ser, pero no me encaja. O no quiero que me encaje. Lo que pasa es que yo no conocí al administrador y, aunque he tratado de hacerme una idea de cómo sería, sé que lo tengo idealizado o, mejor dicho, imaginado. Me he hecho una composición del personaje y lo malo es que puede ser cierta y puede no serlo; pero si el verdadero

Rufino Ruz responde a la idea que yo tengo de él, me cuesta aceptar que se desmorone tan estrepitosamente por un problema de culpa.

—Tengo una curiosidad. Él era un administrador de varias familias, ¿no es cierto? Mi pregunta es si te parece que con ese oficio podía haber hecho la fortuna que parecía tener.

—Ya veo por dónde vas. Volvemos a la idea de que se hizo con el oro, ¿no?

—No es una hipótesis descabellada. Desentierra el oro, lo deposita en Suiza, por su carácter pundonoroso deja la mitad a nombre de Elena y con la otra mitad financia su amor por Hélène pasando a ser considerado un benefactor. Es una jugada diabólica y tiene hasta un punto de honestidad: esa media fortuna reservada a la hija, por si algún accidente estropea su plan. ¿Sabemos algo del hijo de Ruz? ¿Heredó algo a la muerte de su padre?

—Sí, habría que investigar eso, pero no lo creo; no creo que se tratase de una jugada diabólica, como dices tú. Ruz tenía fama de ser muy estricto y muy inteligente y bien podría haber ido haciendo una modesta fortuna a lo largo de su vida. Al fin y al cabo, lo único que ofreció a Hélène fue una finca adquirida a bajo precio y una vida confortable, pero sin ostentaciones de ninguna clase. Vivían en la finca y él tenía una oficina en Madrid que le servía también de dormitorio, nada extraordinario, pues. Era un buen piso, muy céntrico, pero un piso alquilado, no en propiedad.

—No digo que no.

—El problema es que quien lo enterrara no fue alguien de la familia Fombona y que al hacerlo quiso decirles algo.

—Ésa ya es una conclusión. ¿Y si no llegan a encontrarlo? Bien podría haberse descubierto dentro de dos generaciones. O nunca.

—Ahí está el quid. Y une a eso la oscura muerte de Hélène Giraud. Sí, ya lo sé, un infarto, pero las condiciones del suceso son de melodrama decimonónico. Esa escena la hubiesen bordado Eça de Queirós o Rómulo Gallegos.

—Y tras dos muertes el oro está ahora en manos de los hijos, con Amelia beneficiada, ¿o te entendí mal?

—Curioso, ¿verdad?

—¿Has pensado en la posibilidad de que quien lo enterrara no lo hiciera por dejar un mensaje? —dijo Mansur.

Mariana dejó bruscamente su vaso aún medio lleno sobre la barra y miró a Mansur con reconcentrada atención.

—Ésa era mi idea inicial —dijo pensativa.

Mariana se preguntó entonces por qué había dejado de lado esa posibilidad.

Salieron de la penumbra al calor, que los abrazó apenas traspusieron la puerta del bar. Eran ya las doce del mediodía, con el sol en la vertical del cielo. Caminaron lentamente hacia sus automóviles, hablando. Al llegar al de Mariana, se detuvieron y siguieron charlando. Luego se besaron en ambas mejillas y así se despidieron. Mariana había dejado su coche al sol y tuvo que bajar las ventanillas delanteras y aguardar en pie junto a la puerta abierta mientras se ponía en acción el aire acondicionado. Luego se metió en el coche y cerró todo. Al principio sintió el ahogo de la chapa recalentada, pero poco a poco el aire fresco empezó a aliviarla. Mientras se recuperaba siguió pensando. La conversación con Mansur había puesto en marcha el torbellino de ideas que llevaba dentro y, aunque empezaba a ver cierta claridad, se daba cuenta de que lo fundamental era ordenarlas porque sólo así aparecería el dibujo de la historia que estaba buscando. Pero ahora sí corrían las ideas y, efectivamente, aunque estuvieran enredadas y no mostrasen con claridad sus respectivas trayectorias, tenía la sensación vívida de que todas confluían en un punto, que era la salida del laberinto. Puso el coche en marcha y sacudió la cabeza, como si expulsara todo lo que había estado pensando. Ahora tenía que conducir y no era momento de distracciones.

Al tomar la dirección de salida, su automóvil quedó emparejado con el de López Mansur, que también maniobraba en ese momento. Mansur bajó la ventanilla del copiloto.

—¿Vas a seguir investigando? —preguntó.

—Estoy en ello —contestó Mariana, que también había bajado el cristal de su ventanilla.

—Espero que tengas suerte. ¿Qué piensas hacer?

—Voy en busca de un francés.

—Vaya, vaya. Un francés. Luego te quejarás de la fama que te echan —dijo Mansur. Ella agitó la mano en señal de despedida.

Maneras de matar

Al levantarse por la mañana, lo primero que hizo Mariana de Marco fue asomarse a la ventana de su casa. El cielo estaba cubierto, pero calculó que antes del mediodía ya habría despejado. Era un día clásico del último tercio del mes de Septiembre: gris y sin embargo luminoso, templado y sereno. El día anterior hizo la última parte del viaje habiendo anochecido y se metió en la cama después de telefonear a su madre para confirmarle que había llegado sin novedad, de modo que al despertar se encontraba fresca y descansada y dispuesta a entrar en acción. En el Juzgado la esperaba una buena sesión de trabajo, aunque había adelantado varios asuntos antes de salir, como previsión. Mariana era del género puritano en lo tocante a la profesión y no le gustaba acumular retrasos, al punto de ser capaz de quedarse un día y otro hasta bien tarde con tal de no permitir que se produjeran acumulaciones sobre su mesa; tenía verdadero pánico al desbordamiento porque bien sabía que el retraso sólo criaba más retraso, como la humedad el moho, y al final le costaba un esfuerzo ímprobo recuperar el ritmo. Una vez soñó que se encontraba perdida en un laberinto de legajos que se alzaban unos sobre otros altos como armarios, formando calles que podía recorrer, pero que le impedían alargar la vista en busca de una salida; era, sin duda, una representación inconsciente de su rechazo a la acumulación de papeles pendientes sobre su mesa de trabajo. El ejercicio de terminar lo que se proponía cada día era resultado de una lección aprendida en el bufete a costa de muchas noches en blanco.

Sin embargo, a lo largo del día tuvo tiempo de intentar localizar, en primer lugar, al capitán López, de la Brigada Judicial de la Guardia Civil, con quien había trabajado desde sus inicios en el Juzgado de Primera Instancia e Instrucción de San Pedro del Mar y al que le unía ya una relación de compañerismo. Desgraciadamente, se encontraba fuera del cuartel en una misión que le llevaría algún día más y por la que Mariana prefirió no preguntar. Era un hombre recto y sobrio, de trato agradable y muy bien preparado, y ambos se respetaban profesionalmente. Su relación se ceñía a cuestiones de trabajo, aunque en la última fiesta de Año Nuevo había descubierto, al compartirlo con su esposa por esa noche, pues acudieron todos juntos a la fiesta, que era un bailarín empedernido, lo cual la había dejado de una pieza.

«¿Mi marido? —había dicho su esposa—. Huy, no sabes cómo es de bailón. A mí me agota. No se cansa nunca».

Así que se lo habían repartido, aunque ellos dos un poco intimidados al principio por aquel salto del trato profesional al emparejamiento musical.

Mariana, al no encontrarlo, estuvo reflexionando acerca del modo en que podría conectar con un servicio de información que pudiera ayudarla a llegar al misterioso ciudadano francés que visitó La Bienhallada unos días antes de la muerte de Hélène.

—Chica, pues no sé qué decirte. Échale un galgo a ese franchute —dijo su amiga Carmen, a la que había puesto al tanto de la historia nada más regresar a Villamayor. Carmen la ayudaba a pensar con sus espontáneos comentarios, aunque esta vez se encontraba tan despistada como su amiga—. Anda que no es una historia macabra ni nada, mira tú en lo que se te ocurre ir a fijarte. Es que te metes en cada lío..., porque te podían haber matado, así, a lo tonto.

—Sí, algo me dice que estoy metida en un lío. Pero me intriga mucho, no lo puedo resistir, la verdad.

Se quedó en silencio, meditando, durante unos segundos. Luego dijo:

—Vaya; eso y que me parece una triste injusticia que a una persona la arrojen a los pies de los caballos para salvar el honor de una familia.

—Tampoco sabes.

—Si supiera lo que pasó...

Por la noche, de vuelta a casa, tranquilamente reclinada en el sofá, había tenido que dejar el libro recién empezado (*Mi enemigo mortal,* Willa Cather otra vez) porque no lograba concentrarse. Lo había cogido justamente para distraerse y no lo conseguía.

Estaba segura, con una intuición firmísima, de que la visita del francés era, si no el desencadenante de la tragedia, sí el mecanismo que la había puesto en marcha. La otra pregunta que se hacía sobre el mismo asunto era acerca del destinatario de la visita. Se había ido dando cuenta, a medida que daba vueltas al enredo, de que no estaba nada claro quién era el objetivo de la visita del francés: ¿Hélène o Ruz? ¿A quién intentaba chantajear el francés, a Hélène o a Ruz? El contenido de la carta afectaba a Hélène, seguramente porque, de hecho, debía de ser la carta que ella entregó a Cirilo y que cada vez más se perfilaba como eje y explicación de los sucesos de Guadeloupe, pero no fue ella quien dio la cara, aunque ahí el relato de Felisa se tornaba un tanto confuso. ¿Recibió Hélène al francés y posteriormente se interpuso entre ambos el fiel Ruz apartándola del engorro o habló éste directamente con aquél? Sin duda alguna, la carta tenía que ver con un asunto oscuro, algo más que la mera indicación de que se le facilitara a Cirilo la autorización firmada para retirar las joyas. Lo malo era que ahí se encontraba ella con un muro.

Apenas un par de días después, la atención de Mariana sobre el «caso» Ruz empezó a difuminarse por efecto del trabajo en el Juzgado. A medida que pasaban las horas y el escenario de la boda se alejaba de ella, el misterio le iba pareciendo más trivial y su importancia más relativa. Los asuntos del Juzgado la tenían absorbida, su vida entró en otro ritmo, la cotidianeidad misma le hacía comprender que su relación con el caso era sumamente vaga y, sobre todo, contemplaba su amistad con los Fombona como una cuestión liquidada. Incluso la imagen del administrador en pie junto a Hélène el día de su boda, la que pudo ver apenas durante un minuto en el dormitorio que fue de Hélène primero y de Elena Villacruz después, permanecía en su memoria con mayor nitidez que el conjunto de sus relaciones con los demás miembros de la familia; y le pareció evidente que se había dado a sí misma, de manera inconsciente, el mandato de apartarse de ellos para siempre.

Pero, con todo, quedaba un asunto pendiente que se sabía incapaz de olvidar: tenía que devolver el golpe a quien se lo diera a ella aquella noche en el hotel.

El capitán López, su más fiel aliado, regresó un día más tarde y apenas puso pie en el cuartel se encontró con una nota de Mariana rogándole que acudiera a verla en cuanto le fuera posible. Antes del mediodía, el capitán pasó por el Juzgado. Mariana lo recibió con verdadero afecto, no solamente porque necesitaba ayuda sino también porque representaba lo contrario del ambiente de la boda a la que asistió. Era de esa clase de personas que le gustaban a Mariana: tímidas en el trato personal y enérgicas en el ejercicio de sus funciones, pero que no carecen de astucia ni de cautela a la hora de tener que habérselas con una situación complicada.

Se escaparon ambos a un bar cercano para obsequiarse con unas cervezas y unas rabas, una de las muchas debilidades de Mariana, especialmente en aquel bar, que tenía a gala ofrecer auténticas rabas, es decir, las patas y la cabeza del magano, no el cuerpo cortado en aros.

—Eso en el resto de España se llaman calamares fritos; pero la raba es la raba.

—Aquí también llaman raba a todo, pero si tú lo dices... —aceptó el capitán.

—Lo digo y lo mantengo. Lo que pasa es que a la gente cada vez le importa menos hablar con propiedad.

Mariana le puso al corriente de la historia de los Fombona con todo lujo de detalles al tiempo que descubría para sí misma que la tenía aparcada, mas no olvidada, y, como era de esperar, logró interesar al capitán.

—Lo sabía —dijo ella al final—, sabía que te iba a llamar la atención. La historia del cadáver arrepentido es irresistible. Ahora lo que necesito son dos cosas. Una: que veamos el modo de saber qué es lo que está investigando la Guardia Civil desde que desenterraron el cadáver, porque es evidente que han tenido que reabrir el caso al aparecer el administrador; ahora ya saben, por ejemplo, que lo enterraron a poco de morir o no hubiera sido posible encontrarlo en la postura en que lo hallaron. Lo segundo es que me averigües cómo podemos dar con la pista del oficial francés, supongo que a través de los servicios de información del Ejército.

Pero el capitán López tenía puesta su atención en otro asunto.

—Lo que no entiendo —comentó en seguida— es cómo te quedaste tan tranquila después de que intentaran matarte. Eres un caso. Tenías que haberlo denunciado y haber pedido auxilio en el momento, para que quedase constancia —dijo el capitán López seriamente preocupado.

—¿Y qué podría hacer yo, aparte de callarme? Sólo de imaginarme en camisón gesticulando al portero de noche se me abrían las carnes. Lo único que pensaría todo el mundo es que estaba loca o que había vuelto colocada de la boda. Y, encima, con los Fombona al acecho.

—Pues haber gritado.

—No pude, no me salía la voz.

—¿No comprendes que pudo volver a intentarlo?

—Yo ahora creo que sólo trataban de asustarme.

—Pues yo no lo creo. Nadie que te conozca puede pensar que va a apartarte del caso de esa manera. Y si crees que fue uno de los Fombona, que te conocen, razón de más.

—En realidad ese ataque es la única confirmación que tengo de que Elena fue asesinada. Quisieron apartarme del asunto o, supongamos lo peor, hacerme callar. Bien: eso establece el fundamento de mis sospechas, ¿no te parece?

—Eres una inconsciente, te lo digo en serio —dijo el capitán, preocupado.

—¿Y lo del francés, qué me dices?

—¿Qué francés? ¡Ah! Un caso de adulterio.

—Que no sabemos si era consentido o no, pero en todo caso Cirilo Villacruz no se fijaba en esas menudencias, aunque a menudo todos estos tarambanas son unos practicantes entusiastas de la ley del embudo. Y, sin embargo, hay un asunto por dilucidar que me parece muy importante. Vamos a ver: ¿cómo es que Hélène, conociendo a su disoluto marido, le encarga que se haga cargo de la recuperación de sus joyas? No me digas que no corría el riesgo de que le vaciara la caja y se largase con ellas. Y reconoce que hay que tener sangre fría para enviar al marido, por mucho que la tuviera medio abandonada, a pedirle al amante que le entregue la autorización correspondiente para retirar unas joyas que ella había puesto a salvo de la codicia de Cirilo. Es inaudito. Y no quiero pensar en la sorpresa del amante; se debió de quedar de una pieza al recibir las instrucciones de manos del mismísimo marido.

—Pero ¿no me has dicho que lo mató? —preguntó el capitán López.

—Ésa es otra —comentó Mariana—. Lo atravesó con su propia espada.

—¿Y se hizo con la autorización?

—No lo sé. Entiendo que no. A partir de ahí es cuando desaparece. No te quiero decir la que se debió de armar para recuperar las joyas porque, claro, la caja de seguridad donde las había depositado tenía que estar a nombre del oficial. Pero eso no es lo que ahora me interesa. Lo importante es tratar de saber qué pasó allí, en Guadeloupe. Hay que seguir la pista a un oficial francés cuyo nombre desconocemos, pero fácil de identificar por causa de su muerte a manos de Cirilo Villacruz, o eso suponemos, que estaba destinado en Basse-Terre.

—¿Es que no se sabe de cierto?

—Es que Cirilo Villacruz desapareció para siempre y nunca se ha vuelto a saber de él, así que se supone que lo mató y huyó, pero no hay pruebas. Lo que yo he recordado de pronto es que la información llegó a la familia por conducto, en primer lugar, del mando militar, que a su vez tenía la información del asistente del oficial. Ese asistente fue entrevistado más tarde, al parecer, por los detectives a los que la familia encargó la búsqueda de Cirilo. Y ahora que lo pienso: ¿no es lo más sensato suponer que el misterioso francés que visitó a Hélène, o a Rufino, o a los dos, en La Bienhallada fuera ese mismo asistente o alguien muy relacionado con él?

—O un compañero de armas.

—¿Tanto tiempo después? Ni hablar. Tenía que ser alguien personalmente implicado en el caso. Así que ese asistente se vuelve cada vez más sospechoso porque es el único que estuvo en el lugar del crimen nada más producirse éste. Veamos: con el tiempo, habiéndose informado cuidadosamente, decide ponerse en contacto con Hélène. Entonces viaja a España, suelta lo que sabe y el administrador sale aprisa para Madrid ¿a hacer qué? ¿Conseguir el dinero del chantaje?

—Puede ser.

—Ya. Tampoco yo lo sé. Eso es lo que pretendo averiguar.

—Pues no me parece nada fácil.

—Mira, tú eres un hombre muy práctico y muy seguro y has tenido contactos con la policía francesa en diversos servicios, así que no te ha de resultar difícil hallar el modo de dar con el oficial y, de paso, con el asistente.

—Si es que vive.

—Ah, pero las familias se transmiten los sucesos que adornan su vida y la suya no será una excepción. Bien sea por parte del oficial, bien por la del asistente, alguien debe de saber en Francia lo que los Fombona nos están ocultando en España.

—Y tanto tiempo después, ¿a ti qué te va en ello?

—Buena pregunta, señor capitán. ¿Sabes lo que me va? Pues me iba una mezcla de piedad y respeto por la figura de Rufino Ruz. Me jode que se quede secuestrado por la familia Fombona y guardado poco menos que en un cajón de la cocina o en un hueco de la despensa. Le deben mucho y no le reconocen nada, lo esconden, lo anulan... Una de las cosas que peor soporto en esta vida es la mezquindad. Pero desde anteayer me van las ganas de devolverles a los Fombona el maltrato y, en especial, verle la cara al hijo de puta que me atacó de madrugada.

—Pero vamos a ver —razonó pacientemente el capitán López—, ¿no me dices que tu amiga se estaba casando con un nieto de ese administrador?

—Sí. Un bicho raro.

—Pues... su abuelo ya está reivindicado con la boda.

—Lo estaría si no hubiese reaparecido en la finca tal y como apareció enterrado.

—Pero la boda...

—La boda era inevitable, pero entre el cadáver y la muerte de Elena se convierte en un asunto abracadabrante.

—Bueno, como te conozco, creo que no necesito seguir preguntando —López se tomó un respiro—. No te prometo nada, excepto que lo voy a intentar.

—Como yo a ti también te conozco, con eso me basta.

Mariana se quedó en silencio contemplando al capitán López mientras éste paseaba la mirada distraídamente por la calle a través de la cristalera del bar. Era un gesto típico suyo cuando algo le concernía de manera suficiente. Mariana se sonrió pensando para sus adentros: «Hay que ver la buena madera que tiene este hombre». López era pocos años más joven que Mariana, quizá no pasase de los cuarenta, y su carrera en la Guardia Civil estaba siendo verdaderamente brillante. Era uno de esos tipos de extracción modesta que se había hecho a sí mismo ayudado por un severo ejercicio de rectitud moral. Su hermana menor, que vivía en Gijón, era el mismo estilo de persona. Él estaba casado desde tiempo atrás con una chica algo más joven y bastante más simple, pero de buen carácter, con la que tenía dos hijos. Mariana apenas la había tratado fuera de lo profesional, salvo en la fiesta de fin de año y alguna que otra ocasión, muy de pasada y por pura coincidencia.

—Oye —preguntó Mariana de pronto—. ¿Te dijo algo tu mujer al día siguiente por volverte a aquella fiesta?

—Nada. ¿Qué iba a decirme?

—Hombre, algo de pelusa ya tenía porque yo bailara contigo.

—Qué va, lo que pasa es que no está acostumbrada a beber y con dos copas de champán se desorienta. Me la llevé y se quedó roque en un momento y yo, en cambio, desvelado. Por eso volví.

—Por mí, estupendo.

—Por mí también.

Se produjo un silencio.

—Lo que me sigo preguntando —dijo Mariana cambiando bruscamente de conversación— es la razón por la que Elena muere. Tiene que haber un hilo conductor entre ese asesinato, que claramente lo es aunque no tengamos pruebas, la carta perdida que le cuesta la muerte a Hélène y el increíble asunto del cadáver del administrador. La carta, la carta. Necesitamos la carta. No sé, de verdad es algo que está empezando a obsesionarme otra vez. Casi me había olvidado y en cuanto te lo he contado he vuelto a meterme de cabeza en ello.

—Eh, que yo no tengo nada que ver.

—Ya, hombre. Lo sé. Lo digo porque al contártelo todo y pensar en el francés de nuevo..., en fin, que me he puesto a darle vueltas otra vez. Hélène... ¿Qué es lo que le impresiona tanto a ella? ¿Qué teme con la llegada del francés?

—O a él, al administrador —comentó López—, a lo mejor al que se le cayó el alma a los pies fue a él.

Mariana se lo quedó mirando con gesto de sorpresa.

—Pero ¿se puede saber por qué eres tan listo y lo disimulas tanto? —exclamó Mariana, cuando pudo recuperar el habla, con una mezcla de admiración y simpatía. «Al que se le cayó el alma a los pies fue a él», se repitió absorta después de que el capitán se despidiera.

Una semana después de su regreso llegó una tarjeta de Amelia agradeciendo a Mariana su regalo de boda en la que firmaba también Rodolfo. «Bueno —se dijo—. Al menos no se pierden las buenas formas». Ella no había olvidado el asunto Fombona, enredada como estaba en los numerosos casos que debía atender en el Juzgado, pero la llegada de la tarjeta reactivó el interés nunca desvanecido. En cuanto pudo, se lanzó al teléfono y no paró hasta dar con el capitán López, que no tenía noticia alguna de Francia ni esperanza de tenerla por el momento. En cambio, le confirmó que el «caso» Ruz estaba reabierto y que se seguían pistas, pero no podía revelar nada más. «Bueno —pensó ella—, yo también sé deducir». Lo cierto era que el intento de dar con el paradero de una persona casi desconocida y presumiblemente muerta era una labor tan ingrata como desesperanzadora, lo cual no prometía un buen resultado. Si hubiese dispuesto de algún contacto con la familia Giraud quizá eso hubiera facilitado las cosas aunque ella se temía que, al igual que los Fombona, los Giraud se cerrarían en banda. Era una historia familiar protegida por intereses distintos y por un temor común que, en su opinión, se parecía bastante al que se tiene a las secuelas de una actuación cuando menos dudosa, si no delictiva. No le cabía la menor duda de que el secreto inicial estaba en el dramático suceso de Basse-Terre; ahora bien: ¿cómo retroceder en el tiempo para llegar hasta él?

La idea del capitán López era la que más le gustaba. En efecto, si en aquel comentario casualmente certero llevaba razón, se explicaría de manera convincente que el administrador hubiera aceptado que lo echaran de la casa sin oponer resistencia. Debería tener, lógicamente, el ánimo roto por el impacto, y con él, el sentido mismo de su entrega a su amada Hélène. «Amada y muerta —pensó Mariana—. Amada, muerta en sus brazos y dolorosamente lejana a la vez». Más que nunca aquella carta despedazada se constituía en el centro del misterio. ¿Conseguiría dar con alguien que aún tuviera la respuesta? De repente se reconoció que un acto que implicaba a tantas personas, tantos sentimientos y tanto tiempo estaba única y exclusivamente en sus manos. Ella era la única valedora del honor y la dignidad de Rufino Ruz. ¿Por qué? ¿Qué la empujaba a resolver aquel misterio en el que no quería interesarse nadie, del cual se había convertido en campeona?

Mariana se vio obligada a hacer examen de conciencia. Tanto como el asunto Ruz le interesaban sus propias razones para tomarlo tan en serio. Y no solamente a causa de la agresión sufrida. Por decirlo a las claras: no era ésta la primera vez que, a propósito de una actitud suya, se preguntaba acerca de lo que su ex marido le echó en cara en varias ocasiones, sobre todo a medida que se acercó el momento de la separación, para entonces convertido en una muletilla que la hería particularmente: su puritanismo. Sus ideas estaban, creía ella, muy lejos de cualquier fundamento que, en espíritu, la empujara hacia el puritanismo, pero había tenido tiempo para reflexionar y meditar acerca del modo en que se tomaba los asuntos relacionados con la dignidad de las personas, empezando por la suya propia, que a veces resultaba chocante, excesivo, quizá insoportable para los demás. La propia dedicación a su trabajo, su pundonor por no dejar para mañana lo que podía hacer hoy, esa especie de compromiso con la disciplina llevado más allá de lo que se considera una exigencia razonable, ¿no la estaría convirtiendo en una persona seca y estricta? ¿No acabaría por empujarla a la intransigencia? Ya en varias ocasiones se había sentido dividida entre una espontaneidad un tanto anárquica y ciertamente alocada y una autoexigencia penitente. La rectitud llevada al extremo puede ser una forma de soberbia, le había dicho el padre Vitores.

Ella era consciente de que buscaba un término medio, pero cuando se enfrentaba a asuntos que la implicaban más allá de lo estrictamente profesional (e incluso a asuntos profesionales que demandasen de ella, o eso le parecía, una comprensión más amplia que la que atañe al justo ámbito jurídico), se encontraba sin quererlo en ese campo de fuerzas aparentemente opuestas que eran la firmeza y la liberalidad. Bien, no tenían por qué ser opuestas y la sensación final era que el conflicto entre ambas actitudes no le disgustaba, que no le importaba esforzarse en tirar de las dos riendas porque esa dualidad formaba parte de su espíritu de manera inequívoca, pero con todo, como un mandato antiguo, la aplicación del principio de firmeza exigente era un valor que provenía de su propia naturaleza. Si esa naturaleza era autónoma y estaba marcada por su educación, no podía afirmarlo con toda certeza, porque el mandato de rigor y autoexigencia instalado en el subconsciente ni sabía reconocerlo ni podía extirparlo. Era una reacción tan ingenua como su puritanismo, o tan arraigada, y por ahí corría con demasiada soltura un sentimiento de culpa por muchos de sus actos, sentimiento que preferiría no tener, pero que no lograba evitar. Ahí estaba, la culpa. Y por causa de ella se exigía llevar a término todo lo que empezaba, incluido el secreto de familia de los Fombona. Aparte de que tenía que resolverlo para devolver el golpe.

El comentario que Sonsoles hizo una vez se abrió paso de repente entre sus pensamientos: «A Mariana le gustan los chicos malos». Una punzada de dolor y también una especie de vértigo de perdición la retrajo a su relación con Fernando Mejía.[*] «Amor de perdición», se dijo recor-

---

[*] Véase: J. M. Guelbenzu, *La muerte viene de lejos.*

dando incidentalmente el título de la novela de Castelo Branco. ¿Sería tan cierto que hasta un alma simple como su amiga Sonsoles Abós lo había captado? Lo de Mejía, aquel cínico criminal, resonaba aún como un dolor al fondo del cual todavía anidaba un serio temor a aquella clase de deseo que le atraía a pesar de todo, que le atraía tanto como lo detestaba, pues en su conciencia aparecía como algo aborrecible, pero la memoria no dejaba de recordarle hasta qué punto le había atraído. «Agua pasada», se dijo sin mucha convicción. Quizá una parte de ella no quisiera sacarlo nunca de sí misma. Quizá no pensaba ya en la persona concreta sino en las emociones que suscitó en ella, pero eso tampoco era un consuelo porque la semilla seguía ahí resistiendo, esperando la ocasión de desarrollarse y enraizar, y la figura de aquel hombre no terminaba de borrarse. En todo caso, en lo que se refería al episodio concreto: agua pasada, agua al mar, la corriente no vuelve atrás. Suspiró hondo y miró por la ventana. La noche otoñal se había echado encima, antes incluso de que abandonara el Juzgado y recorriese las calles oscuras camino de su casa. Ahora estaba en el salón, sentada en su butaca favorita. *Mi enemigo mortal* reposaba abierto boca abajo sobre la consola, por esa manía suya de no utilizar marcapáginas; toda la diligencia que ponía en los asuntos del Juzgado se convertía en desorden y pereza en su casa. Decidió prepararse una copa, un whisky con soda, como de costumbre. Al final de cada tarde, por avanzada que estuviera, se sentaba a leer y se preparaba un whisky con soda. Y así una tarde tras otra. La vida se estaba volviendo monótona fuera del Juzgado.

Le habría gustado conocer a Rufino Ruz. Esa imagen del hombre insignificante, secundario, aceptado sólo y siempre como un empleado al servicio de los amos por mucha que fuese la confianza que le otorgaran, que se convierte de pronto en un poderoso protector y un tierno amante de la flor más exquisita de la familia..., esa imagen le fascinaba, como la de los criados que un día acaban por comprar la casa del amo arruinado. Quizá era, en parte al menos, una imaginación suya, pero en todo caso le fascinaba y así era como la había construido desde que conoció los verdaderos términos del drama y empezó a rehacer mentalmente la existencia de aquel hombre. Pensaba en su frustración, en su triste final, en su injusta decadencia. De todos modos, a él bien poco le iba a importar ya que lo reivindicasen. Sólo hay una vida y en ella es donde cabe todo lo que somos capaces de hacer, sentir, desear... y perder. Nada de lo que hiciera por Rufino Ruz tenía ya sentido para él mismo ni, al parecer, para sus descendientes, a juzgar por la actitud de Rodolfo. Pero era esa imagen tan triste de sus huesos tendidos bajo tierra y suplicando perdón lo que le parecía a Mariana la escenificación de un final atroz e inmerecido. Ella sabía bien que, aunque luchara por él, también lo estaba haciendo en realidad por sí misma. Su sensibilidad no soportaba la contemplación de un canje tan miserable por una vida de presumible lealtad, pero había algo más, lo intuía y no sentía miedo por ello: buscaba una especie de redención, un modo de alejar los malos deseos, los malos pensamientos, una manera de demostrar que, con todos sus defectos, estaba hecha de la mejor madera. Por su propio bien, no podía dejar que el asunto terminara en una grotesca burla urdida por algunos desaprensivos; por su propio bien necesitaba torcer ese destino infame o tendría que dejarse llevar por el fatalismo, por la indiferencia o por la rendición sin voluntad. En consecuencia, en el asunto Ruz luchaba también por sí misma. Y si pensara que esta lucha no tenía sentido, ¿qué sentido tendría para ella misma su propia lucha por la dignidad, que tanto apreciaba? Sacar a la luz la verdad del enterramiento del cadáver de Rufino Ruz no evitaría que sucedieran horrores aún peores, en el mundo y quizá también en su vida; significaba sólo, y eso era bastante, que quien ha pagado con su vida tiene derecho a no morir de ignominia por segunda vez.

Mariana de Marco no volvió a relacionarse con Amelia Fombona. Le contó a su amiga Sonsoles Abós, que a su vez lo era de Amelia y de la familia, los motivos del distanciamiento, aunque de un modo muy superficial porque no quería entrar en un juego de dimes y diretes que no conduciría más que a enturbiar su propia amistad. Su otra amiga de la zona, y secretaria de Juzgado en San Pedro del Mar, que era directa como un trueno, se lo reprochó aduciendo que las cosas hay que contarlas tal como son y que cada palo aguante su vela, pero Mariana ya no estaba por la causa de crear motivos que, en nombre de una pureza estricta y exigente, enfriasen sus escasas amistades cántabras.

—Cada relación establece sus propios límites y no es cosa de pedirle más allá de lo que te pueden y te quieren dar —explicó. Carmen, que era tan cariñosa y leal como maximalista, lo entendió a regañadientes.

Pero un día Mariana recibió noticias inesperadas. Las discretas iniciativas del capitán López habían dado su fruto. Los resultados, sin embargo, eran escasamente alentadores. En realidad había conseguido obtener noticia de un pariente en segundo grado de aquel escurridizo oficial francés y este pariente les informaba de que el oficial había muerto sin sucesión directa y sus pertenencias, objetos personales, cartas y cualesquiera otros retazos de su existencia estaban liquidados y perdidos en el olvido. Nunca oyó hablar de una carta y nunca apareció nada semejante a lo que le describían en los papeles que a él le llegaron en su día.

—Pues sí que hemos sacado mucho en limpio —comentó Carmen.

—Bueno, aunque no sea mucho, al menos tengo un punto de amarre. Vamos a ver si me pongo en contacto con ese familiar y, entre tanto, logramos dar con el asistente del oficial. No sería extraño que el primero hubiera tenido relación en algún momento de su vida con el segundo; de hecho, se te podría haber ocurrido a ti —le comentó Mariana, que no estaba dispuesta a darse por vencida.

—Ese asistente debe de estar ya más muerto que Carracuca —dijo Carmen.

Este año, el otoño se resistía a dejar paso al invierno. Mariana había tomado la costumbre de salir los sábados y domingos a recorrer las comarcas de la zona en un ataque de entusiasmo naturalista. Cogía el coche y marchaba en cualquier dirección, sin premeditarlo, al encuentro de la casualidad. No solía quedarse a pernoctar fuera, pero se calzaba unas deportivas, un pantalón y un buen jersey (odiaba el chándal con toda su alma) y, donde le apetecía, aparcaba el coche y se echaba a andar con una pequeña mochila a la espalda, almorzaba en algún chiringuito o bar que le saliera al paso y regresaba victoriosamente cansada. Era un ejercicio que le ayudaba a descargar la presión del trabajo diario y, como solía decir, llenaba su soledad de manera más animosa que el retiro en casa. A veces lo hacía en compañía de Carmen o de dos profesoras de Instituto de Villamayor, que eran muy amigas de la naturaleza. Lo que no perdonaba a la vuelta, tras una cena de lo más frugal, era la lectura y la copa por la noche, sobre todo el sábado; y la música al levantarse por la mañana. Ahora estaba entregada a Mozart, solamente conciertos y música sinfónica.

El capitán López la llamó para decirle que las cosas iban lentas y que no albergaba demasiadas esperanzas de avanzar por la estela del oficial francés. Pista cerrada de momento. No había más.

—¡Qué me dices! —exclamó Sonsoles horrorizada—. ¡No te puedo creer!

—Pues créetelo. Me robaron la ropa interior y apareció en una habitación de La Bienhallada.

Mariana había decidido hacer caso a Carmen, contra su propia opinión, y tantear la reacción de Sonsoles ante una información directa sobre la familia Fombona.

—Pero eso... ¿te das cuenta de lo que estás diciendo? No —negó—, es imposible. Eso ha de ser cosa de algún empleado, un camarero, un chófer..., yo qué sé.

—A ver si ahora voy a tener que poner distancias contigo después de haber tarifado con Amelia, porque es lo que me faltaba. Si te digo que se coló en mi habitación y se llevó la ropa y la guardó en la finca es porque es verdad.

—Que no, Mariana, que no es posible. A mí me parece que te has picado con la familia y estás de uñas con ellos. Se habrían incomodado contigo por las razones que sean, pero una cosa es eso y otra robarte la ropa interior, compréndelo. Estaría en su cuarto por..., yo qué sé, por cualquier razón.

—Vamos a dejarlo para no tener más disgustos —Mariana frunció los labios con fastidio—. Pero explícame tú a mí —volvió a la carga tras unos segundos de silencio— qué gano yo si estoy acusando falsamente.

—Nada. Por eso te digo que estás obcecada.

—Lo que me gustaría saber es por qué les das a ellos un crédito que no me das a mí, Sonsoles.

Sonsoles respiró hondo y se quedó callada.

—Creo que no debería haberte contado nada —dijo al fin Mariana—. Y no sé por qué se me ocurrió ir a esa maldita boda. Esto me pasa por confiar en la gente. Toda la vida igual —resumió—, parezco una adolescente que se dedica a contar sus fantasías a las amigas. A estas alturas tendría que haber aprendido la lección.

—Mariana, que no, que yo no desconfío de ti.

—Que sí que desconfías, déjate de bobadas; pero la culpa es mía y lo es por contar cosas que una persona experimentada debería guardarse. Mira que lo tengo aprendido y, nada, otra vez metiendo la pata.

—Que no, Mariana, que no has hecho mal. Que yo..., no sé, hija, a lo mejor tienes razón. Es que me cuesta tanto creerlo, una familia así...

—Yo no he dicho que la familia se conjurase para robarme unas bragas y un sujetador, Sonsoles, que pareces tonta. Lo que te digo es que Marcos se coló en mi habitación y, como debe de ser un fetichista rencoroso, afición mucho más frecuente de lo que te imaginas, se llevó mi ropa interior. Punto. Y espero que no se la haya puesto el tío asqueroso.

—¡Por Dios, Mariana, qué cosas dices!

—Sonsoles, de verdad, no me pongas nerviosa. Tú te vas a tener que venir conmigo una noche por ahí a unos cuantos sitios duros para que te enteres.

—No, si ya sé que pasan esas cosas...

—Pasan cosas mucho peores que un simple acto de fetichismo. Y pasan entre gente que conoces, dilo francamente. Pero, bueno, ¿por qué te haces ahora la estrecha conmigo?

—No sé..., porque me disgusta tanto todo esto...

—La vida no siempre es agradable.

—Pero tú has metido la pata restregándoselo.

—¡Tiene gracia! Así que soy yo la que ofende. Me roban la ropa y no puedo ni echárselo en cara. Si te parece le mando las bragas por mensajero con una nota de disculpa.

—Mira, ya, vamos a dejarlo.

—Esto se derrumba, Sonsoles, esto se derrumba —Mariana dejó caer los hombros con gesto afligido. Luego levantó la cabeza y añadió—: Vale. Dejamos de hablar de ello y ya está. Lamento haber sacado esta conversación.

—Casi lo prefiero, la verdad —respondió su amiga.

Mariana se retrepó en el sofá. Ambas bebieron en silencio de sus respectivas tazas de té. Luego Mariana preguntó:

—A ver, ¿cuándo tenemos concierto?

—¿Te robaron la ropa interior? —preguntó entre estupefacto y divertido el capitán López.

—Sí, ríete. No sé ni para qué te lo cuento. Supongo que, como no está Carmen, para que alguien me escuche —dijo hablando para sí misma—. Primero la familia Fombona, luego Sonsoles; me voy a quedar en cuadro —concluyó.

Estaban tratando de recomponer la historia del oficial francés y, en un momento dado, ella sintió la necesidad de contarle el robo de la ropa. No tenía nada que ver con el objeto de su conversación sino que fue una necesidad repentina. Sabía que se iba a arrepentir, pero se lo contó. Así estaban las cosas.

—¿El cadáver de Elena no presentaba síntomas de violencia de ninguna clase? —preguntó el capitán.

—No lo sé de fijo, pero entiendo que ninguno, pues aceptaron la muerte natural y no hubo autopsia.

—¿Y dices que la encontraron como si estuviera dormida?

—El asesino se acercó a ella y la liquidó sin que se enterase. Eso es lo que yo deduzco del modo como la encontraron. Hay muchas maneras de matar a una cardiópata. Cloruro sódico, por ejemplo; una inyección de insulina... Hay otras, como tirarse encima de una y apretar con una almohada hasta la asfixia. Y por las mismas, ya puestos, puedo pensar que un buen disgusto a una Hélène tocada del corazón y desgastada por la droga también se la puede llevar al otro barrio... Este asunto es un compendio de maneras de matar, deliberada o inconscientemente.

—Lo de inconscientemente lo dices por el tal Ruz.

—Ruz se debió de quedar de piedra al comprender el motivo del chantaje, que yo desconozco, pero que doy por seguro; pero imagínate a Hélène que, hasta donde sabemos, tenía algo muy grave que ocultar y, ¡zas!, va y se lo suelta su amante marido. Que él se enzarzara con ella en busca de una explicación tiene su lógica, ¿no? Y ahí le falla el corazón. Debió de ser tremendo.

—¿Y no será que la familia decide encubrir la muerte de Elena?

—Buena idea, demasiado complicada.

—Hablaba por hablar.

—Porque es factible pensar que Hélène falleciera por efecto de una formidable impresión, pero su hija... Claro que, en aquellos tiempos, ni la medicina ni la policía eran tan sofisticadas como ahora. En todo caso, si Ruz propició la muerte de Hélène con su exigencia de verdad, no era eso lo que buscaba; en cambio, quien visitó aquel domingo a Elena buscaba su muerte, eso está claro.

—La verdad es que hay muchas maneras de matar —dijo el capitán.

—Y también de enterrar —completó Mariana—. Esta historia es un compendio de posibilidades.

Además, como le había hecho ver el capitán López, nunca tendrían la posibilidad real de penetrar en el asunto porque no era su caso y no disponían de tiempo ni de medios para dedicarse a él; eso, sin contar con que tampoco podía implicar al capitán más allá de lo que es pedir un mero favor. Y ni siquiera era un caso; es decir: no estaba sujeto a ninguna investigación sino tan sólo a sus lucubraciones; por lo que, si fue complicado llegar al oficial francés, remontarse al suceso de Guadeloupe se revelaba imposible.

—Es una verdad de índole privada la que buscamos —comentó Mariana—. Pertenece a la familia y no hay más que hablar.

—Hay un cuarto sospechoso a quien no has tenido en cuenta.

—¿Un cuarto?

—Una cuarta. Amelia Fombona.

—¡Eso es absurdo!

—¿De verdad? Pues es la que más ha ganado con la muerte de su madre y, en consecuencia, la que más tenía que perder si lo que se iba a cambiar era el testamento.

—Pero Amelia..., a su madre... No me fastidies: Amelia siempre tendría las de ganar, era la depositaria del destino de la familia en la voluntad de Elena.

—Salvo que su madre fuera a retirarle la confianza. ¿Es que no era la madre de los otros tres y no has dudado en sospechar de ellos? Me parece que te traiciona tu complicidad femenina.

Mariana se había quedado de una pieza.

—Para tu tranquilidad te diré que es menos fuerte que sus hermanos; es decir, le costaría mucho más esfuerzo ahogar a una Juez demasiado inquisitiva con una almohada. *Más esfuerzo* —subrayó el capitán con toda intención.

—¿En su noche de bodas? ¿Abandonar a su marido y venir hasta mi habitación? Anda, deja de decir tonterías.

—Si estaba de acuerdo con su marido...

—¡Basta! —dijo Mariana enérgicamente—. Mal está que yo sea una novelera, pero a ti eso sí que no te va. Pero ¿cómo se te puede ocurrir...?

—Yo sólo apuntaba una posibilidad, que es tan real como cualquier otra. Aparte de eso, habría que enterarse de si el marido tiene el sueño pesado —a Mariana no se le escapó el tono punzante de esta última afirmación.

—Vale. Me merezco las pullas, pero no te pases. En cuanto a la privacidad de estos crímenes o muertes o entierros, no hay manera de romperla, es verdad. Habría de instar la investigación por alguien y Meli no estaría por la causa, como es natural. Y en cuanto a los restantes hermanos... Total: caso cerrado.

—¿Podría instalrla un descendiente del administrador? —dijo el capitán—. Vaya —rectificó—, olvidaba que está casado con Amelia.

—¡Santo cielo! —exclamó Mariana—. ¡El nieto mayor!

—¿Hay otro nieto? ¿Estaría dispuesto? —preguntó el capitán—. Ten en cuenta el tiempo transcurrido. No sé yo si a estas alturas se puede admitir una investigación a instancia de parte sobre un suceso tan lejano..., aunque lo cierto es que el cadáver ha aparecido ahora.

—¡Qué dispuesto ni qué nada! —saltó Mariana—. ¡Qué nos importa eso! Lo importante de verdad es que existe otro nieto. Lo había olvidado por completo. ¿Seré obtusa?

Roberto Ruz residía en San Sebastián, donde había nacido y adonde su padre, acompañando a su abuelo, se trasladó a vivir tras la muerte de Hélène; allí se casó el triste hijo del administrador y allí nacieron Roberto y su hermano. A diferencia de Rodolfo, que se instaló en Madrid para estudiar Derecho en la Complutense (donde coincidió con Mariana en la Facultad), él realizó sus estudios en Deusto con los jesuitas y después se incorporó al negocio de su padre, hombre aplicado aunque enfermizo y melancólico, fortaleciendo aquél y extendiéndolo por toda Guipúzcoa hasta convertirlo en una importante y prestigiosa casa de gestión y administración de fincas y bienes inmuebles que amplió al negocio de la construcción. Si el padre era un hombre sombrío, su fama de gestor honesto y experto, sin duda heredada del administrador, era bien conocida en la provincia. Roberto Ruz quizá se le pareciese en la falta de ostentación y en el carácter sencillo y discreto, pero en nada más, porque al primer golpe de vista daba toda la impresión de ser un hombre decidido y de natural abierto y sociable. Aunque no personalmente, Roberto conocía de oídas a Mariana, pero en seguida se estableció la conexión a través de la figura de su hermano y eso facilitó el encuentro. Una mañana de sábado, ella tomó el autobús a San Sebastián y se citó con él en su despacho del Bulevar.

Ambos se cayeron bien, por lo que a Mariana no le costó mucho entrar en materia. Empero, a lo largo de la conversación no consiguió averiguar nada que no supiese ya. Efectivamente, Rufino Ruz fue decayendo lentamente. A pesar de tener muchos conocidos a uno y otro lado de la frontera vino a dar en una especie de apatía que lo apartó de toda vida social; también afectó a su vida profesional, pero en este aspecto la conexión con su hijo y la necesidad de salir adelante le fueron dando aire.

—La necesidad los unió —explicaba Roberto; tenía una voz bronca, quizá por efecto del tabaco, pero cadenciosa, que emitía un sonido peculiar—. Ninguno de los dos era la alegría de la huerta y mi madre, que era mucho más animosa, se acabó acoplando a ambos. Yo recuerdo mi infancia con gratitud y entre los amigos del colegio y luego la pandilla lo pasé fenomenal, y no me afectaba mucho que mis padres fueran poco amigos de hacer vida social. La verdad es que estábamos un poco aislados, pero no nos faltó el afecto, aunque a mi hermano lo mimaron mucho más que a mí. Lo que pasa es que mi abuelo empezó a tener problemas de salud y por ahí perdió los pocos ánimos que le quedaban, lo cual no era el mejor estímulo para los demás y menos aún para mi padre.

A pesar de lo que contaba, era una historia más bien tristona, según pudo deducir Mariana, de la que cada hermano salió en una dirección. Roberto no entendía bien por dónde había acabado tirando Rodolfo.

—Un buen chaval aunque algo caprichoso y acostumbrado a que lo contemplasen —comentó—. A mí me recuerda esas historias edificantes que nos contaban los jesuitas en las que un joven guapo y de éxito, acostumbrado a la vida fácil, un día se da de manos a boca con la muerte y se arrepiente. Pues no sé a quién se encontraría en alguna revuelta del camino, pero el caso es que reaccionó al revés. La verdad es que siguió siendo cariñoso y simpático siempre y se convirtió en un irresponsable. No sé si sabes que estuvo a punto de acabar en la cárcel y escapó por los pelos, y no porque fuera una mala persona, que no lo era, sino por dejado, por débil, ésa es la verdad. Quizá el cambio a peor tuvo que ver con la muerte de mi padre. Él se llevaba muy bien con mi padre desde pequeño, mejor que yo, y mucho mejor con mi madre, lo mimaron mucho. Igual le dio miedo la cárcel y se templó un poco o igual fue mi madre, el caso es que ella me planteó que trabajásemos juntos y yo dije que nones. Ahí nos distanciamos.

—Sería duro para ti.

—Mira, yo soy un hombre práctico y preferí ser claro al principio que acabar de mala manera al final. Rodolfo no es mala persona, pero habríamos tenido problemas. De lejos, mucho mejor. Ni siquiera he ido a la boda, ya ves.

—¿Y tu madre?

—Pues al final, bien. Yo creo que nunca me perdonó que dejase colgado a Rodolfo. Yo le dije: oye, que ya es mayor de edad y tiene que saber qué hacer. La verdad es que ha acabado haciendo negocios aquí y allá. Cosas de esas que salen al paso, con muchas relaciones y muchas copas. Y de mi padre quien te podrá contar mucho más es Rodolfo; mi padre se apoyaba en él, ¿me entiendes?

Una de las virtudes de Mariana era la de no desanimarse por mal que se pusieran las cosas. Roberto no podía aportar mucho; sin embargo, su experiencia le decía que hay que agotar todos los recursos antes de retirarse. Por otra parte, le debió de caer bien a Roberto porque éste le propuso almorzar por la zona. Llamó a su mujer, le avisó de que no regresaría hasta la tarde y salieron a estirar las piernas.

El día estaba grisáceo mas no llovía. Fueron caminando hasta el puente del Kursaal, se internaron un poco en el paseo marítimo, hasta la desembocadura del río, y luego retrocedieron en busca del Panier Fleuri, un restaurante clásico al que Roberto debía de acudir con cierta frecuencia a juzgar por la familiaridad con que lo recibieron.

Allí continuaron charlando de todo un poco hasta que, en un repentino ataque de inspiración, Mariana encontró una vía de interés que se fue agrandando apenas empezó a transitar por ella.

—Dime, ¿qué edad tenías tú cuando murió tu abuelo?

—Ah, esa muerte sí que es un misterio. Yo nací al año de llegar mi padre a San Sebastián, después de dejar La Bienhallada. Donde mi hermano se ha casado hace nada.

—Lo sé. Yo estaba en la boda.

—¿Estabas? Vaya por Dios. ¿Qué tal sigue esa familia? A mí me parecen unos cargantes, pero supongo que mi hermano se entiende bien con ellos.

—¿Les guardas algún rencor?

—¿Yo? No. ¿Por qué? A mí ni me van ni me vienen.

—Es que lo del cadáver de tu abuelo...

—Eso. Bueno. La verdad es que parece de ciencia ficción. Yo no fui al entierro. No por mi abuelo, claro, sino por ellos. Parece que estaban atacados, lo que no me extraña porque la aparición de mi abuelo en esas condiciones dos meses antes de la boda tiene narices —Roberto agitó repetidamente la cabeza con un gesto cómico—. Oye, mira, si lo trataron mal, que se jodan ahora...

Mariana rió.

—A mí se me ocurrió meter la nariz en ese asunto y no te quiero decir cómo salí escaldada. No me hablan.

—Te digo yo que son unos cargantes.

—Y tú —Mariana titubeó—, ¿tú sabes algo de la muerte de tu abuelo?

—Sé que desapareció.

—Ya lo sé, pero ¿cómo?

—Se esfumó, tal cual.

—Perdona, ¿me lo puedes explicar mejor?

—Es que es una historia increíble, ya lo sé, pero así fue. O así lo contó mi padre cuando dejó de buscarlo y volvió a San Sebastián.

—O sea, que lo dices en serio, lo de esfumarse.

—La verdad, es como una película de vampiros. Déjame que te lo cuente por orden. Igual me confundo, porque no tenía yo edad para ser consciente de lo que pasaba en casa, pero durante un tiempo se habló de ello y yo oía; por ejemplo, que mi abuelo estaba muy mal por algo que debía de ser, pienso yo, una especie de demencia senil, atenuada, pero demencia, y que eso a mi padre le causaba sufrimiento. Mi padre era un hombre atormentado; un hombre bueno y atormentado que cada vez se fue volviendo más escrupuloso y más religioso y no sé hasta qué punto eso habrá tenido que ver con la manera de ser tan diferentes de mi hermano y mía, porque a mi hermano le impresionaba mucho. ¿Tú tienes hijos?

—No —respondió Mariana—. No he tenido ocasión.

—Ah, ya —dijo Roberto—. La verdad es que uno no se arrepiente nunca, pero tiene su miga.

—Espera, no te desvíes. Estábamos con tu padre —corrigió Mariana.

—Cierto —Roberto se detuvo unos instantes, luego prosiguió—: Mi padre se fue a Madrid con mi abuelo para hacer una consulta médica con uno de esos primeros espadas de la medicina, un neurólogo, no recuerdo el nombre ni falta que nos hace, coincidiendo con que tenía un complicado y delicado asunto que resolver. Concertaron cita y se fueron en coche, que debió de ser un viaje de aquí te espero, con aquel trasto y aquellas carreteras; hizo una parada en Burgos para almorzar, en el restaurante Ambos Mundos concretamente; comieron allí y siguieron viaje. Es en Madrid donde mi abuelo desaparece. Mi padre lo deja en el coche, porque se encontraba mal, y entra en el hotel a confirmar la reserva. Era uno de esos hoteles que en realidad eran como pensiones, en la Gran Vía, y por lo visto aparcó en una calle lateral y salió a confirmar su presencia y dejar las maletas, pero el abuelo se quedó en el coche porque no se encontraba bien. Así que llegó al hotel, soltó las maletas y cuando sale para buscar al abuelo, éste había desaparecido.

—¿Desaparecido? —inquirió Mariana.

—Desaparecido. El coche estaba vacío. Debió de salir a la calle y se perdió para siempre jamás.

—Extraordinario, ¿verdad? ¿No lo vio nadie?

—La verdad que sí, que es extraordinario: nadie lo vio salir del coche. Claro que ¿quién iba a verlo? La gente pasa y sigue caminando, no tenía por qué llamarles la atención. Mi padre dio parte a la policía, removieron Roma con Santiago y nada, ni una pista. Es como esas cosas que leemos en los periódicos de un anciano que sale a dar un paseo y nunca más se vuelve a saber de él. Mi padre, al ver que no se podía hacer nada, se quedó aguardando noticias, pero no hubo manera de encontrar el rastro. Lo que te digo: se había esfumado. Dejó el caso en manos de la policía y al final tuvo que volverse a San Sebastián pendiente de lo que pudieran comunicarle; nunca le comunicaron nada.

—Pero la policía llegaría a alguna conclusión —comentó Mariana.

—Pues no, lo dieron por desaparecido. Es que no hubo manera de seguirle el rastro. Supongo que el caso quedaría abierto a la espera de que apareciese el cadáver, porque todo el mundo, al cabo del tiempo, dio por hecho que estaba muerto. Pero el cadáver no apareció, claro.

—Y tu padre estaría desesperado.

—Al principio, luego no. Es curioso, pero no. Yo diría que la desaparición de mi abuelo supuso un alivio para él. Entiéndeme —dijo Roberto con un gesto de confianza—, no digo que se alegrara sino que, apenado como estaba, dio la sensación de que se había quitado una carga de las espaldas, ¿me entiendes?

Mariana asintió con la cabeza.

—Y debió de ser así. En fin, todo esto que te cuento es lo que he podido ir comprendiendo con el tiempo, hilando cosas, ¿sabes?; porque yo era un niño y me enteraba a medias y porque ése era un asunto al que se le echó candado en casa.

—Tu padre debía de ser un hombre atormentado —dijo Mariana.

—Muy atormentado; desde que yo lo recuerdo.

—Lo que me cuentas apunta también a una sensación de culpa. Quizá él se sentía culpable.

—¿De qué iba a sentirse culpable?

—De la muerte de su madrastra, del destierro de tu abuelo...

—Oye, pero es que él no tuvo nada que ver con eso. Él lo sufrió, en todo caso.

—Quizá Elena lo atormentara...

—Eso me extrañaría, la verdad, porque ya no se vieron más, que yo sepa.

—Quién sabe. Pudo haber una transferencia de personalidad.

—Bah, tonterías, no creo yo en esas cosas.

—Me parece a mí que tú debes de ser de esos que no tienen mucha simpatía por los psiquiatras.

—Igual no —dijo; y añadió, con un guiño—: Me has calado.

Mariana se encontraba realmente cómoda con Roberto y a él parecía ocurrirle lo mismo.

—De manera —continuó ella— que tu abuelo desaparece en Madrid en los años cincuenta y aparece enterrado en Toledo hace un par de meses.

—Así fue y así ha terminado la cosa.

—¿Así que la policía lo dejó por imposible? Habría una investigación que arrojase algún resultado.

—Y la hubo. Según mi padre tardaron mucho en cerrar el caso. Estuvieron con el caso abierto varios años. De vez en cuando se ponían en contacto con mi padre, incluso una vez tuvo que ir a Madrid para identificar un cadáver que resultó no ser el de mi abuelo. La policía se lo tomó muy en serio, pero no hubo manera. Supongo que ahora, a raíz del descubrimiento en la finca, lo habrán reabierto, pero, desde luego, conmigo no se han puesto en contacto.

—¿Y tú? ¿Qué te cuentas tú?

Roberto sonrió francamente.

—¿Yo? Qué quieres que te diga. Para mí es una historia brumosa, algo que viví como una leyenda familiar. Siempre me pregunté qué habría sido del pobre abuelo, por ahí caminando por calles desconocidas y perdido sabe Dios cómo ni dónde ni en manos de quién. Yo, lo que sentía era pena. Pena por él. Por eso la aparición del cadáver me ha dejado tranquilo. Bueno, tranquilo no, porque no quiero pensar en su muerte y en su horrible destino, pero tranquilo porque sea como sea y a pesar de tanto tiempo, ya descansa en paz. Es muy duro lo de pensar que alguien desaparece sin dejar rastro, es como si se convirtiera en un alma perdida.

—Como Cirilo Villacruz —murmuró Mariana. Luego habló en tono normal—: Supongo que tu padre se sentiría culpable siendo como dices que era. Pero esa culpa no casa mucho con el alivio del que hablabas.

—Mi abuelo era un peso muerto sobre mi padre desde que se vino abajo; eso es lo que yo llamo alivio. La culpa de haberlo perdido sería cosa distinta. En fin, que se libró de una carga para echarse otra encima; de todas maneras, el nacimiento de Rodolfo le volvió más afectuoso; aprensivo, pero afectuoso. Rodolfo era el favorito, pero yo —alzó una mano para advertir a Mariana— no me sentí ninguneado, como se dice ahora. La verdad es que mi padre se volvió religioso, obsesivo, escrupuloso, sí, pero ganó en afecto para todos; para mí también. Yo lo recuerdo con cariño porque fue un buen padre.

Mariana percibió un hilo de emoción en la última afirmación. Sonrió con verdadera simpatía a Roberto y le palmeó cariñosamente la mano. Roberto volvió a llenar las copas de vino.

—Qué historia... —comentó ella.

—Nunca la cuento. Lo que pasa contigo es que estabas en el ajo... y que me has parecido bastante maja, la verdad.

Ella se lo agradeció con una nueva sonrisa en la que (lo supo y se riñó mentalmente por ello, todo en un segundo) incluyó un punto de coquetería.

—Pero, entonces, quien lo encontrara es quien lo llevó a Toledo y lo enterró en la finca —dijo Mariana indecisa.

Roberto se quedó mirando atentamente a Mariana y ésta entendió que su silencio encerraba una información o quizá sólo una hipótesis. Era lógico. Nadie se queda impávido ante un suceso semejante. Pensó a toda prisa, porque se daba cuenta de que Roberto ya no daría un paso adelante más, pero no se le ocurría nada. El tiempo caminaba sobre el silencio.

—A no ser que... —empezó a decir ella, de pronto, como atacada por una súbita iluminación. Una idea fantástica... pero posible, fantásticamente posible, pensó de pronto, y se encontró con la mirada de Roberto; era una mirada socarrona y cómplice, ambas cosas a la vez, como si en realidad él hubiera estado esperando que la conversación los empujase a una conclusión que no estaba dispuesto a emitir, pero sí a dejar que ella la imaginara por su cuenta.

—Igual es lo mismo que he llegado a pensar yo —concluyó Roberto interrumpiéndola. Lo dijo en un tono que corroboraba la anterior sensación de Mariana. Ella lo miró con fijeza, como si así quisiera confirmar su intuición, sabiendo a la vez que ya no habría más preguntas, que todo sobreentendido quedaba en sus manos—. Y ahora —continuó diciendo él—, ¿por qué no cambiamos de tema?

—De acuerdo —aceptó ella—. Sólo una pregunta, en otra dirección.

Miró expectante a Roberto y éste asintió con la cabeza. Ella dijo:

—¿Rodolfo no sabe nada, no tiene idea, no ha hecho conjeturas? Al fin y al cabo él está en contacto con la familia.

Roberto rió suavemente.

—Rodolfo era el favorito de mi madre, se quedó con ella y nosotros nos distanciamos, ya te dije. Yo me ocupé también de ella, necesitaba atención médica —vaciló antes de volver a hablar—, estaba muy tocada; Rodolfo se empeñó en cuidar de mi madre él solo. Parecían dos conjurados. Yo seguí ayudando, claro, pero me quedé sin sitio. Luego mi madre murió y yo apenas supe de Rodolfo, sólo lo normal, alguna visita de vez en cuando. Allá él. Pero no vayas a pensar que le tengo inquina o algo así, no, seguro. Ya te habrás dado cuenta de que somos dos caracteres bien distintos, que no congeniamos. Entonces es lo que te decía antes: si resulta que no congeniamos, ¿para qué vamos a andar el uno de la mano del otro? Pues cada uno a su aire y ya está, así no hay malentendidos.

—Ya. Pero a mí me da la sensación de que te encelaste un poco, ¿no? Quiero decir: que era el favorito de tu padre y, cuando éste murió, lo siguió siendo de tu madre también. En fin, yo no quiero meterme donde no me llaman, pero lo que me has contado es lo que me has contado.

Ahora Roberto rió abiertamente.

—Pues a lo mejor. Habla con él, es decir, cuando vuelva de la luna de miel. Miel tendrá ahora, como la tuvo con su madre.

Mariana lo miró con un expresivo gesto de reproche, luego se encogió graciosamente de hombros y se limitó a decir:

—Gracias. Ya podemos cambiar de tema.

Roberto Ruz la llevó a la estación de autobuses y allí se despidieron. Después de almorzar estuvieron dando un paseo y charlando, primero por el puerto hasta el Acuario y luego por el Paseo de la Concha hasta el Marítimo, donde se dieron la vuelta. Mariana se quedó admirada de los tamarindos del Paseo y se sintió profundamente a gusto hablando con Roberto de infinidad de cuestiones, desde el modo de asar las sardinas en los bares del puerto hasta el nacionalismo vasco y los nacionalismos en general, pero ya no volvieron a retomar el «caso» Ruz. Al despedirse le dio formalmente su tarjeta, que ella guardó en el bolso. En el autobús de vuelta, Mariana iba meditando sobre lo que habían hablado y también sobre las agradables sensaciones del día. Haber dado con alguien de entre todos los relacionados con el doble misterio Ruz y Villacruz que se comportaba como una persona amable y acogedora y, al mismo tiempo, con un carácter interesante, le producía una gran sensación de alivio. Y, además, había resuelto muchas dudas. Porque ahora estaba convencida de que la dificultad de dar con la solución de todo aquel enrevesado asunto era que se trataba de dos asuntos en apariencia sujetos férreamente pero, en realidad, sólo unidos por una línea muy tenue, cuya misma tenuidad era también una clave para desvelarlo.

Roberto no había querido ser explícito, pero ella creyó entender lo que había detrás de su silencio; sutilmente, la condujo a un punto del que debería sacar una conclusión y la conclusión era evidente ahora para ella aunque sólo conducía a despejar una incógnita: la del cadáver enterrado, al menos en sus términos generales ya que no en los detalles. Ahora quedaba por tarea despejar la otra, un trabajo nada fácil porque se encontraba sepultado en el tiempo y en una carta inalcanzable. La tercera de sus preocupaciones, la muerte de Elena, estaba vinculada a otro documento, éste inexistente: el testamento que no se llegó a otorgar.

Pensó en el administrador Ruz y en su nieto Roberto. Una intuición le decía que tenían que parecerse, en carácter y en decisión ante la vida. Roberto era tranquilo y nunca se molestaría en descubrir lo pasado, pero tenía ideas sobre ello y, en el fondo, estaba segura, le agradaría mucho que ella sacara a la luz el misterio en torno al destierro y muerte de su abuelo. El administrador no debía de ser tan tranquilo, pero en punto a sensibilidad y a carácter sabía que se parecían. En todo caso, Roberto era un hombre interesante, muy interesante. Su pensamiento regresó al paseo a lo largo de la hilera de tamarindos y luego pasó sin transición a su hermano Rodolfo. Éste se revelaba ahora como un tipo metido en asuntos dudosos de los que le había sacado su hermano, posiblemente interviniendo más de lo que había dado a entender. Eran muy distintos y Mariana los percibía así. Roberto era un buen tipo, campechano, generoso, y Rodolfo un personaje algo más esquinado, al parecer, y mucho menos estable, pero con ese punto flotante y un pelo canalla que a ella siempre le llamaba la atención.

¿Serviría de algo volver a hablar con Rodolfo? Su instinto le decía que, de todos los participantes en esta especie de juego de adivinanzas, él quizá fuera uno de los que más sabían acerca de la verdad en su conjunto, debido a su posición en la compleja trama. Lo había olvidado. Lo malo era que debía de estar en plena luna de miel, y acercarse a él no sería nada fácil teniendo a Amelia a la puerta de la casa.

—Bien, capitán, ha llegado el momento de que me ayudes a recapitular —empezó a decir Mariana. Estaban en su despacho del Juzgado, a última hora de la tarde, después de dar sus tareas diarias por finalizadas. El capitán se había acercado al Juzgado a instancia de la Juez, que lo esperó trabajando hasta el último momento.

—Yo también he estado pensando —respondió el capitán—, y he llegado a la conclusión de que por el lado de Hélène y el administrador no hay nada que hacer, pero en lo referente a Elena Villacruz aún tenemos posibilidades —a Mariana le encantó el «tenemos»—. ¿Sabes quiénes eran los abogados de la señora Villacruz?

—No. Ya se me había ocurrido a mí también.

—Pues espabila.

—¿Cómo? No tengo acceso a la familia.

—Caramba con la señora Juez, qué falta de reflejos. ¿Qué te parece si llamas a esa amiga que tienes en Santander y le pides que les pregunte con cualquier excusa?

—¡Sonsoles! ¡Tienes razón! ¿En qué estaría yo pensando?

—Si la señora Villacruz pensaba cambiar el testamento, seguro que habría hecho alguna consulta. Quizá sepan incluso algo del porqué.

—Lo malo es que se escudarán en el secreto profesional.

—¿Y eso te echa para atrás? Si una persona como tú y con fundadas sospechas les plantea el asunto, a lo mejor pueden darte una información sin faltar a su compromiso.

—Hecho. Lo pongo en marcha inmediatamente. Ahora me toca a mí: ¿qué te parece si te digo que creo que sé por quién y por qué fue enterrado Rufino Ruz?

El capitán López se la quedó mirando estupefacto.

—¿No soy tan tonta, eh? —dijo mirándolo con satisfacción—. Pues no te lo voy a decir aún por el mismo sentido de la discreción que tú empleaste conmigo cuando te pedí que metieras la nariz en las investigaciones de la Guardia Civil encargada de reabrir el caso.

El capitán López sonrió.

—Eso no es justo. Yo no puedo desvelar el curso de una investigación oficial que, además, se lleva con extremo sigilo. La nuestra, en cambio, es particular y conjunta.

—Ya. Pues te fastidias.

—De todos modos, yo también tengo una hipótesis. A lo mejor coincidimos.

—¿Lo ves como tienes información? ¿Qué pretendes, tirarme de la lengua?

—No. Pero podemos hacer el juego de escribir un nombre en un sobre, cerrarlo y abrirlo el día que fijemos.

—De acuerdo. Cuando esto termine, abrimos los sobres. Y ahora vamos a la carta. Aquí sí que estoy perdida. ¿Se te ocurre algún modo de hacernos con su contenido?

—Si no hay noticias de Francia, lo veo negro. El pariente es una pista perdida, no tiene interés. En cuanto al asistente, es posible que acabemos sabiendo algo. Tengo un fax del que deduzco que puede haber alguna noticia próxima, vete a saber qué clase de noticia, a lo peor es una minucia; pero aquí me tienes, a la espera y, hasta el día de la fecha, nada de nada.

—Pues en La Bienhallada, como no mande a Felisa y a su hija en plan comando, tampoco veo posibilidad.

—Eso, en el supuesto de que tu fantasía del cajón secreto sea cierta.

—Es una manera de hablar, pero de que existe la carta, estoy segura.

—¿Y no te parecería más lógico que el administrador cuando pagó, o bien la propia hija cuando la encontrase, la destruyeran?

—El original es posible que lo destruyese Ruz al recuperarlo; la copia rota en dos, que es la que debió de llevar el francés misterioso, es posible que la recogiese alguien, quizá el servicio, y se la entregara a la hija, quizá la propia Elena...

—Pero la hija no estaba aquel día...

—¿O sí estaba? —dijo de pronto Mariana muy excitada—. ¡Santo cielo! Si estaba y la recogió, se enteró del asunto; y, sobre todo, tuvo que saber que, con toda probabilidad, la causa de la discusión entre los esposos y del infarto de su madre era el contenido de esa carta. ¡Tenemos que localizar a Felisa!

A los cinco días, Mariana tuvo la información en sus manos. Sonsoles había cumplido el encargo y también ella consiguió hablar con Felisa tras no pocas dificultades. Así, sobre la marcha, tomó la decisión el mismo viernes, tras conseguir una cita con los abogados de Elena Villacruz.

—Carmen —telefoneó a su amiga—, te llamo para decirte que anules el plan del sábado porque me voy a Madrid. Sí, a Madrid, a cumplir con la misión más difícil de mi vida: hacer confesar a un cura y cantar a un bufete de abogados.

Tomó el autobús de primera hora de la mañana y al mediodía estaba en Madrid sentada a la mesa de una terraza en el Paseo de la Castellana, esperando al padre Vitores. Hacía un día espléndido, uno de esos días claros del comienzo del otoño madrileño con una luz ligeramente romántica, una temperatura suave, acariciadora, y una brisa levísima que cuneaba los colores ya maduros de las hojas de los árboles. Así, con las piernas extendidas sobre una de las sillas y la cabeza echada hacia atrás y apoyada en el cabecero de la suya como para recibir los estímulos ambientales, la halló el padre Vitores.

—Perdóname —se excusó Mariana incorporándose—, me sentía tan bien que me estaba dejando llevar por este clima delicioso.

—Sí, parecías estar muy a gusto.

—Lo estaba. ¿Qué tal te encuentras?

—Muy bien. A tu disposición.

—Ya supongo —empezó ella— que te imaginas a lo que vengo.

—Debe de ser muy importante para que te hayas desplazado hasta aquí un sábado.

—Durante el viaje he venido pensando en la manera de levantar el secreto de confesión de un sacerdote y la verdad es que no he encontrado el modo de hacerlo.

—No lo hay —dijo él benévolamente.

—Lo sé. En realidad lo que quiero es hacerte una propuesta. Yo hablo y tú me escuchas. Nada más. ¿Qué te parece?

—Bien. Pero antes, explícame una cosa: ¿por qué hablas de un secreto de confesión?

—Pura intuición. En todo caso, es como si lo hubiera porque tú no quieres hablar conmigo de la muerte de Rufino Ruz.

—¿Qué voy a decirte que no te puedan contar otros mejor? Lo que ocurre es que no hay nada misterioso de por medio ni nada que contar. Desapareció y, desgraciadamente, sólo hace dos meses que hemos podido confirmar su muerte. Es una situación insólita, pues, pero no misteriosa.

—Fíjate que ya has empezado a defenderte. Por eso te digo que yo hablo y tú escuchas. Nada más. Te cuento lo que te quiero contar y me vuelvo a Villamayor después de hacer otro recado. Sólo quiero que escuches; paso por alto, incluso, que te parezca tan normal que un hombre aparezca enterrado como apareció. No me dirás que te atosigo, ¿verdad? Ésta es, con seguridad, la última vez que hablamos de este asunto.

El padre Vitores sonrió con paciencia, cruzó las manos sobre su regazo y esperó en muda invitación.

—Vamos a situarnos en Madrid el día en que el padre y el hijo llegan al hotel y se disponen a inscribirse y descansar esa noche para acudir al día siguiente a la consulta del especialista. Al parecer aparcan el coche en una calle lateral y en el relato oficial se dice que cuando el hijo, tras cumplimentar la inscripción, sale de nuevo a recoger a su padre para llevarlo directamente a la habitación (ha preferido quedarse esperando en el coche a que venga a recogerlo porque viene muy tocado del viaje), se queda estupefacto al descubrir que el viejo ha desaparecido. Al parecer, pasados los primeros momentos de desconcierto y de la busca por los aledaños del hotel, el hijo llega a la conclusión de que el deseo de Rufino Ruz de no moverse del coche era una excusa para escapar por las calles de la ciudad o, peor aún, un rapto de demencia senil, porque menos sentido aún tiene que alguien lo haya raptado. De todos modos, la policía no pierde de vista esta última posibilidad y el hijo, que no puede hacer nada más, se echa a dormir esperando que en cualquier momento de la noche o de la mañana siguiente le avisen de que han encontrado a su padre. Pero no es así, y al cabo de un tiempo comprende que no puede hacer nada y que ni debe ni puede quedarse en Madrid y toma el camino de regreso, suponemos que apesadumbrado y desconcertado, sumido en la sensación de orfandad y estupor imaginable. De entonces a hace dos meses, nadie vuelve a saber nada nunca del paradero de Rufino Ruz. Hasta aquí —dijo Mariana resumiendo— la verdad oficial.

El padre Vitores cambió de posición en la silla en la que se sentaba.

—Ahora voy a hacer un relato distinto. Bah, pura imaginación en busca de otras posibilidades. Como yo siempre digo, mi problema es que soy muy novelera.

El sacerdote asintió con la cabeza. Ella se dio perfecta cuenta de que lo que pensaba revelarle no iba a sorprenderle. «Aquí la única que parezco tonta soy yo», pensó para sus adentros.

—Ésta es la hipótesis —empezó Mariana—. El hijo sale de San Sebastián hacia Madrid con su padre y la segura intención de visitar al especialista con el que han concertado una entrevista. Pero en el viaje sucede algo extraordinario: Rufino muere por el camino. En principio es, reconozcámoslo, una situación apurada que el hijo no sabe bien cómo resolver. A este rasgo de carácter hay que añadir dos condicionantes más. Uno: que se encuentra a las puertas de la capital con un cadáver en el coche; y dos: que hace mucho tiempo que se siente culpable de ser hijo de su padre.

»A partir de aquí —continuó Mariana— no me atrevo a reproducir lo que exactamente sucedió, pero estoy segura de que, en términos generales, no me equivoco. El hijo, en un rapto de enajenación, sigue camino a Toledo, a la finca que conoce tan bien y, eso es lo que me inclino a creer, espera a que caiga la oscuridad, que ya cerca del invierno cae pronto, cava una fosa con alguna herramienta comprada por el camino, entierra a su padre en actitud de arrepentimiento, lo que revela el estado de esa pobre alma, y regresa apresuradamente a Madrid para hacer el paripé en el hotel. En ese momento ya no creo que se halle enajenado, pero sí bajo una fuerte impresión. El tremendo acto de fingimiento que debe hacer es terrible. En La Bienhallada no había nadie, eso lo sabemos, y no sé qué hubiera ocurrido de haberlo. Es posible que alguien viera un coche aparecer y desaparecer esa tarde-noche, porque en aquellos tiempos los coches no abundaban y menos en esos parajes, pero si fue así, no le dio más importancia y ¿quién iba a pensar cuál era el destino de aquel automóvil? Es algo increíble, realmente: toma el coche, se dirige a Toledo y para en el camino para hacerse con una pala..., lo cual hubiera sido verificable en su momento; con la oscuridad, alcanza La Bienhallada, en la que no vive nadie, y entierra a su padre donde lo han encontrado hace dos meses. Es un esfuerzo excesivo para él, pero lo lleva a cabo con la fuerza y la fiereza de un enajenado. Después se deshace de las herramientas y vuelve a Madrid, denuncia la desaparición, tal como sabemos, y por fin en algún momento consigue desplomarse en la cama de su hotel.

El padre Vitores se pasó la mano por la cara con lo que a ella le pareció un falso gesto de paciencia e incredulidad.

—Lo entierra en posición de súplica, pidiendo perdón, porque lo que en realidad el hijo ha vivido es algo que yo, mucho tiempo después, he tenido ocasión de conocer bien: la presión de una familia virtuosa sobre quien consideran un advenedizo en los asuntos internos de la casa. Rufino Ruz nunca fue considerado, ni por los Giraud ni por los Villacruz, parte de la familia sino, al contrario, un molesto añadido circunstancialmente inevitable. Lo que pasa es que el hijo es un hombre de carácter débil e impresionable y ha sufrido ese desdén desde pequeño, un desdén que lo ha condicionado y lo ha herido en lo más hondo: en su autoestima.

»A partir de esa catarsis, la del terrible enterramiento de su padre —continuó Mariana—, su vida no sé si mejora, pero sí creo que se libra de un peso agobiante. Vuelto a la normalidad, comprende que ya no existe la representación de su desgracia, de su destino. Ahora es libre. Lo es para seguir escondido y acobardado en San Sebastián, sin duda, pero él se siente libre. Sabe que por más que la policía se dedique a buscar a su padre, nunca descubrirá su paradero y él ha borrado su culpa, o cree que la ha borrado. Por ahí aparece, además de Roberto, Rodolfo, un hijo nuevo que representa una vida nueva, y se vuelca con él. No descuida al hermano, pero se vuelca en él, cosa que el mayor advierte instintivamente desde el principio de su nacimiento y lo advierte más allá de los naturales celos que se dan en estos casos. Pero Rodolfo tiene la suerte de que su hermano posea un carácter más parecido al de su abuelo y, por lo tanto, la diferencia de trato que percibe no lo acompleja seriamente.

»Lo que el hijo ha cumplido es un acto ritual de salvación. Eso es lo que yo había perdido de vista, que se trataba de un acto simbólico, de un ritual, no de un mensaje. Él siempre se sintió culpable, sin duda, del rechazo que su padre recibía de la casa de los Villacruz. No solamente eso: se sintió culpable solidario de la muerte de Hélène, que él atribuía a su padre; no como asesino, se entiende, sino como inductor; él piensa que la muerte le sobreviene a Hélène por el exceso de furia de su padre, un exceso que no sabemos a ciencia cierta a qué corresponde, qué lo motiva, pero que impresiona tanto a Hélène que revienta su corazón. Y espantado por esa marca que lo condiciona de por vida, entierra a su padre en posición de súplica o arrepentimiento para conjurar o exorcizar de este modo la mancha que él cree haber heredado. Es un acto simbólico; él ha cumplido con el resentimiento y la exigencia de la familia Villacruz y sólo desea, a partir de ese momento, poder vivir y descansar tranquilo. Sin embargo no lo conseguirá del todo hasta que encuentre un modo de exteriorizar el pecado cometido por su padre. Es muy probable que la única vez que, por lo visto, se encontraron en Madrid, tiempo después, Elena y el hijo, éste percibiera también la condescendencia de Elena, la lástima más bien, y una cierta mala conciencia que ella tiene por haberse cebado en el hijo como rebote de su odio al padre, y la tomara como una absolución. Y ahí aparece el padre Vitores, confesor de Elena. Para el hijo escrupuloso y religioso la puerta de la salvación se abre: es al padre Vitores y a nadie más a quien debe contar todo lo sucedido para confirmar la absolución. El padre Vitores —dijo mirándolo intencionadamente—, que ha tenido siempre en sus manos la clave del misterio y que de seguro se llevó un sobresalto de primera al descubrirse el cadáver. ¿No fue así? Pero, claro, ¿cómo tranquilizar a Elena sin violar un secreto de confesión? En todo caso, no tuvo tiempo de encontrar un modo porque a la semana muere Elena, una muerte muy sospechosa. Y me pregunto si tú sabes algo acerca del motivo por el que quería reunir Elena a sus hijos al día siguiente de su muerte. ¿Alguna información proveniente de ti, quizá? ¿Algo que estuviese fuera del secreto de confesión?

Mariana lo miró desafiante. El padre Vitores se limitó a descruzar y volver a cruzar las manos, lanzar la mirada al infinito y suspirar ruidosamente.

—Una novela admirable —dijo al fin, por todo comentario.

—La cuestión —dijo Mariana haciendo caso omiso de sus palabras— es que con esto queda resuelto el asunto del cadáver tal y como apareció, pero no resuelve en modo alguno el enigma de la muerte de Elena.

—Quizá —el sacerdote habló al cabo de unos segundos— se deba a que una explicación tan brillante no concierne a la realidad.

—Otra cuestión: ¿qué fue lo que pudo romper el corazón de Hélène Giraud? —se preguntó Mariana—. No sé por qué, pero en esta historia tiene un papel principal la culpa, el sentido de la culpa, sí, señor, eso que tanto condiciona a los cristianos —dijo con toda intención, respondiendo a la mirada irónica que le dirigió el sacerdote—, esa cuerda con la que atáis a todo ser humano que cae en vuestras manos.

—Puedo aceptar que creas en lo que estás diciendo. Pero lo que me alarma —dijo el padre Vitores— no es que lo creas tú, sino que lo crea un Juez del Estado español.

—Sibilina apostilla —dijo Mariana—. ¿Te das cuenta de cómo te escapas? Qué arte, amigo mío, qué escuela. A esa maniobra en estrategia se la conoce como retroceder hiriendo. Sólo que no es más que un golpe defensivo. Te he hecho una pregunta y admito que he incluido en ella una cierta mala intención.

—Vengativa —puntualizó el sacerdote.

—Malintencionada —insistió Mariana—, y vamos a lo que interesa. Yo creo —se dirigió directamente a él, sin rodeos— que tú sabes cuál es la razón de la muerte de Hélène de la misma manera que sabes que lo que te he contado del enterramiento de Rufino Ruz es cierto y que lo sabes por la propia Elena. ¿Otro secreto de confesión? Y que quizá tengas además la clave de su muerte. No pretendo ser exacta ni acertar en todo, pero sí en lo sustancial. De hecho, el hijo te contó la verdad, ¿no es cierto?

—Es una pregunta inútil porque, en sus términos, en ningún caso podría responder a ella, como tú sabes muy bien —dijo él tranquilamente.

—Porque estás bajo secreto de confesión. Lo he supuesto. También está bajo secreto de confesión la verdad acerca de la muerte de Hélène, ¿no es así?

El sacerdote descruzó las piernas, volvió a cruzarlas en sentido contrario y preguntó a su vez:

—¿Puedes decirme por qué te interesa tanto este asunto?

—Te lo dije: por la imagen de Rufino Ruz.

—Le pertenece a él y pertenece al pasado. No te concierne a ti y no me parece una razón suficiente. Pregúntate qué es lo que buscas con tu obstinación.

—Algo muy propio de un Juez: la verdad.

—Por favor, no seas solemne.

—Bueno, ya veo —concluyó Mariana— que he llegado al límite que no puedo traspasar sin ayuda, así que aquí me quedo. Mala suerte. Al menos me parece que he resuelto uno de los dos enigmas, no me puedo quejar.

—¿Resuelto? ¿Cuál enigma? —dijo el sacerdote.

—Tú te condenarás, padre Vitores —dijo Mariana entre bromas y veras, señalándolo con su dedo índice enérgicamente extendido—, por esa templanza que, en tu caso, no es una virtud cardinal sino un vicio nefando.

Los dos rieron. El padre Vitores bebió unos sorbos de su refresco.

—Hay que reconocer que eres una auténtica metomentodo —dijo por fin— y que tienes una resistencia envidiable. Son dos cualidades muy importantes que hablan bien de ti. Supongo que como Juez serás una funcionaria implacable —Mariana alzó la mano para protestar y la retiró acto seguido ante un ademán de paciencia por parte de su interlocutor—. Cuando digo implacable me estoy refiriendo a valores como tenacidad, disciplina, responsabilidad, capacidad de trabajo..., que sospecho que te sobran. Sin embargo, como sabes mejor que nadie, un Juez, como cualquier otro profesional, tiene su ámbito de trabajo y fuera de él es una persona como las demás. Si cada profesional autoexigente pusiera en el resto de su vida el celo que pone en el cumplimiento de su deber, la sociedad sería un conjunto de maníacos que acabarían por destrozarse los unos a los otros con sus respectivas exigencias. Una persona como yo debe saber, ante todo, escuchar y comprender y eso es lo que tú llamas templanza, si no me equivoco, que es un eufemismo para no ofenderme diciendo escapatoria. Piensas que cuando te recomiendo prudencia intento escabullirme y tienes razón, pero sólo en un punto: trato de escabullirme de tu vorágine, de tu ansiedad, no del problema, lo cual es bien distinto. Así que no se trata aquí de que yo esté al cuidado de ningún secreto, que no es más que una presunción tuya, sino de la prudencia con que ha de acometerse cualquier aproximación a asuntos que no nos conciernen directamente y en los que corremos el riesgo de perder el sentido global y la perspectiva. Es una carga pesada la que a veces nos toca soportar, aunque no te lo parezca. Espero que me creas si te digo que me gustaría que llegases a alguna conclusión evidente.

Mariana le detuvo.

—Padre, ya te dije antes que no puedo dar un paso más y, por razones que en ti respeto, has decidido no hablar. Lo acepto y lo entiendo. A cambio, mucha injusticia queda ahí sembrada, pero así es la vida a veces y, en todo caso, es un asunto que compete a tu conciencia.

—¿Eso te parece mal a ti? —preguntó el sacerdote con ironía.

—Horroroso, pero inevitable. Yo no podría ser cura, sinceramente —contestó ella.

—Éste es mi consejo final, Mariana, dicho con la mejor intención —concluyó el padre juntando sus manos delante del pecho—: No intervengas por tu cuenta en causas ajenas. La familia me pidió que hablase contigo el día mismo de nuestra partida después de la boda. Yo hubiera sugerido aplazar esa boda, aplazarla rotundamente, pero creí que yo no era persona para dar ese paso y no insistí más allá de lo que mi prudencia y mi conciencia me exigían. Eso es lo que te aconsejo a ti: que no entres en un conflicto que no te atañe. Los Fombona sabrán cómo solucionar sus problemas; son sus problemas, eso debes entenderlo; por mucho que te fascine la figura del administrador Ruz, fascinación que, desde luego, ni comprendo ni comparto, esa fascinación no pasa de ser una ingenuidad romántica o, como dirías tú, novelera. Tus muchas y buenas cualidades son como un don del Cielo. Espero y confío en que las utilices siempre rectamente.

El padre Vitores se despidió. Mariana siguió cavilando mientras terminaba su refresco. El ambiente era tan grato que la idea de pensar en el regreso a Villamayor se le hacía un mundo. La claridad del día era una invitación al puro disfrute, pero la claridad que de pronto había encontrado espacio en su mente era mucho más esplendorosa. Ahora lo que le faltaba por hacer era una visita a los abogados de Elena Villacruz, aunque ya casi no buscaba sorpresas sino confirmaciones.

La paloma

Durante el viaje de vuelta de Madrid, Mariana dispuso de cinco horas para meditar acerca de la historia de los Villacruz y de cómo se había ido apoderando de ella, pero poco a poco su pensamiento se fue desviando hacia el asunto de la amistad. Desde el colegio, y luego en la Universidad, hizo amistades, sobre todo femeninas si se trataba de hablar de amigas y no de personas conocidas, que poco a poco habían ido decolorándose, pero que, en esa zona de mayor o menor evanescencia, permanecían con perfiles pálidos en su vida del mismo modo que determinadas características adquiridas te siguen acompañando siempre, independientemente de tu voluntad. Pueden ser características secundarias e incluso poco atendidas, pero ahí están, formando parte de tu vida. Así sucedía con esas amistades: aunque el contacto se dilatase y fuera irregular, el extraño hilo de la amistad emocional (porque era exclusivamente emocional esa clase de trato) siempre estaba ahí; tirabas de él y al otro lado aparecía esa amiga semiperdida como si los años no hubieran pasado por ella. Después, a medida que el reencuentro avanzaba y se iba manifestando la razón del distanciamiento, la realidad de sus limitaciones, era cuando la figura recobrada retrocedía a sus marcas anteriores. Así fue con Amelia hasta los sucesos del día de la boda, que supusieron un corte tajante. ¿Qué pasaría ahora? ¿Volverían a tratarse? Tampoco es que tuviera grandes deseos de hacerlo, pero ese hilo, esa tenue línea emocional de la adolescencia volvía a vibrar a pesar de los pesares. Una educación sentimental, a fin de cuentas. Y en medio de sus pensamientos, el asunto Hélène-Ruz acudía a su cabeza cada dos por tres, como la letra de la canción que, al escucharla en su viaje de vuelta en el autobús, donde el hilo musical la repetía de tanto en tanto, se le había pegado inconscientemente a la memoria inmediata.

Yo soy
la paloma errante
que vengo aquí
buscando
el hermoso nido
donde nací.

Una habanera escuchada en los años románticos, quizá por eso llegó hasta ella justo cuando pensaba en los tiempos en que era amiga íntima de Amelia y salía con Joaquín, años tan llenos de ilusiones que aún ahora le emocionaba recordarlos. Había sido un tiempo con tanto futuro y tanta luz por delante que la sola sensación de haberlo vivido le parecía un regalo de los dioses; y quizá lo era porque lo único que hizo para merecerlo fue ser joven y nada más que ser joven, y aquella alegría fue una alegría tan intensa como irrepetible; porque se puede llegar a ser alegre de una manera más honda, pero difícilmente se podrá volver a serlo de una manera tan explosiva.

Mariana era curiosa por naturaleza y mal podría sustraerse a la atracción de un caso como el de la arrebatada y, al final, tormentosa relación entre Rufino Ruz y Hélène Giraud con su secuela melodramática. ¿O sería mejor decir sólo de Rufino Ruz? Una vez que atravesaba el umbral de la curiosidad no podía detenerse. Llegó a pensar que lo que alimentaba esa curiosidad pudiera ser alguna especie de resentimiento contra el mal trato que le habían dispensado a ella en la boda, por no hablar de la grave agresión sufrida, pero aunque hubiera algo de eso, no le parecía que fuera el único motivo de interés. No lo era. No se trataba de devolverles el golpe por cuestión de prestigio o por un mero ataque de revanchismo. Desde que tuvo que enfrentarse a la vida, Mariana peleó duro, pero aprendió a no dar obligatoriamente respuesta a toda provocación. Así que quizá se trataba de algo tan simple, y tan suyo, como responder a un reto. ¿Ustedes tratan de ocultarme algo? Bien, veamos qué es lo que esconden. No sería la primera vez que un asunto reservado sale a la luz a consecuencia de una torpeza del que lo esconde en las sombras.

> *Cuando*
> *salí de La Habana*
> *¡válgame Dios!*
> *Nadie*
> *me ha visto salir*
> *si no fui yo...*

Era una famosa habanera, la más escuchada en su época juvenil, la que sonaba en su mente como un run-rún cálido y emotivo. La cantaban a dúo Amelia y ella porque les parecía el colmo de la nostalgia amorosa y en aquellos tiempos de príncipe azul y ensoñaciones románticas lo más romántico de todo era simular un terrible desengaño y regodearse en él. La hermosa heroína, acodada en el alféizar de la ventana, aguarda noticias de su amado, que partió a lejanas tierras, entregada a la vez a la melancolía y a la esperanza. Era un tiempo estupendo aquel en que una podía simular el dolor y disfrutar de él, pero también un tiempo en que, inermes y sin experiencia, eran capaces de sufrir sin freno. Mariana quiso creer, de pronto, que la canción pretendía acercarla a algún lugar remoto en el tiempo y en el espacio, y por eso la rondaba; sin embargo, era sólo una sensación que iba y venía sin llegar a concretarse. No tenía pregunta que hacerle ni respuesta que darle.

El asesino de Elena Villacruz había cometido un error. El error fue atacarla a ella, pensaba Mariana. Hubo un momento en el que, dando vueltas a aquella agresión, llegó a pensar si no habría sido Marcos Fombona el autor. Tenía que estar necesariamente furioso o fuera de sí, por el enfrentamiento que tuvieron ante su dormitorio y por la humillación de haber sido descubierto; este último asunto quedó entre Mariana y él, porque nadie más se enteró de lo que ella había encontrado en el dormitorio, pero eso hacía precisamente más degradante su situación, pues le ponía a sus pies y le confirmaba, de la peor manera posible, lo turbio y vergonzoso del deseo que no se había atrevido a confesar. Pero no era motivo suficiente para matar a alguien, así que no podría haberla atacado por esa razón sino porque realmente fuera el asesino de su madre. Ahora bien: de todos los hermanos, Marcos era el que menos al tanto estaba de sus sospechas acerca de la muerte de Elena, así que ¿por qué iba a elegirla como blanco? Salvo que algún comentario entre los hermanos... Quienquiera que fuese el autor de la agresión, la llevó a cabo porque se sentía amenazado. Mariana trató de repasar su trato con cada uno de ellos durante la boda por ver si encontraba alguna pista. En vano.

Aquel día quedó confirmado no sólo que la muerte de Elena había sido un crimen sino que el asesino estaba en la boda. Seguía descartando a Amelia a pesar de las insinuaciones del capitán sobre la fuerza que ejerció contra ella aunque era cierto que, en buena lógica, a un hombre le debería haber costado menos ahogarla, precisamente por su mayor fuerza. Lo que el capitán López quiso decir era que si consiguió librarse del ataque, pudo ser porque el atacante fuera una mujer. Bien, pero ella, Mariana, no era precisamente débil. Sea como fuere, le costaba concebir a Amelia asesinando a su madre y, sobre todo, simulando ante Rodolfo el momento en que ambos la encontraron muerta en su casa. Además, ella tendría que estar en la suite nupcial con Rodolfo, en su noche de bodas: era un riesgo altísimo escapar en plena madrugada del lecho para saltar al jardín y entrar por su balcón, y más aún si lograba su objetivo: matar a Mariana. «¿Y por qué no? —se dijo—. Muchos crímenes se cometen a la desesperada y en un golpe de audacia obligado por la necesidad. ¿Sería posible, la paloma...?».

El paso más importante, además de la sinuosa conversación con el padre Vitores, cuya manera de guardar silencio había sido tan expresiva acerca de la verdad del increíble asunto del enterramiento del administrador, fue, sin duda, la conversación en el bufete de abogados que se ocupaba de los asuntos de Elena Villacruz. No pudo, lo que ya esperaba de antemano, conocer los términos en los que Elena deseaba modificar su testamento, pues lo imponía el secreto profesional, pero sí comprobó que, en efecto, pensaba modificarlo. Lo único que le produjo un ligero desconcierto fueron dos hechos; el primero, que los propios abogados le facilitasen el contacto con una agencia de detectives privada. Cuál fuera la encomienda que deseara hacerles Elena quedaba en el misterio, pero no resultaba difícil deducir que tenía todo que ver con la modificación del testamento. El segundo hecho que le llamó la atención fue saber que a la reunión también estaba convocada Meli, su nieta. En cuanto a otras consultas aparte de las referidas a sus disposiciones testamentarias, parece que sí hubo una cuyo contenido el abogado entendió que estaba autorizado a revelar. Mariana sólo quiso saber entonces si Meli estaba incluida en el primer, y único, testamento, documento que ya era público, y el abogado pudo explicitarle que no, que Meli no estaba incluida en el primer testamento. No era mucho, pero era más que suficiente. Ahí estaban las piezas del rompecabezas: se trataba de armarlo aunque faltasen algunas con la esperanza de que el dibujo, de todos modos, se dejara ver. También pudo saber que Elena se interesó en otras cuestiones —ésta no era una información afectada de confidencialidad—, como el régimen de separación de bienes o asuntos de herencia, relacionadas con las liquidaciones a la Hacienda Pública.

El otro polo de información de importancia fue Felisa, con la que habló por teléfono. Sí, ella creía haberle dicho ya que Elena estaba en la casa el día en que llegó el francés. Probablemente Mariana no le dio importancia en su momento a este punto, pero ahora adquiría una relevancia extraordinaria. En tal caso, Elena supo desde el primer momento de qué se trataba aquello que el francés vino a tratar y, lo que es más importante, debió de hacerse con la copia de la carta y ahí descubrió el contenido. Ella dejó al administrador acudir a Madrid para hacer efectivo el chantaje y recuperar el original. Mariana seguía pensando que Ruz debió de deshacerse de él apenas llegó a sus manos, lo cual quería decir a su vez que aquello quemaba, pero al regresar encontraría a una Elena expectante porque ya conocía el contenido. Una expectación dolorosa, pues ella no podía confesarle ni darle a entender que conocía el texto de la carta gracias a la copia rota en dos pedazos. ¿Se atrevió a preguntar? ¿Se limitó a seguirle con toda atención, tratando de averiguar si el papel seguía en sus manos? Nadie sabe.

Pero lo peor, lo que teñía toda su actitud de ignominia, era que, sabiendo lo que sabía, expulsara de casa a su padrastro y al hijo, hiciera caer sobre ellos el peso de la culpa y permitiera que el hijo cargase con la horrible pesadumbre que destrozó su vida. Posiblemente fue ese acto de maldad el que dejó inane y desarmado al administrador, que, al contrario que su hijo, sí tenía arrestos para hacer frente a la situación con dignidad. Es decir: eso añadido al contenido de la maldita carta, a la que no había modo de acceder.

Por otra parte, ¿habría entendido Elena lo que significaban los huesos del administrador? ¿Habría sospechado de inmediato quién fue el autor de aquel ritual de penitencia? Mariana, ahora, estaba casi segura de que así fue, de que justo unos días antes de morir, en cuanto se supo la identidad del cadáver y aun antes, quizá, ella había sabido perfectamente que era el hijo quien había enterrado y obligado a su padre, Rufino Ruz, a humillarse después de muerto ante la familia Fombona.

Y la paloma de hierro alejó a su rival y acabó con él para asegurar su propiedad, como única heredera legítima de su madre. Ella fue quien lo enterró en vida y ella la causante última de que lo enterraran en La Bienhallada. De todos modos, el impacto del descubrimiento debió de ser formidable.

Una última idea rondaba por su cabeza. ¿A quién correspondía el informe que la agencia de detectives entregó presumiblemente a Elena? ¿Tenía algo que ver ese informe, o lo que fuera, con la entrada de Meli en escena? ¿Iba a ser Meli la principal beneficiada en ese testamento en detrimento de sus tíos y de su propia madre, que ya había sido beneficiada en el primero sobre los demás hermanos? Lo lógico es que el informe se refiriera a alguno de los hombres, pues Amelia sólo tenía que perder con la muerte de su madre, pues era la favorecida. Pensó en Meli, la nieta de la paloma de hierro, otra paloma de hierro, a diferencia de su madre, que sólo era la muchacha acodada en la ventana, pero tan capaz de matar como su abuela si se diera el caso. El ojo de la abuela reconocía en su nieta lo que no encontraba en sus hijos. Meli no tendría dificultad alguna en enterarse del nuevo rumbo de las cosas, quizá su abuela le hubiera adelantado algo; también tendría franca la entrada al piso de Elena... Tuvo que haber sido una actuación rápida, sobre la marcha, pero le sobraba decisión. Y si todo ello era cierto, a su vez quería decir que Meli era quien había intentado matarla a ella... Ahí se detuvo.

Todas sus sensaciones le decían que no era Meli la persona que estuvo montada sobre ella tratando de ahogarla con la almohada. No era que no pudiera ser, no porque Meli no fuese más fuerte que ella, sino porque *no era*, simplemente. Las percepciones no engañan y su percepción le decía que no, que no era Meli, que el modo, la presión y la fuerza que emplearon contra ella se correspondían con un hombre, no con una mujer. De pronto recordó el sonido de su aliento, el jadeo del esfuerzo, y algo en el fondo de su mente le sonó a conocido. No era una percepción estrictamente memorística sino intuitiva, su famosa intuición. O quizá empezaba a intervenir la memoria. Tendría que haberle dado más vueltas a su memoria del ataque, ciertamente; al fin y al cabo, puesto que el asesino estuvo montado sobre ella durante todo el forcejeo, algo, un olor, un sonido, un detalle, tendría que ser reconocible.

Aún le faltaba la información clave: la carta. Es verdad que ésta no atañía a la muerte de Elena, pero era cierto que toda la sucesión de desastres provenía de aquella carta; no de la copia que el chantajista francés, que no podía ser otro que el asistente del oficial amante de Hélène, llevó a La Bienhallada sino la que Cirilo Villacruz presentó en Basse-Terre: allí empezó todo. En cuanto a Elena, ¿tendría que entrevistarse con la agencia de detectives? Era otra vuelta a Madrid y estaba ya cansada de tanto movimiento, pero quizá lograse sonsacarles algo. Aquí el secreto profesional podría ser más flexible, más maleable, según de quiénes se tratase. Estaba a punto, a punto de dar con el quid de todo el embrollo y eso era lo que la tenía como en ascuas.

Al día siguiente estaba en su despacho, recogiendo y ordenando papeles. Cuando salió ya era tarde, como de costumbre. Al capitán López lo encontró en el vestíbulo, vestido de paisano y en actitud de espera. Mariana se acercó, sorprendida.

—¿Tenemos novedades? —preguntó con una sonrisa.

—Ninguna. Pasaba por aquí y me dije que quizá estarías trabajando aún.

—Para no perder la costumbre —añadió ella—. ¿Puedo invitarte a tomar algo inocuo? ¿Una cerveza? ¿Un café con leche?

—Una cerveza.

Mariana recordó otra vez la noche de Año Nuevo en la que estuvieron bailando y suspiró. López era mucho más que el capitán de la Brigada Judicial: era un compañero; un tipo de fiar, además. Una joya de hombre. No era su ideal, aunque reconocía todo su mérito, pero no dejaba de sentir que era una lástima que tuvieran que trabajar juntos. Caminaron un rato. Ese anochecer empezaba a hacer frío. Cuando entraron en la cafetería, Mariana se percató en seguida de algunas miradas que cayeron sobre ellos y se dio la vuelta.

—¿Adónde vas? ¿No íbamos a tomar una cerveza?

—Sí, pero te invito a mi casa. Este sitio es muy desapacible.

Fuera del núcleo de calles de tapeo y copas, la llamada zona húmeda, la villa estaba ya medio desierta. Algunos caminantes apresurados, empujados por el frío incipiente, pasaban como sombras. Mariana estaba inquieta, desazonada, con hormigueo en el estómago, y andaba deprisa. El capitán López caminaba en silencio a su lado. Debió de notar algo en ella porque le preguntó si estaba preocupada. Mariana sonrió una vez más.

—Nada. Puro estrés, me parece a mí. Bueno, ya hemos llegado.

Subieron al piso. Ella soltó el bolso y el abrigo y fue a buscar unas cervezas.

—Estoy un poco disparada —dijo tras descalzarse y recoger las piernas en el sofá.

El capitán López, con el vaso en la mano y en pie, miraba alrededor apreciativamente. Mariana se recostó buscando el hueco entre el brazo y el respaldo y le observó.

—¿Te parece bien? —dijo por fin.

El capitán se sobresaltó ligeramente.

—Estaba mirando —respondió tras un titubeo—. Está muy bien, es muy agradable; el salón.

—Ya he visto que lo estabas mirando. Ponte cómodo —dijo señalando el sillón que acompañaba al sofá.

—Es la primera vez que entro en tu casa —dijo el capitán tras unos segundos de silencio. Estaba sentado en el sillón sin apoyarse en el respaldo. Mariana cambió un par de veces de postura, como si hubiera perdido el sitio.

—No es gran cosa —comentó—, la mayoría de los muebles no son míos. Ni el piso, claro —dijo después.

—Ah, ya veo —pareció que la anterior confesión lo aliviaba—. De todas maneras está bien puesto, con gusto. Quiero decir... los detalles.

—Ésos sí son míos —Mariana rió.

Pensó que no había sido una buena idea subir a su casa. La vida en la villa era tediosa y brutalmente reducida. Había ojos tras las ventanas, oídos en las esquinas y en los bares, murmullos de casa en casa, comentarios a media voz, todo lo que un lugar pequeño y aburrido puede dar de sí para entretener a sus habitantes ahítos de mórbida cotidianeidad, y por eso no había querido sentarse a charlar en la cafetería. ¿Sólo por eso? Es muy incómodo exhibir intimidad ante los demás, por inocua que sea; pero ahora, en cambio, en la casa, ambos se sentían extraños o quizá cohibidos, como si estuvieran haciendo algo inconveniente.

Hablaron un poco de todo y ella se dio cuenta de que la situación no era cómoda para ninguno de los dos, así que al poco rato se deshizo el encuentro. Mariana se despidió con un beso en ambas mejillas, quizá para compensar con ese cálido gesto el frío del encuentro, y él le respondió de la misma manera. Cuando se quedó sola sintió a la vez alivio y desánimo; tenía la misma sensación de cuando la monja, en el colegio, la cogía en falta. Regresó al salón despacio y se cubrió la cara con las manos en un gesto de desahogo; la frente y los pómulos le ardían. Mientras volcaba los vasos en el fregadero y echaba al cubo de basura las botellas vacías de cerveza, la canción regresó a su mente. Se sentía como en el colegio y en el mismo momento de salir de clase después de la regañina, sólo con ganas de salir corriendo con las amigas y olvidar aprisa, muy aprisa. La canción seguía allí.

Si a tu ventana llega
una paloma
trátala con cariño
que es mi persona
cuéntale tus amores
bien de mi vida
corónala de flores...

La paloma. El recuerdo. Los recuerdos. Mansur le había dicho: «Te odian porque no les dejas olvidar». Se dirigió a la ventana y la abrió de par en par. Nadie en la calle. El capitán López estaría ya camino de su casa. O quizá no, quizá estuviese dando vueltas y pensando, como ella. El cielo estaba opaco, una masa indefinida sin color apreciable. *La paloma* era la habanera más irresistiblemente romántica que había escuchado en su vida. ¿Por qué acudía a ella desde tan lejos, tan lejos como la época de su amistad con Amelia, de los fines de semana en la finca, de los amores desenfadados? ¿Acaso pretendía decirle algo acerca de la historia inconclusa que había descubierto? «Te odian porque no les dejas olvidar.» Pero Mansur no sabía apenas nada de la historia, su frase era una licencia poética. ¿O había vuelto ahora la canción como la paloma que llega a la ventana? O quizá era Rufino Ruz quien se la cantaba al oído desde el otro mundo. Porque aquélla era una historia de amor truncada por la distancia que los Villacruz pusieron con los Ruz. Y ahora un Ruz volvía, acababa de volver al nido de los Villacruz.

> *... corónala de flores*
> *que es cosa mía.*
> *Ay, chinita que sí*
> *ay, que dame tu amor*
> *ay, que vente conmigo*
> *chinita*
> *a donde vivo yo.*

Por la ventana abierta, por donde ella miraba al cielo, la calle, las sombras, los pasos que resonaban por la acera en el silencio, las luces de las farolas... le producían una desazonante sensación de vacío. Los días se hacían más cortos. El otoño entraba bruscamente con su mezcla de nostalgia y desamparo y ella estaba llena de confusión.

A la mañana siguiente, después de haber dormido con sueño pesado y un torbellino de imágenes que la dejaron molida, se metió a tientas en la ducha haciendo un esfuerzo de voluntad y a medida que la cubría el agua y se despertaba, la dulce habanera volvió a su cabeza, abriéndose paso entre la memoria de los asuntos que le tocaba despachar ese día. Se le había metido hasta dentro. Decidió ir caminando al Juzgado para despejarse y en el camino se detuvo en la cafetería a desayunar. Zumo de naranja, sobao y café con leche. Miró el sobao como si fuera un inmenso y amenazador taco de mantequilla y a continuación se dijo que se merecía un dulce.

—Buenos días, señora Juez, hoy se ha puesto fresquita la mañana —le dijo la camarera.

—Mientras no empiece a llover...

—Pues falta está haciendo.

Era la misma cafetería de la que la tarde anterior escaparon para no sentirse observados, pero ahora sin la gente ociosa del atardecer. Los últimos viajes le habían hecho ver en toda su crudeza la pequeñez de una villa provinciana. El progreso mental no seguía el mismo ritmo que el progreso material, eso era evidente.

Cuando
salí de La Habana
¡válgame Dios!...

La cafetería estaba vacía. La señora de la limpieza pasaba la fregona entre las mesas, sobre las que reposaban las sillas puestas del revés para dejar libre el piso. La camarera estaba limpiando a su vez el grifo de la cerveza como si la recaudación del día dependiera de su brillo. A partir de las once todo el mundo saldría de las oficinas o tiendas próximas para acercarse a tomar un café o una cerveza y la cafetería se llenaría de voces, de humo, del ruido de las tragaperras y de la televisión que no mira nadie.

Mariana reconoció con sorpresa que no le apetecía trabajar. Hubiera preferido quedarse en la cama pretextando unas décimas, pero estaba mentalmente incapacitada para colocar ese tipo de mentiras y menos aún para dejar de acudir a su trabajo. Una vez más se preguntó de dónde habría salido la puritana que llevaba dentro. Hoy le pesaba no ya el trabajo sino la idea misma de tener que trabajar. Con lo feliz que se hubiera quedado en la cama, en el entresueño o quizá durmiendo a pierna suelta de nuevo. Estaba cansada. Había dormido, pero no había descansado.

Recordaba vagamente que en el sueño aparecía Amelia regañándola. Cuando Mariana tenía esos sueños pesados, las historias que corrían por su cabeza dormida solían ser enormemente complicadas: lo eran tanto que parecían anudarse unas a otras y al despertar una especie de agarrotamiento mental las anulaba, un agarrotamiento que se convertía en la única huella de su sueño, pues le resultaba imposible recomponerlo. Le hizo gracia que hoy sólo pudiera rescatar esa imagen de Amelia regañándola; aparecía furiosa de verdad, le soltaba una bronca tremenda y entonces también le vino a la memoria una sensación de temor; pero no, no era de temor, era de desnudez y frío, como si quedara emocionalmente desnuda y expuesta a la intemperie en medio del sueño, una sensación que la recorrió ahora, ante la barra de la cafetería, sin venir a cuento. No tenía memoria de las imágenes y mucho menos de las historias cruzadas del sueño, pero sí de la sensación que conllevaban, hasta el punto de poder reproducirla con exactitud en ese momento. La sensación la invadió de lleno y le provocó un estremecimiento involuntario.

—¿Tiene usted frío? —dijo la camarera de repente. Mariana se dio cuenta de que, aunque aquélla estaba dedicada a la limpieza, no le había quitado el ojo de encima desde que entró.

«Te odian porque no les dejas olvidar.» La frase de Mansur se cruzaba ahora con la canción y ella se había convertido en un receptáculo de impresiones que la zarandeaban, pensó. ¿Qué era lo que no les dejaba olvidar a ellos? ¿La muerte de Hélène? Vaya motivo. Era melodramática, era excesiva, era quizá impropia según el criterio de la familia... y era decimonónica. No había razón alguna para distanciarse de Mariana como lo habían hecho ellos, al fin y al cabo era una invitada, y mucho menos para hacerle sentirse una intrusa en la boda. Ninguna razón podía justificar semejante falta de educación. Alternativamente se indignaba y se deprimía al recordarlo. De pronto se encontró mirando su mano derecha vacía: se había comido el sobao sin darse cuenta.

Se preguntó dónde estaría ahora el capitán López. Quizá acababa de dejar a sus hijos en el colegio mientras su mujer se quedaba haciendo la casa y recogiendo todo lo que habrían dejado tirado por el suelo. Solía ser madrugador. Debía de ser también bastante puritano, el servicio y la disciplina ayudan, además.

A través de la cristalera vio pasar al Juez Bermúdez camino del edificio de los Juzgados. ¿Cuánto tiempo le quedaría aún a ella en aquel Juzgado? Existía una posibilidad de pasar a lo penal en exclusiva, por medio de exámenes de especialización, y estaba resuelta a intentarlo. En todo caso, la villa la ahogaba y tampoco deseaba llegar a una Audiencia Provincial demasiado tarde. Entre sus aspiraciones no estaban las altas esferas de la Magistratura, se conformaba por de pronto con ser titular de un Juzgado de lo Penal, que era su vocación y a lo que había dedicado su vida profesional como abogada antes de que el divorcio la obligara a dejar el bufete en el que participaba junto con su marido y otros socios. Permanentes situaciones injustas y discriminatorias. El Juez Bermúdez era un ejemplo perfecto de macho dominante, no tanto los otros tres Jueces de Primera Instancia e Instrucción. Uno de ellos cambiaría de destino en un mes y precisamente venía a sustituirle otra Juez. Mariana se refociló pensando en el reconcomio de Bermúdez.

Terminó su café. Dos hombres habían entrado y charlaban al otro lado de la barra e intercambiaban bromas con la camarera. Hay gente que está de buen humor desde por la mañana. Ella solía levantarse así, pero no en los últimos tiempos. Desde que acabó el verano y, en especial, desde la vuelta de la boda, notaba un cambio de carácter. Había pasado el verano con una pareja amiga remontando el Danubio, bien en barco unos tramos, bien en coche otros, parando aquí y allá, hasta la misma Budapest. En realidad lo que le fascinó fue Hungría, especialmente la parte comprendida en el llamado meandro del Danubio. Budapest le gustó mucho más que Viena; había sido su gran descubrimiento. Viena o las ciudades alemanas eran atractivas, pero el encanto de Budapest la dejó subyugada, hasta el punto de que gastó cuanto le quedaba en pasar los tres últimos días en un hotel de gran lujo del barrio del Castillo, del cual se enamoró perdidamente. Quizá después de semejante viaje al corazón de la Europa Central el regreso a Villamayor le afectó como un contraste demasiado violento, no sólo por la diferencia de magnitud urbana sino porque el tiempo y la Historia no pesaban allí un gramo. Sin embargo, pensaba ella, cuando un contraste así te afecta tan poderosamente se debe a que deja al descubierto suficiente materia podrida como para que el espíritu se resienta. La pequeña vida de Villamayor se lo parecía más que nunca y, aunque apreciaba mucho aquellos paisajes y aquella tierra, su educación urbana y sus gustos la empujaban en otra dirección. Ése era quizá el punto malo de un oficio como el suyo: que la tenía sujeta a un sistema de escalafón muy alejado de su carácter y de su concepción de la vida. Pero la vocación, de momento, la sostenía allí.

—No se puede tener todo en esta vida —suspiró.

La camarera, creyendo que se dirigía a ella, contestó:

—Y usted que lo diga.

Mariana rió y se dispuso a pagar. Había empezado a sonar una música proveniente del aparato de radio portátil que estaba en una de las estanterías. Era una música ligera y grata y entre eso y el desayuno Mariana se sintió con fuerzas para despegarse de la barra y echar a andar hacia el Juzgado.

Mientras caminaba, recordó que tenía a la vista un puente de tres días y se le encogió el corazón, como cuando de niña se disponía a cometer una travesura. La causa no era el miedo; o bien pensado sí lo era: lo era a lo que pudiera suceder. Había forjado un plan. Se le ocurrió la noche anterior, dando vueltas en la cama antes de dormirse. Era una improvisación que no debería alargarse más si no quería tener problemas y también era una cabezonada. Quizá por eso había dormido después mal, pero estaba decidida. La fortuna sólo acompaña a los audaces y precisamente eso era algo que a ella le sobraba. Entonces volvió la canción, como si pretendiera darle ánimos. Se dejaba llevar por una cuerda sentimental.

Cuando
salí de La Habana
¡válgame Dios!...

También Cirilo Villacruz salió un día de La Habana, recordó Mariana, y vino a España y se casó con Hélène Giraud.

—¿Roberto Ruz?

La voz, bronca y contenida a la vez, que Mariana recordaba bien, respondió con un cierto deje metálico, propio de la vía manos libres que ella había pulsado en su teléfono por comodidad.

—Soy yo, dígame.

—Mariana de Marco al aparato, espero que me recuerdes.

—¡Claro! —ahora la voz sonaba animosa también—. Mariana de Marco, la Juez de Villamayor, ¿qué tal estamos?

—Bien, Roberto. Gracias. Voy a molestarte unos minutos si no te importa.

—Con gusto. Adelante.

—Se trata de hurgar un poco en tu memoria. Después de la salida de tu abuelo de la finca de los Villacruz tuvo que haber comentarios en tu familia, comentarios sobre lo sucedido, esas cosas de las que se habla de tarde en tarde porque surgen en alguna conversación y que vienen a ser un poco historia de la familia.

—Sí, supongo que sí. ¿Te refieres a algo en concreto?

—Me refiero a una carta, el contenido de una carta que tu abuelo debió de tener en sus manos...

—¿Una carta? —interrumpió Roberto; la voz sonó forzada o extraña.

—Una carta que llevó a La Bienhallada un señor francés...

—No me suena —dijo tras un largo silencio.

—Que tenía que ver con un asesinato en Guadeloupe, en el Caribe.

—Ahora recuerdo —Mariana advirtió que estaba improvisando—. Mi madre habló alguna vez de Guadeloupe, pero no de un crimen; su padre, mi abuelo materno, estuvo allí durante la Segunda Guerra Mundial, apoyando la resistencia del general De Gaulle. De hecho regresó a Francia al año siguiente al fin de la guerra, coincidiendo con que Guadeloupe se convirtió en un *département* francés. Pero no recuerdo que se mencionase ningún crimen.

—Tampoco se mencionó a Cirilo Villacruz o a Hélène Giraud.

—Hélène es la que estaba casada con mi abuelo Rufino.

—Exactamente.

—Bueno, mi madre le tenía una manía total, yo creo que por la pena que le daba ver a mi abuelo tan tocado después de toda la historia. La odiaba. A ella y a su hija, Elena. A ésta, más aún. Si llega a vivir para ver a su querido Rodolfo casado con Amelia, se muere del disgusto. Pero ahora que lo pienso, recuerdo haberle oído decir en alguna ocasión que Hélène murió como se merecía.

—Como se merecía... —dijo Mariana pensativamente.

—¿Qué pasó en Guadeloupe? —preguntó Roberto; la pregunta tampoco sonó inocente.

—¿De verdad que no has oído hablar del asesinato?

—Ni una palabra.

—No hace falta, hombre, te creo. Es que es raro, por lo que tiene que ver con vuestro propio destino, que nunca se haya mencionado en tu casa.

—Igual lo mencionaron alguna vez y yo no lo recuerdo. De todos modos te diré que en casa hemos sido siempre muy reservados. Mi mujer, para que te hagas una idea, me reprocha lo mismo.

—¿Reservado tú? Pero si eres un lenguaraz —¿advertiría Roberto su sorna?

—Pues ya ves lo que es la fama. Algo de razón tiene, sin embargo. Esas cosas se pegan de pequeños y ya no se desprende uno de ellas. Se puede mejorar, pero siempre queda el poso.

—Vale. Un día que vaya por ahí me presentas a tu mujer, que ya le diré yo lo que pienso al respecto.

—Mejor no le digas nada, no empiece a pensar mal, que las *amatxos* son muy suyas. Oye, y ya que estamos hablando de todo un poco, ¿tú es que no tienes bastante con el trabajo del Juzgado?

Mariana se echó a reír.

—Es mi naturaleza —respondió.

Volvió a salir tarde del Juzgado y esta vez no había nadie en el vestíbulo esperándola. Antes de abandonarlo se ocupó de hacer una reserva a confirmar en un pequeño hotel escondido cerca de Llanes, en Asturias, para el puente. Le pidieron que confirmase cuanto antes y se le hizo un pequeño hueco en el estómago. Caminó aprisa por las calles porque se estaba levantando una humedad fría que calaba los huesos. En su casa no habría cena porque esa mañana, con el despertar tan malo que había tenido, no se acordó de dejar una nota a la asistenta. De hecho, ni siquiera fue a almorzar y tomó una especie de plato combinado que le sirvieron en la cafetería, un arroz a la cubana y un batido de vainilla. Otra vez la presencia cubana. Se quedó por trabajo y aún no había resuelto todo lo que planeó hacer cuando abandonó el Juzgado a la caída de la tarde. Andaba deprisa, como si la amenazase un aguacero. La iluminación nocturna era un poco tristona en aquella parte de la villa. Saludó a dos o tres personas por el camino y llegó a su casa. Antes de entrar en el portal recapacitó y se dio la vuelta en busca del supermercado.

Lo tenía a tres calles de distancia y se entretuvo en buscar alguna exquisitez. No era el palacio del gourmet, precisamente, ni éste ni ninguna otra tienda de comestibles con la excepción de una casa de ultramarinos de solera que se encontraba demasiado lejos para su ánimo. De todos modos encontró anchoas y endibias y una lata de berberechos de Carril, que eran su debilidad. Compró soda y whisky y aceite de oliva virgen para el desayuno y una barra de pan y volvió a casa con el espíritu más descansado. Al precio de la soledad, una de las pocas cosas que le resultaban realmente gratificantes era la retirada a casa, después de una jornada de trabajo, para servirse una copa, descansar, ver las noticias por la televisión, cenar pronto, servirse una segunda copa, ésta ya mucho más relajada, y ponerse a leer tranquilamente hasta que le entrara el sueño.

A menudo escuchaba también música clásica y, en ocasiones, algo de jazz; no cualquier jazz sino sólo un período muy específico: le gustaba el entorno de Ellington, el Duque y cualquiera de sus músicos. Cuando trabajaba en el bufete, un cliente le había regalado un long play titulado *Everybody knows Johnny Hodges* y de ahí arrancaba todo. Lo conservaba aún, junto con otros muchos vinilos que ya se habían convertido en una rareza, pero ahora sólo compraba discos compactos. Con la música no podía acompañar la lectura, pues se quedaba embebida en ésta y no era consciente de aquélla, de manera que en esos casos la usaba como ruido de fondo, porque era agradable detenerse en un párrafo o una escena que le llamaba la atención y encontrarse de pronto sorprendida por una música familiar. Cuando quería escuchar música dejaba la lectura a un lado. Música y lectura. También escuchaba boleros y música melódica de esa clase.

Llegó al portal y respiró hondo. Ya estaba en casa y podía recogerse. Leer o escuchar música. La cosa se ponía bien. A pesar del cansancio, el trabajo le resultaba grato y por eso mismo lo aceptaba como una consecuencia lógica. «Es un cansancio sano», se dijo animosamente mientras se entretenía en buscar las llaves.

Al recoger la correspondencia del buzón, el corazón le dio un vuelco. Había un sobre de inequívoca procedencia. Dejó la bolsa de los ultramarinos en el suelo y se apresuró a abrirlo. Era un fax, procedente de Francia y fechado en ese mismo día, que le enviaba el capitán López. El contenido era un primer resultado de las averiguaciones del capitán y, aunque no aparecían datos relevantes o que ampliasen la información sobre el oficial francés, sí aparecía mencionado su asistente en Basse-Terre, ya fallecido. El dato era tan revelador que por unos momentos dejó de ver el texto, como si la hubiera deslumbrado. En el fax se hacía referencia al asistente del oficial sólo por su apellido. El apellido era Bernard. Entonces todos los hilos se anudaron en su mente. Presa de la agitación, extrajo su cartera del bolso y buscó la tarjeta que le entregara Roberto Ruz y volvió a leerla a la luz del portal. Al hacerlo le sacudió una emoción tan intensa que hubo de buscar apoyo en el pasamanos de la escalera tratando de asimilar lo que tenía ante los ojos. La tarjeta rezaba: ROBERTO RUZ BERNARD. GESTORÍA Y ADMINISTRACIÓN DE FINCAS. AGENTE INMOBILIARIO.

Entonces comprendió que la paloma había vuelto al nido, pero no era una hembra.

Mariana entró en su casa, soltó en la mesa de la cocina todo cuanto llevaba encima, buscó su listín telefónico y tecleó el número de Roberto Ruz. Escuchó la señal de comunicar y colgó. Su cabeza era una máquina de vapor en plena ebullición. Tendría que haberse enfurecido con Roberto o, mejor dicho, con la parsimonia con que Roberto había estado ocultando cuanto sabía. Hasta el momento sólo consiguió adivinar a través de silencios o sobreentendidos y era mucho lo que había adivinado, pero todo respecto a la historia del cadáver arrepentido y nada respecto a la historia de Hélène. Y, de pronto, la luz se hacía demasiado tarde en su mente. ¡Claro que la madre de Roberto pudo opinar acerca de lo merecido de la muerte de Hélène! Pero no era por el rencor que ella suponía sino porque tenía que conocer la historia de labios de su propio padre. Y, como ya había dicho ella en otra ocasión, no hay familia en la que no se comenten las historias turbias. A lo largo de las conversaciones con Roberto éste había dejado caer por omisión informaciones que ella sólo supo recoger en parte, pero se calló la más importante y, si su intuición valía de algo, Roberto calló simplemente a la espera de que ella preguntase poniendo el dedo en la llaga. Aun así dudaba de que él contestase, por las implicaciones que su respuesta arrastraría consigo. Ahora lo entendía, sí, ella era la tonta, la que debería haber caído en la cuenta. Con un gesto nervioso volvió a marcar. Esta vez la línea estaba libre.

—¿Roberto Ruz?

—...

—Mariana de Marco.

—...

—Perdona que llame a estas horas y tan bruscamente, pero tengo una pregunta que hacerte y esta vez
quiero que me respondas la verdad.

—...

—Ya. Suponía que esperabas mi llamada. Hay cosas en la vida que tienen que suceder, ¿verdad? Lo siento.
Estaba demasiado cerca.

—...

—Se trata de tu madre.

—...

—Entonces es cierto.

—...

—Bien. Dímelo. Dime el contenido de la carta.
Ya no tiene sentido callarse. Yo te aseguro que no haré uso
de ello si nadie lo pide. Y, si quieres que te diga la verdad,
nadie lo pedirá.

—...

—¿Verdad? Eso mismo opino yo.

—...

—No. No necesito el texto exacto. Ya supongo
que no lo tienes. Me basta con el contenido.

—...

—Gracias. Así tenía que ser. Parece mentira, las
vueltas que da la vida.

—...

—No. Me voy de puente, como todo el mundo.
Tengo mis planes. Gracias otra vez. Gracias. Prometo lla-
marte cuando vaya por San Sebastián.

—Lo que me llamó la atención desde un principio —dijo Mariana acomodando la cabeza en la almohada— fue la confianza de Hélène en Cirilo. ¿Cómo es posible que confíe a un ventajista como él la misión de conseguir la autorización para abrir la caja del banco donde se encuentran depositadas sus joyas? En quien sin duda tenía una confianza ciega era en el oficial francés que las custodiaba. De hecho, el cambio de destino del francés fue una contrariedad, pero no insalvable. Es más, siempre pensé que, sobre la pasión que sintiera por él, le había encargado que guardase las joyas por alejarlas del alcance de Cirilo. Y hete aquí que es a Cirilo a quien envía a Guadeloupe para que el francés le haga entrega de la autorización que abre la caja de seguridad del banco de París donde las había depositado de acuerdo con los deseos de su enamorada. ¿No te parece asombroso? Podría haber ido ella y, de paso, mitigar el tormento de la distancia, pero no. Envía a Cirilo.

El capitán López asintió con gesto pensativo.

—También teníamos otra posibilidad —prosiguió—, y puede que tampoco estuviera lejos de la verdad. Cirilo era un hombre infiel, antojadizo, egoísta, vivalavirgen..., lo que quieras, pero a su modo podía estar aún enamorado de Hélène, incluso aunque pensara en dejarla. Lo que les ocurre a muchos hombres es que el estar enamorados de una mujer no les impide tener relaciones con otras. Hablo de un amor real, pero ventajista, las dos cosas. Él incluso iba y venía, desaparecía de casa con algún pretexto y volvía al poco tiempo. Si Cirilo era el pinta cuya fama carga, mala idea era la de enviarlo a Guadeloupe;

pero si ambos estaban enamorados a pesar de todo..., quién sabe; quizá hubiera una lealtad tácita entre ellos.

—Imposible —dijo el capitán López volviendo el rostro hacia Mariana—. No cuadra.

—Bueno —siguió ella—. Yo llegué a pensarlo: siempre infidelidades y siempre reencuentros. Podría ser. Un hispanocubano fogoso debe de ser algo tremendo. No lo digo por experiencia, pero no me importaría hacer un trabajo de campo para ver si tengo razón o no —Mariana sonrió pícaramente—. Se me ocurrió escuchando esa habanera tan bonita que habla de salir de La Habana; aunque Cirilo nunca envió una paloma a Hélène. No, su historia era justo el revés de la canción y a mí me sirvió sólo para imaginar la escena en la habitación del oficial en Basse-Terre por una absurda asociación de ideas decimonónica y sentimental. Luego está el hecho de que ella le era infiel con el oficial, quizá con alguien más, pero lo del oficial era una pasión por todo lo alto a juzgar por su actitud. Ésta es una zona oscura, pero también lo es mandar a tu marido, por muy libres que sean las relaciones, a recuperar las joyas de manos del amante. Cirilo sería un pinta, pero en esto de los celos lo imagino como un español típico, o sea, dueño de su honor. ¿Sería posible que Cirilo desconociese la condición de amante de su mujer del oficial? Date cuenta de que Cirilo vuelve con Hélène después de que el oro desapareciera. Ha estado fuera, sí, quizá no esté al tanto de la infidelidad y tiene que hacerse perdonar por su ausencia, y es, además, reo de sospecha para las dos familias. ¿Robó él el oro? Tendríamos que suponer que, por alguna razón, Hélène ha dejado de sospechar de él, pero eso es ilógico.

Mariana se incorporó en actitud melodramática y se quedó apoyada sobre un codo, mirando interrogativamente al otro.

—Pero lo que yo creo, para empezar —dijo por fin—, es que el oro lo robó él. Aunque vamos a dejar eso ahora y vamos a centrarnos en Hélène. Lo poco que sabemos de los sucesos de Guadeloupe es que ambos hombres se entrevistaron, que Cirilo le entregó la carta con las instrucciones y que, al parecer, esa carta fue leída por su destinatario y allí queda, en el suelo, arrojada o caída, después del desenlace. No sabemos nada más, excepto que al asistente le extraña el prolongado silencio, sospecha algo e irrumpe en la habitación donde se estaba celebrando la entrevista; encuentra a su jefe muerto, atravesado con su propia espada, y no hay rastro alguno de Cirilo Villacruz. Se da aviso a las autoridades y se hacen toda clase de pesquisas, pero a Cirilo se lo ha tragado la tierra. Incluso años después la propia familia Villacruz pagó a investigadores privados para que intentasen dar con su paradero, sin resultado alguno. Ni siquiera se sabe si llegó a salir de la isla. Evidentemente, la pregunta es: ¿qué pasó entre los dos hombres? ¿Quién provocó a quién? ¿Qué sabía cada uno del otro? ¿Tuvo el contenido de la carta algo que ver con el desenlace?

El capitán López se incorporó a su vez, con una sonrisa expectante.

—¿Lo sabes o me estás vacilando? —preguntó. Mariana se echó a reír y le revolvió el pelo obligándole a echarse de nuevo; ella se quedó sentada esta vez, sin cubrirse.

—La solución al enigma tenía que estar en la carta o bien habría que aceptar que Cirilo viajó a Guadeloupe con la intención expresa de matar a su rival. Esto último me parecía muy improbable; no desechable, pero sí improbable. Sería demasiada casualidad que Cirilo retornase al hogar sabiendo quizá que su mujer tenía un amante y aprovechara el reencuentro para ofrecerse a visitar al hombre al que quería matar. No, evidentemente no fue así.

—Pero él era el autor del robo del oro; según tú —matizó el capitán.

—Más a mi favor. ¿Te parece lógico que tras hacerse con el oro y esconderlo o depositarlo donde fuera...?

—En Suiza.

—En Suiza la parte que dejó a nombre de su hija cuando cumpliese determinada edad. Su parte fue a otro lado, no sabemos nada de ella. Nunca sabremos si la gastó, la perdió o vivió de ella en algún lugar incógnito. Insisto: ¿te parece lógico que desplume a su esposa y se presente para cumplir la segunda parte de una venganza a lo Montecristo urdiendo un plan para matar al amante? ¿Y para matarlo a la vista de todos, en su propio alojamiento? Vamos, mi capitán, aquel asesinato es producto de la decisión repentina de un hombre, ejecutada con rapidez y sangre fría. Así que, teniendo en cuenta que no parece haber otro móvil posible a la vista, la respuesta tiene que estar en la carta que lleva consigo el portador. Ahora bien, ¿qué decía esa carta?

El capitán cruzó los brazos detrás de la cabeza, como si buscara la posición más relajada y satisfactoria para recibir complacientemente el final de una historia intrigante.

—¿Sabes que deberías escribir una novela? —dijo.

—No puedo. El talento de Hardy pesa demasiado sobre mí. Y, además, es mucho mejor leer.

—¿De quién dices?

—De Thomas Hardy, uno de mis favoritos. ¿Puedo seguir?

—Adelante —le invitó él.

—Como te decía, desde el principio me llamó la atención el absurdo viaje de Cirilo y eso me hizo pensar que quizá el objetivo del viaje no era la autorización bancaria sino el contenido de la carta. Reconozco que hay que ser insensata para dejar las joyas en manos de un tercero, por muy enamorada que estuviese de él, pero si había sido capaz de esa insensatez, cualquier otra que se le ocurriera cometer a Hélène debemos aceptarla sin más explicaciones. Y Hélène, por lo que sabemos de ella, no era precisamente una insensata sino, al contrario, una persona interesada y calculadora. Por otra parte, parece que el oficial francés era uno de esos caballeros de armas que cada vez deben de abundar menos y un hombre enteramente fiel y fiable. Lo que pienso es que Hélène acabó sacando un partido inesperado a su insensatez, con esa maldad artera que a veces tienen las mujeres y que debe de tener algo que ver con la familia, a juzgar por la hija; aunque su nieta, mi amiga o, mejor dicho, mi ex amiga actualmente, la debe de tener más diluida, pero reaparece en la bisnieta, que es también de armas tomar.

—¿No te estás yendo para otro lado?

—Ya te he dicho que yo soy muy novelera.

Se inclinó hacia él, lo besó y volvió a su posición.

—Pues bien. La carta. ¿Qué decía la carta? Aquí volvemos a Hélène. Al final las verdades son siempre sencillas, aunque estén rebuscadamente envueltas en un dramón decimonónico, como ésta. ¿Quién conocía a Cirilo mejor que nadie?: pues Hélène, claro. Y ella era la única que estaba segura de que Cirilo era el ladrón del oro. Dejó que las sospechas vagasen porque no tenía pruebas y además él estaba medio desaparecido. Y cuando reapareció, preparó su venganza, segura de que esta vuelta era la última, pues evidentemente el oro representaba para Cirilo la compra de su libertad. ¿Para qué, si no, iba a haberlo robado? Lo que dice algo a favor de él es su actitud de padre, pues se ocupó de, pasara lo que pasase, asegurar el futuro de su hija, lo que desconocía Hélène, naturalmente. Antes hablaba de un posible gran amor capaz de resistir cualquier desdén y ahora tengo que hablar de una desconfianza y un odio también grandes. Por decirlo en claro: tras el robo, uno de los dos tenía que acabar con el otro o nunca viviría en paz. A Hélène, despojada de su fortuna y sin posibilidad de recuperarla, no le quedaba otra que la venganza pura y dura. Y eso fue lo que sucedió.

—Lo que me estás contando es un culebrón —dijo el capitán.

—No. Es, más bien, el drama padre. Escucha: lo que hizo Hélène, con una confianza ciega en su amante y la imaginación propia de una novela de capa y espada, fue escribir una carta en la que, como en los cuentos antiguos, se pedía al receptor que diera muerte al portador y se la entregó sellada a Cirilo encomendándole que la presentara al oficial a su llegada so pretexto de que era una simple petición de autorización para retirar las joyas del banco. Es decir: Cirilo llevaba consigo su sentencia de muerte.

—¿Qué? —el capitán López se incorporó tan bruscamente que arrastró en parte la sábana con que se medio cubría Mariana.

—Lo que oyes —respondió impertérrita.

—Hablando de imaginación desatada...

—Ninguna imaginación. O sí, un poco, pero déjame seguir. La imaginación la voy a utilizar solamente para la escena del encuentro. Veamos: Cirilo, convencido de que su reaparición ha tenido éxito y Hélène no sospecha de él como autor del robo, parte para la isla de Guadeloupe. Al llegar a Basse-Terre se presenta y el oficial invita a Cirilo a pasar a su habitación. Charlan y Cirilo, perfectamente confiado, le muestra la carta que le ha entregado la *inocente* Hélène. Excuso decirte cuál no sería la sorpresa del oficial al leer y conocer su contenido: una orden de muerte. En ese momento comprende el verdadero carácter de Hélène y queda desarbolado, inerme —Mariana hizo un alto—. Piensa que te sucede a ti, que tu amante te pide que des muerte al hombre que tienes delante y que es su marido legal: te quedarías sin habla; y lo peor de todo es que tienes que reaccionar en segundos; o cumples con el mandato o descubres el juego, no hay otra. El disimulo puede servir para ganar tiempo y pensar, pero a tenor de lo sucedido no cuesta nada suponer que el oficial elige tomar una reacción inmediata. Pues bien, sin duda su reacción fue un acto de nobleza: mostrar la carta al otro. Y aquí es donde yo creo que Cirilo descubre no ya la infidelidad de su esposa, que no sabemos si conocía, sino que ella sabe la verdad acerca de su autoría del robo del oro y el horrendo acto de venganza que espera cumplir por mano ajena. La carta, por cierto, debe de existir aún, es cuestión de buscar; yo buscaría en un cajón secreto de la cómoda del dormitorio principal de La Bienhallada. No me refiero a la carta original, que ésa debió de destruirla Ruz tras pagar por ella y recuperarla, sino a la copia que él rompió en dos y dejó caer en el salón de la casa, donde tuvo la entrevista con el francés. En fin, el contenido de la carta es demoledor y revela instantáneamente a Cirilo que no hay salida: el ladrón ha sido descubierto, juzgado... y condenado a muerte. Y pierde la cabeza por unos momentos; la revelación lo ciega de tal modo que, sin darse tiempo a pensar, ve el sable del oficial, lo toma y se lo hunde en el pecho antes de que éste tenga tiempo de darse cuenta de lo que le está sucediendo. Ha de evitar que hable. El mismo golpe de espada le devuelve la cordura y entonces comprende su situación; no hay tiempo que perder y escapa. En su precipitación, olvida recoger la carta. El asistente entra en la habitación momentos después, ve a su oficial agonizando y pide ayuda; pero ve algo más: una carta cerca en el suelo y, rápido de reflejos, la rescata y se la guarda. Más tarde la leerá y comprenderá que tiene en sus manos un tesoro. Para cuando todos quieren reaccionar, Cirilo ya está lejos y, siendo como es un hombre de recursos, se las ingeniará para desaparecer sin dejar rastro. Ése es el misterio que guarda la familia: una mancha de honor insoportable. Y ésa es la verdad que las mujeres de la familia conocen, Meli incluida, y que le hicieron pagar al administrador como chivo expiatorio. La carta, o la copia de esa carta, es la que el asistente lleva a La Bienhallada con intención evidente. Supongo que el administrador pagó por la carta original, que la copia que el asistente traía consigo, rota en dos pedazos, la debió de recoger Elena después de la entrevista y la guardó, posiblemente por no ser la original, que hubiese destruido con gusto. Quizá no pudo comprobar nunca que la original que rescató Ruz con dinero la debió de destruir éste; y Ruz tampoco debió de saber nunca que Elena guardaba la copia. La maldad de Elena se manifiesta a partir de ahí; ella no hace nada por reivindicar a Ruz, sabiendo lo que sabe. En todo caso, la carta que Felisa ve en manos del administrador el día que un misterioso francés lo visita fue lo que me convenció de que ese simple papel contenía la clave de todo; después de eso, sólo tenía que poner un poco de imaginación por mi parte.

El capitán López la miraba con la boca abierta.

—Te has quedado de un aire.

El capitán cerró la boca y habló:

—Reconozco que todo se ajusta excepto una cosa: ¿cómo conoces el contenido de la carta? Sin ella, toda tu explicación se desmorona.

—Bueno, el relato de los hechos, no demasiado. En cuanto al contenido, sólo alcancé a imaginarlo cuando supe el comentario de la madre de Roberto, la hija del asistente Bernard: «Esa mujer ha muerto como se merecía», dijo refiriéndose a Hélène. Cuando entendí el sentido de ese comentario, entendí también que en la familia Ruz Bernard se sabía el secreto, por la lógica de la costumbre, así que no tuve más que volver a hablar con Roberto. Ya sé que ante un Juez no vale como prueba, pero ahí está la verdad, en boca de quien conocía el contenido de la famosa carta. Roberto me contó lo que decía la carta. Lo sabía por su madre, lo mismo que Rodolfo.

—Continúa —dijo el otro—, y ya veremos cómo lo cierras todo. Pero explícame una cosa: ¿por qué vuelve Cirilo junto a Hélène?

—No lo sé de cierto, pero puedo aventurar una hipótesis.

—Te escucho.

—¿Te gusta la de que el criminal vuelve siempre al lugar del crimen?

—No lo necesitaba, pero..., bien, sí, quizá quería vivir con sensación de normalidad.

—Confirmar que todo seguía su curso, que el robo era, ¿cómo decirlo?, un accidente sin mayores consecuencias. Cosas de la vida.

—O quizá lo perdió en la guerra, en el juego...

—A mí me encantaría tener una antepasada como Hélène, la verdad —empezó a decir Mariana—, y le iría contando la historia a todo el mundo para lucirme, pero cuando eres un rancio no tienes más remedio que cocerte en tu propia ranciedad. Eso es lo que les ocurre a los Fombona. En fin, lo que queda no es difícil de imaginar. Años más tarde, acabada la guerra, licenciado e instalado en su pequeña ciudad al norte de Francia, el asistente se acabó presentando en La Bienhallada. ¿Con qué objeto? Con el que te he contado. Y aquí viene lo bueno: de rebote, Rufino Ruz se convierte en víctima de una situación a la que es ajeno. Imagina lo que debió de ser para él descubrir la pasta de la que estaba hecha la mujer a la que amaba perdidamente; date cuenta de que él, que la ha amado en silencio, se hace cargo de ella creyendo que al fin ha llegado su oportunidad y lo hace generosamente. Es verdad que en una parte hay aprovechamiento de la situación de dependencia de ella, pero entra en juego también la generosidad que acompaña a la realización de un sueño imposible. Ella, que yo creo que se daba al láudano o a la morfina o algo semejante y por eso estaba siempre medio ida, no había olvidado; su situación de atontamiento era voluntaria, un sistema de autodefensa de sus propios fantasmas; sin embargo, cuando entendió lo que significaba que el asistente llegase a La Bienhallada, y a pesar de que quizá Ruz fue quien paró el golpe a costa de su propia desgracia, no pudo superarlo. A Hélène le fallaría el corazón al enfrentarse al pasado que trataba de olvidar y falleció. Por medio tuvo que haber una discusión, una discusión desesperada y un reproche que su corazón no resistió. No sabía el asistente hasta qué punto estaba vengando a su jefe. Piensa en lo que debió de ser para ella, en su día, enterarse de que su plan había saltado por los aires, que Cirilo había matado a su amante, el secreto que tuvo que guardar para el resto de su vida, su alivio al saber que no aparecía la carta que la delataba y su miedo a que se hallara en poder de un Cirilo que podía reaparecer en cualquier momento lleno de odio por la trampa en que lo había metido... Y Elena, la hija, que era de armas tomar, actúa con la sangre fría de su madre: los destierra a los dos, padre e hijo, desviando, arrojando la culpa sobre ellos. Pero Elena conoce el contenido de la carta. Es más fuerte que su madre y ella sí es capaz de guardar el secreto con entereza y sin acudir a ninguna clase de estimulantes. Porque te diré una cosa: yo sospecho que Elena también supo o adivinó quién depositó el oro a su nombre en Suiza y se lo calló de cara a la familia. Vaya temple y vaya aguante. Sabiendo lo que sabe, mantiene a su padrastro y al infeliz de su hijo bajo el peso de la culpa. Siempre me pregunté por qué un tipo como Ruz, que se había hecho cargo de Hélène y había luchado por ella contra viento y marea, se dejó derrotar tan fácilmente y ahora creo que la explicación está bien clara: toda su vida se vino abajo sin asidero alguno. No pudo soportarlo.

—En cuanto al enterramiento... —empezó a decir el capitán.

—Lo entierra el hijo, ya debes de haberlo supuesto. La investigación de la Guardia Civil acabará yendo por ese camino si no se les ha ocurrido todavía, pero no me quisiste decir nada de cómo iban las cosas y lo he tenido que comprobar por mi cuenta.

—¿Cómo así?

—Interpretando los silencios del padre Vitores, hijo, no me dabas otra oportunidad.

—Información restringida; aparte de que era sólo una línea de investigación. La verdad es que hubiera podido seguirse en su día, pero entonces la policía no tenía el conocimiento ni los medios de los que disponemos ahora.

—Da igual. Ese pobre hombre, el hijo de Ruz, que acabó demente de pura escrupulosidad, se sentía tan culpable... Siempre vivió con la conciencia de ser una carga y encima sale expulsado con un padre que se viene abajo y la convicción de que ha sido quien ha provocado la muerte de Hélène. El desamparo y la angustia de ese pobre diablo tuvo que ser cósmica. Y, por si fuera poco, cuando viene a Madrid, se le muere el padre por el camino y, como quien sigue una penitencia para hacerse perdonar sus muchos pecados, acude de tarde a la finca aprovechando la caída de la luz y lo entierra en actitud de arrepentimiento. Su suerte fue que los Fombona estuvieran en Madrid y, por lo que he podido comprobar con Felisa, que la finca se encontrase sin guarda de noche porque la tenían medio abandonada, pues aún no había empezado a explotarla Eugenio. El hijo del administrador ya debía de estar mal de la cabeza, claro, para tomar una decisión así. Y luego fingir como finge: es propio de un alma perdida. Más tarde, sabiendo de la existencia del padre Vitores, como amigo de la familia se confiesa con él para descargar su alma. Lo que nadie previó es que Rufino Ruz reaparecería después de tantos años, pero no pidiendo perdón sino pidiendo justicia.

Mariana hizo una pausa, se inclinó hacia su compañero y volvió a besarlo.

—Espabila —dijo alegremente—, que parece que te ha vuelto a dar un aire. Bien. Prosigamos. Ahora entra en escena la madre de los Ruz. Te acordarás de que comentamos que todos los hermanos tenían un móvil para asesinar si es que ella pensaba modificar su testamento. Habría que haber sabido por qué se hacía el cambio, y a quién dañaba, para localizar al asesino. Es curioso lo ciegos que nos volvemos cuando dejamos de ver el conjunto por fijarnos en el detalle. ¿Quién iba a pensar que el beneficiario de la muerte era justamente alguien en quien, estando siempre a la vista, no nos fijamos en ningún momento? Rodolfo Ruz, en principio, no ganaba nada con la muerte de Elena, *pero* se casaba con su heredera principal. No caí yo en la cuenta de eso, pero sí Elena; porque la desconfiada Elena hace un encargo a una agencia de detectives, la cual le entrega el resultado de sus investigaciones justo antes de la convocatoria del consejo de familia. ¿Qué deducimos de aquí? O bien el informe era sobre los extravíos de sus hijos varones o bien era sobre Rodolfo Ruz. Los hijos son reos de manipulación, de incapacidad o de vagancia, pero eso no necesita de un detective sino de una auditoría. En cambio, si Elena comprende de pronto que quien se casa con su hija no es sólo un Ruz sino también, oh fatalidad, el nieto del misterioso francés chantajista por parte de madre..., un tipo sin oficio ni beneficio que se dispone a morder en la parte más sustanciosa de la fortuna familiar además de volver a echar sobre los Villacruz la sombra del apellido fatídico: Ruz. La reunión convocada por Elena Villacruz a solas con los hijos era sin duda para desenmascarar a Rodolfo ante ellos, especialmente Amelia. Fíjate que también estuvo despachando con los abogados sobre una cuestión del mayor interés: el matrimonio con separación de bienes, sin duda en un intento de proteger a Amelia si ella se empeñaba en casarse. Está claro que Rodolfo se huele la tostada, porque debe de estar muy acostumbrado a obrar con malicia y conoce a su futura suegra; ahí las malas vibraciones tuvieron que manifestarse entre ambos. Yo pienso que la boda con Amelia la tomaba Rodolfo como una compensación, un seguro de vida y una suerte de venganza del destino, sin duda fomentada por el recuerdo del odio de su madre, una mujer consciente de la amargura de su esposo y de la suya propia, algo que el niño tuvo que mamar. Ahí es donde se junta todo, la mala conciencia de los Fombona con el viejo Ruz, el miedo a un crimen que empaña el pasado, la acogida a otro Ruz que, en cierto modo, los redime, la inoportuna aparición del cadáver, como una premonición que aviva el miedo y la alerta de Elena, el terrible y patético enterramiento... Sumemos a ello el rencor de la hija de Bernard por el trato dado a su marido y a su suegro a lo que hay que añadir la muerte del oficial del cual su padre era asistente. Y pensar que no había que ir tan lejos a buscar al oficial, que estuvo en Bayonne hasta su muerte, tan cerca de su hija casada al otro lado de la frontera con el hijo de Rufino... En fin, Rodolfo Ruz, mi antiguo compañero de estudios, por poco no me liquida a mí también. Si Elena tuvo tiempo de ver a su agresor debió de sentir una desesperación indecible. ¿Te creerás que no me cayó mal cuando lo vi en la boda? A mí es que me van los sinvergüenzas, por lo que se ve. De todos modos, no dejo de pensar que quizá sólo quiso asustarme, alejarme del asunto en el que yo estaba metiendo la nariz.

—¿Quién te mandaría a ti meterte en ese berenjenal? Lo que no entiendo es por qué te ataca. Es un riesgo innecesario.

—Porque se asusta. Yo le hice de repente unos comentarios en la boda que sospecho que le hicieron creer que eran intencionados, comentarios acerca de la muerte de Elena. Recuerdo bien la inquietud con que me miraba. Imagina su situación: cuando ya está seguro de que la muerte de Elena ha pasado por natural, aparece alguien justo el día de la boda que se dedica a sembrar la inquietud entre la familia y a transmitirle, eso sí, inocentemente por mi parte, dudas acerca de la muerte de Elena. Perdió los nervios, pero al atacarme en realidad me entregó la certidumbre que aún no tenía. Sólo que yo no sospechaba de él en ese momento. Lo que son las cosas. No creo que quisiera matarme, pero, como todos los machitos, me minusvaloró. A un hombre que le pisa los talones se le liquida si hace falta, a una mujer se la espanta. Se debía de creer que yo era todavía la chica alocada de la Facultad.

—El error fue no matarte, me parece a mí.

—O no se esperaba mi resistencia o sólo quiso asustarme y alejarme, pero en todo caso sirvió para lo contrario de lo que intentaba: me convenció de que había un crimen y un criminal. Además, no disponía de tiempo, el riesgo era enorme: tuvo que dejar a Amelia durmiendo. ¡En su noche de bodas! A veces me inclino a creer que lo inesperado de mi resistencia le hizo huir y otras, en cambio...

—A ti es que te va la marcha.

—¿Atisbo un toque de celos?

—Bah, qué dices. En fin, si no te hubieras dedicado a atacar los nervios de toda la familia, no te habría ocurrido nada.

—No sé qué decirte.

—Vale. Sigue. ¿Cómo mató a Elena?

—Rodolfo, un chico malcriado convertido en tramposo profesional, en apariencia redimido desde la muerte de una madre a la que estaba muy unido, a quien su hermano, que lo conocía bien, ayudaba a distancia, no acababa de caerle en gracia a Elena a pesar de su apariencia educada; no dejaba de ser un Ruz para ella. Nuestro amigo Rodolfo no dudó un minuto acerca del sentido de la convocatoria en cuanto supo de ella. Ese mismo día, durante el almuerzo, se las arregla para hacerse con la llave de Amelia, va al piso, mata a Elena, acude luego a su cita con Amelia en el Saint Paddy, reintegra la llave al bolso y la acompaña al piso de su madre, que está muy cerca. Y allí se encuentran ambos con el panorama que ya conocemos. Vaya cuajo.

Mariana se quedó mirando triunfalmente al capitán López. Estaban los dos sentados en la cama, frente a frente, apenas cubiertos por las sábanas. El capitán tardó aún unos segundos en reaccionar.

—Lo primero de todo —pudo decir, al fin— es que eso no puedes probarlo.

—No sé si quiero probarlo. Pero si me empeño... Lo que ocurre es que no es mi caso. Y que, de la misma manera que los Fombona me hicieron el vacío, parece de justicia que yo se lo haga ahora a ellos y les deje con un criminal en la familia, esta vez sí. Porque te recuerdo que Rodolfo es ahora el esposo de Amelia. ¿Qué puedo hacer, si no? ¿Advertir a Amelia que se ha casado con el asesino de su madre? No va a aceptarlo. ¿Contarlo a sus hermanos? Si me creen, es desatar la guerra entre ellos y, conociéndolos, preferirán no creerme. Claro que, si hablo, les va a quedar siempre por dentro la duda y con lo codiciosos y miserables que son, aquello puede acabar a tiros. La verdad es que no soy tan mala como para sembrar la cizaña entre ellos, pero ganas no me faltan. ¡Menudo espectáculo! ¿Y decírselo a Meli? Ella tiene carácter, sí, porque es otra Elena. Yo, en este asunto, soy una *outsider*. El padre Vitores sabe bastante; y Roberto sospecha la verdad acerca del enterramiento de su abuelo. Ambos me dieron pistas suficientes con silencios significativos. Y no van a actuar. No es fácil si nadie quiere. Si Meli me mostrase la carta, porque ellos la guardan, seguro, estaría dispuesta a ayudarles. A lo mejor hablo con Meli y que ellos decidan. O hago lo que tengo que hacer y me voy directamente a poner mi convicción personal sobre esta historia en manos del fiscal para que investigue.

—No se puede dejar impune el crimen, pero sin pruebas... —hizo una pausa y se la quedó mirando—. ¿Y cómo llegaste a pensar en Rodolfo? Tú misma dices que lo tenías apartado, fuera de sospecha, y yo lo puedo corroborar porque cuando me contaste todo este lío al volver de la boda no te oí hablar de Rodolfo para bien ni para mal.

—No me lo recuerdes. Yo sería una mala detective. Sólo caí en la cuenta a causa del segundo apellido. Cuando vi la tarjeta de su hermano casi me caigo al suelo. Bernard, el apellido del asistente del oficial francés. Su hija era, indudablemente, la madre de los chicos Ruz; no había espacio para la casualidad. No quiero decir con ello que indujera al pequeño, que debía de ser su niño mimado, a casarse con Amelia porque la madre ya había fallecido años antes, pero indirectamente lo que ella tuvo que soportar en vida cayó sobre Rodolfo, el hijo mimado que vive al día y cuyo futuro se achica a medida que pasa el tiempo sobre él. Hasta ese momento yo lo había tenido fuera de toda sospecha, pero era el único que podía ganar algo con la muerte de Elena. Si dejaba pasar un solo día más, todo su montaje, la boda, el futuro, todo se venía abajo. De todos modos, reconozco que debe de tener temple... y experiencia; porque improvisar así, sobre la marcha, con esa rapidez de reflejos y esa eficacia en la ejecución... No sería malo estudiar su pasado, a lo mejor aparece en alguna ficha comprometedora. Nadie actúa así por primera vez.

—Eres de lo que no hay —dijo el capitán López atrayéndola hacia él. Mariana se dejó llevar con tal sonrisa de satisfacción inocente que cambió el gesto de admiración del otro por un largo abrazo.

Mariana y el capitán López estaban sentados a la mesa de un chiringuito situado sobre una playa de Llanes, dedicados a comer percebes. Se habían refugiado para pasar dos días del puente en un pequeño y recóndito hotel cercano, medio escondido al pie del monte, y aunque el día estaba gris y amenazaba lluvia no se arredraron a la hora de salir a disfrutar de la comida. Ninguna lluvia iba a estropearles el plan, una relativa improvisación que habían resuelto con una mezcla de audacia y serenidad inverosímiles. En realidad la había resuelto Mariana, que fue quien tuvo que poner la alfombra para que ambos dieran el paso decisivo; pero, pasado el primer susto ante lo que se disponían a hacer, habían dejado paso a la aventura.

—Sólo se vive una vez —dijo al final al capitán.

Era una aventura cerrada porque el riesgo, bien lo sabían ambos, era demasiado alto. Nunca establezcas relaciones con un compañero de trabajo. Bien. Había hecho caso omiso de la advertencia y, como siempre que se saltaba una norma, lo estaba disfrutando de verdad. Hay riesgos que merecen la pena.

—Esto tenía que haber sucedido la noche de Año Nuevo —dijo Mariana.

—Ya lo sé —contestó el capitán.

—¿Y por qué no lo hicimos? Bueno —se adelantó a explicar Mariana—, no creo que a ninguno de los dos nos hubiera gustado hacerlo mientras tu mujer dormía la mona. Además, las cosas súbitas a veces salen bien y a veces dan mucho miedo.

—No podíamos. Yo hubiese querido, pero no podíamos —dijo el capitán López, pesaroso.

—De todos modos, esto no va a volver a pasar, no le pidamos más de lo que da de sí, ya lo sabes —el capitán asintió—; pero no nos pongamos mustios porque los días del puente son nuestros. La verdad es que se me había quedado dentro como un clavo lo de Año Nuevo, y me sentía una tonta incapaz de sacarlo afuera. Yo creo que tengo complejo de Juez, pero de Juez de los de antes, de fuerza viva e intocable, que no puede permitirse el menor desliz en su moralidad personal; y aquéllos se lo permitirían a oscuras, seguro —especuló.

—Espero que todo termine bien.

—¿Te pesa?

—¿A mí? No, en absoluto. Esto es un regalo..., un regalo. Sólo quiero que no te ocurra nada a ti por mi causa.

—Ocurrir, ha ocurrido. Lo que no tiene es por qué trascender. Y no trascenderá —dijo acariciándole cariñosamente la cara—. Los dos sabemos lo que estamos haciendo; lo que pasa es que no se nos podía quedar dentro y yo me alegro mucho, mucho, de estar aquí contigo. Y en ocasiones como ésta lo mejor es quedarse con la convicción de que has hecho lo que has querido. Es más, si no lo contamos a nadie es porque no habría nadie que lo entendiera, porque por mí...

—La reputación —dijo el capitán con una media sonrisa.

—Nuestra reputación —afirmó Mariana—. Y tu mujer, y tus hijos, y la capacidad de la gente de ensuciarlo todo en cuanto les dan o se toman una oportunidad. Pero ¡qué diablos nos importa ahora! Lo único que nos importa ahora son los percebes... y más cosas buenas —añadió con una sonrisa entre maliciosa y provocativa.

Estaban casi solos en la terraza, bajo el toldo. En el interior del local algunas familias terminaban de comer y en un par de mesas se jugaban partidas de cartas entre tazas de café, copas de brandy y humo de farias. El tiempo no acompañaba aquel puente, pero el capitán y Mariana no lo sufrían. Para ellos era un día de fiesta libre y feliz que, sin que él lo supiera, Mariana había decidido organizar y disfrutar porque ya estaba harta del acoso de la soledad. No pasaría del puente, luego todo volvería a la normalidad, pero para ella era como una señal de que su suerte iba a empezar a cambiar.

—Y ésta es la historia de la familia Fombona —dijo Mariana a su amiga Sonsoles, que la escuchaba embobada—. Sólo la sabes tú, pues no hay razón alguna para que salga del círculo donde ellos la quieren tener metida, secuestrada, escondida... como prefieras llamarlo. Si te la he contado a ti, aparte de para que veas que no soy Antoñita la Fantástica, como decía mi madre, es porque basta con que una persona que conozca a los Fombona sepa la verdad para que me parezca que Rufino Ruz ha quedado redimido.

—Nunca lo hubiera creído —dijo al fin Sonsoles.

—Nunca lo creíste, perdona —precisó Mariana—. Casi rompemos la amistad por este asunto.

—No creas que no lo siento —dijo Sonsoles compungida.

—Así que tú, punto en boca.

—Por supuesto.

—Ellos no deben saber que tú sabes, ése es el trato. Que se pudran con sus manías y sus miserias. Lo siento por Amelia, porque ella no es mala persona. Egoísta y más bien marciana, pero no es mala persona.

—¿Y no lo sabe nadie más?

—Nadie —Mariana no pensaba mencionar al capitán López—. Absolutamente nadie.

—Eres un encanto. Y estás estupenda, por cierto, no te lo había dicho.

—Sí, estoy en forma, ya he podido comprobarlo.

—¿Qué tal el puente?

—¿El puente? Nada. Tranquilo. Como siempre. En casa.

—Si es que tengo que buscarte un novio, mira que te lo digo veces —dijo Sonsoles cariñosamente.

Madrid, 2006

Referencias y agradecimientos

En la novela se utilizan unos versos del *Amor de Poeta* de Schumann, originales de Heinrich Heine y traducidos por Ángel Carrascosa. También los versos de la canción *La paloma* de S. de Yradier.

Debo agradecer sus lecturas del manuscrito a Natalia Rodríguez Salmones e Isabel Lobera; y a Fátima y Carlos Griñón, algunas imágenes robadas a su preciosa finca toledana para ambientar La Bienhallada.

Índice

Este libro
se terminó de imprimir
en los Talleres Gráficos
de Fernández Ciudad, S. L.,
Pinto, Madrid (España)
en el mes de enero de 2007

No acosen al asesino
J. M. GUELBENZU

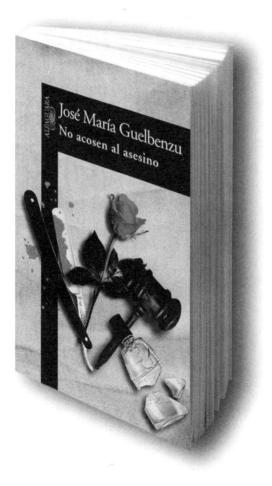

La muerte viene de lejos
J. M. GUELBENZU